SV

Andrzej Stasiuk
Hinter der Blechwand

Roman

Aus dem Polnischen von
Renate Schmidgall

Suhrkamp Verlag

Die Originalausgabe erschien 2009 unter dem Titel *Taksim*
bei Czarne, Wołowiec.
Die Übersetzung wurde vom Deutschen Übersetzerfonds
aus Mitteln der Kulturstiftung des Bundes gefördert.

Erste Auflage 2011
Copyright © by Andrzej Stasiuk 2009
© der deutschen Ausgabe Suhrkamp Verlag Berlin 2011
Druck: Pustet, Regensburg
Printed in Germany
ISBN 978-3-518-42254-0

3 4 5 6 – 16 15 14 13 12

Hinter der Blechwand

Für M.

IM HERBST sieht man, daß die Stadt stirbt. Diejenigen, die fliehen wollten, sind schon lange geflohen. In der Abenddämmerung hängt der Gestank brennender Blätter. Der Rauch mischt sich mit Nebel und verhüllt die Außenbezirke. Die Lichter werden gelblich und fahl. Man muß auf die Fußgänger achten, sie sind schwarz wie der Asphalt. Manchmal fahre ich kreuz und quer durch die Stadt und sehe, daß es keine Stelle gibt, wo man aussteigen möchte – und keinen Grund. Vier Kreuzungen, ein Kreisel, die Ampeln blinken gelb, schon um zehn Uhr abends. Bei Nordwind riecht man die sterbende Fabrik. Alle sind schon weg. Nur die, die es nicht schaffen, sind noch hier. Sie wachen morgens auf, schauen aus dem Fenster und gehen nicht aus dem Haus. Es sei denn, sie haben einen Hund. Dann gehen sie auf den Marktplatz und gucken sich die Todesanzeigen an, um zu sehen, wer gestorben ist, und sich zu freuen, daß es noch nicht sie erwischt hat.

Um zehn ist alles tot. Nur die Tankstelle lebt. Niemand tankt. Alle kaufen Alkohol oder sitzen in der Kneipe. Die Autos, die sie haben, werden immer größer, immer billiger und immer älter. Sie kaufen sie bei den Schlitzohren, die mit ausländischem Schrott handeln. Ja, alle gehen weg oder importieren etwas. Hier gibt es nichts. Diese Autos werden jeden Moment auseinanderfliegen, die Böden werden abfallen und die Karosserien in den Wäldern hinter der Stadt landen. So etwas kauft kein Mensch mehr. Da werden Füchse oder Rebhühner einziehen. Füchse sind klug. Ich sehe sie immer näher an der Stadt. Die Leute werfen Lebensmittel weg. Sie kaufen sie und können sie nicht essen, weil sie billig und eklig sind. Genau das richtige für die Füchse. Manchmal überqueren sie die Straße wie Katzen oder Hunde. Sie fressen die Wurst der Menschen und wohnen in verrosteten Limousinen. Schließlich räumt das Gerümpel keiner weg. Alteisen, zu nichts mehr nütze. Aber die von der Tankstelle stört das nicht. Meistens haben sie Glatzen und abstehende Ohren. Als wären sie unterernährt. Manchmal tanke ich nachts und betrachte sie durch die Scheibe. Ihre Bewegungen sind insektenhaft, nervös. Sicher hat man sie als Kinder geschlagen. Vergeblich. Sie sind dumm und fluchen ohne Ende. Aber später, wenn sie auseinandergegangen, wenn sie allein sind, huschen sie verstohlen im Schatten der Mauern entlang, den Blick gesenkt.

Die Bullen versammeln sich ebenfalls an der Tankstelle. Auch sie haben meistens Glatzen. Vielleicht sind sie nur ein bißchen besser genährt, größer, dicker und selbstsicherer. Aber es ist eine Selbstsicherheit, die sie aus amerikanischen Filmen gelernt haben. Außer der Tankstelle sind nachts in der Stadt nur die Videotheken offen. Die Leute nehmen sich zwei, drei oder vier Filme mit und gehen nach Hause. Die Bullen unterscheiden sich kaum von den anderen Leuten. Sie kommen sich vielleicht nur besser vor. Aber sie sind es nicht. Sie sind genau wie die Glatzköpfe mit den abstehenden Ohren. Sie schauen sich die gleichen Filme an und essen das gleiche Zeug in der Tankstellenkneipe. Und warten ebenso auf eine Revolution, die alles verändert. Das ist es, was ich in dieser Stadt spüre – Warten. Alle beschäftigen sich nur provisorisch mit dem Leben. Sie warten ab, in der Hoffnung, daß alles auf den Kopf gestellt wird, daß alles ganz anders wird, als es ist, daß die Letzten endlich die Ersten sein werden.

Gestern abend setzte ich mich neben einen Tisch, an dem ein Vater und sein Sohn saßen. Sie waren auf der Durchreise. Solche Leute erkennt man leicht, denn sie fühlen sich unsicher, schauen sich ständig um. Selbst wenn alles ruhig ist, können sie sich nicht beherrschen und sehen sich um, als erwarteten sie einen Hieb oder irgendeine Belästigung. Der Vater war groß, dick und hatte einen Schnurrbart. Er saß lässig ausgestreckt da, aber er sah sich immer wieder um. Der Sohn ähnelte ihm, war schon auseinandergegangen von dem fetten, billigen Fraß. Ich wartete auf jemanden und hörte ihnen eine halbe Stunde zu. Eigentlich redete hauptsächlich der Alte. Von einem Auto, genauer gesagt, von den Türen des Autos: ob es sich lohne, sie zu lackieren und die Bespannung auszutauschen. Der Sohn war im Prinzip mit allem einverstanden und nickte. Das Wort »Bespannung« fiel wohl zehn-, fünfzehnmal und bestimmte den Rhythmus des farblosen Vortrags. Der Alte verlieh dem Gelaber ein Gewicht, wie es väterlichen Belehrungen über Sinn und Tücken des Lebens eigen ist. Sie aßen Bohnensuppe. In der Küche brutzelten Koteletts für sie. Plötzlich war der Monolog unmerklich auf ein Handy zum günstigen »Aktionspreis mit Servicepaket« übergegangen. Wieder nickte der Sohn und warf ein paar Silben ein. Dann stand er auf und ging zur Theke, um die Teller mit dem Hauptgericht abzuholen. Er trug einen dunkelblauen Trainingsanzug aus Polyester. Der Vater eine Lederjacke.

ICH KONNTE NICHT länger warten, ich mußte gehen. Durch die Fensterscheibe sah ich sie noch. Der Alte schluckte ganz langsam und redete zwischen einem Bissen und dem nächsten. Der Junge hatte den Blick auf den Teller geheftet und aß. Sie waren nicht von hier, aber sie kamen aus einem ganz ähnlichen Ort. Sagen wir, Żłobiska oder noch weiter, direkt an der Grenze. Dort gab es höchstens weniger Laternen und weniger Autos, aber der Rest sah genauso aus. Doch jetzt saßen sie auf Kunstleder an einem Tisch, der Holz imitierte, unter einer Plastikpflanze, in diesem vernickelten und aufgeräumten Raum, und hatten es nicht eilig, nach Hause zu kommen. So ist diese Stadt entstanden. Die Leute sind hierhergezogen, weil sie es bei sich nicht aushielten. Jetzt gehen sie weg von hier und machen Platz für solche wie die an dem Tisch. Ein Geschäft muß immer in Bewegung sein. Wenn die Bewegung erlahmt, zieht das Geschäft weiter. Übrig bleiben diejenigen, die keine Kraft mehr haben. Sie bleiben überall übrig und befassen sich mit den Resten. So wie ich.

Zehn Minuten reichen, um von einem Ende der Stadt ans andere zu fahren. In der Stadt gibt es insgesamt zweiundzwanzig Läden mit gebrauchter Kleidung. Manche sehen aus, als würden dort neue Sachen verkauft: Spiegel, Anprobe, viel Licht. Andere wirken wie Keller, wenn man sie betritt, haben weder Fenster noch Belüftung. Die Sachen kommen alle aus Europa. Heißt es jedenfalls. Einmal in der Woche rollt ein Güterwaggon auf das Nebengleis und lädt große Ballen von gepreßter Kleidung ab. Die Ladenbesitzerinnen – denn es sind ausschließlich Frauen – teilen die Ware unter sich auf, wiegen sie, bezahlen und laden sie in Lieferwagen. All das geschieht dienstags, die Läden sind dann erst ab Mittag offen. Die Leute sagen, alles komme aus Europa. Sie belügen sich, aber Paris klingt eben immer tröstlich. Vor allem für die Frauen, die die Sachen von allen Seiten betrachten, ans Licht halten, ausbreiten und dann sagen: »Legen Sie mir das bitte zurück. Morgen komme ich mit Geld.«

Der Dienstagszug fährt danach ins Gebirge, Richtung Grenze, und zieht die gleichen Waggons weiter nach Sabinov, nach Gönc und Bistrica. Auf den Rampen warten Frauen, Autos und Typen, die zum Verladen angeheuert werden, und in Bistrica warten außer den Autos auch Pferdefuhrwerke. Die Frauen zahlen nach Kilogramm, aber es ist nicht so einfach, das alles zu wiegen, und so streiten sie sich mit den Großhändlern in den Waggons, und die fluchen in fünf Sprachen durcheinander. Wasserstoffblondinen ziehen einzelne Stücke aus den Packen, heben sie hoch, halten sie den schlauen Dicken in Lederjacken unter die Nase und brüllen: »Das soll aus Paris sein, aus Frankreich?! Das ist aus der Scheißtürkei!«

Ich kenne das gut. Ich bin Lieferwagen für sie gefahren. Sie riefen mich an und sagten, ich solle um sieben, um sechs oder noch früher kommen. Ich erinnere mich an den Gestank von billigem Waschmittel. Im Sommer war er nicht auszuhalten. Eine halbe Stunde unter dem Blechdach, und man erstickte fast. Ich fuhr die Ware bis nach Żłobiska, nach Grobów oder weiter.

Dann lernte ich Władek kennen, und wir machten die Sache auf eigene Faust, ohne Zwischenhändler, ohne die Frauen, ich nahm die Kleider von den Waggons, wie sie kamen, zahlte und fuhr los. Władek konnte schnell rechnen und herausgeben. Er hatte alle Wechselkurse im Kopf, sieben, acht, zehn Währungen, er dividierte, multiplizierte, subtrahierte, berechnete Prozente, und gleichzeitig redete er, rauchte, machte Geschäfte, stritt sich mit den Kunden. Das alles beherrschte er noch aus früheren Jahren, als er mit Taschen voller Rubel, Lei, Forint und Kronen über Czernowitz nach Suceava fuhr und dann über Satu Mare, Tokaj und Košice zurück.

Jetzt hielten wir irgendwo in Ożenna an oder jenseits der Berge, in Havaj, Mikova, weit weg von der Bahnlinie, weit weg von den Hauptstraßen. Władek war inzwischen dicker und langsamer geworden, aber mit den Dorfweibern kam er immer noch zurecht. Die besseren Stücke hängten wir an die Ständer, man mußte sie nur aus dem Lieferwagen nehmen und auf dem Platz vor dem Geschäft oder der Kneipe aufstellen: Ständer mit Jacken, Mänteln, Jacketts. Den Rest hatten wir in Plastikkisten. Aus ein paar Brettern bauten wir eine Art Theke, und es konnte losgehen. Władek kannte in Torysa den Gemeindevorsteher, und als wir die Waren auslegten, kündigte dessen

Sekretärin durch die Lautsprecher des Dorfradios die einmalige Gelegenheit an, zu unwahrscheinlich niedrigen Preisen in lokaler Währung europäische sowie internationale Kleidungsstücke zu erwerben. Und dann kamen Frauen in violetten Kopftüchern, hielten die Sachen gegens Licht, befühlten die künstliche Seide, die verwaschene Baumwolle und abgewetzte Wolle und fragten: »Kol'ko stojí?«

Da verdrehte Władek die Augen, als hätte ihn jemand schwer gekränkt, und antwortete: »Gute Frau und liebe Chefin, von wieviel kann hier gar keine Rede sein, denn das kostet so gut wie nichts, das ist umsonst, ieftin, lacno, und von hier bis Preßburg finden Sie nichts, was olcsóbb wäre.« Er nahm ein grünes, durchsichtiges Nylonteil mit Rüschen, hielt es an seinen runden Bauch, machte einen halben Schritt in die eine, einen halben in die andere Richtung, und die Frauen folgten ihm mit dem Blick wie einem Zauberer, wie einem Wundertäter, der hierhergekommen war, um ihr Leben zu verändern. »Paris – London – New York, so steht es hier« – und er hielt ihnen die hübschen, mit Goldfaden bestickten Preisschildchen unter die Nase, die sicher in Istanbul oder Peking hergestellt worden waren. »Oh, Paris«, antworteten sie, und der Wind wehte ihnen den vom Waschen ausgeleierten Ramsch aus den Händen, diesen nach dreimal Tragen ausrangierten Müll, diese Kreationen, die aus der Mode kamen, bevor jemand sie eines Blickes gewürdigt hätte.

Ja, ohne Władek hätten wir einpacken können. Ohne ihn hätten wir nicht einmal den Zigeunern etwas verkauft. Und wenn es wirklich in Torysa war, dann kamen die Zigeuner aus ihrem jämmerlichen Pueblo herunter, das sie auf den Hügeln über dem Dorf aus Holz gezimmert hatten. Ja, nicht einmal ihnen hätten wir etwas verkauft, obwohl sie aussahen wie Menschen, die alles brauchen können. Es waren vor al-

lem Frauen, Frauen mit Kindern. Sie stellten sich im Halbkreis auf und warteten, bis die Weißen etwas Platz machen
würden, bis sie sich satt gesehen und für einen blauen oder
roten Geldschein etwas gekauft hätten. Die Weißen sahen
noch halbwegs aus. Sie hatten gewöhnliche Klamotten an, Sachen, die sie sich ausgesucht hatten, irgendwas Sinnvolles, ein
geblümtes Tuch, einen Rock, eine Schürze, Kleider, wie sie
schon ihre Mütter trugen, etwas ganz Normales eben. Aber
die anderen, die gehörten schon zum internationalen Konfek-
tionskosmos – gelbe, rote, grüne, blaue und phosphoreszierend leuchtende, verführerische Flammen. Darunter schauten
die schokofarbenen Körper hervor, durch die Löcher schimmerte die braune Haut, und durch die ausgeleierten Reißver-
schlüsse blitzte der Glanz von Tausendundeiner Nacht.

»Meine dunkelhäutigen Brüder und Schwestern«, begann
er, und ich war überflüssig. Ich ließ ihn machen und betrachtete die ordentlich gemauerten Häuser, die mit den Giebeln
zur Straße standen. Diese Dörfer sahen aus wie niedrig gebaute
Städtchen. Was sind das für Dörfer, wo man keine Hühner und
keine Pferdeäpfel sieht. Alles irgendwo versteckt, hinter Mauern und Toren. Auf die viereckigen Kirchtürme waren Uhren
gemalt, die Zeiger waren Viertel vor zwölf stehengeblieben,
als würde gleich etwas passieren, etwas geschehen, sich etwas
ändern, als würden die Tataren oder die Türken kommen, die
Deutschen oder die Russen oder die Amerikaner, oder als würde in dieser Viertelstunde ein Wunder geschehen und bis in alle
Ewigkeit niemand mehr kommen.

»Also, meine dunkelhäutigen Brüder und Schwestern! Ich
weiß, daß ihr knapp bei Kasse seid, daß ihr nicht viel Geld
habt, obwohl ich dafür bin, daß ihr welches haben solltet, und
zwar soviel wie möglich, am besten euer eigenes, euer Zigeu-
nergeld, aus der Zigeunernationalbank, eine Währung, härter

als Dollar und Euro zusammen, meine Brüder und Schwestern …«

Aber ich würde nicht meine Hand dafür ins Feuer legen, daß es in Torysa war. Vielleicht waren wir gerade damals weiter nach Süden gefahren? Und es waren gar keine weißen Frauen, die um uns herumstanden, sondern gleich diese farbigen, weil wir uns irgendwo in Vlachy oder Bystrany befanden? Es war immer er, der die Strecke festlegte und die Straßen aussuchte, er hatte sich dieses Geschäft ausgedacht, er war eines Tages zu mir gekommen und hatte gesagt:

»Willst du ewig in diesem Kaff herumkurven und an diese zwanzig Weiber liefern, aus denen vielleicht mal dreißig werden? Laß uns doch dorthin fahren, wo man uns wirklich braucht, wo es noch keine solchen Weiber gibt. Laß uns dorthin fahren, wo sie noch ärmer sind.«

Ich fragte ihn damals, warum er nicht selbst fuhr.

»Ich fahre nicht gern. Dafür trinke ich gern ziemlich früh am Morgen. Das paßt nicht zusammen.«

Aber so früh fing er nun auch nicht an. Etwa gegen Mittag, mit einem Gläschen. Und wenn wir auf Tour waren, bei der Arbeit, hielt er bis zum Abend, bis Sonnenuntergang, einen regelmäßigen Stundentakt durch. Man konnte die Uhr danach stellen. Seine Verbrennung lief so präzise ab wie eine chemische Reaktion unter Laborbedingungen.

Ich war einverstanden, denn diese Perspektive war genauso trostlos wie alle anderen, aber immerhin konnte ich sicher sein, daß niemand vor uns auf diese Idee gekommen war.

»Und Geld hab ich auch keins«, fügte er zum Schluß hinzu.

Aber es dauerte einige Zeit, bis er mich überzeugt hatte. Vorher mußte er mir noch jede Menge erzählen. Er paßte mich immer auf dem Nebengleis ab oder an der Tankstelle, manchmal sprang er auch einfach ins Auto, wenn ich an der Ampel stand.

Heute kommt es mir vor, als hätte ich ihn von jeher gekannt, aber ich kann mich um nichts in der Welt erinnern, wie und wo wir uns kennengelernt haben. In einer Stadt wie dieser trifft man ständig dieselben Leute, ein Fremder wird irgendwann zu einem, den man vom Sehen kennt, dann zu einem Bekannten, und eines Tages kann man sich gar nicht mehr vorstellen, daß die Welt jemals ohne ihn existiert hat.

»Alles hat sich verändert«, sagte er. »Früher bin ich mit neuen Sachen in die Städte gefahren. Dorthin, wo es die größten Märkte gab. Nach Suceava zum Beispiel oder anderswohin oder zu den ausgehungerten Russen oder zum Keleti, aber das war einmal. Sogar der Mexikoplatz ist Geschichte. Jetzt muß man mit alten Sachen aufs Land fahren, mit Zeug, das für die Stadt nichts mehr taugt, aber fürs Dorf noch gut genug ist und bunt wie im Fernsehen. Dorthin, wo vor uns noch keiner war. Jedenfalls nicht viele. Denk mal nach! Ausländische Waren aus dem Ausland! Das wird funktionieren. Von den eigenen Leuten nehmen sie nichts, aber von uns schon.«

Wir fuhren durch den toten Grenzübergang in den Bergen. Die großen verglasten Gebäude standen mitten in der Einöde, der Wind zerschellte daran. Von weitem sah das Ganze aus wie ein verlassenes Raumschiff oder ein vergammelter Supermarkt. Die weiß-roten Schlagbäume ragten in den Himmel und rosteten. Die Scheiben waren eingeschlagen. Von Kindern, von Zugvögeln, vom Wind – wer weiß. Wenn der Frühling im Anzug war, wenn es wärmer wurde, kamen Zigeuner von der Südseite der Berge her und schlugen hier eine Art Lager auf. Sie machten im Freien Feuer, kochten, schliefen und lebten einfach dort, wenn das Wetter gut war. Nach drinnen, in die Büros, in die Zollabfertigungsräume, in die Häuschen, in denen früher die Grenzbeamten residiert hatten mit ihren Computern, ihren Glock-Pistolen, ihren Knöpfen zum Öffnen der Schlagbäume, dorthin zogen sie um, wenn es goß. Im Grunde genommen wurden sie zu einer Art neuer Zollabfertigung. Wie früher wurden die Autos an dieser Stelle langsamer, fuhren mit anerzogenem Respekt in den Schatten des offenen, winderfüllten Hangars – und da kamen sie aus ihren Schlupflöchern, versperrten den Weg und verlangten die Maut: Kinder und Frauen mit Säuglingen; die Männer hielten sich etwas im Hintergrund, waren aber in der Nähe. Und die meisten Durchreisenden zahlten. Sie kurbelten die Fenster herunter und gaben ihnen Kleingeld. Zwanzig Cent, einen Złoty, fünfzehn Kronen, hundert Forint, fünfzig Kopeken, zwanzig Bani – sie gaben gern, denn das war wie ein Stempel im Paß. Die dunkelhäutigen Kinder schaukelten auf den Schlagbäumen, die Väter standen mit reglosem Blick da, die Arme auf der Brust verschränkt, und die Frauen hielten einfach die Hand auf, als sammelten sie Geld für Fahrscheine ein, für eine Vorstellung. An Schnüren hing Wäsche, in der Luft blauer Rauch.

Wir fuhren so oft dort vorbei, daß sie nichts mehr von uns wollten. Wir hielten an, und die Männer kamen zur Begrüßung. Manchmal fuhr ich ein Stück zur Seite, an die Stelle, wo die Zöllner früher das Gepäck durchsuchten, und Władek schob die Seitentür auf. Er holte eins dieser fluoreszierenden Wunder hervor, ein zweites und drittes und überreichte sie mit einer Verbeugung einer von den würdevoller aussehenden Frauen. Den Typen bot er Zigaretten an. Dann fuhren wir los, die Straße durch den Wald, schraubten uns bis zur Wasserscheide der Karpaten hoch, und nach fünfzehn Minuten waren wir auf der anderen Seite der Berge.

»Bald wird es von ihnen hier mehr geben als von uns«, sagte er beim Anblick der ersten ordentlichen Häuser an der Straße. »Sie gründen ihren Staat und fertig.«

AUF SOLCHE Ideen kam er, weil er immer in der Zukunft lebte. Wahrscheinlich stimmte ich deshalb schließlich zu. Um nicht daran denken zu müssen, was kommen würde, um es jemand anderem zu überlassen. Ja, und um die Stadt nicht riechen zu müssen. Ich fuhr ohne Ende in ihr herum. Genauso wie die armen, dummen Glatzköpfe, die sich doppelte Auspuffrohre montierten und dachten, so sehe ein abenteuerliches Leben aus. Genau wie sie. Mit dem Unterschied, daß ich einen alten Diesel hatte, diesen Maulesel, mit dem ich Geld zu verdienen versuchte.

»Sie haben immer von dem gelebt, was weggeworfen wird, was keiner mehr braucht. Und sind an die Orte gegangen, die von allen anderen verlassen wurden«, sagte er, als wir an Zborov vorbeifuhren, mit seiner toten Kirche mit den zwei Türmen. Jetzt nisteten dort Vögel, und wir sahen auf dem blauen Hintergrund Krähen kreisen, Saatkrähen, Dohlen, vielleicht sogar Raben, jedenfalls etwas Schwarzes. Ganze Scharen kamen aus den Löchern zwischen den Dachziegeln geflogen. Vielleicht sind wir damals zum ersten Mal mit Ware in den Süden aufgebrochen, und am meisten wunderte ich mich darüber, daß eine Kirche einfach verlassen sein konnte und darin Krähen wohnten. Dort war eine Kreuzung. Links ging es zu den Ruthenen, rechts zu den Zigeunern. So habe ich das in Erinnerung, und obwohl seither einige Zeit vergangen ist, sage ich mir in Zborov immer – links Ruthenien, rechts Indien. »Ja, und als die Grenzen aus der Mode kamen, du hast ja selbst gesehen, da sind sie sofort eingezogen.«

»Wir sollten in diesen Gewächshäusern einen Laden aufmachen, statt so durch die Gegend zu ziehen«, sagte ich.

»Vergiß es. Als sie die Grenzer abzogen, haben dort verschiedene Leute alles mögliche versucht. Kneipe, Kneipe mit Disko, Puff, Puff mit Kneipe, Puff mit Disko, aber es war immer so:

Sie kamen von drüben oder von unserer Seite, guckten sich ein bißchen um, setzten sich ein bißchen, tranken ein Bier und gingen wieder heim. Manchmal kamen sie ein zweites oder drittes Mal, aber sie gingen immer wieder nach Hause, und dann hat man sie nie mehr hier gesehen. Sie fühlten sich nicht sicher. Ein Puff auf einem Paß mitten im Wald, das ist etwas für einen romantischen Schmöker. Das war zu exponiert, trotz der Einöde.«

»Die Straße ist zu schmal«, sagte ich.

»Was?«

»Die Laster können nicht fahren. Im Winter schon gar nicht.«

»Ja«, erwiderte er. »Da hast du recht. Die Lastwagenfahrer sind wie hungrige Wölfe. Ja, die türkischen Lastwagenfahrer sind wie hungrige Wölfe.« Und er begann zu lachen.

UND DANN hinter Bardejov ließ er mich nach links abbiegen, in eine Seitenstraße, eine Abkürzung, mit der wir zwanzig oder dreißig Kilometer sparen würden.

»Früher bin ich hier gefahren«, sagte er. »Ich hatte einen Bekannten hier, dem habe ich Schafsfelle gebracht. Jedesmal etwa zehn. Wir fuhren zu dritt oder zu viert, und die lagen als Decken auf den Sitzen. Man mußte darauf sitzen, damit die Zöllner sie nicht sahen. Es dauerte etwa ein halbes Jahr, bis wir den Durchbruch geschafft hatten. Ich weiß nicht mehr, was wir auf dem Rückweg dabeihatten, wahrscheinlich Spiritus. Einmal brachten wir fünfzehn Liter im Ersatzreifen, aber der stank nach Gummi, und wir mußten ihn selber saufen.«

Die Straße wurde schmal und holprig. Alte Holzhäuser standen eng aneinander, und gleich dahinter ragten die steilen Wände der Schlucht empor. Auf dem flachen Boden zwischen den Höfen lagen Fichten- und Buchenstämme. Sie waren aus dem Wald hergeschleppt worden und warteten jetzt auf den Abtransport. Im ganzen Dorf war kein einziges Auto zu sehen. Auch keine Menschen. Auf dem Steilhang stand ein Traktor. Kalt und verrostet. Wir hielten beim letzten Haus an, und er sagte, ich solle hupen. Ich sah, wie sich die Gardine am Fenster bewegte. Nach einer Weile kam ein alter Mann in einer Weste aus Schafsfell um die Ecke. Er blieb stehen und schaute in unsere Richtung.

»Das ist er. Warte lieber. Er mag keine Fremden«, sagte Władek und stieg aus. Er blieb am Gartentor stehen, als wollte er warten, bis der Alte ihn erkennen würde, und erst als dieser nickte, ging er hinein.

Es war das letzte Haus, ein Stück weiter ging der Asphalt in Schotter über.

Ich konnte mich wirklich nicht erinnern, wann ich ihn zum ersten Mal getroffen hatte. Er war wie der Geist dieser Stadt. Er verkörperte sie: grau, unscheinbar, fast durchsichtig, der erstgeborene Sohn der Alltäglichkeit, von Geburt an im Scheitern bewandert. Aber man mußte ihn nur anschauen, den Blick auf ihn heften, um nicht durch ihn hindurchzusehen, und schon war er ein anderer. Wenn jemand ihn wahrnahm, wurde er sichtbar. Er sammelte sich, geriet in Spannung, seine Gegenwart verdichtete sich. Er war überall, sah und wußte alles, den Rest ahnte er.

Vielleicht war es im »Fäßchen«? Dort ging ich gerne hin. Ich stellte das Auto ab und ging eine Viertelstunde zu Fuß, von der Peripherie bis fast ins Zentrum. Es war eine Spelunke, aber ich mochte sie. Ich nahm meinen Krug und setzte mich mit dem Rücken so zur Wand, daß ich den Fernseher sehen konnte, der unter der Decke hing. Wenn man auf einen Bildschirm starrt, wird man nicht so schnell angequatscht. Es gab noch einige andere Kneipen in der Stadt, aber nur im »Fäßchen« wollten die Kunden nicht mehr sein, als sie waren. Sie gaben sich nicht der Illusion hin, Geschäftsleute zu sein, Gangster, arme Schwarze aus den Slums jenseits des Ozeans, Silikonpuppen aus einem Porno, Politiker, coole Typen, die mit den globalen Trends der Zeit gingen, und was da noch so an TV-Klischees verbreitet wurde. Nein, ins »Fäßchen« kamen diejenigen, die sich einfach vollaufen lassen wollten. Ich denke, das war der ehrlichste Ort in dieser krepierenden Stadt. Die Gäste machten in der Tat den Eindruck, als würden sie gar nicht fernsehen. Zumindest nicht seit zwanzig, dreißig Jahren. Sie trugen Jacken und Pullover, wie ich sie auf dem Nebengleis abholte und für die Händlerinnen durch die Gegend fuhr. Ihre Frauen hatten sie ihnen gekauft, und die Kleidungsstücke sahen aus, als würden sie rund um die Uhr getragen. Ich trank ein Bier, ein zweites und sah auf den Bildschirm. Zu essen gab es nichts. Salzstangen und Chips. Ich habe nie bemerkt, daß jemand etwas davon gekauft hätte. Im Fernsehen lief immer wieder die Konsumverherrlichung, aber der Mannschaft hier ging das am Arsch vorbei. Sie wollten sich vollaufen lassen, um nicht zu denken, und sie hatten recht. Vielleicht hatte er sich damals einfach dazugesetzt und gesagt: »Sie sind aber nicht von hier, oder?« Sicher versuchte ich weiter auf den Bildschirm zu schauen, wo Wrestling, Jelly Fight oder irgendwelche Ansprachen liefen, aber er gab sich nicht geschlagen: »Wissen Sie, von hier gehen die Leute eher weg oder versuchen es zumindest, wenn also jemand auftaucht, der nicht von hier ist, dann ist das immer interessant. Und eine alte Nummer haben Sie auch.« Bestimmt fragte ich: »Was für eine Nummer?« Er meinte die am Lieferwagen.

Er muß mich also beobachtet haben, muß mich im Auge

gehabt haben. Vielleicht hat er in gewisser Weise einfach auf mich gewartet, wie man auf einen Zufall wartet, der sich als Schicksal entpuppt.

ICH SAH IHN um die Ecke kommen. Als er schon an der Gartentür war, bewegte sich am Fenster des Hauses wieder die Gardine. Der Alte folgte ihm mit dem Blick. Władek stieg ein und zeigte mir ein Literglas mit etwas Weißgrauem darin.

»Schmalz«, sagte er.

»Bravo«, erwiderte ich.

»Vom Dachs, Mensch … Magische Eigenschaften. Heilt alle Krankheiten, nur Tote macht es nicht lebendig. Das ist die gängige Meinung.«

»Wieviel?«

»Wieviel was?«

»Wieviel hast du ihm gegeben?«

»Dreißig Stück Munition für die Doppelbüchse.«

Ich ließ den Motor an, und er gab das Zeichen – geradeaus. Das Dorf war zu Ende, zu beiden Seiten der Straße erstreckte sich Wald. Wir kamen zu einem verlassenen Schlagbaum. Er griff unter den Sitz und holte aus der Werkzeugkiste den Dreikantschlüssel.

»Der Vierzehner«, sagte er.

»Bist du sicher?« fragte ich.

»Hör mal, das ist eine Abkürzung, und wir sparen etwa vierzig Kilometer, und der Alte hat gesagt, er hat heute keinen von der Forstwacht gesehen. Im Falle eines Falles sagen wir, es war offen.«

»Aber da ist doch ein Verbotsschild.«

»Dann sagen wir ihnen, bei uns gibt's andere Schilder, verdammt, und wir haben das nicht gewußt.«

Er nahm den Schlüssel und stieg aus. Ich hatte keine Lust zu diskutieren. Ich fuhr durch, und er ließ die Schranke wieder herunter, als wäre nichts geschehen. Er stieg ein, und wir fuhren bergauf. Der Wald begann, und nach fünf Minuten hatte ich zur Rechten einen Abhang und zur Linken eine Schieferwand. Es war eng und steil. Unten sah ich Tannenspitzen. Wenn etwas entgegengekommen wäre, wäre man kaum aneinander vorbeigekommen, aber der Weg war mit Gras bewachsen, offensichtlich nahmen nicht viele die Abkürzung.

»Etwa sieben, acht Kilometer bergauf und genausoviel wieder runter, dann kommt Majdan, aber da gibt's nur ein paar Hütten. Wir fahren nach Lipany oder nach Sabinov. Heute ist ein guter Tag, weil sie Arbeitslosengeld und Stütze kriegen. Am besten wäre es, gleich bei der Verwaltung vorzufahren. In Lipany kenne ich sogar die Bullen, glaube ich. Weißt du, die Typen gehen sofort auf ein Bier und Borovička, das heißt Bororo, wie Pankovčín aus Marrakesch sagte, Gott hab ihn selig, der fuhr auch mit Ware, aber mit einem alten Bus, der zu einem Lebensmittelladen umgebaut war. Das Ding fuhr, schepperte, klingelte, in den Kurven rieselte es von den Regalen, es roch nach Räucherei, Drogerie und Desinfektion, aber wenn du was bestellt hast, hat er's gebracht, Waschmaschine, Kühlschrank oder vier Reifen für einen Favorit. Im Winter legte er Ketten an, um nach Kalinov oder Habura zu fahren und den Leuten Bororo und Videokassetten zum Wechseln zu bringen. So war das, bis er gestorben ist. Eines Morgens haben sie ihn gefunden. Er hatte es noch geschafft, an die Seite zu fahren, den Leerlauf einzulegen und die Handbremse zu ziehen, aber den Motor stellte er nicht ab; sie fanden den klappernden alten Diesel mitten im Wald auf dem Mikovsky-Paß, und er sah aus, als würde er schlafen, als wäre er vor Müdigkeit eingedöst. Es war Sommer, also hatte er die Fenster offen, und angeblich stöberten die Vögel im Gries, Reis und was da noch so war, eine ganze Schar Waldvögel, Eichelhäher … Sagten die Leute. Aha, also die Jungs mit der frischen Knete auf ein Bier, und die Ladies zu uns, zu den Billigklamotten. So sieht der Plan für heute aus.«

ICH FUHR wie ein Traktor auf dem Feld, fünf Kilometer die Stunde, und er redete. Vielleicht aus Angst und um nicht in den Abgrund schauen zu müssen. Ich dachte darüber nach, wann er das alles erlebt haben könnte und warum er sich so gut erinnerte. Nicht ausgeschlossen, daß er es sich ausgedacht hatte, aber was bedeutete das schon, wo wir diese Phantasien bald darauf in die Tat umsetzen sollten.

An diesem Tag kamen wir nirgends an. Mitten auf der Straße stand ein weißer Lada Niva. Ein Typ in Försteruniform pißte ans Rad. Ich fuhr so langsam, daß er uns nicht hörte. Erst als wir hielten, sah er auf. Ohne Eile beendete er seine Tätigkeit, ließ das Ding abtropfen und steckte es weg. Dann kam er auf uns zu. Er war um die fünfzig, hatte graues Haar und ein rotes Gesicht. Ich ließ die Scheibe runter und wartete. Er wollte etwas sagen, aber ich schüttelte den Kopf und zeigte auf Władek. Er wurde noch röter und ging um die Schnauze des Autos herum. Sie begannen zu reden. Ich verstand jedes dritte Wort, mehr brauchte ich auch nicht. Ich wollte gar nichts verstehen. Sie stritten sich. Der andere errötete immer mehr. Er sah aus, als würde er gleich platzen. Vermutlich sagte er, wir sollten uns dahin verpissen, wo wir hergekommen waren. Jedenfalls streckte er den Arm in die Richtung. Ich mußte sieben- oder achtmal zurücksetzen. Er sah zu und wartete darauf, daß wir in den Abgrund rauschten.

»Ja. Er hat gesagt, wir sollen uns verpissen«, sagte Władek, als wir unten waren.

»Konntest du ihm nichts geben?«

»Er hätte es nicht genommen.«

»Woher weißt du das?«

»Ich kenne sie. Dem hättest du schon fünftausend Dollar geben müssen. Da geht's ums Prinzip.«

»Welches Prinzip?«

»Daß sie das Sagen haben.«

»Im Wald? Es gab doch keine Zeugen. Weder daß er das Sagen hat noch daß er es nicht hat, weder daß er etwas genommen noch daß er nichts genommen hat.«

»Du verstehst das nicht, Mensch ... Kaum haben sie ein paar Jahre einen eigenen Staat, und schon gibt's darin bald mehr Zigeuner als Einwohner erster Klasse. Und dann noch die Ungarn an der südlichen Grenze, Hunderttausende ehemaliger Peiniger und Unterdrücker, Mensch ... Sei froh, daß wir keine Ungarn sind ... Er hätte uns die Reifen durchschossen, beim Fluchtversuch, ich kenne sie.«

Er hörte nicht auf zu reden. Er mußte quatschen. Es war inzwischen klar, daß wir an diesem Tag nichts verdienen würden. Unten erstreckte sich ein Dorf. Der blaue Rauch aus den Schornsteinen stieg direkt in den Himmel. Auf der Bank vor einer Hütte saß ein Alter in einer Weste aus Schafsfell. Seine Finger bewegten sich, aber den Sinn dieser Tätigkeit konnte ich nicht ergründen. Er bewegte einfach die Finger. Verstohlen warf er uns einen Blick zu.

»Er flicht aus Roßhaar Schlingen für Vögel«, sagte mir Władek, als ich fragte. »Die sind so dünn, daß man sie kaum sieht.«

Das Dorf hatte vielleicht fünfzig Häuser, aber Menschen sahen wir keine. Wie bei dem Alten zuvor gingen nur die Gardinen ein Stück zurück, alle verfolgten uns mit den Blicken und warteten, daß wir verschwinden und sie in Ruhe lassen würden.

Wir kehrten zur Hauptstraße zurück. Halbherzig fuhren wir nach Westen. In Ruská Vol'a, in den Gebäuden des ehemaligen Grenzübergangs, gab es irgendwelche Magazine, Lager, weiß der Geier. Lastwagen mit slowakischen und polnischen Kennzeichen fuhren vor, irgend etwas wurde geladen, umgeladen, umgepackt, Gabelstapler mit Paletten tuckerten herum, überhaupt war ein fieberhaftes, nervöses Treiben im Gang, als wäre plötzlich die Konjunktur für Gott-weiß-was angesprungen.

»Siehst du, sie haben es bis hierher ausgebaut«, sagte er, mehr zu sich selbst.

»Was haben sie ausgebaut?« fragte ich.

»Das Gleis, fünfhundert Meter Gleis von der Hauptlinie aus.«

Er sagte, ich solle von der Straße abfahren. Er mußte ein bißchen schnuppern. Ich hielt auf dem Parkplatz an, er sprang hinaus und lief zwischen die Lastwagen und Lieferwagen. Aus der Ferne war das Krachen zusammenstoßender Waggons zu hören. Hier haben früher Baracken mit Wodka und Bier gestanden. Auch in den Häusern an der Hauptstraße gab es Handel. Über den Eingängen hingen – wie Wappen alter Gasthöfe – Kisten der Marken Złoty Bażant, Mnich, Staropramen und Kelt. In den Baracken drängten sich die Leute. Früher bin ich auch hierhergekommen. Hinter den Theken standen mollige Frauen, die außer der russischen und ukrainischen jede Währung nahmen. In den Schubladen lag alles durcheinander, aber sie gaben exakt wie Automaten den Rest heraus, jedem, wie er es wollte. Ich kaufte damals billigen Whisky, fuhr nach Hause und trank, allein, während ich den Geräuschen der Stadt lauschte. Ich wohnte am Fluß, unweit der Brücke, und konnte das Dröhnen der großen Lastwagen hören, die hier nie hielten, und das Brummen der aufgemotzten Golfs, die immer im Kreis fuhren, weil sie nicht wußten wohin. Drei Flaschen reichten mir für fünf Tage, weil ich auch Bier trank. Zweimal im Monat machte ich diese Einkäufe. Ich kannte fast niemanden und wollte auch niemanden kennenlernen. Später wurde alles anders. Es gab keine Kunden mehr, die Baracken wurden abgebaut, und die Bierkisten verschwanden.

Zwischen den Lastwagen kamen zwei Männer hervor. Sie trugen sieben oder acht Autoreifen an einer langen Stange. Aus der zurückgeschobenen Tür eines weißen Transit tauchte eine Hand auf, nahm dem ersten der Träger die Last von der Schulter und zog die Ladung ins Innere des Wagens. Binnen kurzem war die Stange leer, die Männer trugen sie zurück. Sie hatten speckige Zolluniformen an. Nur die Abzeichen fehlten.

Nach zehn Minuten kam er wieder. Er ließ sich in den Sitz fallen, griff ins Handschuhfach und nahm ein dickwandiges Gläschen und eine Flasche Palinka, Marillenschnaps, heraus.

»Reifen«, sagte er. »Ganze Waggons voll Reifen.« Er schenkte sich ein und trank. »Ganze Waggons voll gebrauchter Reifen. Neben dem Gleis haben sie schon Lager hingestellt. Die Reifen kommen mit Zügen aus Österreich, sie sind aus ganz Europa, aus Italien, Frankreich, von hier werden sie weitertransportiert. Sie haben alles, was du brauchst, sogar für Traktoren, für Fahrräder, und alles schön geordnet wie bei Großhändlern, hier Fulda, hier Goodyear, nach Größen, Winterreifen extra, vier mal vier extra, ich hab noch nie im Leben so viele Reifen gesehen, Mensch. Und dann noch nach Preisen sortiert, von den ältesten bis zu den fast neuen, und alles im Computer, du brauchst nur zu sagen, was du willst, und der Kollege tippt es ein und sagt dir, ob er was für dich hat. Ich habe Autos aus Rumänien, aus Bosnien, aus Bulgarien gesehen, ja, das ist ein Lager für Gebrauchtreifen, mit dem du den halben Kontinent versorgen kannst ...«

»Wem gehört das?« unterbrach ich ihn.

»Ich hab gefragt. Keiner weiß was.«

»Die wissen nicht, bei wem sie arbeiten?«

»Sie sagen, irgendeine GmbH. Wenn man nichts weiß, sagt man immer GmbH. Das heißt: gewiefte Diebe. Es nennt sich *Centrum Visegrád.*«

»Hübsch.«

»Was heißt das denn?«

»Nichts. Eine Stadt in Ungarn. Eigentlich ein Dorf mit einem Schloß. Da wurde Dracula festgehalten.«

»Dieser Vampir?« fragte er und sah mich neugierig an.

»Nein, der echte.«

»Ich wußte gar nicht, daß es einen echten gab«, sagte er ein wenig enttäuscht.

»Sie haben ihn dort im Keller festgehalten. Er war eine Art rumänischer König. Aus Langeweile fing er Mäuse und spießte sie auf spitze Stecken. Als er frei war, tat er das gleiche mit Menschen. War damals so Mode.«

Aber er hatte das Interesse schon verloren. Er dachte an die mit Reifen beladenen Züge, an all den Plunder, den man noch jemandem verkaufen konnte, an den Ramsch, der immer irgendwelche Interessenten fand, an die Reste, die irgend jemand aufbrauchen würde. Er hörte auf seinen Instinkt.

An diesem Tag fuhren wir nicht weiter. Wir verkauften gar nichts. Wir fuhren zurück, und er träumte im Wachen. Er sah Züge voller abgewetzter Jeans und chemisch gereinigter Sakkos aus englischer Wolle, und er sah Hallen, in denen all das hing oder lag, in himmelhohen Stapeln, Tausende Kleider, Zehntausende Blusen, Hemden, Unterhemden, Mäntel, Jacken, Pullover, sortiert nach Farbe, Größe und Preis, vielleicht sogar nach dem Herkunftsland, hier Holland, da Portugal und ganz in der Ecke, sagen wir, die Schweiz.

»Ja«, sagte er, »das wär was. Aber nicht hier, nicht bei uns. Zum Beispiel in der Gegend von Budapest, irgendwo mittendrin, wo es überallhin nicht weit ist und man ein bißchen von der Welt sieht. Denk nur, wir würden Moldawien und Makedonien in Klamotten aus London kleiden. Einen eigenen Transport aufziehen oder einen mieten, oder sie würden selbst kommen. Bei der Ausfallstraße nach Miskolc ist ein riesiges Bahnterrain, hektarweise Gleise, und das ist die Strecke nach Wien, also ein guter Punkt, denn gleich daneben verläuft die M 3, die Straße in die Slowakei, in die Ukraine und ins nördliche Rumänien, Mensch … Und auf der anderen Seite? Ein Stück Róbert Károly körút und dann gleich die Donau, die Arpadbrücke und das Ufer. Auf dem Wasser geht's am besten und am billigsten, und flußabwärts läuft's ja sowieso von ganz allein: Belgrad, ein Stück Bulgarien, Rustschuk, Rumänien, Galatz …«

»Kennst du Budapest gut?« fragte ich, um ihn zu unterbrechen.

»Ein bißchen.«

IN DER STADT waren wir bei Einbruch der Dunkelheit. Ich fuhr ihn zu seinem Haus. Er wohnte in einem vierstöckigen Block. Die Siedlung lag auf einem Hügel, es war immer windig dort. Er nahm den Palinka und stieg aus. Ich beobachtete, wie er in seine Träume vertieft den Bürgersteig entlangging. Er sah nichts um sich herum, schaute gar nicht, eilte mit gesenktem Kopf, als wollte er seine Gedanken so schnell wie möglich in die leere Wohnung retten und mit ihnen allein sein. Es war ein warmer Abend, zwischen den Blocks wimmelte es von Kindern. In Scharen rauchten sie Zigaretten und spuckten auf die Erde. Aus den offenen Fenstern hörte man die Fernseher –

Dutzende in der Luft vermischte Programme. Die Menschen lebten auf diesem Hügel wie auf einer Insel. Die Welt sandte ihnen Signale, aber ihre Antworten konnten ihr gestohlen bleiben. Sie begriffen das genau und gingen nirgendwohin. Sie versuchten, die TV-Sendungen zu imitieren. Auf Skateboards fuhren sie die schartigen Betonstufen herunter oder ein Stück abschüssigen Asphalt. Einmal, zweimal, dann steckten sie sich wieder eine an.

Ich legte den ersten Gang ein und fuhr langsam ums Karree. Es erinnerte an ein erlöschendes Lagerfeuer: Staub, aschgrauer Zement und das kalte Glühen der Fernseher. Ich rollte bergab, am Zentrum vorbei, und spürte durchs halboffene Fenster die Feuchtigkeit vom Fluß. Ich hatte ein einstöckiges Haus aus rotem Backstein gemietet. Ein Zimmer, Küche, das war alles. Der Rest war mit Gerümpel vollgestellt und abgeschlossen. Aber ich hatte ein Stück Hof, einen Zaun und ein abschließbares Tor, also mußte ich mir keine Sorgen um den Lieferwagen machen. Auf dem Hof stand eine Bretterbude, darin hatte ich mir eine Art Werkstatt, Lager und Garage eingerichtet. Früher war um das Haus herum ein Garten, aber er war verwildert und hatte sich in Wald verwandelt. Von der Straße her verdeckten Fliederbüsche die Sicht. Ich hörte die Stadt, aber ich sah sie nicht. Einmal im Monat kam eine ältere Frau, der ich Miete zahlte. Sie lächelte und fragte, ob ich mich in der Wohnung wohl fühle. Hereinkommen wollte sie nie. Im Zimmer standen alte, abgenutzte Möbel aus den sechziger und siebziger Jahren. Solche Möbel kannte ich aus meiner Kindheit. Mehr brauchte ich nicht. Im Winter heizte ich den Herd und den Kachelofen. Der Geruch des Kohlenrauchs in der kalten Luft erinnerte mich an längst vergangene Zeiten. Bevor ich hierherkam, habe ich auch Klamotten verkauft, aber neue. Ich hatte sogar einen Laden. Aber das war dann vorbei, und ich bin weggegangen.

Man kann sogar sagen, ich bin geflüchtet, denn mein Leben war in Stücke geflogen, und ich war nicht in der Lage, es wieder zusammenzusetzen.

An warmen Abenden setze ich mich manchmal an den Fluß. Der verwilderte Garten endet an der Uferböschung. Hier ist kein Zaun, nur Schlehenbüsche und Weißdorn. Links sehe ich die Brücke und ein paar zweistöckige Häuser. Rechts brennen die Lichter der Tankstelle. Manchmal hole ich die Luftmatratze und den Schlafsack und sitze da, bis der Schlaf mich überwältigt. Ich schaue, wie die Stadt abstirbt, und stelle mir vor, daß ich mich selbst beobachte, daß ich nur mein eigener Schatten bin.

MANCHMAL kam er morgens, und wir brachten unsere Ware in Ordnung. Wir mußten die ganzen Lumpen wegwerfen, die wir monatelang in der Gegend herumgefahren hatten und die niemand mehr eines Blickes würdigte. Ausgebleichte Hemden, Jacken, die sich nicht mehr bügeln ließen, Röcke, in denen Löcher waren, Pullover, bei denen die Maschen aufgingen, und all den anderen Krempel. Auf dem Boden der Plastikkisten fanden wir Knöpfe, abgegangenes Flitterzeug und Mäusedreck. Die Mäuse mußten wochenlang mit uns gefahren sein. Sie hatten sich Nester aus Stoffetzen gebaut und dort ihre Mäusekinder zur Welt gebracht. Sie überquerten mit uns die Grenze, und nachts, wenn wir im Laderaum oder bei Władeks Bekannten schliefen, huschten sie auf der Suche nach etwas zu fressen in die slowakische Finsternis und wurden zu Bürgern dieses schönen Landes.

»Guck mal, was die gemacht haben«, sagte er und hob die durchlöcherten Fetzen hoch. »Hätten die keinen anderen Platz finden können, verdammt?« Er sah genauer hin, rieb den Stoff zwischen den Fingern und schüttelte resigniert den Kopf. »Und das ist auch noch Plastik, Polyester, Nylon oder anderer Scheiß. In dem Zeug kann doch kein Mensch schlafen, da erstickt man, und so einer Maus macht das nichts aus.«

Wir packten alles in Säcke und stellten sie an die Garagenwand. Dort wehte es im Winter wenigstens nicht. Im Frühjahr und im Herbst warfen wir den größten Teil der Waren weg. Kollektionswechsel. Übrig blieben einige Sakkos, die besten Jeans, Lederjacken und ein paar Mäntel, darunter ein schwarzer Ledermantel – der war von Anfang an mit uns gefahren. Ich kam damals von der Grenze und hatte ein bißchen Wodka rausgeschmuggelt. Auf dem Marktplatz in Żłobiska stand ein graugrüner alter Mercedes 123. Auf dem Anhänger lagen Kleider aus. Über den Stapeln mit Klamotten erhob sich eine Konstruktion aus Aluminiumrohren, an der Kleiderbügel mit besserer Ware schaukelten. Es war Südwind und ging auf den Abend zu, und in den schrägen Sonnenstrahlen sahen diese wehenden Kreationen wie Kirchenfahnen aus. Daneben stand ein leicht ergrauter Typ und rauchte eine Zigarette. In der halbgeschlossenen Hand schützte er sie vor dem Wind. Er starrte irgendwo in die Landschaft, als würde der Laden gar nicht ihm gehören, als würde er nur aufpassen und ungeduldig auf den Besitzer warten. Ich hielt in der Nähe an und ging zu ihm. Zwischen den Sachen, die ich mir anschaute, entdeckte ich diesen Mantel. Er war schwarz, schwer, alt, aber gut erhalten. Solche Mäntel haben die Kommunisten getragen, um sich Mut zu machen und anderen Angst einzuflößen. Die Nazis übrigens auch. Ich befühlte die Haut der Bestie, der Typ schaute immer noch in die Ferne, als wäre ich gar nicht da.

»Achthundert«, sagte er und schnippte die Kippe weg.

»Was heißt achthundert?« fragte ich.

»Alte«, erwiderte er. »Na, neue wohl nicht. Wollen Sie anprobieren?«

Ich wollte nicht. Ich wollte auch nicht kaufen. Mich interessierte mehr er selbst, wie er so im Wind stand, mitten auf dem leeren Platz, mit diesem unbewegten Gesicht und einer Sturheit, die allem Hoffnungslosen eigen ist. Er war gefahren, soweit es ging, und konnte nur zurück. Vor ihm war nur noch die Grenze – damals eine ganz echte und gut bewacht. Er stand einfach da und wartete, daß Żłobiska Mitleid bekäme und jemanden schickte, der etwas kaufen würde. Aber an diesem Tag gab es kein Erbarmen. So ist es manchmal in diesen Käffern: Alle glotzen hinter den Gardinen hervor, aber keiner kommt heraus. Ja, er stand da wie ein Denkmal des Frühkapitalismus und Unternehmertums. Unbewegt, einsam, dem Gespött preisgegeben. Und dann noch der Wind, der den ganzen Kram zum Flattern brachte.

»Das Geschäft läuft nicht«, sagte ich.

»Ja«, nickte er, »ein Scheiß ist das, kein Geschäft. Es ist nie so toll, aber heute ist es besonders schlecht.«

»Vielleicht, weil es so zieht.«

»Vielleicht«, brummte er und bot mir eine Zigarette an.

Ich sagte, wir gingen besser zu meinem Auto, denn bei diesem Wind sei das hier nichts mit dem Rauchen; das taten wir. Er erzählte mir, er fahre manchmal über hundert Kilometer am Tag und verdiene keinen Groschen. Ich erzählte ihm, wie ich vor einem Monat im Behälter für die Scheibenwaschanlage fünf Liter Spiritus transportierte und der Zöllner mich aufforderte, den Hebel am Lenkrad zu drücken. Der zerstäubte Spiritus verwandelte sich in der Augusthitze in eine Wolke, und es war ein Wunder, daß niemand in der Schlange ein Feuerzeug anmachte, denn da rauchen ja alle vor lauter Streß. Dann mußte ich an die Seite fahren, und er brachte ein Plastikröhrchen und sagte, ich solle alles herauslassen. Ich verschluckte mich, und der Spiritus kam mir durch die Nase. Das alles erzählte ich dem Händler, und am Ende lächelte er ein bißchen. Wir hatten aufgehört zu rauchen, aber aussteigen wollten wir nicht. Wir schauten zu, wie der Wind an den Kleidern zerrte. Niemand hatte die Absicht, etwas zu kaufen oder sich etwas anzusehen. Sie beobachteten uns hinter den Gardinen hervor. Wir waren Dahergelaufene. Ich fragte ihn, ob er nicht einen Wodka trinken wolle. Er sagte, eigentlich schon, aber er wolle kein Risiko eingehen, denn wenn sie ihm den Führerschein abnehmen würden, hätte er gar nichts mehr.

»Aber ich kenne hier einen. Da können wir hinfahren und die ganze Nacht trinken«, schlug er vor und sah mich von der Seite an.

»Gut«, antwortete ich.

»Ich fahre voraus. Ich heiße Heniek«, sagte er und stieg aus.

DAS HOLZHAUS stand einsam auf einem Hügel. Unten waren das Dorf und die weiße Kirche von Żłobiska zu sehen. Gleich hinter dem Haus begann der Wald. Das Fahrgestell blieb an Steinen hängen. Auf dem Hof stand ein dreirädriges Gefährt, das aus einem alten Motorrad gebastelt war. Über dem hölzernen Kasten war ein kleines Dach aus Zeltstoff. Der Hausherr kam uns barfuß entgegen. Zur Begrüßung grinste er breit. Er war um die fünfzig, dunkelhäutig, hatte einen Schnurrbart und einen melancholischen Blick. Er gab mir die Hand, ich spürte, daß sie hart und rissig war. Auch das Haus sah nicht mehr neu aus. Ebenfalls ein bißchen rissig, dunkelbraun, von Regen und Wind gebeizt, ähnelte es seinem Herrn. Manchmal war der Wind so stark, daß man kaum Luft bekam. Wir gingen hinein – ein Tisch, vier Stühle, eine Kredenz, ein weißgetünchter Ofen und ein Bett, auf dem eine graue Decke lag. Es roch nach Reinlichkeit und nach diesem Südwind, der einem durch und durch ging. Ich stellte zwei Flaschen slowakischen Schnaps auf den Tisch. Heniek zog eine Flasche polnischen hervor, aus einem Laden in Żłobiska.

»Ich habe nur Brot und Konserven«, sagte der Hausherr. »Ich mache Tee.«

»Das paßt schon«, erwiderte Heniek, und wir setzten uns.

WIR TRANKEN lange, langsam, in aller Ruhe. Als wollten wir Kraft sparen für das, was kommen würde. Die beiden unterhielten sich, und ich hörte zu. Ich war fremd und mußte abwarten, etwas Zeit vergehen lassen. Es wurde Abend, sie waren in die Geschichte vom Tod einer Frau vertieft. Die Geschichte eines Mordes. Da gab es Liebe und Eifersucht wie in einer echten alten Romanze, als alles noch seinen Platz hatte. Jemand wurde zu Unrecht angeklagt, jemand wollte sich der Verantwortung entziehen, aber so ganz verstand ich die Sache nicht. Schließlich war ich fremd und wollte keine Fragen stellen. Bisweilen hörte ich nicht mehr hin, sondern sah nur zu, wie sie über den Tisch gebeugt gestikulierten und ihre großen Schatten sich an den Wänden bewegten. Der Hausherr erzählte von einem Erhängten, den er in einem verlassenen Haus irgendwo in der Pampa gefunden hatte. Heniek von einem Polizisten, der Geister sah und schließlich verrückt wurde, weil keiner ihm glauben wollte. Ich schaute und lauschte, und im schwachen Licht der einen Birne glichen die beiden selbst ein wenig Geistern oder Gespenstern, so sehr nahm sie das Gespräch über nicht existierende Dinge in Anspruch, die für sie durchaus existierten.

Dann, spät in der Nacht, holte er diesen Mantel aus dem Anhänger, weil sie für mich nichts zum Zudecken fanden. Die beiden legten sich in das einzige Bett, ich ging auf den Dachboden. Zusammengerollt, zwischen Resten von Heu in das schwarze Leder gewickelt, hörte ich, wie sie sich noch bis tief in die Nacht hinein über etwas stritten. Schließlich schlief ich ein. Am Morgen kaufte ich den Mantel zum halben Preis.

Das alles ist lange her, aber ich besitze ihn immer noch. Am Anfang habe ich ihn sogar getragen. Jetzt fährt er nur noch mit. Manchmal liege ich unter dem Auto auf ihm. Vielleicht ist er älter als ich, aber man sieht ihm die Jahre nicht an. Mir schon eher.

Jedenfalls war es Heniek, der mir sagte, daß die Läden in der Stadt oft jemanden für den Transport brauchten. Damit fing alles an. Er zeigte mir das Nebengleis und machte mich mit den Einzelhändlerinnen und den Großhändlern von den Waggons bekannt. Ich traf ihn ein paarmal auf der Rampe. Mit seinem leicht abwesenden Blick suchte er die Ware aus, als wartete er auf etwas, als hielte er durch die Gegenwart hindurch nach einer Fortsetzung Ausschau. Dann verschwand er, und niemand konnte mir etwas über ihn sagen. Wahrscheinlich war er noch mehr als ich nicht von hier, obwohl er schon von weitem nach dieser Stadt roch.

Hin und wieder also warfen Władek und ich den Mäusedreck weg und wechselten die Kollektion. Altes darf nicht zu alt werden, sonst wollen es nicht einmal mehr die Zigeuner umsonst. Wir lüfteten, klopften aus. Was gelegen hatte, hängten wir auf, damit es sich aushing. Wir mußten nirgendwo hinfahren, also holte ich Bier, und wir machten ab und zu Pause. An warmen Tagen setzten wir uns an den Fluß und schauten auf die andere Seite. Vor der Tankstelle fuhren ständig neue Autos vor, tankten und fuhren weiter, als könnte keiner mehr bleiben, wo er ist, als wäre Bewegungslosigkeit tödlich. So war es wahrscheinlich, nur konnte ich es noch nicht glauben. Eines Tages, als wir so dasaßen, sagte er:

»Ich hatte auch mal einen Führerschein.«

»Und?«

»Hab ihn verloren. Vor zwanzig Jahren. Und ich werde nie erfahren, ob in Polen oder bei den Russen. Jedenfalls habe ich es bei den Russen gemerkt, als sie uns anhielten. Wir hatten in Sambor achtzig Uschankas gekauft.«

»Was?« fragte ich, weil ich dachte, ich hätte ihn falsch verstanden.

»Ohrenmützen. Solche wie in den Filmen. Aus irgendwelchem Fell, weiß der Geier, vielleicht von Katzen. Wir haben drei Läden in der Hauptstraße ausgeräumt. Sie guckten uns an wie Vollidioten, weil es schon Frühling wurde. Aber wir zahlten mit echten Rubeln, und sie waren froh, daß der Ramsch aus den Regalen verschwand. Den ganzen Kofferraum des Fiats luden wir voll. Wir fuhren zu dritt. Ab und zu wechselten wir uns ab. Wir wollten kurz vor der rumänischen Grenze übernachten, bei Tagesanbruch rüber und den ganzen Kram am Morgen auf dem Basar in Suceava verscherbeln. So war's geplant.«

»Achtzig Fellmützen im Mai?«

»Ich hab mich auch gewundert, aber alle sagten, das klappt. Woher soll man wissen, was den Rumänen durch den Kopf geht. Für diese Mützen wollten wir zwei Strickmaschinen kaufen, wenn man die nach Polen brachte, machte man fünffachen Gewinn.«

»Solche für Wolle?« erinnerte ich mich.

»Ja. Man fuhr mit so einem Hebel nach rechts und links, und es wurde ein Pullover oder Schal draus.«

»Oder eine Ohrenmütze.«

»Na ja. Im Prinzip ein Teufelskreis. Jedenfalls wechselten wir uns ab mit dem Fahren und tranken fast nichts. Wir wollten so schnell wie möglich zurück, Tourismus war nicht gerade unsere Leidenschaft. Wir fuhren an Stanisławów vorbei. Da blühten

Apfel- oder Kirschbäume oder beides, und in diesen Gärten standen Holzhütten. Grün mit blauen Fensterläden. Der Kommunismus kam bloß im Fernsehen gut rüber. In Wirklichkeit war das neunzehntes Jahrhundert, wie unter dem Zaren, echt. Wir fuhren Richtung Czernowitz, alles sah ganz normal aus. Mitten in der Pampa hielten sie uns an, in Medvedivka, Berezovka oder irgendeinem anderen Kaff. Sie standen da, in einem alten Lada, und warteten speziell auf uns. Ich saß gerade am Steuer. Fett die Typen, solche Bäuche, mit roten Birnen, in diesen Mützen wie Flugzeugträger. Sie kommen näher, stinken schon von weitem, schauen dich aber an, als wärst du ein Stück Scheiße. Diese armen Hundesöhne von Medvedivka … ›Führerschein‹, sagen sie. Ich fang an zu suchen, aber irgendwie find ich ihn nicht. In der Hose, im Hemd, in der Jacke, im einen Fach, im zweiten, nichts … Die Kollegen werden langsam nervös und klopfen ihre Taschen ab, als würden sie dort das Dokument finden, das mich berechtigt, mich auf den Straßen zu bewegen. Einer flüstert mir ins Ohr: »Gib den Ärschen Geld, und wir hauen ab.« Ich suche also nach Geld, aber die Hände flattern mir, und ich finde nur den Fahrzeugschein meines Fiat 125, und mir kommt der geniale Gedanke, daß ich ihnen den gebe und sage, das ist der polnische Führerschein, denn woher sollen die in ihrem Berezovka oder Baranivka eine Ahnung haben, wie ein Führerschein aussieht. Die mit ihrem hinterwäldlerischen Alphabet. Ich gebe dem also den Fahrzeugschein und suche weiter nach Geld. Und der, dieser eine, der Fette, fragt: ›Schto eto? Was ist das?‹ – ›Der Führerschein‹, sage ich. ›Woditelskije prawa.‹ Und er steckt das Ding ohne ein Wort in die Tasche und sagt, wir sollen ihrem beschissenen Streifenwagen folgen. Eine Minute später waren wir im Ortszentrum vor dem Kommissariat. Hühner pickten im Sand. Der etwas Dünnere nahm einen Schlüssel aus der Tasche und schloß die Tür auf.

Der Dickere streckte die Pfote aus und wollte die Autoschlüssel. Wir gingen rein. Es stank wie überall, wo Typen hocken, schwitzen, rauchen, die Luft verpesten und die Fenster nicht aufmachen. Sie schlossen uns zu dritt ein, in einem Zimmer mit einem vergitterten Fensterchen, einer Bank und Linoleum auf dem Boden. Schlossen ab und gingen. Wir fingen an uns zu beraten, fanden endlich Geld und waren bereit, ihnen alles zu geben, wenn sie nur Leine ziehen und uns fahren lassen würden. Aber die wollten kein Geld. Nach zwei Stunden, als wir schon fast am Rauch unserer Zigaretten erstickt waren, ging die Tür auf, und der Dicke winkte mir zum Zeichen, daß ich ihm folgen soll, und dort, in diesem Pseudobüro, saßen vier oder fünf von ihnen. Die rauchten auch. Der Gestank von diesen Belomor-Dingern, Mensch, der ist gnadenlos. Ich hab ihn heute noch in der Nase und werde ihn auch am Ende der Welt nicht vergessen …«

WŁADEK TRANK einen Schluck, zog an der Zigarette und starrte irgendwo vor sich hin, auf die andere Seite des Flusses, auf die Tankstelle und das Karussell der ankommenden und abfahrenden Autos, aber in Wirklichkeit blickte er wieder in die Vergangenheit, die eine echte Obsession von ihm war, weil er nicht begriff, wie sie funktionierte, weil er ihr Wesen nicht verstand. Er war der Meinung, die Vergangenheit müsse fortdauern, es gebe keinen Grund, warum sie hätte aufhören und ihn im Regen stehen lassen sollen. Doch ständig mußte er in der Vergangenheit sprechen, ständig verschwand alles, was Sinn hatte, und nur das Reden vermochte all die Wunder dem Vergessen zu entreißen, deren Zeuge und Gegenstand er war und die er unablässig wiederzubeleben versuchte.

»Jedenfalls kam ich mit der Nummer nicht durch. Das kann

nicht klappen, in keiner Situation. Und in diesem Fall stellte sich noch raus, daß der Dicke in der Armee diente, die damals unser Vaterland besetzt hielt, in der Gegend von Legnica oder in Legnica selbst, und er kannte die polnische Wirklichkeit, auch die Grundlagen der Sprache. Er nahm hinter dem Schreibtisch Platz und sah mich an, als hätte ich ihn persönlich beleidigt. ›Na, hast wohl gedacht, einen Iwan kann man verarschen?‹ sagte er schließlich. ›Ein Iwan rafft das nicht, hast du gedacht?‹ Er nahm den Fahrzeugschein, betrachtete ihn und warf ihn mit leisem Klatschen auf den Tisch. Die anderen schauten mit finsterem Blick mal mich, mal den Dicken an, der wohl der Chef war. ›Du hast, wie jeder Pole, gedacht, der Russe ist dumm, ja?‹ Er nahm den Fahrzeugschein wieder, öffnete eine Schublade und warf ihn rein. ›Und betrunken seid ihr auch.‹

Das waren wir gar nicht. Jedenfalls nicht besonders. Schließlich mußten wir aufpassen, das Geschäft, das Geld, die Fahrerei, also nur sehr gemäßigt. Ich wette, daß die betrunkener waren als wir, daß die seit zehn Jahren nicht mehr nüchtern wurden in ihrem Makivka, ich würde auch nicht nüchtern werden, wenn ich dort leben müßte. Aber an dem Tag hatte ich seit dem Morgen nur einen doppelten Wodka und ein, zwei Bier intus, und es war schon spät am Nachmittag. Wie er sagte ›Und betrunken seid ihr auch‹, da lag soviel Verachtung drin, man hätte kotzen können. Einer von den Jüngeren brachte mich in unsere Kajüte, wo man nur auf der Bank an der Wand sitzen oder herumspazieren konnte. ›Ich weiß nicht, wie's weitergeht‹, sagte ich zu den Jungs.«

Bis zum Morgen schaute keiner mehr bei ihnen vorbei. Abwechselnd saßen sie da, gingen umher, dösten. Es war kalt, hart, unbequem und still. Anscheinend hatten sie sie eingeschlossen und waren dann in ihre ukrainische Nacht verschwunden. Schlicht und einfach. Sie glaubten, die würden sich schon nichts antun, oder es war ihnen völlig egal. Bei Tagesanbruch kam der Dicke, schloß auf, gab das Dokument zurück und fragte, ob noch ein anderer einen Führerschein hatte. Beide hatten einen. Er sagte, sie sollten fahren.

»Das war irgendwo vor Kolomyja. Zwei Stunden später waren wir in Czernowitz. Dann noch eine Stunde, und wir hielten am Grenzübergang. Wachtürme, Stacheldraht, Hunde – KZ war das, nicht RWG, da wäre keine Maus durchgeschlüpft. Bei den Russen ging's flott. Wir kamen zu den Rumänen. Ich hielt zehn Dollar bereit. Sie sagten sofort, wir sollten den Kofferraum aufmachen. In die Pässe schauten sie nicht mal rein, nur die Ware interessierte sie. Mensch, das war damals richtige Armut dort, die Kinder verhungerten in den Krankenhäusern oder starben vor Kälte. Da regierte dieser Schuster, erbarmungslos. Die Russen standen gut im Saft, aber die Rumänen waren mager, dunkelhäutig. Auf einen Schlag war alles anders. Die Russen hatte man ganz gut im Gefühl. Aber die Rumänen waren verbissen. Als würden sie jeden und alles hassen. Wenn du in ein Loch im Boden scheißen und bei Nacht mit einer Kerze auskommen müßtest, würdest du auch alles hassen. So sah das aus. Nachts fuhr man durch ein abgeschaltetes Land. Wie im Krieg, als hätten sie Angst vor Fliegerangriffen. Der Schuster baute sich in Bukarest eine Pyramide, und die Frauen stopften sich polnisches Biseptol in die Möse, um nicht schwanger zu werden und Kinder zu kriegen, die dann an Hunger sterben würden. Von Zeit zu Zeit wurden bei den Frauen Zwangsuntersuchungen gemacht, ob sie nicht eine Abtreibung hatten oder schwanger sind. Der Schuster hatte die fixe Idee, daß es zuwenig Rumänen gibt und sie sich vermehren müssen, um endlich die Welt zu beherrschen. Jedenfalls bemerkten sie sofort diese unglückseligen Mützen. Sie wühlten herum, zogen sie raus, schauten rein, als suchten sie weiß der Geier was, Gold, Konserven, ich weiß nicht … Ich preßte die zehn Dollar in der Hand und wartete, daß der, der am wichtigsten aussah, wenigstens für einen Moment zur Seite geht, damit's keine Zeugen gibt. Das war so ein Spiel, und sie kannten es gut dort. Die Jüngeren gingen mit unseren Pässen in ihre Hundehütte. Der Ältere glotzte in den Kofferraum, mit einer Fresse wie eine Leiche. Ich ging hin und gab ihm den Geldschein. Er nahm ihn und steckte ihn ganz ruhig in die Tasche. Schaute mich nicht einmal an, brummte nur: ›Puţin, puţin‹, es sei zuwenig, und ›supus taxelor vamale‹, daß man die Mützen verzollen müsse, wenn nicht, dann müßten wir damit zu den Russen zurück, kurzum, es sah gar nicht gut aus. Ich holte den nächsten Zehner raus. Mensch, damals waren zwanzig Dollar die Hälfte von einem ordentlichen Monatsgehalt, zwanzig Flaschen Wodka, weißt du noch. Er nahm den Schein und steckte ihn weg, dieser rumänische Arsch mit seinen Plattfüßen. Dann wühlte er noch mal im Kofferraum, nahm fünf Mützen raus und ging ungeniert und so, daß alle es sehen konnten, zu seiner Bude. Und gleich erschien einer von den Jüngeren und brachte die Pässe.«

Ich hörte zu und stellte mir vor, wie er mit einem alten Fiat durch ein unbekanntes Land fährt und zwischen Schafherden und Eseln lavieren muß, stellte mir vor, wie er sich durch diese Fremde schlägt und Angst vor dem Unbekannten empfindet, gemischt mit Verachtung für alles, was fremd ist, für diese Esel und die mageren Pferde in den Gespannen, für den Maisbrei, für die feindseligen, abgerissenen Polizisten, für das erniedrigte Volk und das Elend; die Verachtung war ständig mit Angst vermischt, weil er ja sah, daß auch sie panische Angst hatten und dem Blick auswichen, daß sie nicht reden wollten, weil ein Fremder Unglück über sie bringen konnte. Ja, er fürchtete sich. In Bukarest hatte er gesehen, wie ein Polizist auf der

Straße einen Mann schlug, und als dieser stürzte, trat der Bulle ihm ein paarmal ins Gesicht und ging davon. All das erweckte den Eindruck eines besetzten Landes, und er fuhr damals, das Herz in der Hose, nach Istanbul, legte in Bukarest eine Pause zum Schlafen ein und jagte im Morgengrauen durch die ausgebrannte Ebene auf die Donau und die Freundschaftsbrücke zu, die auf die andere Seite des Flusses, ins bulgarische Rustschuk führte. Es war für ihn wie eine Reise auf einen fremden Kontinent, in den Dschungel, in die Finsternis, zu den Wilden. Morgens packte er vor seinem Wohnblock russische Fernseher der Marke Zenit, Kristall oder anderen Krempel ein, verabschiedete sich von den Kollegen, die zur ersten Schicht in die Fabrik aufbrachen, die damals noch barmherzig die ganze Gegend verqualmte und ernährte; er prüfte, ob die Reifen gut aufgepumpt waren, ob er genug Ersatzteile und Schläuche hatte, Kanister für billigen Sprit bei den Sowjets, checkte die Rubel und Dollar durch, die auf verschiedene Taschen verteilt waren, und am nächsten Tag stand er schon in der Schlange auf der vier Kilometer langen Freundschaftsbrücke, die zwei türkifizierte Länder verband, die bereit waren, sich jeden Moment an die Gurgel zu gehen.

Wir sammelten die leeren Flaschen ein und machten uns wieder an die Arbeit. Noch einmal sahen wir Stück für Stück die übriggebliebene Ware durch. Wir wollten soviel wie möglich wegwerfen. Das gab uns die Illusion, daß wir von vorn anfingen, daß jetzt alles anders laufen und die Lumpen sich in Gold verwandeln würden.

Eines Tages, als der Lieferwagen fast leer und ich damit beschäftigt war, Öl, Wasser, Licht zu checken und Lenkung und Federung auf Spiel zu prüfen, als ich überlegte, wann diese Klapperkiste wohl zusammenbrechen würde, fragte er:

»Kannst du dich noch erinnern, daß es früher nichts Gebrauchtes gab? Das heißt, man konnte kaum etwas Gebrauchtes kaufen.«

»Ja«, sagte ich, »ich weiß noch.«

»Eben. Alles funktionierte bis zum Schluß, oder man hat später etwas anderes daraus gemacht.«

»Aus einem alten Mantel machte man Lappen zum Bohnern.«

»In alten Karosserien wohnten Hühner.«

»Aus alten Reifen machte man Blumenkübel.«

»Die Busse haben sich die Leute als Lauben in die Gärten gestellt.«

»Die Kleider wurden von den Älteren an die Jüngeren weitergegeben.«

So zählten wir auf. Die Hausfrauen sammelten die Zuckertüten und die Milchtüten aus Plastik. Die Dinge hielten bis zum Schluß, ohne den Besitzer zu wechseln, oder sie änderten ihre Bestimmung und begannen ein neues Leben.

»Aber das, was jetzt ist, wird auch zu Ende gehen«, sagte er. »Das ist ein Übergangszustand.« Er trat gegen den Reifen des Ducato. »Die Zeit wird kommen, wo man mit so etwas nichts mehr anfangen kann. Man wird einfach von vornherein wissen, wann, nach wieviel Kilometern das Ding in tausend Fetzen fliegt. Man wird das Datum und die Stunde kennen und nichts machen können, nur die Kilometer zählen. Nach hundert- oder zweihunderttausend fliegen die Reifen weg, der Motor ist im Arsch, und die Plane ist durchlöchert. Natürlich wird es teurere und billigere Varianten geben, für mehr und für weniger Kilometer, aber alle zum einmaligen Gebrauch. Wie dieser chinesische Scheiß, den man jetzt überall kaufen muß, weil man keine andere Wahl hat. Nach einer Woche oder einem Monat fliegt das Zeug auseinander, weil die Schlitzaugen Arbeit brauchen, eine Milliarde Schlitzaugen müssen ackern wie bescheuert, müssen irgendwie beschäftigt sein, damit sie nicht aufmucken.«

ER SCHÜTTELTE den Kopf, als überraschten ihn seine eigenen Gedanken. Vielleicht kamen sie wirklich von außen, aus der Ferne, vom Himmel, aus der Zukunft, und er sprach sie nur aus und starrte auf die Vision, die ihm da zuteil wurde. Er lächelte ungläubig, als traute er seinen eigenen Worten nicht. Um wieder in der Gegenwart anzukommen, griff er ins Handschuhfach und trank ein Gläschen. Kurz darauf hatte er wieder Hoffnung, daß trotz allem die Apokalypse nicht heute oder morgen anbrechen und wir es schaffen würden, neue Ware zu laden und loszufahren. Ich war mir sicher, daß er die Route immer vorher geplant hatte. Er fragte nur aus Prinzip, ob wir hierhin oder dorthin fahren sollten, ob ich nicht lieber anderswohin fahren wolle. Mein Gott, ich hatte das Gefühl, daß er den ganzen Kontinent östlich der Elbe kannte, er war ihn abgefahren und hatte alles im Kopf. Eine Landkarte nahm er nie mit.

DIESE STADT deprimierte mich, aber ich wußte, ich würde keine bessere finden. Ich betrachtete die Taxifahrer, die den ganzen Tag am Marktplatz standen, und spürte, daß ich im Grunde ein Glückspilz war. Ich hatte noch nie gesehen, daß einer von ihnen mit einem Kunden weggefahren wäre. Stundenlang standen sie da, redeten, gingen dann zu ihren Kutschen, lasen Zeitung, lösten Kreuzworträtsel: Fluß in Afrika, drei Buchstaben, erster »N«, letzter »L«, dann kehrten sie wieder zu den anderen zurück, zu ihrem Gerede darüber, welches Auto wieviel auf freier Strecke verbrauchte und wieviel in der

Stadt, daß die Juden die arabischen Ölfelder gekauft und jetzt das russische Gas im Auge hätten, also würde sich in ein, zwei Jahren gar nichts mehr lohnen, auch das Rumstehen in der Sonne und im Staub würde sich nicht mehr lohnen, nichts, nie mehr, in Ewigkeit amen. Das war der Refrain dieser Stadt: »Es lohnt sich nicht.« Außer Stehen und Warten versuchten sie gar nichts, es hätte sich schließlich nicht gelohnt. Ja, diese Angst des Bauern, daß er wie ein Idiot dasteht, daß man ihn anpißt, daß die Wirklichkeit ihn nach Strich und Faden verarscht, hing über der Stadt wie eine Dunstglocke. Nur regloses Abwarten gab den Leuten das Gefühl von Sicherheit. Sie standen neben ihren Kutschen, klopften ihnen aufs Dach und öffneten die Türen, um die Fürze rauszulassen. Sie waren mir ein Trost. Verächtlich betrachteten sie den rostenden Ducato, wenn ich vorsichtig zwischen ihre herausgeputzten Mercedes rollte, die sie aus dem Reich angeschleppt hatten und mit denen sie in fünf Jahren fünftausend Kilometer fuhren. Ich glitt mit meiner nie gewaschenen Spaghettikiste an den fetten, auf Hochglanz polierten Hintern der deutschen Schrottwagen vorbei, und an der Ecke beim Tabakladen, wo wir uns gewöhnlich verabredeten, hielt ich Ausschau nach meinem Partner. Dort gab es die billigsten Zigaretten in der Stadt, dort deckte er sich ein. Ich fuhr ganz langsam, er lief mit und sprang herein, fiel auf den Sitz, holte Luft und fragte:

»Hast du getankt?«

»Halb«, erwiderte ich. »Für mehr hat's nicht gereicht.«

»Das heißt?«

»Für circa vierhundert Kilometer, knapp die Hälfte.«

»In Máriafalva ist heute große Kirchweih.«

»Wo?«

»Etwa hundertfünfzig Kilometer von hier, aber die ganze Veranstaltung fängt erst nachmittags richtig an.«

»Na, ich weiß nicht so recht«, sagte ich.

»Das lohnt sich. Da kommt das ganze Dorf zusammen, wir haben ein paar Ledersachen, Jacken und zwei Jacketts. So was geht immer. Wir können auch ein bißchen Süßkram mitnehmen und in der Slowakei loswerden, das bringt immer noch ordentlich Gewinn, und auf dem Rückweg laden wir ein bißchen Bier ein, und die Sache kommt hin.« Er klopfte sich auf die Taschen seiner Jacke. »Ich hab ein bißchen was zum Ankurbeln.«

Ich fuhr vom Marktplatz hinunter Richtung Brücke. Es war kurz vor zehn. Vor dem Laden an der Ecke standen die Kollegen, die immer dort stehen. Ich sah sie zu jeder Tageszeit. Sogar nachts standen sie da, obwohl der Laden geschlossen war und ringsum keine Menschenseele, die sie mit ein bißchen Kleingeld gerettet hätte. Sie standen zu zweit, zu dritt und reichten sich die Zigarette weiter. Das Delirium trieb sie aus dem Haus, wenn sie überhaupt ein Zuhause hatten, und sie mußten reden, um nicht all die Stimmen zu hören, die sie im Dunkeln zum Bösen überreden wollten. Er winkte ihnen mit der Hand. Dann sagte er, ich solle zum Bahngleis und zu den Baracken fahren, in denen die Großhändler saßen. Dort kaufte er Süßigkeiten, runde gefüllte oder mit Zucker bestreute Kekse, Bonbons und ein gutes Dutzend Tafeln gefüllte Schokolade. In den gleichen Sack legte er zwei Flaschen eisiges Mineralwasser und wickelte alles in Lappen ein.

»So wird es vielleicht nicht schmelzen«, sagte er.

DENN es war heiß. Wir hatten die Scheiben heruntergelassen. Der Sommer ging zu Ende. Wir verdienten nichts, aber wir verbrachten unsere Zeit unterwegs, das war allemal besser, als dazusitzen und zu glotzen, wie die Autos zur Tankstelle fuhren. Der Lieferwagen jagte mit letzter Kraft dahin. Ich betete, daß er bis zum Winter durchhalten, daß er erst Ende November zusammenbrechen möge, dann könnte ich ihn verkaufen und bis zum Frühjahr überleben. Wir verdienten gerade so viel, daß es fürs Benzin und einmal in der Woche für ein ruhiges Besäufnis reichte. Aber wir waren in Bewegung. Ich horchte auf die Geräusche des Motors und wartete nur darauf, daß der Bolzen der Pleuelstange bricht, es die Lagerpfanne raushaut, die Zylinderkopfdichtung wegfliegt oder die Kontrolllampe für den Öldruck aufleuchtet und nicht mehr ausgeht. Doch es geschah nichts. Nur daß er immer mehr verbrannte und immer mehr rußte. Es sah nach einer langen und kostspieligen Agonie aus.

Wir kamen an Żłobiska vorbei. Auf dem leeren Marktplatz stand ein großer Geländewagen. Er war so verdreckt, daß ich die Marke nicht erkennen konnte. Um ihn herum wuselten zwei Grünschnäbel in Kleidern wie für einen Film: grünes Drillichzeug mit Dutzenden von Taschen, geschnürte Springerstiefel bis zur Wade, Spiegelbrillen und Hüte wie in Vietnam, im Irak oder sonstwo, jedenfalls sahen sie aus wie Anhänger aktiver Freizeitgestaltung. Und sie fühlten sich wohl in diesem Dreck und waren zufrieden, nur der Mangel an Publikum schien das Vergnügen etwas zu trüben, denn Żłobiska lugte, wie es seine Art war, hinter den Gardinen hervor. Eine Promenadenmischung kam angetrabt und pißte ihnen ans Rad. Soviel sah ich in zehn Sekunden.

NUR wir hatten solche Waren. Alle anderen verkauften neue Sachen. Diesen Müll aus China. Auf Plastikfolie lag er direkt auf der Erde. Wind wehte und bestreute alles mit Sand. Gleich hinter dem Dorf begann eine ausgedörrte Ebene. Der chinesische Fake heizte sich in der Sonne auf und stank nach Gummi und Klebstoff. Alles lag in Stapeln von zehn, fünfzehn Stück, und wenn jemand etwas wollte, mußte er sich selbst die richtige Größe suchen. Aber es gab keine Interessenten. Die Händler standen mit auf der Brust verschränkten Armen unbewegt da und sahen aus wie in Gedanken versunkene Indianer. Auf Bügeln schaukelten Jacken. Mein Gott, sie hatten hier immer noch Klappbetten, auf denen sie die Sachen ausbreiteten, die man schlecht auf die Erde legen konnte. Zum Beispiel Pullover und Trainingsanzüge. Aber nur wir hatten diesen ausgesuchten Schrott: Paris – London – New York, nur wir waren die Könige des Plunders. Das Karussell drehte sich. Sie hatten auch Salami und Tokajer, religiöse Literatur in einem windigen Zelt, Süßigkeiten in verglasten Vitrinen auf Fahrradreifen, Hähne aus Lehm und rote Paprikaschnüre, Eis und einen Schießstand, aber nur wir hatten schwarze Lederjacken, in denen noch der Duft von Parfüm für hundert Dollar die Flasche glomm.

Auf dem Parkplatz steckten Reisebusse im Sand. Die Leute hatten es sich im Schatten bequem gemacht und aßen hartgekochte Eier. Ein Stück weiter standen in langen Reihen Autos, und am Ende, in einer Gruppe für sich, zehn oder fünfzehn alte Dacias. Sie waren so alt, daß nicht auszumachen war, welche Farbe sie ursprünglich gehabt hatten.

»Maramureș«, sagte er. »Siehst du die Nummernschilder?«

Auf den Schildern standen die Buchstaben SM.

»Satu Mare, Mensch. Da war ich zweimal. Da gibt's nichts. Die Stadt ist schlagartig zu Ende, und man muß auf Esel und Hammel achtgeben.«

»Was hast du da gemacht?«

»Nichts. Durchgefahren.«

Wir stellten uns ganz am Ende hin, das heißt eigentlich irgendwo dazwischen. Nicht mehr bei den Ständen, aber auch noch nicht auf freiem Feld, sondern auf dem Parkplatz hinter den armen Verwandten der Firma Renault. Der letzte in der

Reihe hatte vorne einen Platten. Wir zogen ein paar Bretter aus dem Auto, legten sie zu einer Art Tisch zusammen, darauf kamen die Kisten mit dem Kleinkram, daneben stellten wir einen Ständer mit fünf Teilen aus feinem schwarzem Leder. Der Wind trug Sand heran, alle rieben sich die Augen. Wir hatten über hundert Kilometer zurückgelegt, um diesen Plunder zu verkaufen. Niemand würdigte uns auch nur eines Blickes. Aus der Ferne erklang der Gesang von Mönchen. Hier trafen sich alle: Katholiken, Unierte, Orthodoxe und Calvinisten. Einmal im Jahr kamen sie, mit dem Auto oder aus den umliegenden Dörfern zu Fuß durch die Felder, oder sie traten die Reise aus den Karpaten und der Großen Ungarischen Tiefebene an. Ihnen folgten all die Geier mit ihren Ständen – und auch wir.

Niemand wollte etwas von uns. Wir rauchten Zigaretten, und der Wind riß die winzigen glühenden Papierfetzen fort. Da tauchten sie auf. Sie traten zwischen die Buden und Zelte. Langsam gingen sie über den sandigen Boden und schauten nach beiden Seiten. Zuerst die Männer, dahinter die Frauen. Die Typen waren ganz in Schwarz. Auf der Brust hatten sie silberne Ketten, sie trugen Cowboystiefel mit silbernen Beschlägen und steife schwarze Hüte mit breiten Krempen. Vier Typen und fünf Frauen, dunkelhäutige Gesichter, schwere, schläfrige Lider. Sie schauten sich nicht um, aber sie sahen alles – durch ihre Adern floß zur Hälfte Wachsamkeit, zur Hälfte Blut. Sie gingen wie im Film, in Zeitlupe, als würden sie Kräfte sparen. Auf den Cowboystiefeln lag der Staub der Ebene. Die Lackschuhe der Frauen hatten ihren Glanz völlig verloren und versanken im Sand. Aber diese Frauen, schwarzhaarig, aufrecht und gleichgültig, waren aus einer anderen Welt. Wie in einem wachsamen Traum, so gingen sie.

Sie kauften alles. Das ganze schwarze Leder. Sie hoben die Sachen hoch, breiteten sie aus, fragten die Frauen, und die nickten. »Zece mii forint prea unu«, sagte Władek, darauf nannten sie ihren Preis, und es wurde laut, denn plötzlich war die Schläfrigkeit weg, die Zahlen brachten sie in die Wirklichkeit zurück. Die Männer holten Bündel von Geldscheinen hervor, die Frauen kamen näher, befühlten die Ware, verzogen angewidert das Gesicht und schüttelten den Kopf. »Zece mii«, »Nu zece mii«, »Wieso verdammt nicht zece mii! Die sind doch fast neu, was Besseres habt ihr in eurem Draculand noch nie gesehen! Bei uns ist so was locker douăzeci mii wert! Versteht ihr, Brüder und Schwestern?« Er nahm ihnen die schwarzen Lederjacken weg, riß sie ihnen einfach aus den Händen, legte sie auf einen Haufen und gab zu verstehen, daß sie sich verpissen sollten. Sie zogen ab, fuchtelten mit blauen Tausend-Forint-Scheinen herum, legten sie zu Bündeln zusammen, spuckten darauf, glätteten sie, und es sah aus, als würde es gleich eine Schlägerei geben. Sie brüllten sich in zwei oder drei Sprachen an und nannten Summen, die ich nicht mehr verstehen konnte, und schließlich ging ihnen wohl die Luft aus, sie wurden still und wirkten geschafft, als hätten sie sich wirklich geprügelt. Władek warf das schwarze Lederzeug auf die Bretter, und einer von denen, offensichtlich der Wichtigste, sammelte von den anderen das Geld ein und legte das Bündel neben das Leder. Władek rechnete blitzschnell um, machte ein resigniertes Gesicht und sagte: »Bine. Wohl bekomm's, am besten zieht ihr sie nachts gar nicht aus.« Er gab dem Wichtigsten die Hand, und die Typen sanken wieder in ihre Schläfrigkeit zurück. Von weitem schauten sie zu uns herüber, unter schweren Lidern hervor, aus einer anderen Welt, und gingen langsam davon.

Er schüttelte den Kopf, schenkte sich ein Gläschen ein, und wir packten langsam zusammen. Sie hatten uns zweiundvierzigtausend in blauen Banknoten hiergelassen. Wir räumten die Kisten mit dem Kleinkram weg und bauten den Stand ab. Die mit dem chinesischen Ramsch standen da wie angewurzelt.

Ich schloß die hintere Tür, und wir waren fertig.

»Früher hätte ich dafür schwarze, glänzende Damenpullis gekauft, mit Goldfaden durchwirkt, und wäre über Záhony und Čop nach Hause gefahren.

»Durch die Ukraine?«

»Ja. Das heißt durch die Iwanunion, durch Transkarpatien, mein Gott! Die achtziger Jahre ... Diese Pullis, Mensch ... Man ist extra durch die Käffer gefahren, durch Strumykivki, Dubrynyc, durch Velykyi Bereznyj, durchs Gebirge, durch die Dörfer an der einen und der anderen Grenze, weil es da ruhiger war, weniger Miliz, und nur in Užok, vor und hinter dem Paß, standen Wachposten, Schlagbäume, und die Grenzschützer von denen schauten sich unser Vaterland von oben an, denn von dort kann man bei gutem Wetter hundert Kilometer weit sehen, die langweilten sich und waren keine solchen Arschlöcher wie die anderen Bullen, die Einsamkeit und die Schönheit der Natur machten da viel aus. Und obwohl man irgendwelche Papiere und eine Erlaubnis brauchte, ließen sie uns durch. Für einen oder zwei von den Pullis, verstehst du? Transkarpatien war damals ganz verrückt danach. Man hat in Rozluč oder so angehalten und mußte die Sachen nicht mal rausholen, zeigen, nichts, es reichte, daß man was durch die Scheibe sah, und schon tauchte eine von den Weibern auf, dann die zweite, ältere, jüngere, und schon stand der ganze weibliche Teil von Rozluč um die Kutsche herum. Das war Ramsch, totaler Schrott, aus Indien oder so, und nach dreimal Waschen konnte man sich damit höchstens noch den Rotz abwischen ... Aber Goldfaden, Goldfaden mitten in der Kolchose ... In Ungarn hat man ganze Säcke davon gekauft, und auf der anderen Seite brachte das den fünffachen, siebenfachen Gewinn. Tja ...

Zwei- oder dreimal, ich weiß nicht mehr, und kein Haar wurde uns gekrümmt. Achtundachtzig muß das gewesen sein …«

ER FUHR langsamer, als würde seine Erinnerung ihn bremsen. Er betrachtete den staubigen Platz, die Stände, die im Sand steckenden Autos, aber wahrscheinlich sah er das alles gar nicht. Von der Ebene her kam Wind auf, der immer stärker wurde. Aus dem Dorf tönten Glocken. Die Mönche waren verstummt. Die rote Sonne rollte nach Westen. Die Schatten waren schon lang und schwarz. Ich roch Holzrauch und Dung. Und da sah ich sie.

Riesig, schwarz kam sie daher, hinter ihr die Jungen. Die anderen Leute sahen sie auch und erstarrten, dann wichen sie langsam zurück. Eine so große hatte ich noch nie gesehen. Den Rüssel an der Erde, trabte sie und schnüffelte. Manchmal blieb sie stehen, hob den Schädel und sog den Wind ein wie ein Jagdhund. Sie hatte sechs Frischlinge bei sich. Die Frischlinge liefen ein Stück weg und dann wieder zusammen, die Rüssel an der Erde, lebhaft und fett. Sie trippelten auf den Platz mit dem chinesischen Kram. Die Alte hielt sich an den Hauptdurchgang zwischen den Ständen. Ihre Jungen, nicht größer als normale Hunde, verhielten sich wie Kinder – sie probierten aus, wieviel sie sich erlauben konnten. Die Muttersau quiekte, und anscheinend durften sie sich bis auf Hörweite dieses Quiekens entfernen. Sie schnüffelten an den Stapeln der Klamotten, steckten die Schnauzen in die Stöße der Jeans und Jacken. Mit ihren hohen Kinderstimmen quiekten und grunzten sie. Die Leute mit dem Plunder standen reglos da und wurden immer wachsamer. Es waren drei Typen und eine Frau. Eher Vietnamesen als Chinesen. Wer kann sie schon unterscheiden. Aber früher habe ich die einen wie die anderen öfter gesehen, und die Vietnamesen hatten feiner geschnittene Gesichter. Jedenfalls waren sie den Weißen ähnlicher als die Chinesen. Aber ich kann mich täuschen. Sie standen da und schauten. Sie waren nach Westen gekommen, an den Rand der Großen Ungarischen Tiefebene, aus dem Osten, genau wie die Ungarn vor tausend Jahren. Die damals brauchten Gras für ihre Pferde, und die heute Absatzmärkte für chinesische – mit Verlaub – Konfektion. Eines der Frischlinge zog mit der Schnauze eine Jacke aus einem Stapel und schleifte sie über die Erde. Sein Bruder oder seine Schwester schloß sich dem Spiel sofort an. Aus dreißig Metern Entfernung hörte ich das Geräusch von reißendem Stoff. Da stürzte einer der Händler zu den Tieren hin, erwischte die Schweinegeschwister und begann Fußtritte auszuteilen. Er trug eine blaugraue Jacke, die gleiche wie die soeben malträtierte, Jeans und weiße Sportschuhe. Die Frischlinge brachen in Klagen aus. Das hohe, scharfe Quieken tönte über den Platz. Da setzte die Mutter sich in Bewegung. Ich sah sie aus dem Augenwinkel. Sie stieß zwei oder drei Schaulustige zur Seite und kam in Fahrt wie eine warm gewordene Maschine. Je näher sie dem Ziel kam, desto größere Sätze machte sie. Schließlich stieß sie sich von der Erde ab und fegte den Vietnamesen um. Ein paar Meter weiter fielen sie beide zu Boden. Der Mann unter ihrem riesigen schwarzen Körper regte sich nicht mehr. Er war verschwunden. Ich sah nur noch die weißen chinesischen Adidas. Sie strampelten ein paarmal, wirbelten mit den Fersen den Sand auf und erstarrten. Die Muttersau hatte ihn in die Erde getreten und ihm die Kehle zerrissen. Jetzt schlabberte und schmatzte sie. Die Frischlinge liefen zusammen und umringten sie in dichtem Kreis. Man sah nicht einmal mehr die Adidas. Auch wir Zuschauer bildeten einen Kreis, der langsam enger wurde. Die Tiere schmatzten, es schlabberte weich und warm, und plötzlich begann eine der

Frauen zu heulen, mit einer Stimme, wie sie hier noch nie einer gehört hatte. Die Fäuste auf die Ohren gepreßt, setzte sie sich in Bewegung, ging auf die Schweinefamilie zu, und ihre Stimme schraubte sich höher und höher, eine Stimme, von der man sagt, sie lasse Glas zerspringen.

Die Muttersau hob die verschmierte Schnauze. Die Frau ging immer noch auf die Schweine zu und jaulte. Das Tier entfernte sich zwei Schritte von dem Mann und betrachtete sie. Es zog sich zurück, spannte den Körper an, und man konnte sehen, daß es sich vor nichts fürchtete. Und wir waren vor Angst alle wie gelähmt. Wir wünschten uns, die Sau möge ihre Tätigkeit fortsetzen und aufhören, sich nach uns umzuschauen. Zwanzig, vielleicht dreißig Händler und fast ebenso viele Frauen dachten: Friß dieses Schlitzauge, und laß uns in Ruhe.

Aber sie konnte sich nicht entschließen. Sie blickte auf die zierliche Frau mit den Fäusten an den Schläfen und trabte ein Stück zurück, als wollte sie wieder zum Sprung ansetzen. Schließlich setzte sie sich in Bewegung und begann zu beschleunigen, als würde sie einen Lehrsatz der Kinetik illustrieren. Wir alle standen fünfzehn Meter weiter. Da ertönte ein Pfeifen. Lang, schrill, durchdringend, als würde einem jemand einen Faden durch beide Ohren ziehen. Sie grub die Klauen in den Sand und blieb stehen. Es war dieser Wichtigste, der pfiff, der, mit dem Władek sich geeinigt hatte. Das Tier wandte den Kopf ab, schaute noch einmal die Frau an, machte dann kehrt und ging zurück, dahin, woher es gekommen war.

Der Mann stand nicht weit entfernt, in seinem schwarzen Anzug und Hut. Mit dem Blick folgte er der Schweinefamilie. Er schirmte mit der Hand die Augen ab und schaute gegen die Sonne in die Tiefe der Ebene.

WIR REDETEN NICHT. Ich fuhr, so schnell ich konnte. Wir waren sofort aufgebrochen. Aus Angst vor den Bullen. Wir wollten keine Verhöre. Ich hielt mich mit dem linken Rad an die Mittellinie. Man konnte es als Flucht bezeichnen. Manche standen sicher noch da und starrten in die Dunkelheit. In Nyíregyháza kamen wir vom Weg ab, aber Władek brummte, wir sollten nicht umkehren und suchen, wir würden auch so hinkommen, es würde nur etwas länger dauern. Die Straße wurde schmaler. Fast alle Wegweiser begannen mit »Tisza«: Tiszadies, Tiszajenes. Durch das halboffene Fenster drang schwüle Luft. Es roch nach Sumpf. Man spürte den Fluß. Wir fuhren über eine Brükke. Hier begann Tokaj, aber wir mieden das Zentrum. Überall standen schwarz gestrichene Fässer, überall hingen Schilder und Reklame: bor, vine, Wein, vigne, wino und so weiter, sogar japanisch und arabisch – warum auch nicht. In Gärten saßen Leute unter Schirmen. Ich sah, wie sie die Gläser hoben. Sechzig Kilometer weiter hatte ein Wildschwein einem Menschen die Kehle zerrissen, und sie saßen da und tranken Weißwein. Überall an den Böschungen standen Reisebusse und Autos. Wir fuhren auf einen Viadukt. Unten rauschte die Autobahn. Aber gleich war alles vorbei. Der Lärm, die Bewegung, die Lichter. Die Straße wurde uneben. Der Himmel war noch einen Ton heller als die Nacht, die Umrisse der Berge zeichneten sich ab. Wir kamen an einem Dorf vorbei. Ein paar Lichter leuchteten im Dunkeln gelb auf und erloschen wieder. Ich schaltete das Fernlicht ein. Der Weg schraubte sich in sanften Kurven den Wald hoch. Ich legte den dritten Gang ein und schielte auf die Temperaturanzeige.

»Hier sind wir noch nicht gefahren«, sagte ich.

»Nein. Aber das macht nichts«, erwiderte er. »Zwanzig Kilometer durch die Berge, dann wird's flach, und dann kommt schon die Slowakei.«

Er steckte sich eine Zigarette an und griff ins Handschuhfach. Die Serpentinen begannen, ich mußte den zweiten Gang einlegen. Am Rande der Landstraße erlosch ein Feuer.

»Sicher Holzfäller«, sagte er. Er trank sein Gläschen aus, drehte die Flasche zu und legte sie zurück. »So etwas hab ich noch nie gesehen.«

»Was?«

»Daß ein Schwein einen Menschen tötet. Das war ein Mangalica-Schwein.«

»Wie?« fragte ich, weil ich nicht sicher war.

»Mangalica. Ein Wollschwein. Das ist eine bestimmte Rasse. Die haben eine dicke Speckschicht. Man läßt sie oft frei laufen, sie können allein weiden. Sie gehen hin, wo sie wollen, in ganzen Herden. Ich habe einmal auf dem Dorf in Ungarn gewohnt. Sie sind direkt bis ans Fenster gekommen, haben rumgewühlt, nach Fressen gesucht, aber niemandem etwas getan. Große Ohren hatten sie. Wie Elefanten.«

»Was hast du denn auf dem Land in Ungarn verkauft?«

»Nichts. Ich hab da nur gewohnt. In Rumänien habe ich österreichischen Kaffee verkauft. Das erzähl ich dir mal. Ich muß immer noch an dieses Mutterschwein denken. Ich werde nicht schlafen können.«

Vor Mitternacht waren wir zu Hause. Die Süßigkeiten hatten wir vergessen. Er holte den Plastiksack heraus, betrachtete ihn im Licht der Laterne und schüttelte den Kopf. Ich sah zu, wie er leicht gebeugt auf dem leeren Bürgersteig ging. Seiner Bestimmung entgegen und einer schlaflosen Nacht in der Wohnung im vierten Stock.

BALD WIRD es schneien, und alles wird noch schwärzer aussehen. Der Fluß, der Asphalt, die Bäume und die Vororte mit ihren Hundehütten und Bruchbuden. In der Luft spürt man Kälte und Kohlenrauch. Morgen, übermorgen wird es schneien. In der Nacht. Am Morgen wird es still sein, als hätte eine Veränderung stattgefunden oder etwas würde von vorn anfangen. Schnee auf den Zweigen, den Geländern, den Zäunen. Die eckigen weißen Flecken der Dächer und Rauch aus den Schornsteinen. In der Morgenstille wird man das Geräusch der Schaufeln auf den Gehsteigen hören. Ich werde im Bett liegen und lauschen. Durch das Fenster sehe ich den mit weißem Flaum bedeckten verwilderten Apfelbaum. Das wird eine Weile dauern. Dann wird der Schnee schmelzen, herunterfallen, und von der Brücke her wird es dröhnen.

Aber erst in ein paar Tagen. Jetzt ist es grau, die Temperatur liegt bei Null.

Heute bin ich in der Stadt gewesen. Ich habe ein Vogelhäuschen gebaut und wollte Sonnenblumenkerne kaufen. Die bekommt man im Zoogeschäft. Ein seltsamer Ort. Du machst drei Schritte, und statt der grauen, kalten Straße hast du eine Tropenimitation mit entsprechender Hitze und Gestank. In Käfigen kreischen Papageien. In grünlichen Aquarien schwimmen exotische Fische hin und her. Es herrscht Halbdunkel. Die Käufer sind nicht exotisch. Sie sprechen leise. Als schüchterte sie die subtropische Atmosphäre ein. Alte Frauen kaufen Futter für Papageien und Katzen. Die Jugendlichen Zubehör für Aquarien. Die Fische werden in mit Wasser gefüllte Plastiktüten gepackt. Manchmal braucht jemand etwas gegen Flöhe, Sägemehl für Hamster oder ein Halsband. Aber alle sind auf irgendeine Art vereinsamt und still. Sie haben ruhige, traurige Gesichter, und es ist ein bißchen wie beim Arzt im Wartezimmer oder im Krankenhaus, wenn ein Angehöriger stirbt.

Ich habe die Sonnenblumenkerne gekauft und bin wieder gegangen. Da wurde mir bewußt, daß dieses Geschäft sich immer an dieser Stelle befunden hat, seit ich mich erinnern kann. Eines Tages bin ich hierhergekommen, und es war schon da. Alles andere hat sich immer wieder verändert. Ständig entstand etwas Neues, um bald darauf wieder unterzugehen. Läden, Kneipen, Fotogeschäfte tauchten auf und verschwanden spurlos. Eins verwandelte sich ins andere, doch über allem schwebte die Aura des Scheiterns. In der Salatbar werden jetzt Hosen verkauft. Die Bar hat vielleicht einen Monat lang existiert, und ich habe dort nie jemanden gesehen. Zwei junge Leute saßen da und guckten aus dem Schaufenster, aber niemand war in Sicht, niemand kam, und so machten sie den Laden genauso leise zu, wie sie ihn eröffnet hatten. Jetzt gab es dort Hosen, und durch das gleiche Fenster schaute eine blonde junge Frau. Sie schaute auf das schmale Sträßchen, auf dem niemand ging. Immer wieder erschienen neue Lokalitäten, aber niemand brauchte sie. Manchmal stellte ich mir die Leute vor, die solche Dinge in Angriff nahmen. Sie standen morgens auf, hatten Mut und Kraft, und dann sahen sie zu, wie das, was sie auf die Beine gestellt hatten, den Bach runterging. Und fingen wieder von vorn an. Als wären sie dumm oder heldenhaft. Jedenfalls unverwüstlich. Ich bewunderte sie. Sie eröffneten Kneipen und betrachteten die leeren Tische. Sie eröffneten Läden, kamen frühmorgens und blickten in die Leere. Nur dieses Lager für Sägemehl, Katzenfutter, Gummiknochen und Flohpulver hat überlebt.

Ich wollte nicht nach Hause, also ging ich auf Umwegen durch die Stadt. Manchmal grüßte mich jemand. Ich erwiderte den Gruß und ging weiter. Ich hatte nichts zu sagen. Es war Mittag, aber man hatte den Eindruck von Dämmerung. Über den Dächern hing ein ewiger November. Ich ging über das bebaute Gebiet hinaus. Unterhalb einer kleinen Böschung erstreckte sich ein sumpfiger Platz. Dort hielten sich Wanderhändler auf. Einmal im Jahr schlug der Zirkus Transsilvania sein Zelt auf, und zweimal im Jahr ein slowakischer Jahrmarkt. Die Leute sagten, so sei es immer gewesen. Seit sie denken konnten. Immer haben auf diesem Stückchen Niemandsland Fremde ihr Lager aufgeschlagen. Im Frühherbst kamen bessarabische Lastwagen, mit Wassermelonen beladen. Dort hatten sie archaische Federwaagen, die sie an den einzigen Baum auf dem Platz hängten. Sie verkauften ein bißchen und fuhren weiter, nach Westen und nach Norden. Ich erinnere mich an Ukrainer, die mit Alteisen, Werkzeug, Schmirgelpapier und Plastikpistolen handelten. Auch Spiritus verkauften sie. Sie brachten ihn in Kanistern, verdünnten ihn mit Wasser aus dem Fluß und füllten ihn in Flaschen ab. Dieser Flußschnaps war billiger als der billigste Wein. Eines Tages wurde einer von ihnen erschossen. Er hatte Teppiche, Kristall und junge Mädchen verkauft. Ich habe sein Auto gesehen. Schwer zu sagen, welche Marke, denn es war von den Teppichen und dem Kristall verdeckt. Vielleicht ein Mercedes, vielleicht auch noch ein Wolga. Jemand ist von hinten gekommen, hat ihm die Pistole an den Kopf gelegt und geschossen. So erzählten es die Leute. Sie hörten den Abprall, denn die Kugel schlug durch. Geschnappt wurde keiner. Alle hatten den Tod gesehen, aber niemand den Mörder. Man weiß nicht, ob sie überhaupt suchten. Letztendlich hatte bloß ein Iwan einen anderen umgebracht – so die Stimme des Volkes auf dem Markt.

Die Rumänen brachten Halwa. Kiloschwere Klötze in fettigem Papier, die sie auf Zeitungen ausbreiteten. Sie hatten auch süßlichen Balkanbrandy in braunen Halbliterflaschen. Das war alles. Einsam, dunkelhäutig, traurig standen sie da. Sie hätten Zigeuner sein können. Wahrscheinlich waren sie das auch. Ich sah sie ein paarmal, bis sie schließlich verschwanden, wie sie gekommen waren – lautlos, spurlos. Sie fehlten mir.

Ich blickte von der Böschung aus auf den Platz. Auf der anderen Seite, in der Ferne, erhob sich auf dem Hügel eine Siedlung vierstöckiger grauer Wohnblocks. Dort wohnte Władek. Trotz der Entfernung und des schlechten Lichts konnte ich seine Fenster erkennen. Ich stellte mir vor, wie er auf dem Balkon steht, raucht und die Neonlampen auf dem Rummelplatz betrachtet. Der Jahrmarkt kam immer im Frühjahr und im Herbst. Einige Wohnwagen standen im Halbkreis, und in der Mitte befanden sich die Unterhaltungsanlagen. Riesenrad, Karussell, Achterbahn, eine elektrisch betriebene Schiffschaukel, die unsterblichen Autoskooter, das war's. Am Tage sah das Ganze aus wie eine Fabrik nach der Bombardierung oder wie ein gigantischer kaputter Regenschirm. Wenn es dämmerte, wurden die Lichter angeschaltet, und das Geflecht von rostenden Rohren, Stangen und Blechen verwandelte sich in eine farbige Fata Morgana. Kinder kamen und reckten die Köpfe, um die feurigen Kreise zu verfolgen, die das Riesenrad zog. Glatzen kamen und wußten nicht so recht, wie sie sich verhalten sollten in dieser ungewöhnlichen Szenerie. Also trampelten sie im Dreck herum und fluchten für alle Fälle laut. Aber sie blieben zusammen. Die slowakischen Maschinisten, die die Geräte in Gang setzten, sahen aus wie Matrosen, die viele Male die Erde umrundet haben und sich vor nichts mehr fürchten. Sie hatten tätowierte Arme und unbewegte Gesichter. Für zwei, drei kichernde Kids schalteten sie das Karussell an, rauchten und starrten vor sich hin. Die Fahrt dauerte ungefähr eine halbe Zigarette lang. Sie waren zu dritt: ein Großer, ein Mittlerer und ein Kleiner. In Trainingshosen und Unterhemden. Władek kannte sie. Er sagte, sie seien Brüder. Er ging über den Platz und begrüßte jeden von ihnen. Sie wechselten ein paar Worte, ahoj, wie geht's, okay, mach's gut – das war alles. Manchmal verkaufte er ihnen billige Zigaretten von der ukrainischen Grenze, damit sie etwas zu rauchen hatten, während sie standen und warteten, bis die jugendliche Klientel sich versammelt hatte.

Er kam hierher, um sich mit Eva zu treffen.

Eva saß in einer engen gelben Bude und verkaufte Jetons für diese Freizeit- und Erholungsmaschinen. Ihre Gestalt in dem rechteckigen Fensterchen glich einem schönen, naiven Bild. Sie sah ein wenig wie eine Heilige aus, wie eine verschlafene Heilige, eine Heilige, die gerade aufgewacht ist. Ich hätte nicht sagen können, wie alt sie war, und ihn habe ich nie danach gefragt. Es ist übrigens gut möglich, daß er es selbst nicht wußte. Fünfundzwanzig? Dreißig? Fünfunddreißig? Damals habe ich wohl gar nicht darüber nachgedacht. Ihr Gesicht, ihre ganze Gestalt machten solche Fragen gegenstandslos, ihr Leben spielte sich außerhalb der Wirklichkeit, außerhalb des Alltags ab. Wenn sie ihn entdeckte, lächelte sie schon von weitem und griff sich unwillkürlich in das lange, dunkle Haar. Wenn es keine Schlange gab, und die gab es ja nie, konnten sie sich unterhalten, und das versuchten sie auch. Aber ihre Schüchternheit, ihre Zartheit und Schläfrigkeit bewirkten, daß das Gespräch ständig stockte, sie verstummte, und schließlich lächelten sie einander einfach an, getrennt durch diesen blödsinnigen Kassenschalter mit dem schmalen Sims, auf den er sich mit dem Ellbogen zu stützen versuchte, aber er war zu niedrig, und so stand Władek in einer lächerlichen, kauernden Haltung da. Eva trug enge bunte Pullis. Ich wette, aus irgendwelchen Secondhandläden. Grün, gelb, rot, alle grell, mit ausgeleierten Ärmeln, aufgescheuert.

Eines Tages sagte er einfach: »Ich möchte dir jemanden zeigen ... Das heißt, ich möchte, daß du jemanden kennenlernst«, korrigierte er sich.

Der Jahrmarkt blieb etwa zwei Wochen. Im Frühjahr zog er nach Norden weiter, im Frühherbst oder schon im Spätsommer kehrte er nach Süden zurück. Sie fuhren dann durch die Slowakei und verbrachten die letzten warmen Tage in Erdőhát oder irgendwo im Grenzgebiet von Maramureş und Szatmár. Dort hatten die Leute wenig Abwechslung und wenig Geld. Um Karussell zu fahren oder im Riesenrad gen Himmel zu steigen, brachten sie Eier, geräucherten Speck, gesalzenen Käse oder Sliwowitz. Wenn der erste Regen einsetzte, war alles zu Ende. Die slowakischen Brüder spannten große rote Zetor-Traktoren an die Wagen und Anhänger und brachen auf in ihr Winterquartier.

Ihre flüchtige Anwesenheit in der Stadt hatte etwas von traurigem Karneval. Falscher Glanz, trügerische Herrlichkeit, billiger Prunk erhellten den schwarzen Himmel, und über dem schmutzigen Platz stand ein Lichtschein. Am Abend war dies der hellste Ort in der Stadt. Auch Erwachsene hielten sich dort auf. Sie blieben am Rande der Dunkelheit stehen und schauten. Die Stadt verwandelte sich allmählich in ein Gespenst, das Leben wich aus ihr, und hier, am Rande, schoß eine schamlose Fata Morgana aus der Erde, die aus Flüchtigem, aus Illusion und Ohnmacht Sinn schuf. Vielleicht wollten die Leute sich gar nicht im Kreis drehen, in die Luft steigen und herumwirbeln, sondern es verfolgte sie der Gedanke, daß all das jeden Moment abgebaut und eingepackt werden und Gott weiß wohin ziehen könnte und ihnen zur Erinnerung und zum Trost nur dieser schlammige Platz bleiben würde.

Sobald sie auftauchten, brachen wir unser Geschäft ab. Pause. Wenigstens hatten wir dann keine Verluste. Ich bastelte am Lieferwagen herum. Ich suchte nach rostigen Stellen, kratzte, reinigte, schliff, grundierte und lackierte ihn mit Sprühfarbe mehr oder weniger weiß. Wenn ich ihn mit offenen Türen und

Schlüssel im Anlasser auf der Straße hätte stehen lassen, hätte er wahrscheinlich bis zum Jüngsten Tag dort gestanden. Am schlimmsten war es mit den Reifen. Unter dem Gummi schimmerte Leinen hervor. Ich fürchtete mich vor den Bullen. In der Stadt und der Umgebung kannte er alle, also hatten wir im Prinzip unsere Ruhe. Man machte diese langsame, müde Begrüßungsgeste – und hüh. Er kannte sie einfach, wie er diese Stadt kannte, weil er ein Teil von ihr war. Aber schon einige Kilometer weiter gab's kein Erbarmen.

Ich schaute zur Tankstelle jenseits des Flusses hinüber, zu den Dutzenden Gebrauchtwagen, und dachte an gebrauchte Reifen. Alle Vororte, alle Straßen, die aus der Stadt hinausführten, waren übersät mit ihnen. Das *Centrum Visegrád* hatte hier seine Verkaufsabteilung. Auf der nackten Erde, von Stacheldraht umzäunt, lagen Reifen gestapelt. Die Händler saßen in alten Campinganhängern. Im Winter heizten sie mit kleinen Gasöfen. Im Sommer trugen sie die Stühle hinaus, weil man es vor Hitze kaum aushielt. Sie beobachteten die vorbeifahrenden Autos und warteten. Schielten bald auf die Straße, bald auf ihre kleinen Fernseher. Manche hatten Glück. Bei denen stand ein Baum innerhalb ihrer Umzäunung. Sie saßen im Schatten. Diese Händler kannte er auch. Für eine Flasche Schnaps bekamen wir einen Satz abgefahrener Reifen. Ich mußte sie selbst montieren. Manchmal brauchte ich den ganzen Tag dafür. Wir machten noch zwei-, dreitausend Kilometer mit ihnen, dann waren sie zum Wegschmeißen. Im Prinzip waren sie das von Anfang an, aber wir taten so, als gäben wir uns Mühe, als wollten wir nicht so leicht aufgeben.

Einmal im Jahr kamen große Lastwagen, luden den schlimmsten Müll ein und brachten ihn irgendwohin, um für eine neue Lieferung Ramsch Platz zu machen. Vielleicht brachten sie den Müll zu den Russen, vielleicht nach Afrika. Ein Teil landete sicher nachts auf dem Ödland, das sich die Grenze entlangzog. Später zündete jemand das Zeug an, und auf den Hügeln um die Stadt sah man schwarze Rauchsäulen.

Ja, das war in dem Jahr, als das schwarze Mutterschwein den Asiaten tötete.

Sie kamen und bauten drei Tage lang ihr Vergnügungsunternehmen auf. Angeblich kamen sie aus Litauen zurück. Das sagte Markus, der Kleinste und der Gesprächigste von den Maschinisten. Sie erschienen einige Tage nach unserer Rückkehr aus Máriafalva. Sie mieteten sich fünf oder sechs Leute aus dem Ort und montierten mit deren Hilfe die ganzen Geräte. Dann fuhren die Fahrer mit ihren roten Traktoren in die blaue Ferne und sollten erst zwei Wochen später wiederkommen, wenn die Stadt und die Umgebung sich in Grund und Boden amüsiert hätten. Es blieben nur die drei Tätowierten, der unsichtbare, immer abwesende Chef – und Eva.

Władek wich keinen Schritt von ihrer Seite. Wenn ich ihn sah, dann immer in der Umgebung des Platzes, immer in der Nähe, als wachte er von weitem über sie. Man hätte ihn für einen der Maschinisten halten können. Er half ihnen. Rauchte mit ihnen. Gemäßigt und diskret tranken sie. Er ging mit ihnen um wie mit Brüdern, die eine Schwester haben, der man auf diese Art näherkommen kann. Er wartete, bis niemand am Schalter war, und ging dann zu ihr, um ein paar Worte zu wechseln. Er begann, auf sein Äußeres zu achten. Rasierte sich regelmäßig. Mein Gott, er duftete sogar nach irgendwas. In seinen Hosen mit Bügelfalten. In hellem Hemd und zu enger Jacke von vor zwanzig Jahren. Etwas war mit der Zeit passiert. Es sah aus, als würde sie für ihn von vorn anfangen. Er fand einen alten Anzug im Schrank und zog ihn an. Sie waren ein

Traumpaar. Wenn er an ihrem Schalter stand und etwas zu ihr sagte, lächelte sie nur und versuchte, über seinen Kopf hinwegzuschauen. Sie erinnerten an Gestalten auf Bildern von Volkskünstlern oder auf Wandbehängen für die Küche. An den Wochenenden, wenn mehr Leute kamen, stellte er sich manchmal in die Schlange und überraschte sie, nach dem Motto: »Zweimal Riesenrad, bitte« oder »Gestatten Sie, einmal Karussell«. Sie tat überrascht, verkaufte ihm dann aber die Jetons, und er verteilte sie an die Kinder.

AM ABEND ist alles öde und leer. Ein eisiger Wind weht. Kids in Kapuzen huschen durch die Gegend, auf der Suche nach Beute oder Unterschlupf. Zwei, drei, im Rudel. Sie sind lebhaft wie Hunde und verschwinden schnell. Niemand geht aus dem Haus. Wenn es dunkel wird, riecht man in der Luft den Gestank von verbranntem Plastik. Die Leute werfen ihren Abfall in den Ofen, um die Müllabfuhr zu sparen. Aus den Schornsteinen steigt schwarzer Rauch und verliert sich in der nächtlichen Finsternis. Die Stadt hat schon zu sterben begonnen, bevor ich hierherkam. Ich schaue mir ihre Agonie an und suche Trost darin. Ich betrachte den Verfall und muß nicht über mein Leben nachdenken. Fast jeden Tag sehe ich einen alten Mann sein Dreirad schieben, dessen hinterer Teil aus einem Drahtkorb besteht. Er benutzt nie den Gehweg, bewegt sich immer am Rande des Asphalts. Die Autos werden langsamer, um ihm auszuweichen. Manchmal entsteht ein kleiner Stau. Das kümmert ihn nicht. Er überquert die Kreuzungen in seinem eigenen Rhythmus, nach Regeln, die er selbst festgelegt hat. Gebeugt, schlurfend, aufs Lenkrad gestützt, durchmißt er die Stadt und lädt in seinen Fahrradkorb Dinge, die er auf dem Müll gefunden hat. Irgendwelche Lumpen, Kartons, irgendwelche Dinge. Das tut er im Laufe des Tages, und am Nachmittag macht er sich auf den Weg in die Außenbezirke. Die Straße, die dorthin führt, windet sich bergauf. Ich beobachte ihn schon lange, seit Jahren. Jedesmal sage ich mir, ich werde ihm nachgehen oder nachfahren, um zu sehen, wo er wohnt. Ich kann mir vorstellen, daß er in all den Jahren Hunderte, Tausende, Zehntausende dieser herrenlosen Dinge gesammelt hat. Und er muß sie irgendwohin getan, muß sie geordnet und verstaut haben. Seine regelmäßige Lebensweise, seine Zielstrebigkeit, die tägliche Wanderung zu bestimmten Zeiten hatten etwas Heroisches. Bisweilen dachte ich, er gibt dieser Stadt einen Rhythmus, er ist eine Art Pendel. Er verlangte und erwartete nichts. Er war tatsächlich alt. Ich habe ihn nie auf seinem Vehikel sitzen sehen. Er stützte sich nur darauf. Zum Fahren fehlte ihm die Kraft. Ich fürchtete, er könnte eines Tages sterben, dann würde die Stadt endgültig zerfallen.

Aber heute habe ich ihn noch gesehen. In gummibeschichteten Filzstiefeln, in einer Ohrenmütze schob er sein Gefährt über die Brücke. Am Flußbett entlang wehte ein eisiger Wind. Bevor die Dämmerung anbrach, begann es aufzuheitern. Es sah nach Frost aus. Er schob sein Rad in Richtung der östlichen Vororte. Ich war auf der anderen Seite der Brücke unterwegs, wollte in eine Kneipe, um noch etwas zu trinken, und dachte an das »Fäßchen«. Ich mochte die ruhige Verzweiflung dort. Die Typen saßen da und tauschten Erinnerungen aus. Keiner redete von der Zukunft. Alles war schon geschehen, die Ereignisse hatten sich erschöpft. Ich lauschte. Manchmal waren sie auch still. Sie hatten keinen anderen Ort, wo sie hätten hingehen können. Morgens gingen sie aus dem Haus und mußten den Tag rumbringen. Sie versuchten, ihren mitgebrachten Schnaps zu trinken, aber der Barmann war wachsam und schrie ab und zu, sie sollten das Zeug wegstecken oder sich vom Acker machen. Gegen Abend gab er Ruhe. Er hatte selbst eine Flasche im Hinterraum versteckt. Manchmal übertönte der unter der Decke aufgehängte Fernseher alles. Manchmal sah es aus, als wären wir alle Teil eines Programms, als hätten wir alle unseren Auftritt. Wir waren nur etwas schmutziger, versiffter und älter. Aber es war die gleiche Sendung, der gleiche Stumpfsinn, eine Falle ohne Ausweg. Dort, in voller Beleuchtung und unter den Augen der ganzen Menschheit, krepierten die geschminkten Tussis und die Arschlöcher mit der großen Klappe, und hier starben wir und hatten nur uns selbst und den Barmann als Zeugen. Es war ein ruhiges Sterben. Das Leben verflüchtigte sich einfach nach und nach. Manchmal setzte sich jemand zu mir und fragte:

»Wie läuft es, Chauffeur, fährst du noch?«

»Selten«, antwortete ich. »Ich weiß nicht so recht wozu.«

»Genau, Chauffeur, man weiß nicht wozu. So ist es, leck mich am Arsch«, seufzte mein zeitweiliger Kumpel und ging.

Ich liebte diesen Ort, weil sich hier niemand aufdrängte. Ich liebte die Resignation, von der Kleidung, Einrichtung und Wände durchdrungen waren.

Er kannte sie alle mit Namen. Er kannte ihr Geburtsdatum, kannte ihre Geschichten, und er schien ihr Ende vorhersehen zu können, einschließlich Todesart und ungefährem Zeitpunkt.

»Mensch, ich kann mich an die alten Zeiten erinnern, ich bin hier geboren«, sagte er eines Abends zwei Tische weiter. Es muß schon kalt gewesen sein, auf den Fensterscheiben hatte sich Dampf abgesetzt. »Ich hab alles gesehen. Den Rest haben mir die erzählt, die noch mehr gesehen haben. Und wenn sie's nicht gesehen haben, dann haben sie's erfunden, das war sogar besser als die Wahrheit. Früher haben die Leute mehr erfunden und eher an das Erfundene geglaubt. Man konnte sich hinsetzen und den ganzen Abend irgendwelchen Schmu erzählen über sein eigenes Leben oder das von anderen, und man hatte immer Zuhörer. Heute wollen alle wissen, wie es wirklich war, weil sie Angst haben. Verstehst du? Sie glauben an nichts und wollen die Wahrheit wissen. Vor allem wollen sie wissen, wer sie so verarscht hat. Keiner hat ihnen irgendwas gesagt. Abserviert ohne Vorwarnung. Zuerst war alles quasi und dann plötzlich ernst. Die Iwans sind abgezogen, und keiner ist an ihre Stelle getreten. Kapierst du? Und es wird auch keiner mehr kommen. Zumindest bis zu dem Zeitpunkt, wo die Chinesen auftauchen. Sie waren eben nie imstande, selbständig zu leben, sie waren nicht imstande, Entscheidungen zu treffen, und sie haben kein Gefühl mehr dafür, daß man falsch entscheiden kann. Jetzt sind sie wie alt gewordene Kinder und lernen nichts mehr. Was sollten sie auch lernen? Daß sie zum Teufel gehen können? Daß in Wirklichkeit sie das verfluchte Volk auf Erden sind, sich aber besser verpissen oder stillsitzen sollten, weil nun keiner mehr Lieder über sie singen wird? Wer wollte das schon lernen … Außerdem weiß man das hier, das spürt man, man hat es im Blut. Nur manchmal, weißt du, erscheint ein Funken Glaube oder Hoffnung, daß vielleicht doch etwas, daß doch jemand … Daß – husch – ein glückliches Schicksal es will, daß statt dem Iwan ein anderer, ein bißchen besserer Iwan kommt, denn wenn er schon gehen mußte, dann sollten sie an seiner Stelle wenigstens einen neuen schicken …«

Der Herbst nahte, die Scheiben waren beschlagen. Er sprach laut und kümmerte sich überhaupt nicht darum, daß jemand ihn hören könnte. Damals hat das alles gerade erst angefangen. Ich fragte nicht, aber offensichtlich wollte er mir von der Stadt erzählen, wollte sein Wissen mit mir teilen, das hier niemand brauchte, weil alle es irgendwie schon besaßen, selbst wenn sie sich dessen gar nicht bewußt waren. Sie wußten das, aber dieses Wissen war nutzlos für sie. Er dagegen versuchte daraus Nutzen zu ziehen. Aber wenn er dieses Wissen nicht besessen hätte, wäre es auch nicht viel anders gewesen. In gewisser Weise stand er im Widerspruch zu dieser Stadt. Das Salz der hiesigen Erde, ihr Fleisch und Blut, aber in Wirklichkeit war er ein Verräter. Er war besessen von Bewegung, Veränderung, von Flucht. Er saß damals genauso grau und müde in dieser Kneipe wie die anderen, aber er war jeden Moment bereit, sie zu verlassen und in eine beliebige Richtung aufzubrechen. Nach Süden, nach Osten, nach Norden, in der Hoffnung, er würde verändert zurückkehren, befreit von der Last dieser Stadt, er würde als der King der Tausch- und Handelsbranche zurückkehren – satt, beladen, reich und gelassen. Aber das ist ihm nie gelungen. Er kehrte von Unruhe getrieben zurück, kehrte zurück, um Luft zu holen und die Trauer zu spüren, diese ruhige Verzweiflung zu spüren, die ihm Kraft verlieh und ihn wieder auf den Weg schickte.

Ja, es muss im Spätherbst gewesen sein, vielleicht begann auch schon der Winter. Als ich vor einigen Jahren hierherkam, wurde es gerade Frühling. An den Fensterscheiben kondensierte der Dampf.

»Keiner sagt ihnen, daß sie morgens aufstehen sollen, keiner sagt ihnen, sie sollen ins Bett gehen«, so redete er und machte sich nichts daraus, daß alle ihn hören konnten. Bisweilen begrüßte ihn jemand, aber keiner setzte sich dazu. Er kannte jeden, aber diese Bekanntschaften waren mit der Zeit erstarrt. Das Leben war aus ihnen gewichen, nur die Gesten waren geblieben.

So war es auch jetzt. Wieder begann der Winter, und wieder kamen Typen, begrüßten ihn und gingen kurz darauf. Sie hatten sich an mich gewöhnt. Vielleicht saß ich sogar stellvertretend für ihn hier, vielleicht hatte ich mich in seinen Schatten verwandelt.

JENER SOMMER damals war lang. Er wollte nicht enden. Unmerklich verwandelte er sich in Herbst, aber die Hitze hielt an. Sie erfüllte jeden Winkel der Stadt und hüllte die Bergrücken im Süden in bläulichen Dunst. Das Wasser im Fluß war gefallen. Von Stein zu Stein hüpfend, konnte man auf die andere Seite wechseln. Ich saß tagelang im Schatten und schaute zum anderen Ufer hinüber, zu der Tankstelle. Manchmal hatte ich das Gefühl, den Gestank des Benzins wahrzunehmen. Gebäude, Zapfsäulen und Autos zitterten in der erwärmten Luft wie ein Trugbild. Ich saß in einem alten Autositz und rauchte. Gegen Mittag öffnete ich die erste Bierdose. Manchmal erst um eins oder zwei. Ich glaube, ich wartete auf ihn, wartete, daß er mit einer Idee käme, daß wir hierhin oder dorthin fahren könnten und etwas verkaufen oder es zumindest versuchen. Aber er erschien nicht. Diese Kirmes in Ungarn war der letzte Ort, wo wir etwas verdient hatten. Also wartete ich bis Mittag oder etwas länger und machte schließlich ein Bier auf. Als ich vor einiger Zeit hierhergekommen war, hatte ich etwas Geld gehabt, und in jenem Sommer brauchte ich die Reste davon auf. Ich rauchte billige Zigaretten und trank billiges Bier aus dem Supermarkt. Manchmal versuchte ich, nicht zu rauchen, aber ich hielt es höchstens drei Stunden aus. Nach vier, fünf Dosen Bier versuchte ich aufzuhören. Ich dachte über einen Fernseher nach. Einen gebrauchten hätte ich mir kaufen können. Zum Preis von zehn Päckchen Zigaretten. Doch es war mir irgendwie zu kompliziert. Da sah ich mir lieber die Tankstelle an. Ich saß bis spät in die Nacht. Das genügte mir. Zeitweise nickte ich ein, und alles schien ein Traum zu sein. Die

Lichter, die dröhnende Musik, das Hupen, das Geschrei, das Klirren zerbrechender Flaschen, das Quietschen heißer Reifen und das Heulen der Motoren, das Karussell der ankommenden und abfahrenden Autos, der Gestank von Gummi, das Chaos. Ich dachte, es sei ein Traum, jemand hätte in die dunkle, reglose Hülle der Stadt ein Loch gebrannt, und dort, in diesem brennenden, stinkenden Raum, spielte sich all das ab, dieser düstere Karneval des Im-Kreis-Fahrens, Fluchens und Schreiens. Samstag nachts konnte ich von meinem Ufer aus zwanzig, dreißig Autodächer sehen. Jeden Augenblick fuhr eines der Autos los, das nächste kam, das übernächste, aber plötzlich stellte sich heraus, daß es immer dieselben Autos waren. Sie drehten ihre Runden durch die Stadt und erstarrten dann für eine Weile, ruhten sich aus, keuchten wie Hunde, und wieder von vorn – heiße Reifen, Quietschen, eine Runde zum Kreisel und zurück. Hagere, kahlköpfige Typen mit abstehenden Ohren stiegen aus, knallten die Tür zu und latschten mit breitem Gang in den Tankstellenladen, um Bier zu kaufen. Neben den Telefonzellen standen junge Damen und kauten Kaugummi. Sie hatten das Haar gefärbt und unterschieden sich im Prinzip nicht voneinander. Höchstens durch die Statur. Sie starrten vor sich hin und kauten, manchmal fingen sie an zu kichern und bogen sich nach vorn. Sie taten so, als würden sie die Glatzköpfe nicht sehen, die sich ihr Gesöff kauften. Wenn die Lichter des Jahrmarkts erloschen waren, war wieder die Tankstelle der hellste Ort in der Stadt. Sie waren wie Nachtfalter. Etwas anderes hatten sie nicht, etwas anderes kam ihnen nicht in den Sinn. Sie müssen das irgendwo gesehen haben, in irgendeinem Film, denn sie taten nichts, was ihnen nicht jemand vorgemacht hatte. Manchmal sah ich, wie Pärchen den hellen betonierten Platz verließen und versuchten, sich im Dunkel am Fluß zu verstecken. Das schwarze Wasser spiegelte die Lichter, und es war nicht völlig finster. Sie machten schnelle, nervöse Bewegungen. Es erinnerte an einen Kampf. Dann kehrten sie getrennt auf den Platz zurück und schlossen sich ihrer Gruppe an. Sie wirkten wie Emigranten oder Flüchtlinge.

Ich spürte, daß die Zigaretten vom Tau feucht wurden, und ging ins Haus. Das Licht machte ich nicht an. Ich warf die Kleider von mir und legte mich ins Bett. Bevor ich einschlief, öffnete ich das Fenster, um das monotone Brummen der Stadt zu hören. Das Waschen hob ich mir für den Morgen auf. Es waren lange, untätige Tage, ich mußte sie mit etwas füllen. Um schneller einzuschlafen, rief ich mir mein Leben in Erinnerung.

Eines Morgens tauchte er auf, als ich noch schlief. Ich spürte einen kühlen Hauch vom angelehnten Fenster und wickelte mich fester in die Decke. Aber außer der Kühle spürte ich Zigarettenrauch in der Luft. Ich drehte mich auf die Seite. Er saß auf dem Stuhl, den rechten Ellbogen auf den Tisch gestützt, rauchte und wartete einfach, bis ich aufwachte.

GEGEN MITTAG begann ich im Auto Ordnung zu schaffen. Ich packte den alten Plunder in Säcke. Das hätte niemand mehr genommen. Nicht einmal die Zigeuner. Die Mäuse hatten sich Nester aus Wolle und Polyester gebaut. Es stank. Das Zeug war so zerknüllt, daß es sich beim besten Willen nicht mehr bügeln ließ. Ich packte es in Säcke und stellte sie an die Wand. Aus dem Hof wurde allmählich eine Müllkippe. Ich fürchtete, die Vermieterin könnte mir eines Tages eine Szene machen und sagen, ich solle den Kram wegbringen, wegwerfen, was auch immer. Aber sie kam mit ihrem sanften Lächeln, fragte, ob ich mich wohl fühlte in der Wohnung, und verschwand wieder. Manchmal hatte ich den Eindruck, sie sei gar nicht von hier, sie komme von weit her, aus einer anderen

Zeit – so wenig paßte sie zu dieser Stadt. Sie trug ein dunkelgraues Jackett, eine cremefarbene Bluse und knöchelhohe Schnürstiefel aus Leder. Die Sachen waren nicht viel jünger als sie selbst, aber sie hatten ihre alte Eleganz bewahrt und kaum Schaden genommen.

Ich dachte an meine Wirtin und räumte den Lieferwagen auf. Ich scheuerte das Innere des Laderaums mit Geschirrspülmittel, wusch die Plastikkisten ab und sogar die Bretter, aus denen wir die Theke bauten. Dann putzte ich den Ducato von außen, räumte das Fahrerhaus aus, wischte Staub und Schmutz ab, schüttelte die Matten aus, leerte die Aschenbecher und ließ die Türen offen, damit es durchlüftete und trocknete. Dann hob ich die Motorhaube. Auf dem Motor lag eine Schicht von Öl und Staub. Ich zog den Stab heraus und prüfte den Ölstand. Die schwarze Schmiere reichte kaum bis zum Strich für das Minimum. In der Garage fand ich einen Behälter mit Öl, das ich einmal bei Russen auf dem Markt gekauft hatte. Vier Liter hatten soviel gekostet wie normalerweise einer. Früher hatte ich Bedenken, es zu benutzen, aber jetzt schien mir die Zeit gekommen. Auf dem verschmierten Etikett waren eine rote Rakete und eine kyrillische Aufschrift, »Kosmos-Diesel« und noch etwas. Ich kippte einen Liter hinein und und stellte die Kanne hinter den Sitz. In den Behälter für die Scheibenwaschanlage füllte ich Wasser mit Reinigungsmittel. Ich setzte mich rein, drehte den Schlüssel um, wartete, bis die Kontrolleuchte für die Kerzen aus war, und betätigte den Anlasser. Er drehte sich, einmal, ein zweites, ein drittes Mal, immer langsamer, und als ich schon dachte, er macht keinen Mucks mehr, sprang er an.

Ich hatte Mühe, ihn zu erkennen. Zuerst nahm ich ihn gar nicht wahr. Erst als er sich bewegte, merkte ich, daß sich in dieser niedrigen, langen Halle überhaupt jemand befand. Die Fenster waren zu klein, die Tageszeit zu früh, um das Licht anzuschalten. Er saß am Schreibtisch, im dunkelsten Winkel. Im Rücken hatte er eine graue Blechtür. Er bewegte sich, und ich spürte, daß sich die ganze Luft in der Halle mit ihm bewegte. Vielleicht atmete er nur tiefer, und das reichte schon. Heniek war grau geworden, im Halbdunkel schimmerte weißlich sein Haar. Er schien größer und schwerer zu sein als damals, als ich ihn das letzte Mal gesehen hatte.

»Ich mach nicht an, wenn's nicht sein muß«, sagte er.

Er fummelte mit der Hand irgendwo unter der Tischplatte. Für einen Moment wurde es hell, aber das Licht ging gleich wieder aus.

»Manchmal sitze ich bis spät, ich kann nicht schlafen.«

»Und kommt jemand?« fragte ich.

»Zum Plaudern, Bekannte.«

Ich trat näher heran. Auf dem Schreibtisch standen eine Lampe, ein kleiner Fernseher und ein sauberer Aschenbecher, Papiere und ein Stapel Zeitungen lagen da. Jetzt sah ich, daß er wirklich zugenommen hatte.

»Ich wußte nicht, daß du das bist«, sagte ich.

»Woher solltest du das wissen.«

»Er hat mir gesagt, ich soll hierherfahren, aussuchen, einladen, alles sei abgemacht.«

»Ja, für zweitausend Euro. Für zwei Monate.«

»Er sagte, für drei.«

»Da hat er was falsch verstanden. Jedenfalls wäre mir lieber für zwei. Meinetwegen für zweieinhalb.«

»Vielleicht hab ich was falsch verstanden. Ich sollte mir alles aufschreiben.«

Er machte eine Kopfbewegung zu dem Plastikstuhl, und ich setzte mich. Im dichter werdenden Halbdunkel sah ich Reihen von Metallgestellen. Sie zogen sich ins Unendliche. An ihnen hingen Tausende von Kleidern. Die Halle war groß wie ein Fußballfeld. Die Decke ruhte auf einigen Betonpfeilern. Es stank nach billigem Waschmittel und alten Mauern.

»Was war hier vorher?« fragte ich.

»Der Schlachthof«, erwiderte er. »Aber das ist lang her, und der Gestank ist raus. Es stand ewig leer.«

»Hast du das schon lang?«

»Nein. Einen Monat, vielleicht bißchen länger.«

»Du machst alle in der Stadt platt.«

»Statt von diesen versifften Waggons können sie das Zeug einfach bei mir holen.«

»Ganz kultiviert.«

»Ja. Ohne Hektik, ausgewählt, sortiert.«

»Und holen sie was?«

»Vorläufig denken sie noch, es wird sich wieder ändern, es wird wie früher. Aber ich hab einen Vertrag mit den Typen von den Waggons. Ich hab das exklusive Recht, keiner in der Stadt kriegt was von ihnen.«

Er sprach langsam, unbeteiligt. Für einen Moment hob er die Hand, legte sie aber gleich wieder auf den Schreibtisch, als wäre er der Meinung, es sei schade um die Kraft, in einer so offensichtlichen Sache. Inzwischen war es fast ganz dunkel. Er rückte auf dem Stuhl herum. Es wirkte mühsam.

»Hast du den Mantel noch?« fragte er.

Ich bejahte. Obwohl er ziemlich kaputt sei, hätte ich ihn nicht weggeworfen. Dann sagte ich, es wäre gut, wir machten uns an die Arbeit. Er bewegte sich hinter dem Schreibtisch, und unter der Hallendecke leuchteten die Neonlampen auf. Ein graues Licht erfüllte das Lager. Ich sah, wie er hinter sich griff und zwei Metallkrücken hervorholte, dann stand er mit ihrer Hilfe auf. Als er hinter dem Schreibtisch hervorgehumpelt war, blickte er mir in die Augen und sagte:

»Das rechte bis zum Knie. Die Buerger-Krankheit. Ich sitze wirklich nicht gern rum, aber du siehst ja. Komm, ich zeig dir, was wo hängt.«

ICH NAHM nur Ledersachen. Jacken, Sakkos, Westen, ein paar Mäntel und sogar einige Lederhosen. Dann legte ich noch ein paar Jeans drauf und vier fast neue Anzüge. Das brachte ich alles zu seinem Schreibtisch. Er schaute nach dem Preis, notierte ihn und warf die Sachen auf eine Plastikfolie, die auf dem Boden ausgebreitet war. Damenkleider nahm ich keine. Es kam ein beträchtlicher Stapel zusammen.

»Zwanzig Euro sind noch übrig«, sagte er. »Wenn ich dir einen Rat geben darf, dann nimm schwarze Herrenhemden. Fünfzehn« – und er zeigte mir einen Ständer weit im Innern der Halle.

Ich ging hin und nahm einen ganzen Armvoll. Es blieben noch fünfmal soviel übrig, dahinter fingen die dunkelblauen an. Dann öffnete ich das Eisentor und rollte vorsichtig rückwärts hinein. Er sah wortlos zu, wie ich die schweren, schlaffen Sachen in die Kiste warf. Sie machten ein klebriges, klatschendes Geräusch und schimmerten metallen. Obendrauf warf ich die Klamotten. Ich schloß die Tür des Lieferwagens.

»Viel Glück«, sagte er.

»Danke.« Ich gab ihm die Hand. Seine war hart und trocken.

»Kannst du dich an den Typ erinnern, bei dem wir damals getrunken haben?« fragte ich.

»Ja, klar«, sagte er und zog die Augenbrauen hoch.

»Wie hat er geheißen? Ich kann mich nicht erinnern.«

»Zalatywój. Jan Zalatywój.«

Ich ließ das Auto hinausrollen, dann ging ich zurück, um das Eisentor zu schließen. Ich sah ihn von weitem sitzen, reglos, in dem grauen, spärlichen Licht, das gleich darauf erlosch; dann brannte nur noch die Schreibtischlampe, er selbst versank in der Dunkelheit.

ZWEI TAGE danach reiste der Jahrmarkt ab. Zurück blieb ein brauner Kreis niedergetrampelter Erde. Sie waren vor Morgengrauen aufgebrochen. Es war mir vorgekommen, als hätte ich im Traum das Dröhnen der Traktoren, Anhänger und Wagen auf der Brücke gehört. Ein paar Stunden später war ich ebenfalls fertig. Ich schaltete die Sicherungen aus, drehte die Gasflasche zu, zog die Vorhänge zu und schloß die Tür ab. Den Schlüssel versteckte ich unter dem losen Fensterblech.

Ich fuhr ihn abholen. Er stand vor dem Wohnblock. Über der Schulter hatte er eine Reisetasche aus dunkelblauem Polyester, zu seinen Füßen stand eine museumsreife Tasche aus Skai in einer Farbe, die Leder imitierte. Er trug einen zehn Jahre alten graubraunen Anzug mit einem Zigarettenloch im Revers. Und ein Polohemd mit breiten weiß-blauen Querstreifen. Ich blieb stehen, und er lächelte, als wäre dies der glücklichste Tag seines Lebens.

»Um vier sind sie gefahren«, sagte er.

»Woher weißt du das?« fragte ich.

»Ich hab sie auf den Weg gebracht«, erwiderte er, während er es sich im Sitz bequem machte. Er hatte verquollene Augen, und sein Atem roch nach Alkohol.

Wir ließen die Stadt hinter uns und fuhren nach Süden. In den Gärten blühten die ersten Herbstblumen. Die Sonne schien. In Monastyrzyski begann die Straße sich in Serpentinen auf den Paß hochzuschrauben. Auf einem lehmigen Platz stand eine alte Holzhütte. Darin war eine Kneipe. Wenn jemand sich auf den Weg zur anderen Seite des Bergrückens machte, konnte er hier auf Vorrat trinken. So war es sicher früher gewesen, zu Zeiten, als hier Pferdegespanne fuhren. Jetzt tranken hier nur die Ortsansässigen. Auf eine Tafel, die über dem Eingang hing, war mit grüner Farbe »Bei Basia« gepinselt. Er sagte, ich solle auf den Platz fahren, und stieg aus. Die Kneipe hatte eine Veranda, darauf stand ein Tisch, an warmen Tagen konnte man draußen trinken. Es war noch früh, an dem Tisch saßen nur zwei Typen. Sie tranken ihr Morgenbier und schauten auf die Landstraße. An einer der Säulen, die die Veranda stützten, war eine Kuh angebunden. Sie wartete, bis ihr Herrchen seinen Durst gelöscht hatte und weiterging. Władek begrüßte die beiden und trat ein. Kurz darauf kam er mit einem länglichen, in einen Jutesack gewikkelten Paket wieder heraus.

Als er Platz genommen hatte und ins Handschuhfach griff, fragte ich, was das sei.

»Ein Geweih, Mensch. Ein herrliches abgeworfenes Geweih. Und der Gewinn kann auch herrlich sein, wenn wir einen Käufer finden.«

»Und woher hast du das?«

»Von Mietek. Von Mietek, genannt der Dachs.«

Ich kehrte auf die Landstraße zurück. Sie stieg an wie eine lange, gerade Auffahrt, der dritte Gang reichte kaum. Das Dorf ging zu Ende, der Wald begann. Immer wenn ich hier entlangfuhr, hatte ich das Gefühl, ich sei schon einmal, vor sehr langer Zeit, in dieser Gegend gewesen. Ein Winterbild stellte sich ein: Schneeverwehung, Nacht, ein Bus, der versucht, hinaufzufahren, aber die Räder drehen durch, mahlen hilflos den Schnee, und schließlich steigen die Leute aus, schieben, und langsam beginnt das Fahrzeug mit eigener Kraft nach oben zu klettern. Aber ich bin früher nie hier gewesen. Weder als Erwachsener noch als Kind in den Ferien. Dennoch war das Bild deutlich wie ein immer wiederkehrender Traum.

»Ein Waldmensch, könnte man sagen. Er geht im Morgengrauen los, kommt zurück, wenn es dunkel wird, und weiß alles. Die Hirsche und Wölfe scheint er bis auf den letzten zu kennen. Er weiß, an welcher tiefen Stelle eine Forelle steht und wo es in diesem Jahr die größten Steinpilze geben wird. Er weiß das einfach. Wenn Brunftzeit ist, folgt er dem Hirsch dem Geruch nach. Einfach so. Einmal hat er italienische Jäger geführt.«

Wir waren bei der ersten Serpentine angelangt, in der Kurve wich der Wald für eine Weile zurück, weit unten konnte man die weiße Kuppel einer orthodoxen Kirche sehen und dahinter die auseinandergezogene, spärlicher werdende Bebauung. Die Häuser verloren sich im Grün.

»Dort wohnt er«, fuhr er fort. »Zwei, drei Kilometer hinter dem Dorf. Aber jetzt hat er das Haus verkauft.«

»Und wo wohnt er dann?« fragte ich und machte mit dem Lenkrad fast eine ganze Umdrehung.

»Na dort, in dem Haus. Er hat es mit sich drin verkauft. Er kann bis zu seinem Lebensende dort wohnen.«

»Und wer hat es gekauft?«

»Irgendwelche undurchsichtigen Typen. Aus der Stadt. Sie sagen, er muß sich waschen, und er soll nicht fluchen. Hat er erzählt.«

»Wie alt ist er?«

»Über fünfzig.«

»Dann soll er sie zum Teufel schicken.«

»Hab ich ihm auch gesagt. Aber er ist sanft wie ein Lämmchen.«

»Sollte er aber.«

Wir erreichten schließlich den Paß. Die Temperaturanzeige näherte sich schon dem Maximum. Gut, daß wir nur Klamotten geladen hatten. Gut, daß wir keine Alteisensammler waren. Zur Linken, unter den Bäumen, direkt auf dem Rücken des Passes, war ein österreichischer Friedhof aus dem Ersten Weltkrieg. Unter Dutzenden von Kreuzen befand sich eine Mazzebe. Dort lag Mendel Brod vom Vierten Bataillon der Feldjäger. Wir begannen in südliche Richtung bergab zu fahren. Nach drei Serpentinen wurde die Straße gerade, und so sahen die letzten fünfzehn Kilometer vor der Grenze aus: ein graues Asphaltband, das schnurgerade einige nicht sehr hohe, quer verlaufende Hügel erklomm. Hin und wieder brachte es der Ducato auf hundert.

Wie gewöhnlich hielten wir am Übergang. Neben der Halle des Terminals brannten einige Lagerfeuer. Auf Backsteinen standen Töpfe und Teekessel. Eine Kinderschar umringte den Lieferwagen. Władek stieg aus und begrüßte die Wichtigsten, die auf der Treppe des früheren Zollpostens saßen. Sie plauderten, lachten, klopften sich auf die Schultern. Sie waren nackt bis zur Taille, alle rauchten. Sie redeten, während sie den Rauch einsogen, und redeten, während sie ihn ausbliesen. Keiner von uns konnte das. Wenn sie gerade schwiegen, machten sie noch tiefere Züge. Sie rauchten mit solcher Gier, daß ich sie anstarrte und eine Zigarette aus dem Päckchen nahm, obwohl ich zwei Minuten vorher eine Kippe weggeworfen hatte. So leidenschaftlich rauchten sie, daß sie in diesen illegalen Internetreklamen hätten auftreten sollen. Er rief mich, also stieg ich aus und ging hin. Sie rochen nach Lagerfeuer, Tabak, erhitzter Haut und Alkohol.

»Wir können Treibstoff zum halben Preis kaufen«, sagte er.

»Bin gespannt, was für einen«, erwiderte ich.

»Was für einen! Billigeren, Mensch! Reicht das nicht?«

»Hast du je ein Auto gehabt?«

»Was tut denn das zur Sache? Wir werden ihm das Zeug zeigen müssen, es scheint, wir haben es mit einem motorisierten ungläubigen Thomas zu tun. Also, wo ist der Treibstoff, Brüder?«

Die Brüder zeigten aufs Zollamt, und wir gingen hinein.

Sie hatten alles: Nummernschilder aus ganz Europa, aus Amerika – California und Quebec, außerdem etwas Gelbes, Arabisches mit schlangenartigen Hieroglyphen. Weiß der Geier, wer da vorbeigekommen war, denn importiert hatten sie das wohl nicht. Und dann Radkappen mit den Zeichen von Mercedes, Volvo, Toyota, Ford, Fiat und anderen Weltmarken, sicherlich in allen Größen. Ein bißchen abgenutzt, teilweise abgebrochen, angeschmutzt, aber sie hingen an der Wand, und man konnte sich etwas aussuchen. Ebenso Embleme für die Karosserie, bitte schön, vom Mercedes-Stern bis zu irgendwelchen Suzukis und Seats. Eine Kleinigkeit – aus dem Karton nehmen und mit Universalkleber festkleben, wo es einem gefällt. Und der ganze Rest: Verkleidungen für Rücklichter, Spiegel, Türgriffe, Stoßstangen, Spoiler, Gummimatten, unbedingt mit den Markennamen, ganze Bündel von Muttergottesfiguren zum Aufhängen am Rückspiegel, Plastikbehälter ohne Etiketten – vermutlich Öl, Flüssigkeit für die Scheibenwaschanlage und den Kühler, Felle für die Sitze, wie direkt vom Tiger und vom Zebra persönlich, Knäufe für die Hebel mit Schwänen und Schüttelschnee, sogar ein Blaulicht hatten sie, außerdem natürlich irgendwelche kosmischen CD-Player, Radios, Lautsprecher, groß wie Eimer, und goldene Aufsätze für die Auspuffrohre. Soviel hatte ich gesehen, und schon attackierte er mich wieder:

»Also, nehmen wir was!«

»Du willst hier Treibstoff kaufen?«

»Was hast du denn? Sie wollen den halben Preis, und ich werde noch aushandeln, daß wir einen Teil davon in Klamotten bezahlen.«

»Dann sollen sie mal zeigen«, sagte ich resigniert. Man konnte nur abwarten, bis sein Eifer verrauchte.

Ganz in der Ecke an der Wand, verdeckt von einigen Sportwagensitzen standen Vierzigliterkanister aus dickem Plastik. Normalerweise benutzte man solche zum Transport von Chemikalien, Gift, irgendwelchem flüssigen Schrott und so weiter. Ich drehte einen davon auf und roch daran. Es war Diesel und auch wieder nicht. Hatte Ähnlichkeit mit Petroleum, mit Petrochemie, aber gleichzeitig roch es irgendwie süßlich, irgendwie fremd. Sonnenöl, das nach einem alten Traktor stinkt oder umgekehrt. Auch die Farbe war irgendwie seltsam. Etwas zu dunkel. Ich tauchte die Finger ein, zerrieb es. Es war ölig, fühlte sich so ähnlich an wie das, was aus den Tanksäulen kommt.

»Woher haben sie das?«

Er kratzte sich am Kopf, schaute zur Decke hoch, führte eine vollständige Pantomime unter dem Titel »du wolltest doch selber« auf und sagte:

»Von Transformatoren.«

Beim Klang des Wortes »Transformator« wurden die drei Männer, die mit uns eingetreten waren, plötzlich lebendig. Sie begannen zu lachen und zu nicken. »Ano, ano, ja, Transformator, Transformator, ja, ja …!«

»Von was für Transformatoren?«

»Von ganz normalen, Mensch. Mittel- und Hochspannung.«

IN ZBOROV bogen wir links ab, nach Südosten. Zur Linken und zur Rechten erstreckten sich Felder. Slowakische Monokultur bis zum Horizont. Kein Rain, kein Zeichen von Eigentum, kein Grenzgraben mit Weiden. Hundertachtzig Hektar Raps, hundertvierzig Hektar Roggen. Immer wenn wir dort hinkamen, wurde ich leicht depressiv. Jetzt war alles gemäht, abgeerntet, tot. Sie lebten in ihren Dörfern, die aussahen wie Miniaturstädtchen: gemauert, zusammengedrängt, Wand an Wand – Smilno, Jedlinka, Hutka. Wir hörten das Gluckern hinter der dünnen Wand zum Laderaum. Wir hatten achtzig Liter in zwei großen Plastikkanistern gekauft. Unsere dunkelhäutigen Brüder hatten uns Stricke gegeben, mit denen wir die Ware festbinden konnten, damit sie nicht hin und her geschleudert wurde. Sie hatten diese Dinge aus den stillgelegten Bergwerken und Hütten des Erzgebirges. Zuerst hatten sie die Kohlenreste von den Halden geholt, dann den Stahl abgebaut, aus all den Anlagen, die stillgelegt waren und nie wieder in Gang kommen würden. Die Polizei schoß auf sie, aber sie arbeiteten meist in der Nacht, waren geschickt und unsichtbar in der Dunkelheit. Sie nahmen nur mit, was herrenlos war. Aus den Transformatoren ließen sie das Öl ab, und dann warfen sie sie auf die Erde, um das kupferne Innere auszuweiden. Das war für sie nichts anderes als Pilzesammeln im Wald, Fallenstellen und Fischefangen mit bloßen Händen. Sie taten seit Jahrhunderten das gleiche.

Smilno, Jedlinka und Hutka. Danach kam Svidník. Links standen, im Grün versunken, sowjetische Raketenwerfer, Geschütze und Panzer, als wäre der Krieg gestern zu Ende gegangen. Die Leute wanderten zwischen diesem Schrott umher, die Kinder kletterten auf die Panzer. Spaziergang und militärischer Triumph der Tschechoslowakei – hier feierten sie ihre Symbiose. Hier konnte man sich sehr gut an die Russen erinnern. Sogar der Billa-Supermarkt lag an der Straße der Sowjetischen Helden. Der Wind, der vom Paß her wehte, wirbelte den Staub auf dem Kreisel auf. Hier im Norden, zwischen endlosen Feldern, in der Leere der gemähten und abgeernteten Monokulturen, standen russische Panzer aus dem Zweiten Weltkrieg. Jeweils zwei oder drei auf einem Hügel, lauerten sie im Hinterhalt und warteten auf deutsche Panther und Tiger, warteten seit sechzig Jahren auf die Geister der Panzerarmeen. Sie hatten sie selbst vernichtet, und jetzt starben sie vor Langeweile und Rost. So sah es aus. Paranoid. Panzer und Geschütze über Hunderte von Hektar verstreut. Und dann noch irgendwelche Flugzeuge auf Zementsockeln. Jaks oder Lawotschkins. Manchmal waren sie grün angestrichen und wurden bewacht, damit die dunkelhäutigen Brüder sie nicht ihrer eigentlichen Bestimmung zuführten und sie in Alkohol, Schmuck für die Frauen und Süßigkeiten für die Kinder verwandelten. Gut möglich, daß sie es versuchten, wenn es dunkel war, daß sie sich, leiser als der Wind, schwärzer als die Nacht, an diesen Eisenbiestern zu schaffen machten. Der T-34 wiegt etwa sechsundzwanzig Tonnen, er könnte eine Durchschnittsfamilie also mindestens ein Jahr ernähren. Das sagte ich Władek. Wir hatten den Kreisel hinter uns gelassen und fuhren nach Südosten.

»Sie bewachen sie«, sagte er. »Nicht immer, aber im Prinzip schon. Nachts senden sie Posten aus und bewachen sie. Genau wie die Kartoffelfelder im Herbst.«

»Die Polizei – die Kartoffelfelder?« fragte ich.

»Nicht die Polizei. Die Dorfgemeinschaften organisieren sich. Mit Laternen, Stöcken. Sie patrouillieren, weil die Zigeuner wirklich manchmal was ausbuddeln, was ihnen nicht gehört, und das vor der Zeit. Das ist ein Volk ohne Erde, Mensch.«

»Und die Panzer?«

»Die Panzer – da sind es Polizisten, das ist schließlich Staatseigentum. Einmal hat ein Bekannter von mir, ein gewisser Potok, mit seinen Kumpeln, Bocian und Jirka Zyndram, irgendwo in Kapišova oder Kružlova getrunken, sie tranken die ganze Nacht in so einer Schmugglerhütte, und gegen Morgen hatte Potok die Vision, daß sie durch das Tal des Todes, das heißt durch das Udolí Smrti, nach Polen gehen und die von den Toten auferstandenen Armeen sehen und sie segnen könnten, weil die vielleicht gar nicht wußten, daß der allumfassende europäische Frieden von Brüssel angebrochen war. Und als sie dann im Morgengrauen in Richtung grüne Grenze gingen, durch diese Felder mit den Panzern und Geschützen, begannen Raketen zum Himmel zu fliegen, Leuchtraketen und so ähnliches Zeug, und gleich darauf hörten sie Schüsse. Jirka saß gerade auf einem Panzerturm und sang die Internationale. Na, und nach diesen Schüssen schauten sie sich intuitiv den Boden im Schatten des Panzers an. Gleich kamen ein paar angerannt, aus den Läufen rauchte es noch, und sie wunderten sich: ›Ihr seid keine Zigeuner?‹ Darauf Potok: ›Bedauere, leider nicht. Obwohl wir gern welche wären.‹ – ›Was heißt das, verdammt?‹ sagten die anderen. ›Wir sind tschechische Touristen‹, meinte Potok. ›Verarscht uns nicht, hier ist die Slowakei‹, sagten die anderen. ›Das wird euch noch leid tun‹, sagte Jirka zu ihnen. Sie nahmen ihnen die Pässe ab, schrieben sie auf und sagten, sie sollten sich entscheiden, ob sie zurückgehen oder doch illegal die Grenze überschreiten wollten, obwohl die Grenze eigentlich nicht mehr existierte. Und dann, als sie sich zu Fuß auf den Rückweg machten, da stand an der Kreuzung, beim Denkmal für den T-34, der einen Panther von Hitler plattmacht, ein Streifenwagen, und hinten, hinter der Scheibe und dem Stahlnetz, saßen vier, fünf Zigeuner. Und der Streifenwagen hatte einen Anhänger, darin lagen zwei kleine Stahlflaschen, ein Brenner, das frisch abgebaute Rohr eines 76-mm-Geschützes, ein Stück von einer Kette und zwei Wegweiser ›Vorsicht Kurve‹, mitsamt Pfosten.«

Ich habe oft darüber nachgedacht, wann er das alles gesehen, erlebt und sich gemerkt haben wollte. Durch welches Wunder er an einen Potok aus Prag geraten war, der später beinahe vom slowakischen Grenzschutz erschossen worden wäre? Władek schien, bevor ich ihn kennenlernte, schon ein ganzes Leben gelebt zu haben, und jetzt erzählte er mir davon. Als wäre alles, was wir gemeinsam unternahmen, nur eine ferne Spiegelung seiner Erinnerungen, als hätte er sich all das nur ausgedacht, um wenigstens für eine Weile in die Vergangenheit zurückzukehren. Und Potok, so erzählte er mir später, war ein gerissener junger Prager, der Anfang der neunziger Jahre mit wundersamen Dingen handelte, wie sie in der tschechischen Hauptstadt noch nie jemand gesehen hatte. Er importierte Lastwagen voller Tierpornographie für Pornoshops und Flugzeuge mit südkoreanischen Devotionalien für die Läden der Pfarrgemeinden. Aus Rußland importierte er Uran und Frauen und schickte beides in die Türkei, nach Persien, zu Gaddafi, weiß der Geier wohin. Er rührte sich nicht vom Fleck in seinem Zimmer in diesem beschissenen Žižkov, nahm Amphetamin, um nicht einzuschlafen, telefonierte, faxte und mailte mit der ganzen Welt, schickte Transporte und Geld auf den Weg und nahm sie entgegen. Potoks Kollegen brachten Säcke voller Geld, schütteten es auf den Fußboden, zählten, dann packten sie wieder und fuhren los, um einen weiteren Transport makedonischer Schildkröten ins hungrige Schweden zu schicken oder in China produzierte serbische Nationalflaggen nach Belgrad. Er selbst hatte nichts davon. Er bezahlte die Wohnung und die Telefonrechnung. Aus Polen importierte er Amphetamin vom Feinsten, direkt vom Produzenten, das war alles. Durch sein Zimmer, durch sein Büro flossen Millionen Kronen, Hunderttausende Dollar, aber er hatte nur den ununterbrochenen Strom im Blick, lenkte ihn in die seltsamsten Orte der Welt, um dort etwas in Gang zu setzen, eine Reaktion hervorzurufen, in Form eines Transports senegalesischer Affen für Moskauer Restaurants, weil russische Unternehmer, Geschäftsleute und andere kultivierte Menschen plötzlich entdeckt hatten, daß Affenfleisch im Trend liegt. Und Potok wußte das, ohne sich aus seinem stinkigen Zimmer in Žižkov wegzubewegen. Es ist übrigens möglich, daß er sich die Mode mit dem Affenfleisch für die Iwans selbst ausgedacht hatte. Wer weiß. Schließlich schlief er so gut wie nie, dachte permanent nach, telefonierte, mailte und verschickte Geld, was war das also schon für ihn, den Russen einzureden, es sei cool, Affenfleisch zu essen? Nichts. Vielleicht hatte er zu diesem Behufe in Moskau sogar einen Fernsehsender oder ein protziges Hochglanzmagazin gegründet. Jedenfalls verkaufte er den Iwans fünfhundert Tonnen lebende und tiefgefrorene Affen.

»Mehr als dreißig Kilometer werden es nicht sein«, brummte Władek und griff ins Handschuhfach. Danach steckte er sich eine an, nahm einen tiefen Zug, blies den Rauch aus und sagte: »Hier in dieser Gegend hab ich ihn getroffen. Wir kamen vom Basar in Ubla zurück, direkt an der ukrainischen Grenze, aber auf der slowakischen Seite, beim Übergang. Da waren wir hingefahren, um zu schauen, wie die Geschäfte laufen, was man verkaufen kann und überhaupt. Aber es lohnte sich nicht mehr für uns. Nichts lohnte sich mehr. Bei den Ukrainern, Russen, Rumänen, Vietnamesen war alles billiger. Wir sagten ihnen, wir könnten dies und das, sie fragten, für wieviel, und als wir ihnen den niedrigsten Betrag nannten, lachten sie bloß. Es gab nichts für uns, und wir hatten nichts für sie. Und das war ein toller Basar, Stände, Militärzelte aus Armeebeständen, alte Busse, keiner baute das ab, sie lebten einfach dort auf dieser Tenne, diesem festgestampften Boden, mit Bergen von diesem Müll auf einer Plastikfolie … Wir waren auf dem Rückweg, und er sprang uns direkt vor die Kühlerhaube, aus dem Wald. Er fuchtelte, schrie, sah aus wie ein Irrer, als hätte er sich seit einem Monat nicht gewaschen und seit einem Jahr nicht mehr die Haare geschnitten. Wir waren drei in einem Polonez. Ich sagte dem Fahrer, er soll anhalten. Ein Reflex. Die anderen schrien, das sei irgendein Arschloch, ich soll keinen Scheiß machen. Aber ich ließ ihn anhalten. Ich zahlte fürs Benzin und zahlte für den Fahrer. Und der Typ sprang einfach hinten rein und sagte in seiner Sprache: fahren, fahren. Er stank fürchterlich. Nach Dreck, nach Schnaps. Wir mußten die Fenster öffnen. Er stammelte irgendwas, aber wenn einer auf tschechisch stammelt, ist das genauso, wie wenn er auf schweizerisch stammelt. Null. Aber es war klar, daß er auf der Flucht ist, in höchster Not, und der Typ hatte wirklich Schiß. Später beruhigte er sich. Nach fünfzig Kilometern war er schon ganz locker. Er sah sich um und fragte, ob wir wirklich nach Polen fahren. ›Ja, Junge, keine Angst. Polen ist ein schönes Land‹, sagte ich, um ihn zu trösten, und da zog er einen tschechischen Paß und eine russische Pistole unter dem Kittel hervor. Er nahm das Magazin raus und zeigte mir, daß er nur noch eine Patrone hatte. ›Die sollte für mich sein‹, sagte er und warf mir das Blechding auf den Schoß. Wir fuhren gerade durch den Wald, also nahm ich den Scheiß und schmiß ihn ins Gestrüpp. Und dann, als wir ihm versprochen hatten, daß wir ihn nach Polen mitnehmen, warum auch nicht, wenn er Bock hatte und einen gültigen Paß, da erzählte er uns, daß sein letztes Geschäft mit Menschenschmuggel zu tun hatte. Er transportierte in Kühlwagen zwischen gefrorenem Fleisch Chinesen, Vietnamesen, Kasachen, Turkmenen und wer da noch Lust auf eine Ortsveränderung hatte im weltweiten Trend des Umzugs von Ost nach West. Und beim soundsovielten Mal sind ihm sechzehn Gelbe erfroren. Irgendwie. Sie standen zu lange rum, waren nicht richtig angezogen, oder der

Thermostat war falsch eingestellt. Sechzehn Leute kamen steif für alle Ewigkeit in Dresden an, aber die Vertragspartner waren auf lebendige eingestellt, also begann der Zoff, denn unter den Frostbeulen waren irgendwelche hohen Tiere, jemand aus der Familie eines Chinesen, der Boß all der Schlitzaugen, die auf dem Gebiet der ehemaligen DDR dubiose Geschäfte machten. Als sie diesen Fernlaster aufgemacht und gesehen haben, was passiert ist, haben sie dem Fahrer auf der Stelle die Kehle durchgeschnitten. Und dann begannen sie Potok in Prag zu suchen, und es gab kein Erbarmen, sie wollten keine Rückerstattung der Kosten, keine Entschädigung, sie wollten Potok persönlich oder die Auferstehung der toten Hibernauten ...«

In Stropkov fuhren wir nach Nordosten. Tief in die Berge. In den Dörfern standen griechisch-katholische Kirchen. Es war sauber, leer und irgendwie wie früher. Als wären alle irgendwohin gegangen, nur ab und zu käme einer zurück, um aufzuräumen, zu streichen und alles in Ordnung zu bringen. Sogar die hier und da vorhandenen Ruinen von Hütten oder Ställen sahen wie Dekorationen aus, wie ein Freilichtmuseum. Und kein Auto. Die Straße war glatt und leer. Wir fuhren auf eine lange Anhöhe. Die Temperaturanzeige näherte sich wie gewöhnlich dem roten Strich. Links und rechts sanfte, bewaldete Gipfel. Die Gegend sah verlassen aus, aber tief in den Tälern kauerten schläfrige Grenzdörfer.

»Na ja, und er bekam Angst, sah überall Schlitzaugen. Er ging nicht mehr aus dem Haus, nahm das Telefon nicht mehr ab, machte nicht auf, und eines Nachts verschwand er einfach, haute ab, setzte sich in einen Zug oder Bus und floh vor seinen gelben Dämonen nach Osten. Ganz ans Ende des in Auflösung befindlichen tschechoslowakischen Staates. Dahinter war nichts mehr, ukrainische Bären, Sibirien und Tschukotka. Und als er uns ins Auto lief, war er schon halb tot vor lauter Saufen,

Angst und überhaupt. Da nahmen wir ihn halt mit, und eine Zeitlang machte er irgendwas für Heniek. Ich glaube, er brachte was über die Grenze, er hatte sich einen Bart wachsen lassen und sah aus wie ein Holzfäller. Es muß ihm gefallen haben, denn als er dann von hier weg war, kam er manchmal wieder, wie damals mit Jirka und Bocian ...«

VIELLEICHT war es ja so, daß er Menschen und Ereignisse anzog wie der Magnet die Eisenspäne? Und sein Leben war ein Strudel, der andere Leben einsog? Das dachte ich manchmal. Aber im Grunde genommen war er einfach ein normaler Typ, der keine großen Umstände machte, wenn er jemanden traf, dem es nichts ausmachte, wenn ein anderes Leben sich ein wenig mit seinem überschnitt. Ich weiß nicht, ob ich mitten im Wald an der ukrainischen Grenze einen verrückten Tschechen ins Auto gelassen hätte. Ich weiß es wirklich nicht. Er hatte den Reflex anzuhalten, wie jemand anders den Reflex gehabt hätte zu beschleunigen. So war er eben. Er wies die Welt und die Menschen nicht zurück, weil er keinen Argwohn in sich hatte. Deshalb saß er neben mir in einem zwölf Jahre alten Lieferwagen und hatte ein Loch in seinem zehn Jahre alten Anzug. Ich war nur ein Dahergelaufener aus der Stadt, aber für ihn spielte das keine Rolle.

ES HAT IMMER noch nicht geschneit. Das Gras ist morgens weiß vom Reif. Gestern abend ließ ich einen Becher Tee auf dem Fenstersims stehen, am Morgen fand ich braunes Eis darin. Statt Schnee und Winter sind heitere Tage gekommen. Der Himmel ist blau, die Schatten schwarz wie Pech. Fast alle Blätter sind abgefallen, und ich kann jetzt auf die andere Seite des Flusses sehen. Nachts leuchtet die Tankstelle in diesem Leichenlicht, ich muß das Fenster verhängen. Ich rauche Zigaretten und erinnere mich. Als ich vierzig geworden bin, stellte sich heraus, daß ich jetzt wesentlich weniger Schlaf brauchte als früher. Fünf, sechs Stunden reichen. Aber weniger Schlaf bedeutet mehr Zigaretten. Irgend etwas muß ich anfangen mit dieser neuen Zeit. Ich rauche und erinnere mich. Ich schaue auf das verhängte Fenster. Auf der Gardine erscheinen bewegliche Schatten und Lichtflecken. Manchmal kommt es mir sogar so vor, als erinnerte ich mich an die Kindheit, als wüßte ich noch alles. Aber das ist wahrscheinlich eine Illusion. Trotzdem mache ich weiter. Ich habe niemanden hier, also muß ich nachdenken, muß mir die Vergangenheit ins Gedächtnis rufen.

Wenn man bei heiterem Wetter in der Abenddämmerung von Osten her in die Stadt fährt, sieht man vor dem wie Feuer glühenden Himmel die schwarze Linie der Hügel. Auf diesen Hügeln hat jemand eine Kreuzwegstation errichtet, ein Golgatha geschaffen. Im rötlichen Abendlicht wirkt das Ganze wie aus Blech geschnitten, wie irgendwelche Totems der alten Magyaren, die in einem gigantischen Grabhügel stecken. Immer wenn ich von Osten her kam und das Wetter gut war, hatte ich diesen Eindruck. Als hätten sie dort Attila und seine Freunde begraben. Als lägen da Dschingis Khan und Tamerlan. Überhaupt – egal, aus welcher Richtung man kam, auf jedem zweiten Hügel brannten auf dem Gipfel mitten im Wald diese totemartigen Kreuze. Sie waren aus großen Leuchtröhren, aus Neonröhren, die anderswo Cola, Pepsi, Sexy anpriesen. Rund um die Stadt standen wohl an die zehn Stück: blau phosphoreszierend, zwölf Meter hoch mit sechs Meter langen Querbalken, an völlig unzugänglichen Orten aufgestellt, sicher hat man sie auf den Schultern hochgetragen. Wenn die Blätter fallen, sieht man sie ganz deutlich. Wie Gespenster leuchten sie zwischen den nackten Ästen. Einmal in der Dämmerung habe ich gesehen, wie eine Schar Krähen um eines dieser Kreuze kreiste. Die Vögel kamen angeflogen, setzten sich auf Zweige, die mutigsten nahmen auf den hellen Balken Platz. Es war schon fast dunkel, aber sie konnten sich nicht beruhigen, als hätte das Leuchtstoffkreuz sie hypnotisiert. Sie hätten schlafen sollen, aber sie flogen umher. Wir kamen gerade von einer kurzen Rundfahrt in der Umgebung zurück. Nicht mehr als ein paar Dörfer, aber wir hatten zwei Kunstpelze und drei Winterjacken verkauft. Wir hatten mehr eingenommen als geplant und mußten uns für drei, vier Tage keine Sorgen um Essen und Trinken machen, und ich hatte noch Geld für fast einen halben Tank. Wir sahen diese Krähen, und ich fuhr auf den Seitenstreifen. Das Kreuz stand auf einem niedrigen Paß nahe der Landstraße. Wir betrachteten es wortlos. Es war windig. Unten brannten die Lichter der Stadt, aber hier war es vollkommen dunkel, und nur dieses Fernsehlicht ließ die Vögel nicht schlafen. Er ließ die Scheibe runter und sog die Luft ein, als erwartete er den Geruch von ionisiertem Gas.

»Das kommt mir ein bißchen gottlos vor«, sagte er schließlich.

»Weiß nicht«, erwiderte ich. »Ich kenne mich da nicht aus. Sieht seltsam aus.«

»Das ist es wohl auch«, sagte er mehr zu seinen eigenen Gedanken als zu mir. Er schloß das Fenster, und wir fuhren. An jenem Abend redete er nicht mehr. Etwas nahm ihn geistig in Anspruch. Vor seinem Block stieg er aus und ging langsam Richtung Eingang. Ich wartete, bis er drin war, erst dann drehte ich um. So war es jedesmal: Ich begleitete ihn mit dem Blick, als fürchtete ich, es könne ihm etwas zustoßen. Aber ich bin nie in seiner Wohnung gewesen. Er hat mich nie hereingebeten. Es war einfach nie die Rede davon. Manchmal wartete ich, bis in seinem Fenster im vierten Stock das Licht anging. Er dagegen kam oft in mein Backsteinhaus am Fluß. Wann immer er Lust hatte. Morgens, abends, ohne Vorwarnung. Im übrigen hatte ich nie Geld für das Telefon, meistens lag es tot auf dem Fenstersims und war nicht aufgeladen. Ich denke, er betrachtete das Häuschen am Fluß ein wenig als unser gemeinsames Eigentum, so wie den Lieferwagen und unser ganzes Geschäft mit diesem Müll. Es schien, als käme er einfach zur Arbeit. Er trat ein und sagte, wir machen dies und das, dann und dann, und ich lag oft noch im Bett oder hatte mich schon gelegt. Außer ihm kam nur die ältere Dame mit ihrer monatlichen Forderung. Er war eine Art Chef für mich, ich war widerspruchslos mit allem einverstanden, weil ich keine Kraft hatte. Ich wartete, bis er kam und »steh auf« sagte. Ohne ihn hätte ich sicher ewig gelegen. Bis mich der Hunger oder die Blase von meinem Lager vertrieben hätten. Er hatte Kraft. Schwer zu sagen, woher er sie nahm. Vermutlich hatte er sie einfach. Irgendwo in seinem etwas über vierzigjährigen, gequälten Körper schwelte sie. Vielleicht bekam er sie von den Zigaretten. Oder vielleicht halfen ihm die Zigaretten, diese Kraft im Zaum zu halten, vielleicht mußte er ein bißchen gedämpft oder leicht vergiftet werden, damit er nicht abhob und irgendwo ins Weltall flog mit seinen Ideen, die da waren: die Theiß, die Drau und dann die Donau hinunterfahren ... Um mit diesem gebrauchten, gewaschenen Ramsch zu handeln. Mit Umladestellen in Osijek und Novi Sad, mit Logistikzentrum in Ujpest und außerdem mit Blick auf die Sankt-Andreas-Insel. Ach was, am besten gleich auf der Insel ein Terminal bauen, und alles würde über die Donau kommen, von Wien, von Linz und Passau, aus den europäischen Zentren ausrangierter Klamotten, mit Ziel Südosteuropa. Große Schiffe, voll von Zara, Mango, Pipi-Kaka und weiß der Geier was, Brummen der Sirenen im Nebel, wenn sie flußabwärts fahren. In Osijek, Novi Sad und Belgrad kommen kleinere Schiffe dazu, Boote, vielleicht sogar Flöße, um die Ware die Theiß, die Drau und die Save hinaufzubringen, um an den sandigen Weiden mit ihrem bis zum Knie im Wasser stehenden, schläfrigen Vieh anzulegen, um Hirten, Fischer und ihre Frauen mit Prada aus China und Levis aus Mosambik in Versuchung zu führen. Und die schwereren Einheiten würden die Donau hinunterfahren. Zumindest bis zum Eisernen Tor, bis Porţile de Fier, denn dort ist Schluß, man muß ausladen, sagen wir in Orşova, denn dann kommt ein Damm, hundert Meter Wasserhang, man müßte den Plunder mit Autos den Fluß entlangtransportieren, bis Calafat, wo ein zweiter Damm ist, erst danach fließt die Donau breit und ruhig weiter, und wir haben auf beiden Seiten das rumänisch-bulgarische Elend und an die fünfhundert Kilometer flache, sanfte Strömung. Aber es gibt Nebenflüsse rechts und links, da sind Jiu, Olt, Ogosta, Iskar, Teleorman, und man braucht nur ein paar Motorboote mit trägen Dieselmotoren und ein paar Vermittler, die diese Flüsse hinauffahren …

Und wenn er so redete, nickte ich natürlich und lächelte heimlich darüber. Doch sein Glaube bewirkte, daß ich mich wie ein Verräter fühlte. Schließlich versöhnte ich mich irgendwie mit seiner Erzählung, mit seinem Wachtraum, auch wenn ich an all das nicht glaubte. Ich stand auf. Wühlte die alten Klamotten durch. Bastelte an dem rostenden Auto herum. Suchte in den Taschen nach vergessenem Kleingeld, um Zigaretten zu kaufen. Stellte mir Schiffe auf der Donau vor wie ein Zehnjähriger. Und schließlich fuhr ich dem slowakischen Jahrmarkt und der schönen Kartenverkäuferin hinterher.

MEDZIBORIE, das war eine einzige Straße, an der sie alles gebaut hatten, was sie brauchten. Der Wind brachte Staub. Altes hatten sie hier nicht. Alles war aus Blech und Beton – schon abgenutzt, aber noch nicht alt. Graubraun und staubig. Schmutziges Glas, Blech und Beton. Aber der größte Häuserblock in der Straße war farbig. Er hatte vier Stockwerke und glänzte mit einem rot-gelben, zu chinesischen Hieroglyphen stilisierten Schriftzug: *Čínsky Textil*. Zwei Bäuerinnen mit schwarzen Kopftüchern und geblähten Röcken nahmen etwas aus ihren Tüten und zeigten es einander. Sicher hatten sie es bei den Chinesen gekauft und wollten es jetzt bei Tageslicht betrachten. Am Bordstein stand ein alter Bus. Die Straße war fast leer. Das ganze Städtchen mochte fünfhundert Meter lang sein. Es endete gleich wieder, und dahinter gab es nur eine Art Industriegebiet, Silos, verrostete Metallbehälter, das Geflecht der Leitungen über der Straße und rechts Bahngleise. Auf dem Hügel zur Linken standen eine weiße orthodoxe Kirche, gemauert, und ein paar bröselnde dreistöckige Wohnblocks.

Sie ließen sich auf dem Platz bei der Ausfallstraße nieder. Markus kommandierte. Zuvor hatte er sich ein paar Helfer aus dem Ort gesucht, jetzt schrie er sie unzufrieden an, als hätten sich diese sechs, sieben in der Kneipe aufgelesenen Penner als Meister im Auf- und Abbau eines Riesenrades erweisen sollen. Sie verhedderten sich, stolperten über die Elemente der Stahlkonstruktion und wurden von Minute zu Minute nüchterner. Es war kurz vor fünf. Sie schielten auf die Hauptstraße. Vom Hügel herunter lief eine Schar Zigeunerkinder. Fünf, zehn, fünfzehn, zwanzig ... Beweglich wie dunkle Quecksilbertropfen sprangen sie zwischen die Fahrzeuge und Anhänger, kullerten in chaotischem Reigen dahin, halb im Spiel, halb als Spähtrupp, und wieder schrie Markus aus voller Kehle, es solle endlich jemand kommen und diese minderjährige Bande vertreiben. Seine zwei Brüder tauchten auf und versuchten das ungestüme Element zu zähmen, aber sie hatten keine Chance, die Kinder waren wie eine Schar Hühner. Eine Bewegung, ein Schritt in ihre Richtung genügte, und schon stoben sie auseinander, änderten die Konstellation, wirbelten herum, aber das besetzte Territorium verließen sie nicht für einen Augenblick. Markus' Brüder hätten ebensogut versuchen können, mit bloßer Hand Spatzen zu fangen. Er selbst schrie immer lauter, ließ seine Monteure stehen und begab sich ins Zentrum des Chaos, mitten in den wilden Karneval der dunkelhäutigen Kinder, die sich auf die Motorhauben der roten Zetor-Traktoren setzten, herunterrutschten, unter den Bäuchen der Anhänger durchliefen, gegen die ausgeladenen Eisenteile stießen, etwas an sich rissen, um es gleich wieder fallen zu lassen, eines kauerte schon beim großen Rad des Schleppers, drehte das Ventil auf, man hörte das Pfeifen der entweichenden Luft, und gleich darauf rannten zwei oder drei durch das offene Fahrerhaus und schnappten, was der vergeßliche Fahrer dort zurückgelassen hatte. Andere probierten inzwischen die Klinken an den Wohnwagen aus, schauten durch die Fenster, klopften und schlossen sie sofort wieder, wenn sie irgendeine Bewegung drinnen bemerkten. Die Monteure unterbrachen ihre Arbeit und kugelten sich vor Lachen. Markus wurde allmählich wütend und brüllte, er würde sie alle erwischen und umbringen, würde ihnen die Beine einzeln rausreißen und überhaupt – sie hätten keine Chance. Dieses Geschrei und der allgemeine Tumult zogen Schaulustige an. Hauptsächlich Typen in graubraunen Jacken. Langsam strömten sie auf der Hauptstraße herbei, aus der Beton- und Blechcity, und stellten sich in losem Kreis um die Eisenstapel auf dem Platz. Endlich passierte etwas in der winderfüllten Leere dieses Grenzgebiets. In der Kirche läuteten die Glocken zum Abendgottesdienst.

Da kam hinter der Wand aus Fahrzeugen und Anhängern ein Mann hervor. Er war um die fünfzig, groß, massiv, dick, bewegte sich aber schnell. Sein graues Haar war üppig. Mitten in dem Durcheinander blieb er stehen, die Hände auf dem Rücken, und begann zu reden, seine Stimme wurde lauter, gewann an Kraft, und unter ihrer metallenen Wucht verstummte schließlich alles. Die Kinder erstarrten und schauten. Alle wandten sich ihm zu und schauten. Immer gebannter schauten sie, als hätten sie keine Wahl.

»Das ist der Chef und Besitzer«, sagte Władek.

»Und warum hören ihm alle zu, und keiner lacht mehr?« fragte ich.

»Weil er Zigeunersprache spricht. Er sagt, ihre Mütter sind Huren. Schwarze Hunde hätten ihre Mütter gefickt, daher die vielen schwarzen Welpen. Er sagt, sie sollen in ihre Höhlen zurückgehen und ihre eigenen Mütter ficken.«

Der Fettsack hatte seine Rede beendet und schwieg. Aber er stand noch da und schaute die kleinen Zigeuner an. Als wollte er sehen, ob sie alles verstanden hätten, oder als wartete er auf eine Antwort. Da lief eines der Kinder – ein Junge von acht oder höchstens zehn – bis auf drei Schritte zu ihm hin, nahm eine Handvoll Sand und Steinchen vom Boden, warf sie ihm ins Gesicht und versuchte, ihn anzuspucken. Der Speichel erreichte ihn nicht, und vor dem Sand schloß der Dicke einfach die Augen. Als er sie wieder aufmachte, zog der Kleine sich schon zurück, rief aber laut irgendwelche Schweinereien und Beleidigungen, denn der Typ ging plötzlich auf ihn zu. Das Kind drehte sich auf der Ferse um und rannte los. Da machte der Fettsack eine unglaublich schnelle Bewegung, plötzlich hatte er die Hände nicht mehr hinten verschränkt, und der Kleine stockte mitten im Lauf, blieb auf der Stelle stehen wie versteinert und fiel jäh auf den Rücken. Der Dicke näherte sich ihm, und da sahen wir, wie er mit einer geschickten Drehung vom Hals des Jungen eine mehrere Meter lange Peitsche mit kurzem Griff abwickelte.

Die anderen dunkelhäutigen Kinder guckten schweigend zu. Keines schien sich zu rühren, aber auf unmerkliche Weise bildeten sie einen Kreis, der allmählich enger wurde. Sie schoben sich einen Zentimeter vorwärts, einen Viertelschritt, einen halben Fuß. Der Dicke lockerte die Peitsche, der Lederriemen lag jetzt im Staub wie eine schwarze Schlange. Die Kinder krochen auf ihn zu. Er behielt sie im Auge, indem er sich langsam auf der Stelle drehte. Gleichzeitig paßte er auf, daß die Peitsche sich nicht auf dem Boden verhedderte. Der Junge, den er umgeworfen hatte, befand sich hinter ihm. Er setzte sich hin, kam zu sich, seine Kräfte müssen blitzschnell zurückgekehrt sein, denn zwei Sekunden später grub er die Zähne in die Wade des Chefs. Der Fettsack taumelte, drehte sich um und versuchte, das Kind mit der Peitsche zu erreichen, aber der Kleine war zu nah, der Riemen schlingerte hilflos. Schließlich riß er sich von dem Jungen los, und ich schwöre, daß ich in dem Handgemenge Blut und Fleisch gesehen habe. Er sprang ein, zwei Schritte weg von dem wütenden jungen Wolf auf allen vieren, aber im nächsten Moment trat er ihn mit voller Wucht direkt ins Gesicht. Der Junge fiel auf den Rücken und blieb reglos liegen.

Da setzten sich seine Kameraden in Bewegung. Der Kreis löste sich auf, die Mutigsten kamen immer näher. Der Dicke schlug mit der Peitsche um sich und hielt die Kinder halbwegs auf Abstand. Aber sie umzingelten ihn von allen Seiten und rückten immer enger zusammen. Der Größte und Hagerste, in grünem Trainingsanzug und schwarzer Baseballkappe, hielt einen dicken Stock in der Hand. Er stach damit in die Luft und wartete darauf, daß die Peitsche sich um das Holz wickeln würde und der Fettsack für einen Moment wehrlos wäre. Die anderen lauerten. Der Dicke schaute den Lulatsch an, schlug aber immer wieder nach hinten, um die anderen auf Distanz zu halten. Zugleich ging er Schritt für Schritt auf den schmalen Durchgang zwischen den Anhängern zu. Er hätte Markus und die anderen rufen können, aber das tat er nicht. Er verscheuchte die Kinder und zog sich langsam in die Richtung zurück, wo er hergekommen war. Drei von den Kleineren verstellten den Durchgang. Der Hagere änderte die Taktik. Er nahm den Stock, holte weit aus und ließ das Holz dicht über der Erde los, auf der Höhe des Schienbeins des Dicken. Man hörte einen harten Aufschlag. Der Dicke ging in die Knie, unterdrückte einen Schrei, die Kinder setzten schon zum Sprung an, aber die Peitsche hatte sich um den Hals des dünnen Jungen gewickelt, und der Fettsack erhob sich, zog den Feind zu sich heran, umfaßte ihn mit dem linken Arm, die Rechte ließ die Peitsche los und zog plötzlich ein Messer. Dicht am Gesicht des Zigeunerjungen blitzte der Stahl, miteinander verflochten, drehten sich die beiden, drehten sich im Kreis, damit alle sie sehen konnten. Sie trippelten in Richtung des Durchgangs, doch die anderen hatten nicht die Absicht zurückzuweichen. Da blieb der Dicke stehen, zog den Jungen noch näher zu sich heran und hielt ihm vorsichtig die Klinge an die Wange.

»Wohin sind wir da geraten, verdammt?« fragte ich einige Minuten später, als wir schon im Lieferwagen saßen.

»Wir bleiben ein paar Tage«, erwiderte er.

Ich fuhr von den Anhängern und den herumliegenden Eisenteilen weg, um wieder auf die Straße zu gelangen. Der Platz, auf dem der Jahrmarkt sich niederließ, wurde auf der Südseite von einem großen grauen Gebäude abgeschlossen. Wie ein Lager sah es nicht aus, auch nicht wie eine Fabrik, nicht einmal wie ein toter Supermarkt. An der Vorderfront befand sich ein kleiner Brunnen. Im Becken stand eine Gestalt, die über dem Kopf einen Schirm aus verrosteten Stäben und Rohren hielt, und von diesem Schirm tropften spärliche Wasserstreifen. Nach einigen hundert Metern zeigte er mir rechts die Abfahrt. Wir sahen eine niedrige Baracke mit der Aufschrift »Medziborie« und einige museumsreife Ampeln. Gleich hinter den Gleisen war der Fluß. Das gegenüberliegende Ufer stieg steil an, war mit Wald bewachsen, dort fingen die Berge an. Er sagte, hier würden wir bleiben, er kenne den Stationsvorsteher, es wäre kein Problem. In der Bahnstation war ein Klo und ein Waschraum. Er griff ins Handschuhfach, nahm eine noch nicht angebrochene Flasche ungarischen Birnenschnaps heraus, ging auf das Gebäude zu und verschwand um die Ekke. Einen Bahnhof konnte man das kaum nennen. Es sah aus wie eine Haltestelle mitten in der Pampa, nicht in der Stadt. Zwischen den Zementplatten auf dem Platz wuchs Gras. Die Überdachung und der Fahrradständer waren mit Rost bedeckt. Die Fenster des Lagergebäudes hatte man mit Sperrholz vernagelt, auf dem Dach wuchsen wilde Birkentriebe. Nur dem großen Ahorn unweit des Magazins ging es gut. Seine Krone warf einen riesigen Schatten. In der Nähe des Baums stand eine alte Pumpe. Władek tauchte schließlich wieder auf und gab mir ein Zeichen, daß ich dorthin, zu dem Baum, ganz ans Ende des Platzes fahren und mich hinter dem verlassenen Lager verstecken sollte.

»Alles in Ordnung«, sagte er, als ich ausstieg. »Wir können bleiben, solange wir wollen.«

»Warum war der mit der Peitsche nicht dabei, als sie bei uns in der Stadt waren?« fragte ich, weil es mir keine Ruhe ließ, daß dieser Typ so plötzlich und gewaltsam aufgetaucht war und mit einem Mal alles ihm zu gehören schien. Ich spürte intuitiv, daß er der Grund war, daß wir unser Lager hier und nicht näher bei den anderen Vagabunden des Jahrmarkts und näher bei Eva aufschlugen. Er sah mich flüchtig an und kramte in seinen Taschen. Er fand die Zigaretten, steckte eine an, blies den Rauch aus und sagte, von mir abgewandt, den Blick auf den Wald jenseits der Gleise und des Flusses geheftet:

»Keine Ahnung. Er hat wohl mehrere Geschäfte, deshalb ist er mal hier, mal da.«

»Aber bei uns war er kein einziges Mal.«

»Nein, war er nicht. Ich hab Markus gefragt. Er sagte, er wolle sich vielleicht lieber nicht zeigen, es könnte sein, daß man ihn bei uns sucht.«

»Aber wer ist das überhaupt?« Ich gab mich nicht geschlagen.

Er schwieg einen Moment, drehte sich zu mir um und sagte: »Das hast du doch gesehen.«

AN JENEM ABEND war ich allein. Ich machte mir im Lieferwagen ein Lager zurecht. Zwischen den auf Bügeln hängenden Kleidern breitete ich die Matratze aus. Aber ich hatte keine Lust zu schlafen. Ich ging auf den Bahnsteig und setzte mich auf eine Bank. Ich hatte ein Bier dabei. Die Ampeln zeigten in beide Richtungen Grün. Von den Gleisanlagen her kam der altbekannte Geruch von Schmieröl, Holzschutzmittel und Pisse. Links von der Station begann die Finsternis. Rechts war das Nebengleis, auf dem einmal die Woche ein oder zwei Waggons mit chinesischem Ramsch anrollten. Das hatte mir Władek erzählt. Ein paar Gelbe beaufsichtigten das Abladen. Angeheuerte Ortsansässige kamen mit Wagen angefahren und transportierten die Ware ein paar hundert Meter weiter, zu dem gelb-roten Geschäft. Das sollte sich im übrigen bald ändern, denn die Chinesen hatten ausgehandelt, daß das Nebengleis direkt bis zu ihrem Geschäft verlängert würde. Im Frühjahr wollten sie mit dem Ausbau und der Erweiterung

beginnen, um dort ihre große Müllhalde für das ganze Grenzgebiet unterzubringen. Ich erinnerte mich an den totgebisse-
nen Vietnamesen aus Máriafalva. Man könnte sagen, er war
ein Märtyrer des asiatischen Exports. Nicht ausgeschlossen,
daß er seine Ware hier abgeholt hatte. In der Ferne hinter
dem Nebengleis sah man den leuchtenden Lichtschein, der
über dem Geschäft hing. Er war heller als die Lichter des
ganzen Städtchens. Sie wollten einen Brückenkopf errichten.
Ein paar Schritte von hier begann die nach Billigkram gieren-
de Ukraine. Zu den Ostseehäfen war es genauso nah wie zur
Adria. Den Flughafen hatten sie in Košice. Hier mieteten sie
sich Slowaken und Ruthenen zum halben Preis. Aus den Bergen kamen ständig neue, genervt von der Selbstgenügsamkeit
der Karpaten, von ihrem Schafskäse, ihren Lammfellmänteln,
von Kuhmilch und hausgemachtem Pflaumenschnaps. Für
die Chinesen waren sie ideal: Sie waren mit wenig Verdienst
zufrieden und brauchten billige Sachen, die sie in ihrem Marrakesch, Čukalovce, Majdan, Żubracze und Pčoline im Fernsehen gesehen hatten. Sie kamen in die Täler und verlangten
danach. Und sie bekamen sie: bunt, mit Aufschriften, zer-
knittert, aus Plastik, Wegwerfsachen. Denn es kam darauf an,
daß jeder sie sich leisten, jeder sie haben konnte und daß sie
gleich wieder im Arsch waren, weil die Leute dann wieder etwas Neues brauchten. Das wußten sie, deshalb hatten sie vor,
das Nebengleis zu verlängern und das Geschäft zu vergrößern.

Ich trank Bier und dachte an den Mann, der von dem
Schwein totgebissen worden war. Es war ein warmer Abend.
Ich hörte, wie das Wasser über die Steine lief. Die grünen Lichter der Ampeln erinnerten mich an die Kindheit. Ich hatte an
einer Bahnlinie gewohnt. Ich war die Gleise entlang gewan-
dert und hatte nach Müll aus den internationalen D-Zügen
Ausschau gehalten. Das war so lange her, daß es mir vorkam,

als wäre es jemand anderem passiert. Aber das Grün und die museumsreifen Arme der Ampel waren noch die gleichen. Ich stand auf und ging am Bahnsteig entlang in Richtung des Gebäudes. Im Fenster des Stationsvorstehers brannte ein Lämpchen. Hinter der Scheibe nickte mir jemand zu, also hob ich die Hand und grüßte die undeutliche Gestalt. Ich ging noch ein Stück weiter, dann umgab mich die Finsternis.

DIESER WINTER will nicht anfangen. Heute regnet es. Den ganzen Tag. Es regnet bis zum Abend, und es regnet in der Nacht. Die Stadt wird ganz schwarz davon. Häuser, Bäume, Bürgersteige und Fahrbahnen glänzen wie nasse Kohle, kaum jemand ist unterwegs. Zwei Grad plus, und aus dem Himmel ergießt sich eisiges Wasser. Alles ist naß, in alle Ewigkeit. Manchmal steht einer am Tor. Das Wetter räumt besser auf als die Polizei. Im übrigen habe ich immer weniger Angst. Früher war es schlimmer. Jetzt wirkt die Stadt selbst bei gutem Wetter so gut wie ausgestorben, als sei das Leben aus ihr entwichen. Die Schlausten sind ausgereist. Sie stehen am Abend auf den Ramblas, auf dem Ku'damm, auf der Oxford Street, irgendwo in Reykjavík oder Istanbul. Erst dort können sie wirklich hassen. An der Ecke stehen, schauen und hassen. Das hier war Kindergarten. Sie haben die Gesten wiederholt, die sie bei den Schwarzen in amerikanischen Filmen gesehen haben. Jetzt sind sie ausgereist und sind selbst die Schwarzen. Und hier ist Ruhe. Kalter Regen fällt, ich bin erst abends aus dem Haus gegangen, weil mir die Zigaretten ausgegangen sind. Auch die Gasflasche ist leer, und ich mußte den Ducato in Gang setzen. Manchmal habe ich den Eindruck, dieses Auto wird mich überleben. Ich drehte den Schlüssel um und zählte die Sekunden: eins, zwei, drei, vier, säuft er ab oder springt er an … Aber es klappte. Er sprang an, und ich fuhr los, die leere Flasche auf dem Beifahrersitz. Ich fuhr südwärts, weil es auf dieser Seite der Stadt am billigsten ist. Die Reservekontrollampe leuchtete orangerot. Ich tröstete mich damit, daß mindestens die Hälfte der Autos mit diesem Licht am Armaturenbrett fuhr. Daß diese Hälfte das Gaspedal drücken mußte, damit die rote Kontrollampe für den Öldruck ausging. Deshalb fuhr ich nach Süden. Dort tankte man fünf oder sieben Liter. Um am Morgen irgendwohin zu fahren und am Abend zurückzukommen. Niemand tankte voll. Man mußte ein Stück stadtauswärts fahren. Um sieben Uhr abends sahen die Baulager und Magazine wie Leichenhallen aus. Sie umgaben die Stadt – ein Ring aus Lagern für alte Reifen und Gebrauchtwagen. Springbrunnen aus Zement. Imitationen der Venus von Milo, Moses und der Erzengel Michael. Zwischen Betonrohren und Pflastersteinen. Bei Nacht, in dem schwarzen Regen und den trüben, verschwommenen Lichtern, sah es aus wie ein Trümmerfeld. Dann kam eine Tankstelle, wo sie das Gas ein paar Groschen billiger verkauften. Ihre Flaschen – angeschlagen, rostig – kamen mir verdächtig vor. Vielleicht russische, vielleicht chinesische, vielleicht beides. Ich ging mit meiner Flasche zum Stahltor. Ein Typ kam mit Schlüssel, machte auf, holte eine volle heraus und nahm das Geld. Ein bißchen Geld war noch übrig, also fuhr ich zur Tanksäule. Ich sagte, ich wolle vier Liter. Mit gleichgültiger Miene füllte er ein und kehrte in seine warme Bude zurück. Ich wendete und fuhr zurück in die Stadt. Die orangerote Lampe brannte immer noch.

Ich sollte von hier verschwinden. Ich sollte eines Tages den Lieferwagen packen und hinfahren, wo ich hergekommen bin. Oder in die andere Richtung oder in eine dritte. Ich sollte der Vermieterin den Schlüssel zurückgeben, bezahlen, mich bedanken und losfahren. Daran habe ich von Anfang an gedacht, seit ich hier bin. Aber mir fehlte die Kraft. Diese Stadt war mein Schicksal. Ich war schon alt und wollte noch einen Winter abwarten. Und danach sicher noch einen. Ich mußte hierbleiben, weil ich an einem anderen Ort weder einschlafen noch aufwachen könnte. An einem anderen Ort gäbe es nicht die Brücke über den Fluß und das Dröhnen der Autos auf der Brücke. Es gäbe nicht den Lichtschein über der Tankstelle. Das sind wichtige Dinge, und manchmal zeigt sich, daß man ohne sie nicht leben kann. Man kann sie nicht gegen etwas anderes tauschen. Manchmal stelle ich mir vor, daß ich den Ducato verkaufe, um mir ein Ticket kaufen zu können, ich fahre, ich fliege nach London. Oder nach Berlin, wo ich vor sehr langer Zeit ein wenig Zeit verbracht habe. Ich denke ans Weggehen und beginne lautlos zu lachen.

Vor ein paar Tagen hatte ich einen Traum. Über meiner Tankstelle jenseits des Flusses hing ein seltsames Licht am Himmel. Es war Nacht, doch zugleich hell wie am Tag. Das Licht leuchtete gelb und rot, aber auf dem großen Platz waren keine Autos, sondern Menschen – die ganze Stadt stand da, ich sah die Gesichter der Verkäufer, der Penner, Taxifahrer, die ich kannte, Frauen mit Kinderwagen standen da, die Jugendlichen, die hier täglich die Reifen ihrer Golfs quietschen ließen, die Weiber, denen ich früher Klamotten aus den Waggons brachte, alle, die ganze Bevölkerung, wie bei der Auferstehung oder beim Jüngsten Gericht. Und dort, wo sonst die Tanksäulen standen, war jetzt eine Art Bühne, und von dieser Bühne kam der rot-goldene Glanz, dort wehten Flaggen mit unleserlichen Aufschriften, aber bei näherem Hinsehen stellte sich heraus, daß die Aufschriften chinesisch waren. Und unter diesen Lichtern, Fahnen und Transparenten wuselten echte Chinesen in billigen rot-gelben Trainingsanzügen. Aus den Lautsprechern tönten Stimmen, als würden die Gelben irgendwelche Ansprachen halten, aber man konnte nicht sehen, wer sprach, nur die quäkende Stimme erschallte über dem Platz. Im Traum hört man nicht, man weiß nur, was zu hören ist. Und diese Ansprache hatte mehr oder weniger den Inhalt, daß jetzt alle gehen könnten, daß sie die Stadt und die Gegend verlassen könnten, überhaupt – sie könnten jetzt eine ruhige Kugel schieben und entspannen, weil jetzt sie, die Gelben, sich um all das kümmern würden, worum bisher wir uns kümmern mußten. Das war der Sinn der Ansprache. Die Menge hörte zu und seufzte erleichtert. Als hätten alle plötzlich Urlaub bekommen oder sollten sich zur verdienten Erholung in den Himmel begeben. Die Chinesen waren gekommen, um uns zu vertreten. Das hatte ich geträumt. Ich erwachte und blickte zum verhängten Fenster. Aber vielleicht erwachte ich gar nicht, denn ich ging und zog den Vorhang auf, um nachzuschauen. Die Tankstelle sah aus wie immer, aber das konnte auch die Fortsetzung des Traums sein.

Jedenfalls hätten mir an jedem anderen Ort die Geräusche von der Brücke gefehlt. Und der Gestank der Fabrik. Und der Geruch des Kohlenrauchs, wenn die kalten Tage beginnen. Diese Stadt wird mit mir sterben. Dieser Gedanke läßt mich die Einsamkeit besser ertragen. Mehr brauche ich nicht. Der Rest ist Lüge. Man muß einen Ort zum Sterben haben, das ist alles. Solche Träume habe ich, wenn ich mich gegen Morgen von einer Seite auf die andere wälze. Ich möchte den Ort nicht wechseln. Ein bißchen Geld habe ich noch. Für zwei, drei Tage. Danach kann ich tatsächlich versuchen, den Lieferwagen zu verkaufen, davon werde ich einige Zeit leben können. Aber außer dem Wagen habe ich nichts. Solange er fährt, kann ich etwas transportieren. So wie am Anfang. Bei den Leuten häufen sich die Dinge. Immer mehr und immer schlechtere. Ständig gibt es etwas zu liefern und abzutransportieren. Man muß Altes loswerden, um Platz für Neues zu schaffen. Das ist ein Problem. Sie bringen es aus der Stadt weg, in den Wald. In den Süden, in die Täler, Reifen zum Beispiel. Manchmal sehe ich Laster, voll mit kaputten Plastikmöbeln, Kühlschränken, verbogenen Fahrrädern, Kinderwagen, mit dem ganzen Wegwerfscheiß. Sie fahren im Morgengrauen aus der Stadt hinaus. Die legale Entsorgung von alten Dingen kostet fast genausoviel, wie neue zu kaufen. Manche fahren Richtung Grenze, wo sie sich mit Zigeunern verabredet haben, die führen sie über die Nebenstraßen in die Berge zu ihren illegalen Mülldeponien. Dort laden sie ab, zahlen und fahren wieder. Am Morgen tauchen dunkelhäutige Kinder und Frauen auf und sortieren. Glas extra, Plastik extra, Metall extra. Sie nehmen das Zeug auseinander, bilden Häufchen, schmelzen am Lagerfeuer Blei aus alten Akkumulatoren und holen die noch brauchbaren Dinge aus dem Müll. Dann kommen die Väter und laden die aussortierte Ware auf Anhänger und in die Kofferräume alter Škodas.

Das hält mich vom Verkauf des Autos ab. Wenn der Hunger kommt, kann ich immer noch Müll nach Süden fahren. Richtiger Hunger existiert übrigens nicht mehr. Essen gibt es fast umsonst. Sogar die Armen werfen es weg. Auf den Müllkippen leben Füchse, zusammen mit herrenlosen Hunden. Nicht ausgeschlossen, daß sie sich kreuzen werden. Elstern und Krähen kreisen in schwarzen Scharen über der städtischen Müllhalde. Alle naselang werden Läden mit immer billigerem Essen eröffnet. Es ist nicht das Beste und verdirbt schnell, aber ein paar Tage hält es sich. Man darf nur nicht zuviel kaufen, keine Vorräte anlegen, nicht voreilig die Vakuumverpackungen aufreißen. Alles ist jetzt stückchenweise, scheibenweise in Plastik verpackt, man wird bald keine Kühlschränke mehr brauchen. Die Besitzer von Kühlschränken wissen das, deshalb verkaufen sie den Krempel gleich, wenn die Garantie abgelaufen ist.

Wenn sie kaputt sind, dann für immer und ewig. Reparieren kann man sie nicht, man muß neue kaufen. Und noch einen und noch einen, bevor sich herausstellt, daß Kühlschränke Geschichte sind, daß jetzt Plastik angesagt ist, jeder Bissen einzeln verpackt.

Władek hatte recht. Alles verwandelte sich in Müll. In der Zeitung hatte ich eine Anzeige gesehen, daß die Chinesen Autos verkauften, aber ohne Garantie. Sie waren idiotisch billig. Wer draufzahlte, bekam Garantie, aber dann waren sie fast so teuer wie die anderen. Mein Ducato war unsterblich. Er hatte also recht, und ich hätte ihm aufmerksamer zuhören sollen, wenn er so neben mir saß, rauchte und in genau bemessenen Abständen zur Flasche griff. Ich hätte zuhören und mir alles merken sollen. Aber mir schien, als würde er mit diesem Geschwätz nur die Zeit totschlagen, die Kilometer, die Entfernungen damit vollstopfen, die Angst vor dem Scheitern verscheuchen, die Traurigkeit vertreiben, die das Fahrerhaus erfüllte. Doch aus diesen Fetzen, diesen Resten, aus Stimmen, Erinnerungen und Ahnungen bastelte er sich die Wahrheit zusammen. Er trank, rauchte und hatte die Antennen ausgefahren.

An jenem Abend kam er, als ich schon schlief. Er murmelte. Stöhnte. Versuchte sich vorsichtig neben mich auf die Matratze zu legen. Sein Körper war schwer vor Betrunkenheit. Das passierte ihm fast nie. Er betrank sich selten und brachte sich so gut wie nie in diesen erbärmlichen, ohnmächtigen Zustand. Er drehte sich mit dem Rücken zu mir und rollte sich zusammen. Mir war, als schluchzte er. Ich hörte das alles im Halbschlaf. Dann rollten draußen, hinter dem Lieferwagen, langsam einige Güterwaggons vorbei. Sie rollten bis zur Weiche und fuhren dann auf dem Nachbargleis wieder zurück. Das dachte ich jedenfalls, denn was für einen Sinn sollte es haben, auf dem gleichen Gleis zurückzufahren. Ich drehte mich ebenfalls mit dem Rücken zu ihm und rollte mich zusammen. Ich wollte nicht hören, wie er schluchzte, wollte nicht spüren, wie sein Körper vom Weinen geschüttelt wurde. Das war nicht abgemacht, dachte ich. Ich hätte aufstehen und rausgehen sollen, damit die Dunkelheit ihn in den Schlaf hätte wiegen können, aber ich blieb und hoffte nur, daß er sich am Morgen an nichts erinnern würde.

Ich erwachte im leeren Auto. Es war stickig und heiß. Die Uhr stand auf sieben. Ich drehte mich auf den Rücken und stieß mit dem Fuß die Tür auf. In dem Spalt zeigte sich blauer Himmel. Ich öffnete die Tür noch ein Stück, setzte mich und stellte die Füße auf den Boden. Die Schatten waren noch lang und schwarz. Im schrägen Sonnenlicht sahen Medziborie und seine Umgebung, die Berge und alles andere wie eine Kinderzeichnung aus: klar und bunt. Über dem Flußbett hingen Nebelschwaden. Sie stiegen hoch und lösten sich im Himmelblau auf. Von der Stadt her drang Glockengeläut. Władek, bis zur Taille entblößt, stand über eine Plastikschüssel gebeugt und prustete. Er schöpfte mit den Händen Wasser, machte Gesicht und Arme naß, rieb Bauch und Seiten ab, schnaubte, stöhnte und schüttelte sich wie ein Hund. Dann kippte er den Rest weg, pumpte neues Wasser, stellte die Schüssel auf ein Mäuerchen und begann das Zeremoniell von vorn. Er füllte die Schüssel noch einmal, richtete sich auf, schüttete sich den ganzen Inhalt über den Kopf, gab einen heiseren, abgerissenen Laut von sich – offensichtlich blieb ihm der Atem weg. Zwei Bahnbeamte begannen bei seinem Anblick zu lachen, also lachte er auch, breit, nach Luft schnappend, und ließ eine Art Gruß los. Sie legten die Hände an die Mützen und gingen Richtung Stadt. Da griff er nach dem Handtuch, das an der Pumpe hing,

blinzelte gegen die Sonne und merkte, daß ich ihn beobachtete. Immer noch lächelnd, kam er auf mich zu und fragte, den
geröteten Bauch trockenreibend:

»Hast du gehört, wie ich gekommen bin?«

»Nein. Ich hab geschlafen.«

Er hängte sich das Handtuch um den Nacken und senkte
unsicher den Blick.

»Ich glaube, ich hab mich vollaufen lassen gestern. Ich kann
mich nicht erinnern, wie ich zurückgekommen bin.«

»Mit Markus und dem Rest der Mannschaft?«

»Ja. Wir haben diesen verdammten Bororo getrunken. Totaler Siff. Das hiesige Nationalgetränk, die slowakische Antwort
auf den Gin. Hundertmal hab ich mir gesagt, ich rühre das
Zeug nicht an ... Aber sie hatten nichts anderes, absolut nichts.
Wir tranken das ganze Bier, wir tranken meine Flasche, und
dann waren nur noch fünf Flaschen von diesem Lösungsmittel
da ...«

»Gratuliere«, sagte ich.

»Wie spät ist es?«

»Sieben vorbei.«

»Ich hab keine Ahnung, wann ich gekommen bin.«

Er ging zum Fahrerhaus, zog die dunkelblaue Tasche hervor, holte einen purpurroten Kulturbeutel heraus, nahm die
Rasierutensilien, breitete ein Handtuch auf dem Sitz aus und
legte Rasiermesser, Schaum und Rasierwasser hin. Dann holte
er sich eine Schüssel eisiges Wasser, drehte den Seitenspiegel ein
Stück und begann sich zu rasieren.

Eine Stunde später fuhren wir ins Städtchen. Der Jahrmarkt
nahm allmählich Gestalt an. Über dem Platz ragten Eisenkon-
struktionen auf. Ein paar Typen, schwer zu sagen, ob es dieselben wie gestern waren, kletterten auf das Gerüst und die
Plattform und hantierten mit schweren Schlüsseln. Durch ir-

gendein Wunder ging das wesentlich besser als am Nachmittag zuvor. Mitten in dem ganzen Durcheinander stand Markus und erteilte Befehle. Sein Gesicht war aufgedunsen, die Augen geschwollen. Beim Anblick des Lieferwagens hob er die Hand und versuchte zu lächeln. Neben dem weiß-blau-rot gestreiften Wohnwagen stand ein schwarzer Geländewagen. Wir fuhren daran vorbei, weiter auf den Platz, um bei dem grauen Gebäude anzuhalten. Früher mußte es mehrfarbig angestrichen gewesen sein, aber jetzt war die Farbe verblaßt und fast vollständig abgefallen. Über einer verglasten Tür befand sich die Aufschrift »Museum«, und an der Tür selbst klebte ein Zettel – »otvorené 12-16«.

Hier sollten wir unseren Laden aufschlagen. Das hatte er gesagt. Ich fragte, ob wir nicht eine Erlaubnis bräuchten, irgendeinen Wisch, was auch immer, denn dies hier sei doch etwas anderes, als zwei Stunden in irgendeinem Kaff zu stehen oder drei Stunden auf einer Kirmes, das sei ja schließlich Tag für Tag, mitten in der Stadt, in der Nachbarschaft eines eben entstehenden Vergnügungszentrums. Er zuckte nur die Achseln und machte sich ans Ausladen unseres Klapptisches. Und dann sagte er:

»Ich bin mir nicht sicher, aber ich glaube, das habe ich gestern erledigt.«

»Das heißt …?« fragte ich ohne große Überzeugung.

»Na ja, ich hab das wohl mit Markus gedeichselt. Glaube ich jedenfalls. Ich gehe gleich zu ihm und bringe das in Erfahrung.«

»Markus erledigt das?«

»Markus erledigt alles.«

»So sieht er gar nicht aus«, sagte ich.

»Mag sein, aber er kennt alle von hier bis Sarajevo.«

So schlugen wir also in Ruhe unseren Laden auf. Vorerst sozusagen zur Probe, denn diese Menge, dieses Sortiment und diese Qualität hatten wir vorher noch nie gehabt. Fast alles Luxus in Schwarz. Nur hin und wieder gab es etwas Braunes oder Eidechsengrünes. Ich hängte die Teile auf die Gestelle, und ihr Gewicht, das bloße Anfassen bereitete mir Freude. Die Sachen waren wie warmes Fleisch, wie leichte Körper. Jedes der Teile roch anders. Parfüm, Tabak, fernes fremdes Leben. Kleider rochen meistens nach dem billigsten Waschmittel. Leder hatte immer seinen eigenen Geruch.

Władek ließ mich allein, er wollte sich mit Markus und dessen Brüdern beraten. Ich hatte nicht mehr viel zu tun. An die sperrangelweit geöffnete Hintertür hängte ich noch ein paar Jacken, auf die Tischplatte stellte ich eine Kiste mit Accessoires: Wir hatten Mützen aus feinem Persianer und einige Paar Handschuhe. Dann setzte ich mich an die offene Tür des Lieferwagens und begann im Kopf das Umrechnen von Kronen in Euro und umgekehrt zu üben und dann noch für alle Fälle in Dollar, Forint und Lei. »Das solltest du lernen«, hatte er einmal gesagt. »Das ist immer nützlich.« Also wärmte ich mich in der Sonne und übte das Multiplizieren und Dividieren. Ich hörte auf das Echo der Metallschläge und die Schreie der Arbeiter. Kaum lag die Stadt hinter mir, empfand ich Erleichterung. Ich schloß die Augen und stellte mir vor, wir würden nie zurückkehren. Medziborie unterschied sich in nichts, aber ich fühlte mich erleichtert. Als wäre plötzlich alles anders, obwohl ich nichts verändert hatte. Das war eine Illusion, aber sie erfüllte mich mit solcher Macht, als könnte sie ewig währen.

Die Zigeunerkinder waren verschwunden. Manchmal sah ich aus der Ferne, wie sie zu zweit oder zu dritt vom Kirchenhügel herunterkamen und zu unserem Lager schielten. Markus hatte am Morgen das ganze Terrain mit einem weiß-roten Band umzäunt, und jetzt störte niemand mehr, niemand kam herein.

Im übrigen wußte die Stadt sicher schon von den Ereignissen des Vortags und zog es vor, sich fernzuhalten. Der schwarze Geländewagen stand noch an derselben Stelle. Aus dem Blechschornstein des Wohnwagens kam Rauch. Er stieg geradewegs zum Himmel. Das Auto hatte abgedunkelte Scheiben. Sicher stammte es aus Amerika, denn es war wirklich riesig. Ich erinnerte mich an das Gesicht des Mannes mit der Peitsche. Das wollte ich gar nicht, aber es tauchte ganz von selbst auf, und die Erinnerung verdarb mir die Laune. Der Tag war heiter, ein schöner Spätsommertag, und dort stand der Schlitten dieses Vollidioten. Und Eva war nirgends zu sehen.

MANCHMAL TRAFEN wir uns und taten gar nichts. Er kam einfach gegen Mittag vorbei. Wenn es Sommer war und warm, setzte er sich auf die Bank vor dem Häuschen und rauchte. Sah mir zu, wie ich am Auto herumwerkelte. Das tat ich offenbar immer, wenn jemand in der Nähe war. Ein Reflex – damit es nicht aussah, als hätte ich nichts zu tun. Alle taten etwas. Sie buddelten in ihren Gärtchen. Schmirgelten die Fensterrahmen ab und strichen sie an. Putzten die Fenster. Rupften das Gras zwischen den Steinplatten aus. Auf der anderen Straßenseite stand eine Reihe ordentlicher Häuser, vor dreißig, vierzig Jahren erbaut. Einstöckige, kantige Miniaturen städtischer Mietshäuser. Auf meiner Seite, der Flußseite, erstreckten sich Slums, alles Parterre, Gestrüpp, verrostete Zäune aus Stacheldraht, Schatten. Nachbarn hatte ich weder rechts noch links. Manchmal machte sich nebenan jemand zu schaffen, stellte etwas ab, brachte etwas zu einer Holzbaracke mit dunklen Fenstern. Aber durch das dichte Fliedergebüsch war fast nichts zu sehen. Nur die Leute von der anderen Straßenseite hatten ein Auge auf mein Anwesen. Von ihren identischen Gärtchen aus. Ich fühlte mich dann wie ein Dieb und versuchte sie zu täuschen, indem ich an meinem Ducato herumhantierte, schraubte, ölte, all die kaum noch funktionierenden Mechanismen durchsah und überprüfte. Damit sie nicht dachten, nur sie könnten die Zeit totschlagen oder austricksen.

Aber er schaute dann eine Weile zu, rauchte und sagte mit gelangweilter Miene:

»Komm, laß doch den Scheiß.«

Er nahm zwei Dosen Bier aus einer alten Plastiktüte und klopfte auf die Bank, ich solle mich neben ihn setzen. Und ich setzte mich und sah jetzt ohne Sorge in die Fenster der Häuser gegenüber. Träge, die Beine ausgestreckt, saßen wir in der Wärme des Tages, schnippten mit Kippen und beobachteten, wie senkrechte Rauchfäden aus dem ungemähten Gras aufstiegen. Er war über vierzig, aber es war, als sei er gekommen, um mich zum Schwänzen zu überreden.

»Laß den Scheiß, soll der Kapitalismus doch ohne uns untergehen«, sagte er und öffnete das Bier. Wir tranken und schauten, wie die Minuten vergingen und die Schatten wanderten. Als das Bier leer war, zerdrückte er sorgfältig seine Dose in der Hand, stand auf, machte sie mit dem Absatz platt und legte sie auf den Rand der Bank. »Komm, wir gehen ein Stück, wir werden doch nicht den ganzen Tag hier sitzen.«

Ich machte das Gartentor zu, und wir gingen Richtung Brücke, dann links und die Straße hinauf, die zum Marktplatz führt. Ich las Schilder, sah mir die Auslagen an, und er sagte, es herrsche eine tote Betriebsamkeit in der Stadt, alles verändere sich unablässig, aber diese Veränderungen brächten nichts Neues. Er zählte auf, in diesem und in jenem Haus sei früher dies und das und jenes gewesen, aber im Endeffekt sei jetzt nur noch ein staubiges Schaufenster übrig.

»Das hält sich so lange, wie jemand die Kraft hat, weißt

du. Irgendwann bist du nur noch müde, du stehst hinter der Scheibe und guckst, wie die Menschenmenge sich hin- und herschiebt, aber keiner schaut herein, keiner will was von dir. Wenn die Bude dir gehört und du keine Miete zahlst, kannst du wenigstens dastehen und glotzen. Du gehst vom ersten Stock ins Parterre und wartest einfach. Wie die Taxifahrer. Dann hast du wenigstens ein reines Gewissen, du stehst ja da oder sitzt und wartest, aber keiner kommt. Du kannst nichts dafür.«

So redete er und erinnerte sich Laden um Laden, Geschäft um Geschäft daran, was da früher war und noch früher und noch früher, bis in die siebte Generation dieses individuellen Gewerbes zurück.

»Chemische Reinigung, Autoteile, Gesunde Lebensmittel, Fotokopieren und Binden, Bumsen und Schneiden, An- und Verkauf von gestohlenen Telefonen und Autoradios mitsamt Verleih und jetzt schließlich ein Fotolabor ... Alles innerhalb von vier Jahren. Das ist kein Tempo für normale Menschen, Mann, nicht hier, nicht in dieser Gegend. Das ist Energie, die im Kosmos verpufft, die im Arsch ist.«

Aber gleich darauf waren wir auf dem Marktplatz, und er mußte ständig jemanden begrüßen, die Freizeitfans abklatschen, die an den Ecken standen und den anständigen Bürgern zunickten, die in ihren Angelegenheiten unterwegs waren.

»Kennst du die wirklich alle?« fragte ich gewöhnlich.

»Ich weiß auch nicht. Anscheinend«, erwiderte er dann. »Das ist, als hätte man diese ganzen Bekanntschaften geerbt. Von den Eltern, den Großeltern, Urgroßeltern. So funktioniert das. Eigentlich kennst du sie nicht, aber du kennst sie trotzdem.«

Wir blieben bei den Taxifahrern stehen, und er ließ sich in irgendwelche alten Gespräche mit ihnen ein, die sie offensichtlich nicht beendet hatten, aber auch diesmal brachen sie mitten im Wort ab und verschoben die Fortsetzung auf später, aufs nächste Mal, damit der Stoff so lang wie möglich reichte. Langsam umkreisen wir den Marktplatz. Wenn gerade Dienstag war, fand am Fluß der Wochenmarkt statt, und die Stadt war voller Bauern. Genau wie vor fünfzig, vor hundert Jahren. Sie wirkten unbeholfen in ihren zusammengewürfelten Kleidern und eingeschüchtert. Ihr Blick irrte über die vielen verschiedenen Dinge in den Schaufenstern. Sie suchten Rattengift, Dosen mit Farbe, eine emaillierte Milchkanne, diese alten, konkreten Dinge, aber die gab es kaum mehr. Sie waren unter Stapeln von buntem Müll verschwunden, lagen irgendwo ganz unten. Verstohlen betraten die Bauern den Laden und warteten geduldig, bis jemand ihnen Aufmerksamkeit schenkte, dann sprachen sie leise das Wort »Gift« oder »Farbe« aus, bekamen fünf verschiedene Sorten Farbe und sechs Arten von Gift und staunten andächtig: Daß das alles für sie war, daß die Königin hinter der Theke, mit den lackierten Fingernägeln, ihre kostbare Zeit opferte und ihnen all diese Wunder der Welt zeigte. Am Ende gingen sie hinaus mit ihrer Farbdose oder ihrem Rattengift, ließen den Blick über die Auslagen schweifen und spürten nicht, wie sich die Schlinge zuzog. Vielleicht spürten sie es auch, und es war ihnen egal. Was war das schon für eine Schlinge, was war das für ein Druck im Vergleich zu Jahrhunderten von Verachtung und Unfreiheit. Einmal habe ich Waschmittel gekauft. In dem Laden an der Ecke des Marktplatzes gab es auch Spielzeug. Auf dem Boden zwischen den Regalen kniete die Verkäuferin, neben ihr ein Mütterchen mit einem schäbigen Kopftuch. Sie versuchten eine riesige rosarote Puppe in Gang zu setzen, faßten sie an, drückten, zogen an den Händen. Die Puppe hatte einen widerwärtigen, perversen Gesichtsausdruck. Wie sich die Chinesen weiße Babys so vorstellen. Auf der Schachtel stand: »Spricht und singt auf polnisch.« Schließlich fing das Monstrum an zu kreischen. Aber da hatte ich das Waschmittel schon bezahlt und wurde von der Schlange hinausgeschoben. Wir gingen also durch die Stadt und schauten uns die Leute an. Im Grunde wollten alle etwas kaufen. Fünfzehnjährige Mädels versammelten sich und glotzten die Schaufensterpuppen an. Oder sie besetzten zu zweit oder zu dritt die Anprobekabinen. Aber je weiter weg vom Marktplatz, desto ruhiger wurde es. Die Straße führte bergab. Man mußte nur in eine Seitengasse biegen, um auf ein Fotogeschäft mit Schwarzweißbildern im Schaufenster zu stoßen. Die Fotografien waren verstaubt, aber das Geschäft war noch in Betrieb. Jemand saß hinter der Scheibe und wartete.

»Hier haben sie mir ein Foto von der Erstkommunion gemacht«, sagte er, als wir vorbeigingen. »Kann sein, daß sie es noch irgendwo haben. Das war ein großer Apparat, großes Format. So etwas warf man damals nicht weg. Sie könnten die ganze Stadt auf ihren Fotos haben, die sind hier, seit ich denken kann. Zuerst die beiden zusammen, dann starb er, und die Witwe führte das Geschäft.«

Wir gingen weiter, und mir wurde plötzlich bewußt, daß er auch einmal Kind gewesen war. Daß er Eltern gehabt hatte und daß er, bevor er erwachsen und allmählich alt wurde, ein ordentliches Stück Zeit gelebt hatte.

SCHON werden bunte Lämpchen aufgehängt. Die Lichter spiegeln sich im nassen Asphalt. Um drei wird es dunkel, und die Stadt sieht wie ein weihnachtliches Bergwerk aus. In den schwarzen, glänzenden Straßenschluchten schaukeln die Girlanden der Glühbirnen. Heute habe ich die Heiligen Drei Könige gesehen. Sie stiegen auf dem Parkplatz am Fluß aus einem Lieferwagen und mit ihnen vier Nikoläuse. Der Wagen hatte ein rumänisches Kennzeichen. Unter den Königen oder

Magiern aus dem Morgenland war ein echter Dunkelhäutiger. Er trug einen gelben Mantel und einen roten Turban. Seine weißen Kollegen waren ähnlich gekleidet. Zusammen mit den Nikoläusen standen sie geduckt im Regen, standen im Kreis und sahen sich unsicher um. Der Fahrer telefonierte. Die Sprache konnte ich nicht hören, aber er gestikulierte mit der freien Hand und redete sehr schnell, also wahrscheinlich in der eigenen Sprache. Ich stand unter der Dachtraufe des Kiosks und konnte den Blick nicht abwenden. Melchior, vielleicht auch Balthasar holte aus den Tiefen seines purpurfarbenen Gewands eine Flasche und ließ sie herumgehen. Kurz darauf ging Kaspar auf die blattlosen Sträucher zu, die am Rande des Parkplatzes wuchsen. Einer der Nikoläuse folgte ihm. Vielleicht hatte ein Supermarkt sie engagiert, vielleicht machten sie auch nur Zwischenstation. Die beiden kamen zurück, rückten ihre Kleider zurecht, jetzt gingen Melchior und Balthasar los. Die übrigen reichten die Flasche herum und rauchten. In dem grauen Regen sahen sie aus wie Paradiesvögel, als kämen sie tatsächlich aus dem Reich von Tausendundeiner Nacht. Der Fahrer hatte sein Gespräch beendet und hupte. Sie gingen zum Auto zurück, der Lieferwagen wendete auf dem leeren Platz und rollte Richtung Brücke. Ich schaute ihm nach und wiederholte in Gedanken die Buchstaben und Zahlen auf dem Nummernschild. Wäre Władek bei mir gewesen, hätte er bestimmt mit irgendeiner Geschichte angefangen, mit einer seiner Erzählungen. Ihm wäre es ein leichtes gewesen, ein rumänisches Kennzeichen zu entziffern und sich daran zu erinnern, was er 1986 oder 1985 in dieser Gegend gemacht hatte. Ich betrachtete das verschmierte Hinterteil des weißen Ford oder Volkswagens und konnte mir nur den langen Sommer von damals ins Gedächtnis rufen.

AM ERSTEN TAG verdienten wir gar nichts. Unser Laden ging im Chaos des Jahrmarkts unter, der aufgebaut wurde. Keiner kam auf die Idee, daß wir wirklich etwas verkauften. Alle glaubten, das sei nur der Auftakt zu irgendwelchen Vergnügungen, Lotterie oder ein Etablissement für Fetischisten. Wir wurden einfach nicht gesehen in diesem Gewirr aus Eisen und Plastik. Außerdem war Władek ständig irgendwo verschwunden. Er tauchte kurz auf, holte sein Hirschgeweih und war wieder weg. Er konnte nicht auf einem Fleck sitzen. Manchmal winkte er mir von weitem zu, wenn er auf dem Platz erschien. Er flüsterte mit Markus und dessen Brüdern und verschwand wieder. Und ich wärmte mich einfach in der Sonne und freute mich, daß ich keinen Kater hatte. Mit diesen schnellen, komplizierten Geschäften von ihm wollte ich nichts zu tun haben. Ich konnte mir vorstellen, daß er dieses Geweih zum Beispiel gegen ein Lammfell sowie eine Spezialmaschine zum Birnenschnapsbrennen tauschen würde und dafür dann eine Vorrichtung zum Pferdebeschlagen, eine dampfbetriebene Tabakschneidemaschine, zweihundert Kilo Storchenfedern, Bärenfallen, einen Waggon voll aufblasbarer Gummipuppen für körperliche Vergnügungen erhielte, und erst wenn wir mit alldem – sagen wir – in Istanbul ankämen, würden wir das Geschäft unseres Lebens machen … Nein, ich wollte einfach nur der Fahrer sein. Hin und wieder konnte ich den Stand beaufsichtigen und mich in der Sonne wärmen. Das reichte mir. Ich konnte seinen Erzählungen zuhören und mir vorstellen, daß es keine Erinnerungen, sondern Zukunftspläne waren. Nur dieser schwarze Geländewagen ließ mir keine Ruhe. Er sah falsch und fremd aus in dieser schlampigen, vergammelten Landschaft. Er paßte nicht zu dem Städtchen, und er paßte nicht zu diesem Schrotthaufen von Jahrmarkt.

Gegen Mittag sah ich, wie Władek die Stufen des Anhängers

hinaufstieg. Er machte drei Schritte, blieb stehen, schielte nach rechts und links und klopfte an die Tür. Offensichtlich bekam er keine Antwort, denn er klopfte ein zweites Mal, diesmal wohl lauter. Von weitem sah ich, wie er die Hand zur Faust ballte. Er schlug nochmals und nochmals gegen die Tür, legte das Ohr daran, dann sah er sich wieder um und kam langsam die Treppe herunter. Er begann um den Wagen herumzugehen. Das Fahrzeug hatte an der Seite ein Fenster, das aber zu weit oben war. Er blieb stehen und reckte den Hals. Am Fenster hing eine Gardine. Er stand eine Weile, ging noch einmal um den Wagen herum und entfernte sich schließlich, wobei er das verhängte Fenster nicht aus den Augen ließ. Er kam an unserem Laden vorbei und schlüpfte unter dem weiß-roten Band durch. Fero, einer von Markus' Brüdern, ein großer, tätowierter Mann mit einer Anglerweste auf dem nackten Körper, dirigierte die Montage des Karussells. Er war zwei Meter lang, sagte fast nie etwas, und auch jetzt schrie er nur mit dröhnender Stimme: »Hopp! Hoooopp! Oho! Oohoho!« – die drei arbeitenden Typen brauchten keine anderen Kommandos. Fero versuchte an der Nabe des Karussells einen mehrere Meter langen Stahlträger festzumachen. Mit der einen Hand dirigierte er ihn, in der anderen hielt er eine riesige Schraube. Ein letztes Mal rief er »hopp«, die Elemente waren an ihrem Platz, blitzschnell blockierte er sie mit der Schraube, holte eine Mutter aus der Westentasche, setzte sie auf das Gewinde und begann sie mit schnellen Handbewegungen hineinzudrehen. Władek schaute wortlos zu, und als die Mutter Widerstand zu zeigen begann, reichte er ihm den großen Schlüssel. Fero nahm ihn und zog langsam an. Als er fertig war, begann Władek mit ihm zu reden. Auf den Wohnwagen weisend, sagte er etwas. Er war zwei Köpfe kleiner als Fero. Der Riese zuckte die Schultern und machte eine ratlose Miene. Władek redete und redete, gestikulierte, und plötzlich tat Fero einen Schritt nach hinten. Er wich einfach zurück vor der geballten Energie dieses vierzigjährigen Mannes in dem historischen Anzug. Sie bewegten sich langsam über den Schrottplatz, Fero tastete nach dem Weg, schob vorsichtig die Fersen weiter, schielte ab und zu nach hinten und versuchte zugleich, den ihn bedrängenden Kollegen nicht für einen Moment aus den Augen zu lassen. Die Wand der Kassenbude hielt sie auf. Der Slowake hob zu seinem Schutz die Hände. Władek versuchte ihm auf die Schulter zu klopfen und machte dann eine Geste, die sagen sollte: »Okay, ich verstehe, kein Problem«, und ging zwischen den Eisenteilen Richtung Hauptstraße.

Ich wartete. Handel bedeutet Warten, unserer zumindest. Aggressives Marketing betrieben wir nicht. Auch hier hingen an den Laternen Lautsprecher, aber sie schwiegen sich nicht nur über uns aus, sondern auch über den Jahrmarkt. Unser Geschäft war wie Segeln: Wir hielten nach Kunden Ausschau wie Segler nach dem Wind. Das war schwieriger als normale Arbeit. Die Händler auf den Basaren und Flohmärkten hatten es besser. Sie konnten sich die Menschenmenge ansehen und hoffen, daß es unter den Dutzenden und Hunderten sicher einen geben würde, der zu ihnen käme. Sie konnten sich gegenseitig zuschauen, einander hassen, sich beklagen, irgend etwas. Ich habe sie immer bewundert. Vor ihnen liegt die Ware, und sie blicken in die Ferne. Sie gucken, als würden sie den Horizont fixieren, in der Hoffnung, daß hinter diesem Horizont hervor Kundschaft käme. Ich glaube, sie konnten ewig so stehen. Sie priesen nichts an und versuchten niemanden zu überreden. Sie warteten einfach, bis jemand etwas brauchte. Ihre Arbeit hätten auch Automaten machen können. Anscheinend wußten sie das und wollten deshalb bis zuletzt nicht aufgeben.

Am Nachmittag fuhr vor dem Museum ein großer, grauer Kombi vor. Auf dem Dach hatte er einen Plastikkoffer. Zwei

Paare stiegen aus, nicht älter als fünfundzwanzig, braungebrannt. Sie kamen offenbar aus dem Süden zurück. Aus Kroatien, Montenegro oder Griechenland. Sie trugen Shorts, Trägerhemdchen, eine der Frauen zog an einem Strohhalm in einem Pappbecher. Ihre Brustwarzen standen ab. Die Haare sahen aus wie eine blonde Perücke, und sie war fast nackt. Die Ferien waren noch nicht vorüber. Sie gingen zu der Glastür. Ein Typ mit Irokesenschnitt rüttelte an der Klinke. Er versuchte es ein zweites Mal, aber die Tür gab nicht nach. Er trat dagegen, drehte sich zu seinen Begleitern um und hob die Hände zum Himmel. An beiden Handgelenken blitzte etwas. Er sprach laut, schrie fast, und aus der Entfernung von gut zehn Metern erkannte ich meine Muttersprache. Um zu sehen, ob seine Empörung berechtigt war, ging die Frau mit dem Becher hin, probierte die Klinke aus und trat mit ihrem Flipflop ebenfalls gegen die Tür.

Was da blitzte, waren irgendwelche Schrottarmbänder. Plunder aus Blech, Perlen, irgendwelche Kettchen – wilde Urlaubsexotik und Adria-Flair. Der Irokese kam zu unserem Stand und begann wortlos, ein Teil nach dem anderen herauszuzerren. Dann schmiß er die Sachen wieder hin, als hätte er im Müll gewühlt. Ich saß im Schatten des Lieferwagens und sah ihm zu. Die anderen drei kamen dazu, und jetzt brachten sie mir alle zusammen die Ware durcheinander. Sie nahmen sie von den Bügeln und ließen sie auf dem Tisch liegen. Falteten die Teile auseinander, knüllten sie wieder zusammen und warfen sie hin. Der zweite Kollege machte einen auf schwarzer Musiker. Er war kahlrasiert, trug ein Kettchen, einen vergoldeten Ohrring und kaute. Mindestens drei Kaugummis.

»Haben die einen Siff, ey«, sagte der Irokese.

»Daß wir uns bloß nichts holen«, erwiderte der Glatzkopf.

»Man weiß ja nicht, ob die das überhaupt vorher gewaschen haben.«

»Dann faßt das Zeug nicht an«, sagte die mit dem Becher.

»Nimm das Hölzchen«, sagte die zweite, der ein Tattoo unter der Hose hervorkroch.

»Ist ja total versifft hier, ich hab doch gleich gesagt, wir sollen die normale Strecke nehmen«, sagte die mit dem Becher.

»Schon gut, ey, ich wollte mir das ja nur ansehen, aber ihr seht ja selber«, sagte der Irokese.

»Scheiße, fahren wir«, sagte die mit dem Tattoo. Sie sah sich um. »Das ist ja tiefste Mongolei, und diese Dunkelhäutigen laufen auch hier rum.«

»Ja«, sagte die mit dem Becher. »Hauen wir ab. Das reinste Bangladesch.«

Sie schickten sich an zu gehen, schlurften träge mit den Sohlen über den Beton, und der Irokese nahm ein Schlüsselbund aus der Tasche und ließ es kreisen.

»Ja, adios wakasjeros«, sagte er und ging auf den Kombi zu.

Da meldete ich mich von meinem Platz aus:

»Könntet ihr vielleicht aufräumen?«

Sie blieben stehen und drehten sich um.

»Guck mal, und ich dachte, das ist einer von hier …«, sagte der Glatzkopf und glotzte mit offenem Maul.

»Und? Weißt du nicht, wie man hier guten Tag sagt?« Ich bin mir nicht sicher, ob ich genau das sagen wollte, aber ich tat es.

Jedenfalls kam der Irokese ein paar Schritte zurück und sagte:

»Was willst du eigentlich, ey?«

»Daß ihr die Sachen wieder hinlegt, die ihr durcheinandergeschmissen habt.«

»Mach keine Witze, Typ … Aufräumen sollen wir?«

»Ihr habt schließlich alles heruntergeholt und nicht wieder aufgehängt.«

Da kam die mit dem Becher an und brüllte:

»Patryk! Der verarscht dich! Den Müll sollst du aufräumen, so ein Penner, guck ihn dir an! Und überhaupt ist das peinlich, der steht mit dem Scheiß da wie ein …, wie ein Rumäne, verdammt, das ist peinlich für unser Vaterland, Patryk!«

Sie begann herumzufuchteln und hatte noch etwas in dem Becher, das schwappte auf unsere Theke.

»Wisch das weg«, sagte ich ganz ruhig.

»Was hast du gesagt?« brüllte sie noch lauter.

»Wisch das weg, du hast fremdes Eigentum schmutzig gemacht«, sagte ich.

»Patryk! Dominik! Hört ihr?! Der sagt, ich soll seinen Siff saubermachen, verdammt! Steht nicht so rum, Scheiße!«

Jetzt standen alle vier wieder um den Laden herum. Die Typen waren nicht besonders scharf. Sie richteten sich zwar auf, ließen ein bißchen ihre Schultern spielen, der Glatzkopf begann doppelt so schnell zu kauen, aber es ging eher darum, günstig aus der Sache rauszukommen. Nur diese Vollidiotin tobte, als wäre ihr im Gehirn irgendeine chemische Verbindung ausgegangen. Ich mochte sie nicht. Sie dachte, die Menschen müßten sich so verhalten, weil sich die Junkies in amerikanischen Filmen so verhielten. Die Straßen und die Fernseher waren voll von ihresgleichen.

»Bringt sie hier weg«, sagte ich. »Ich habt alles durcheinandergeschmissen, sie hat mir die Ware verdreckt und versucht, mich zu beleidigen. Ihr braucht nicht mehr aufzuräumen. Bringt sie nur weg, damit ich sie nicht mehr sehen und nicht mehr hören muß. Bringt sie zurück in ihr Vaterland.«

Während ich das sagte, begann ich die herumliegenden Sachen zu ordnen. Patryk und Dominik nahmen auf beiden Seiten der kreischenden Tussi strategische Positionen ein, als sei alles schon beschlossen.

»Komm, Angelika«, versuchte Patryk sie zu überreden. »Wir müssen fahren.«

Die Tussi bäumte sich auf, obwohl ihr niemand etwas tat.

»Jetzt hast du's plötzlich eilig? Jetzt? Warum zum Geier bist du dann in dieses Kaff gefahren, frag ich dich? Ein versiffter Scheiß und auch noch geschlossen ...«

»Auf TV66 haben sie gesagt, daß es sich lohnt ... Wir sind doch im Urlaub.« Patryk versuchte sie zu beruhigen. »Komm schon.«

Da spannte sie sich wieder an und begann Wörter auszustoßen:

»Wieso? Weil er das gesagt hat? Von diesem alten Penner willst du dir sagen lassen, was du zu tun hast?!«

Sie war flink. Die anderen kamen nicht einmal dazu, die Hand zu heben. Sie sprang hoch und warf unseren Stand um. Fegte die ganze Tischplatte weg. Die Bretter, Kisten und Kleider fielen direkt in meine Richtung. Ich schaffte es gerade noch, wegzuspringen. Die Tussi war zusammen mit dem Stand umgefallen, jetzt versuchte sie sich aufzurappeln. Ich sah ihren nackten Hintern, denn die enge Hose war ein ganzes Stück heruntergerutscht. Ich packte sie an den Haaren und drückte sie auf den Boden. Ich spürte, daß ich etwas in der Hand hatte und sie sich loszureißen, zur Seite zu kriechen versuchte. Ein Teil ihrer Haare war abgegangen. Sie waren angeklebt oder aufgesteckt. Ich warf eine ganze Handvoll weg und griff nach dem, was noch da war. Sie begann zu jaulen. Da setzten die zwei Typen sich in Bewegung. Ich mußte sie loslassen, um mich zu schützen. Zuerst kam der Glatzkopf. Sie traten auf den Kleidern herum. Ich ließ sie los und spürte sofort, wie sie mir in die Wade biß. Ich wich vor dem Glatzkopf zurück und schleifte sie über den Beton. Sie biß sich fest und heulte zugleich. Der Glatzkopf wartete, bis ich ungeschützt war, und der andere kam von der Seite. Schließlich konnte ich meinen Fuß losreißen. Um sie ins Gesicht zu treten, wandte ich für einen Sekundenbruchteil den Blick ab. Ich traf sie mit dem Absatz, eine Titte sprang heraus, und sie fiel auf den Rücken. Da bekam ich von dem Glatzkopf eine ab und flog in den Lieferwagen. Bevor ich aufstehen konnte, packte mich der Irokese am Fuß und zog mich raus. Ich schlug mit dem Kopf gegen den Beton und begriff nicht, was los war, wahrscheinlich traten sie auf mich ein.

Als ich wieder zu mir kam, hörte ich Schreie. Irgendwo aus der Ferne. Im Mund hatte ich den Geschmack von Blut. Ich lag auf der Seite, zusammengerollt. Ich stand auf und sah, daß die Typen auf ihren Kombi zugingen. Fero brachte sie hin. Er hatte sie am Nacken gepackt, zeitweise schienen ihre Füße den Boden nicht zu berühren. Mit den Händen konnten sie den Slowaken nicht erreichen. Er trug sie wie Welpen. Die Tussis gingen hinterher. Die Blonde wurde von der anderen geführt. Fero brachte die Burschen an Ort und Stelle und ließ sie los. Der Glatzkopf sank in die Knie, sein Kumpel mußte ihm beim Einsteigen helfen. Die Mädels stiegen selbsttätig hinten ein. Der Riese stand da, die Arme auf der Brust verschränkt, und wartete, bis sie losfuhren. Ich stand vom Boden auf. Er winkte mir von weitem zu und machte sich wieder an die Arbeit.

DIE VERMIETERIN erschien gegen Mittag. Ich sah sie durchs Fenster. Sehr vorsichtig ging sie am Zaun entlang. Ein leichter Frost hatte nach dem Regen die Gehwege und Fahrbahnen mit einer dünnen, glasigen Schicht überzogen. Sie stützte sich auf einen Stock. Rasch ging ich hinaus, um die Gartentür zu öffnen. Als sie mich sah, lächelte sie. Ich hielt ihr den Arm hin. Ohne zu zögern, nahm sie an, und wir gingen zum Haus.

Sie war so leicht und zerbrechlich, daß ich ihr Gewicht kaum spürte. Ich bat sie herein, in die Küche, in der ich im Winter wohnte, kochte, aß und schlief. Ich deckte das zerwühlte Bett zu und bat sie, Platz zu nehmen. Sie setzte sich auf den Stuhlrand und zog die Handschuhe aus. Die ganze Zeit lächelte sie ein wenig. Ich schlug vor, Tee zu machen. Sie stimmte sofort zu und lächelte, als wollte ich ihren geheimsten Wunsch erfüllen. Sie saß mitten in diesem Loch mit dem ungemachten Bett, dem schmutzigen Geschirr in der Spüle, an dem mit klebrigem Wachstuch bedeckten Tisch, aber sie schien das nicht zu merken oder nahm es als etwas Offensichtliches hin, über das man keine Worte verliert.

Ich machte mir zwischen Herd und Spüle zu schaffen und versuchte in Gedanken zu überschlagen, wieviel Geld ich noch hatte. Sie hätte vier Tage früher kommen sollen. Da hatte ich die entsprechende Summe, jetzt nicht mehr. Die Monatsmiete betrug etwa soviel, wie ich zum Volltanken des Ducato brauchte. Das war nicht viel für diese Wohnung, den Garten im Sommer und die absolute Ruhe. Ich übergoß die Beutel in den Gläsern mit kochendem Wasser und rief mir den Inhalt meiner Taschen, Schubladen, Verstecke sowie die Ausgaben der letzten vier Tage in Erinnerung. Ich stellte die Gläser auf den Tisch.

»Verzeihen Sie bitte, daß ich nicht zu unserem verabredeten Termin gekommen bin, aber ich fühlte mich nicht gut. Dieses Wetter …« Sie seufzte und nahm den Beutel aus dem Glas.

»Ja«, erwiderte ich. »Es setzt einem sehr zu. Immer mehr.«

»Nicht wahr? Wie wir das Grün hier brauchen, brauchen wir auch das Weiß.«

Sie maß exakt einen gestrichenen Löffel ab und gab den Zukker ins Glas. Ich dachte, ich sollte ihr vorschlagen, den Mantel abzulegen, aber es schien mir besser, daß sie ihn anließ, bei all dem Staub und dem Mief in meiner Wohnung. Ich setzte mich ihr gegenüber.

»Ich bin nicht sicher, ob ich die entsprechende Summe habe«, sagte ich. »Sie wissen ja, daß ich es immer irgendwie geschafft habe, aber in letzter Zeit ...«

»Ja, natürlich. Sie sind ein guter und gewissenhafter Mieter. Machen Sie sich nichts daraus, wenn es etwas später wird. Zumal ich heute eigentlich nicht des Geldes wegen gekommen bin, das heißt nicht in erster Linie.«

Sie hörte auf zu rühren, nahm den Löffel heraus, suchte einen Augenblick nach einem geeigneten Platz, legte ihn dann einfach auf das Wachstuch und schlug mir eine Beschäftigung vor.

»Wissen Sie, ich möchte das Haus ein wenig aufräumen. Es hat sich viel überflüssiges Gerümpel angesammelt. Vor Ihnen waren andere Mieter da, und früher hat hier meine Familie gewohnt. Ich bin hier geboren, in diesem Zimmer, und im Grunde genommen hat sich seither nicht viel verändert. Sogar der Tisch steht an derselben Stelle. Da, wo jetzt das Bett ist, stand früher eine Kredenz. Nur weniger Licht ist da, weil die Bäume im Garten sehr gewachsen sind.«

Sie sagte das alles, während sie mir in die Augen sah, aber einen Moment lang reichte ihr Blick in die tiefste Vergangenheit. Sie stand auf und trat ans Fenster. Ihre Schritte waren auf dem Holzboden kaum zu hören.

»Haben Sie Mäuse hier?« fragte sie.

»Ja, ich glaube schon«, antwortete ich.

»Sie sollten sich eine Katze zulegen«, sagte sie und ging wieder zum Tisch. Sie öffnete ihre Handtasche und nahm ein paar alte, dunkle Schlüssel an einem Metallring heraus.

»Gehen wir. Ich zeige Ihnen, was ich meine.«

DEN REST des Tages verbrachte ich damit, das Zimmer am anderen Ende des Flurs zu inspizieren. Hunderte Male war ich an dieser dunkelbraun gestrichenen Tür vorbeigegangen und hatte mich nie gefragt, was sich dahinter verbarg. Wenn es warm wurde, öffnete ich die Tür des Zimmers, das zum Fluß hinausging. Mitte Mai zog ich zum Schlafen dorthin. Der andere Teil des Hauses hatte mich nie interessiert. Bevor ich einzog, war ich einmal ums Haus herumgegangen. Die andere Seite ertrank in wuchernden Fliederbüschen, verwildernde Apfelbäume tauchten sie in ewigen Schatten. Ich zählte vier Fenster. Sie waren mit alten, brüchigen Stoffstücken verhängt. Die Scheiben waren ganz, aber von den Holzrahmen war längst die Farbe abgesprungen. Ich klopfte an das Glas, ein Ton erklang. Ich glaube, danach bin ich nie wieder dorthin gegangen. Das Leben anderer Leute interessierte mich damals nicht. Ich hatte mein eigenes, das ich auch nicht besonders spannend fand. Im Sommer wuchs auf dieser Seite das Unkraut mannshoch.

Zuerst mußte ich eine Glühbirne suchen. Die alte war sofort durchgebrannt. Im stockdunklen Zimmer arbeitete ich mich zu einem der Fenster durch und nahm den Vorhang ab. Es half nichts. Die Dämmerung war schon angebrochen. Der kalte Raum roch schimmelig. Links vom Eingang stand ein Kachelofen. Ich brachte das Licht in Ordnung. Auf dem Boden türmten sich Stapel von zusammengebundenen Zeitungen. Das große Zimmer sah aus, als wäre es Lager, Müllhalde und Wohnung zugleich. An den Wänden standen Möbel: ein altertümlicher Schrank, vielleicht eine Kredenz, in der Ecke eine Uhr, ähnlich einem gläsernen Sarg. Es gab auch einen Tisch, Stühle, und vermutlich ein Sofa, aber alles war mit Packen, Bündeln, Säcken, Kisten und wer weiß was vollgestellt. Als hätte jemand bei einem Umzug Dinge hiergelassen und später vergessen. Eigentlich kam man gar nicht weiter hinein. Man mußte zuerst

Platz schaffen, dieses und jenes umstellen oder wegschieben. Da waren leere, löchrige Eimer, irgendwelche Kannen, Jutesäkke voll leerer Flaschen, ein leckes Faß, verrostetes altes Eisen, Bretter, Scherben, Sperrholz, Blech, aber ein Stück weiter, auf den Möbeln, auf den Regalen – Glas, Porzellan, verstaubte Bilder in ausgesuchten Rahmen, da schimmerte sogar etwas golden und glänzte im Licht der schwachen Birne. An einer der Wände hing eine Art Kelim.

»Ich möchte, daß es hier aussieht wie in einer normalen, leeren Wohnung. Sie können mit den Dingen machen, was Sie wollen.«

Als ich jetzt in dieser Rumpelkammer stand, dachte ich genau darüber nach. Aus der Küche holte ich ein bißchen Holz zum Anzünden. Die Türen des Ofens waren eiskalt und verrostet. Ich hielt ein Streichholz an den Papierstoß und die Hölzchen. Eine orangerote Flamme blitzte auf, aber sie erlosch gleich wieder, und das Zimmer begann sich mit Rauch zu füllen. Ich zwängte mich zum Fenster durch, versuchte es zu öffnen und hatte plötzlich die Metallklinke in der Hand. Ich drückte mit dem Arm gegen den morschen Rahmen. Er gab nach, ich spürte kalte Luft im Gesicht. Ich ging wieder ins Innere des Zimmers, und kurz darauf sah ich mit tränenden Augen, daß der Ofen Zug bekam. Jetzt ging ich in die Küche, holte Kohle und die angefangene Flasche billigen Whisky. Ich legte ein paar von den schwarzen Brocken auf das brennende Holz und schloß dann das Fenster. Unter dem Gerümpel zog ich einen gepolsterten Sessel hervor. Er stank nach Moder, aber ich stellte ihn ans offene Feuer. Dann machte ich das Licht aus und setzte mich. Die Kohle wurde von unten her rot, begann zu glühen und schließlich zu brennen. Ich nahm einen Schluck, wenig später wurde mir warm. Hätte ich den Whisky nicht gekauft, hätte ich heute die Miete zahlen können. Auf dieser Seite des Hauses war es vollkommen still. Ich hörte weder die Stadt noch die Brücke. Eigentlich würde nichts passieren, wenn die Stadt für immer verstummen würde, dachte ich. Außer ihren Bewohnern und außer mir brauchte sie kein Mensch. Und sogar die Bewohner fuhren weg und kamen nie wieder. Neue Leute kamen nicht hierher. Allenfalls wurden noch Kinder geboren. Straße, Brücke, Tankstelle, das war's. Der Rest war überflüssig. Manchmal sah ich grell angezogene Frauen mit hohen Absätzen. Meistens blond gefärbt und in enganliegenden Sachen. Sie hatten desorientierte Typen im Schlepptau. In den Läden oder auf der Straße. Die Typen sahen sich unsicher um. Sie waren ähnlich gekleidet wie die Frauen. Männer oder Verlobte, aus dem Ausland importiert. Manchmal sprachen die Frauen mit ihnen italienisch oder deutsch. »Ja, purtroppo, non abbiamo bei uns Pecorino, Luigi, leider«, hörte ich vor zwei Tagen vor dem größten Geschäft in der Stadt. Ein wasserstoffblondes Mädchen, zierlich wie ein Spatz, enge Jeans, zehn Zentimeter hohe Pfennigabsätze und ein Jäckchen aus Leder und Leopardenfell-Imitat, redete ununterbrochen. Ihr Luigi schob den Wagen. »Aber dafür gibt es coscotto e pancetta, prego, mein Lieber. Du wirst es schon überleben ohne Pecorino.« Sie gingen zu einem blauen Fiat mit italienischem Kennzeichen. Hinter ihnen trabten die Eltern der Frau. Sie sahen grau und verschüchtert aus von dem ganzen Durcheinander, den Warenstapeln, die aus dem Wagen quollen, dem dunkelhaarigen, dunkelhäutigen Schwiegersohn, dem blitzenden Auto und dem Gezwitscher der Tochter, die so laut mit den fremdsprachigen Wörtern um sich warf, daß sich auf dem Parkplatz die Leute umdrehten. Die blonde Donna öffnete den Kofferraum. Es regnete, also trieb sie ihren Luigi an, und sie warfen Zucker, Mehl, Schweine- und Rindfleisch, Heringe und alles übrige einfach hinein. Die alten Leutchen standen im strömenden Regen und starrten wie gebannt auf die barbarische Fülle. Ich hätte wetten können, daß sie zum ersten Mal im Leben so viele eingekaufte Dinge auf einmal sahen. »Mama, Papa, warum steigt ihr nicht ein?« rief das Fräulein plötzlich. »Steigt ein, sonst werdet ihr noch krank vor den Feiertagen!« Aber die beiden wußten einfach nicht, was tun, sie wußten nicht, wie sie sich dem unbekannten Auto nähern, wie sie die Tür öffnen sollten. Luigi brachte schlotternd den Einkaufswagen weg, und die Tochter konnte sich darum kümmern, die Eltern auf dem Rücksitz zu plazieren. Sie selbst ließ sich auf den Fahrersitz fallen und drückte dreimal die Hupe. Der Ragazzo begann zu laufen, daß die Pfützen spritzten.

Ich trank immer wieder einen Schluck und erinnerte mich an alles mögliche. Ab und zu legte ich Kohle nach. Die Stadt verstummte. Sie starb. Das Blut in ihr erstarrte. Manche kamen noch hierher, um sich um sterbende Angehörige zu kümmern. So sah die Wahrheit aus. In diesem feuchten Zimmer zwischen Gerümpel, Müll und sonstigem Trödel spürte ich das ganz deutlich. Hin und wieder muß ich eingenickt sein, ich träumte von verschiedenen Dingen, die ich längst vergessen hatte. Von Zeit zu Zeit wachte ich auf. Ich erinnerte mich daran, daß ich eine Art Arbeit hatte, und schlief wieder ein.

DAS ERSTE Geld verdienten wir nach vier Tagen. Der Vergnügungspark legte los, und in Medziborie wurde Markt abgehalten. Das Gesicht tat mir immer noch weh, aber ich konnte mir ein Grinsen nicht verkneifen, wenn ich sah, wie Władek sich hinter der Theke aufführte. Der schwarze Geländewagen war verschwunden. Über dem Platz drehte sich das Rad des Karussells. Eva saß in ihrer Bude und verkaufte Karten. Er überschlug sich inmitten all der Bergbewohner, die an diesem Tag ins Tal heruntergekommen waren. Entlang der Hauptstraße waren Stände aufgebaut. Die Asiaten betrieben einige Buden, mit ihren Wundern aus dem Fernen Osten für drei fünfzig das Stück, aber sie hatten Ortsansässige engagiert, die verkauften und aufpaßten. Außerdem war es immer noch ein Markt für notwendige Dinge, die schwer nachzumachen waren: Hühner in Drahtkäfigen, Ferkel in zweirädrigen Karren, an altertümliche Autos gehängt, die sich an den Untergang der Sowjetunion erinnerten, Säcke mit goldgelbem Mais, zusammengebundene Holzrechen. Die Zigeuner aus Satu Mare boten eigenhändig geschmiedete Eisenwaren an. Sie waren mit zwei Dacias gekommen und hatten die Sachen einfach auf der Erde ausgebreitet, Dutzende von Äxten, Beilen, seltsamen Klingen und Geräten, die nichts Gutes verhießen und nur bei Wilderern begehrt waren. Aber sie hatten auch ein paar Motorsägen und zwei Rasenmäher. Ganz am Ende des Marktes wurden Autos angeboten. Typen liefen hin und her, kickten gegen Reifen, schauten unter Kühlerhauben, klopften an Karosserien, auf der Suche nach dem dumpfen Geräusch von Spachtelmasse, manchmal stieg einer ein, ließ den Motor an, und rundherum versammelte sich ein Grüppchen Experten. Fünfzehn, zwanzig Wagen, aus dem Inneren des Kontinents angeschleppt. »Alle auf ’f’!« rief ein Typ mit Trägerhemd und kleinem Hut. Er rauchte, die Lider fielen ihm zu, aber dann begann er wieder: »Alle mit ’f’, Ford, Fiat und Franzosen!« Manchmal verlor er das Gleichgewicht und setzte sich auf die Haube eines Renault-Lieferwagens. An die Autoscheiben war mit abwaschbarer Farbe der Preis gesprüht, sie waren wirklich spottbillig. Im Laufe des Tages wischten die Händler die Zahlen weg und malten neue drauf, immer niedrigere, aber die Klapperkisten wollte sowieso keiner. Die Schmiede aus Satu Mare fuhren lieber mit Dacias, denn die bekamen sie sicher umsonst, sie fanden sie sicher irgendwo, Schlüssel im Zündschloß, verlassen von Schlaubergern, die sich für fünfhundert oder tausend Lei einen Golf oder Laguna gekauft hatten. Die Autos waren nicht einmal aus zweiter oder dritter Hand. Sie hatten moldawische, albanische und bosnische Kennzeichen. Doch das stellte kein Problem dar, denn ich sah, wie ein Kollege des Mannes mit Hut auf dem Boden kniete und an einem Corsa ein galizisches Nummernschild anbrachte, dann tippte er etwas in einen Laptop ein, und aus dem Drucker, der auf einem Klapptisch stand, kamen die Papiere. Ein hagerer Kerl mit Schnurrbart nahm die frischen Dokumente und die Schlüssel in Empfang, stieg ein und fuhr davon. Vermutlich, um in einem oder zwei Jahren diesen Automobilkadaver einen Abhang bei Jasinie oder Jaremcze hinunterzustoßen. Meinen Ducato erwartete das gleiche Schicksal, nur daß er größer war. Manchmal gab ich mich der Illusion hin, jemand würde ihn kaufen. Aber da kamen nur Zigeuner in Frage.

All das sah ich mir an, weil Władek allein zurechtkam. Ich konnte dastehen und beobachten, wie er die Kundschaft lockte und köderte. Die Leute kamen vom Markt und erwarteten hier keinen weiteren Stand. Im übrigen war das in dem langen Sommer damals kein Stand, sondern eine Bühne unter wolkenlosem Himmel. Władek hielt Ausschau nach Opfern, zog sie am Ärmel, benebelte sie mit seinem Geschwätz, ließ sie stillstehen und zwang sie zum Anprobieren. »Leute! Bürger! Slawische Brüder und andere Brüder! Billiger und besser wird es nicht! Heute ist euer Tag! Kommt her und kauft, morgen sind wir vielleicht schon weg, denn wir sind fliegende Händler! Eins, zwei, drei! Ne je draho, páni a dámy! Morgen wird es euch leid tun, aber dann sind wir über alle Berge. Egy, kettő, három … vásárolni! Férfiak és nők vásárolni! So sind die Zeiten, da kann man nichts machen. Unu, doi, trei, poftim …

poftim? Cât costă aceasta? Nul costă, ma donna, diese universelle Eleganz und internationale Qualität kriegt ihr so gut wie umsonst, damit könnt ihr euch überall sehen lassen, ohne euch zu schämen. Das ist nicht der triste Ferne Osten, das stinkt nicht nach Gummi und schmilzt nicht in der Sonne. Köszönöm és szívesen, so sieht's aus. Das werdet ihr Jahrzehnte tragen, denn Qualität, Form und Schnitt sind einfach zeitlos. Numele meu este Władek. Und das ist Paweł. Nem kijárat. Wir sind zu euch gekommen, um euch konfektionell aufzuklären, damit ihr nicht mehr ausseht wie Arbeitslose und Penner. Neagră piele. Čierna koža. Fekete … hab ich vergessen …, bőr, glaub ich – so wie Wein. Darin werdet ihr die Angst verlieren, weil ihr mutig und schnell sein werdet wie Tiere, wie schöne Bestien werdet ihr sein. Die Preise fangen an etwa bei şaptezeci lei, ötezer forint und sedemsto korunek für die größeren Teile, die kleinen sind billiger! Władek vagyok, und das ist Paweł …«

Das wirkte. Die Leute blieben stehen. Sie hielten ihn für einen Narren und blieben stehen. Sie standen da und mußten entscheiden, ob das Zirkus war oder ernsthafter Handel. Genau darum ging es. Sie standen da, wollten sich amüsieren, ein bißchen zuschauen, und er breitete die Ware vor ihnen aus. Ich sah, wie er schwitzte. Er trug ein blaues Hemd mit hochgekrempelten Ärmeln und eine schwarze Lederweste. Unter den Achseln krochen dunkle Flecken hervor. In der kleinen Gruppe, die ihn umgab, hatte er sich eine Frau ausgeguckt. Sie war hager, knochig, von der Sonne verbrannt und sah nach einer Bäuerin aus. An den Füßen trug sie Herrenhalbschuhe. Das geblümte Tuch hatte sie in der Hitze abgenommen und über die Schulter gelegt. Hinter ihr stand ein großgewachsener Mann in einem billigen grauen Anzug. Die beiden waren sicher ein Ehepaar, aber sie sahen aus wie Geschwister, die bis zum Tode zusammenblieben. Er hatte sie sich ausgeguckt und sofort ein Jackett aus dünnem schwarzem Leder gefunden, das genau das Richtige war für das lange Klappergestell. Ich ging in den Schatten und sah mir alles von weitem an. Wie ein Torero tanzte er mit diesem Stück Materie in den Händen und versuchte, die Frau zu hypnotisieren. Am Anfang trat sie sogar einen Schritt zurück, aber dann war sie wie gelähmt. Er redete ununterbrochen. Er schwang das Jackett hin und her, hielt es der Bäuerin unter die Nase und rühmte den vornehmen Geruch, dem weder die Jahre noch der lange Weg von Wien oder Mailand bis hierher nach Medziborie etwas hatten anhaben können. In einem bestimmten Moment zwang er die Frau, einen Ärmel in die Hand zu nehmen, er selbst zog am anderen, was das Zeug hielt. Die Frau wehrte sich intuitiv und ließ nicht los. Da sah er sich triumphierend in der Menge um, als würde er in der Tat etwas Unverwüstliches anpreisen. Und eine Sekunde später stand er schon neben dem langen Ehemann und zog ihm das graue Teil aus. Bevor der andere an Widerstand denken konnte, hatte er schon das schwarze Lederjackett an. Und man muß zugeben, er sah gut darin aus. Sein Gesicht wurde noch schmaler und strenger, die ganze Gestalt wirkte seriöser und kräftiger. Władek legte den Arm um ihn, als präsentierte er seinen eigenen Sohn oder zumindest Zögling, dann schubste er ihn sanft in Richtung der Frau. Etwas verlegen standen sie einander gegenüber, eingeschüchtert und beschämt von der Tatsache, daß sie von Fremden betrachtet wurden. Es dauerte einen langen Augenblick, bis die Frau schließlich auf den Mann zutrat und seinen Arm anfaßte, in diesem neuen, überraschenden Kleidungsstück.

Kurz darauf sah ich, wie der Mann sorgfältig rote Geldscheine abzählte und sie Władek reichte. Der zauberte eine Plastiktüte hervor und wollte das Jackett einpacken. Aber die beiden steckten nur das alte hinein und entfernten sich schnell Richtung Hauptstraße.

»Ich hab es ihnen für achthundert gegeben, obwohl es viel mehr wert ist«, sagte er mir am Abend. »Ein guter Anfang.«

Er hatte recht. Wir verdienten an diesem Tag noch dreimal soviel. Alles in Kronen. Er zählte die Geldscheine, steckte sie in ein altmodisches Portemonnaie von der Größe eines ordentlichen Notizbuches, gab es mir und sagte, ich solle darauf aufpassen. »Weißt du, ich werde nicht im Auto schlafen …«, sagte er und schaute zu dem verlassenen Rummelplatz hinüber. Markus kümmerte sich um die Vorbereitungen für die Nacht. Er prüfte, ob der Strom abgeschaltet und der Stahlschrank mit dem Hauptschalter und den Sicherungen verschlossen war. Er schaute in die Gondeln der Karusselle und in die große Schiffschaukel, auf der Suche nach halblebigen Säufern. Dann ging er zu seinem Anhänger und ließ einen großen zotteligen Hund heraus, der aussah wie eine Kreuzung aus kaukasischem Schäferhund und Bernhardiner. Der Hund rannte um das ganze Terrain, witterte, schnüffelte, markierte hier und da sein Revier und kehrte dann fügsam zu seinem Herrn zurück. Markus zauste ihn am Ohr, klopfte ihm ungeschickt auf den Schädel, murmelte und brummte in einem Gemisch von Sprachen, ging dann zum Karussell und zog unter dem Podest eine lange Kette hervor. Der Hund kam mit gesenktem Kopf auf ihn zu, setzte sich, Markus machte den Haken am Halsband fest und klopfte dem Tier zum letzten Mal auf den Nacken. »Wo wirst du denn schlafen?« fragte ich in Gedanken, aber er lächelte nur und sagte: »Ganz ruhig. Heute gibt's keine Borovička.« Und er entfernte sich in Richtung der menschenleeren Hauptstraße. Die Sonne war schon untergegangen, sein dunkler Umriß verschwand fast augenblicklich. Ich war allein. Der Hund lag da, den Kopf auf den Pfoten, die Augen geschlossen. Ich stieg ein und drehte den Schlüssel um. Der Wagen sprang sofort an. Ich fuhr zur Tankstelle, aber ich hatte weder Lust, mich schlafen zu legen, noch, Bier zu trinken und zuzusehen, wie es dunkel wird. Am Rand des Städtchens ging links eine Seitenstraße ab. Ich bog ein. Die Straße führte bergauf. Vom Paß aus konnte ich in den Resten des Tageslichts einen großen, dunklen Kessel ausmachen. Dort war der Osten. Nur noch ein paar Dörfer mit orthodoxen Holzkirchen, mit Ruinen von LPG-Ställen aus alten Zeiten und öden, verwilderten Feldern, dahinter verlief von Norden nach Süden die Grenze. Die Leute sagten, an manchen Stellen sei das alte System wiederhergestellt worden. Man habe den verrosteten Stacheldraht durch neuen ersetzt und die Wachtürme instand gesetzt. Vor allem dort, wo die Wege der Schmuggler verliefen: fern von den Dörfern, auf waldigen Höhen und in den Schluchten der Bergbäche, die von der Wasserscheide herunterkamen. An manchen Stellen waren Bewegungsmelder installiert, aber die ganz Schlauen gingen obenherum, kletterten über die Baumkronen, nur wurden sie fast immer von der Wache auf ihrer Seite erwischt. Jedenfalls diejenigen, die auf eigene Faust unterwegs waren. Die Patrouillen waren gemischt. Slowakisch-portugiesisch-französisch oder polnisch-slowakisch-deutsch. Ausschließlich Hiesige waren nicht im Einsatz. Die Sache war zu ernst. Dort begann der Osten, und er endete Tausende von Kilometern weiter. Sie trugen Tarnanzüge, hatten Maschinengewehre, Satellitenverbindung, Nachtsichtgeräte, Laptops von der Größe einer Pralinenschachtel, GPS-Geräte und geschulte Hunde, und einer paßte auf den anderen auf. Tags zuvor hatte ich sie in einem offenen Militärlastwagen auf der Hauptstraße gesehen. Behängt mit diesen militärischen Gadgets, sahen sie aus wie Kriegstiere. Alle trugen Sonnenbrillen, Helme und

Handschuhe mit abgeschnittenen Fingern. Jemand muß sie ausstaffiert haben, vielleicht ein Schneider, sie erinnerten an Gestalten aus dem Fernsehen. Sie fuhren langsam und saßen völlig unbewegt da. An die fünfzehn Mann. Zwischen den Knien standen die Maschinengewehre hervor. Ganz Medziborie sah ihnen nach. Zigeuner, Säufer, Arbeitslose, Eisenbahner. Nur die alten Frauen und zwei Asiaten vor dem *Čínsky Textil* bemerkten sie nicht. Das heißt, sie bemerkten sie, aber sie wußten Bescheid und zogen es vor, so zu tun, als hätten sie nichts gesehen. Bewaffnetes Militär sieht man sich nicht an. Die Asiaten und die alten Frauen wußten das. Ich rauchte und schaute, wie über dem Tal und über der Grenze der Tag erlosch. Zwanzig Kilometer weiter brach die Nacht an. Sie zog sich, grob gerechnet, bis Kamtschatka, Sachalin, Schanghai, bis zur Taiwan-Straße. Das war zuviel für diesen bescheuerten Stacheldraht, für die Bewegungsmelder im Wald und die Verkleidungskünstler mit den Brillen. Ich rauchte und wartete, bis es dunkel war. Unten in der Ferne blitzten ein paar kalte Neonlichter. Ich ließ das Auto an, wendete und rollte abwärts, Richtung Stadt.

LETZTEN WINTER sind wir einmal Richtung Grenze gefahren. Ich holte ihn an seinem Wohnblock ab. In einem Blechkanister hatte er fünfzehn Liter Benzin. Er warf ihn in den Laderaum, schaute sich kurz die restliche Ware an, brummte und setzte sich dann ins Fahrerhaus.

»Nur noch Schrott übrig, aber fahren wir. Da bist du noch nicht gewesen.« Hinter Monastyrzyski kamen wir bei der ersten Steigung ins Schleudern. Der Schnee war hart und fest wie Eis. Die blanken Sommerreifen drehten durch, der Ducato stand quer, wir hörten das Quietschen. Wir mußten Ketten anlegen. Jemand hatte ihm welche geschenkt, sie begleiteten uns seit dem Herbst. Sie hatten weder Bespannung noch Haken und sahen aus wie selbstgemacht, aus Kuhketten. Ich legte sie an und zog sie mit Hilfe von einigen Stücken Draht und einem Stück Feder von einer Bremsbacke fest. Eine Kiste mit dem Nötigsten hatte ich immer dabei. Wir setzten uns in Bewegung, aber mehr als zwanzig, dreißig konnten wir nicht fahren, weil das lose Eisen gegen das Fahrgestell schlug. Wir passierten den Friedhof auf dem Paß, und jetzt mußten wir wirklich achtgeben. Ich legte den ersten Gang ein und versuchte, mit den rechten Rädern ein Stück vom Abhang zu erwischen, wo der Schnee nicht vereist war. Wir kamen aus dem Wald heraus, die Serpentinen waren zu Ende, es begann die zehn Kilometer lange gerade Strecke, die zur Grenze führte. Aber wir bogen links ab, nach Südosten, denn an diesem Tag hatten wir keineswegs die Absicht, das Land zu verlassen. Ein Bulldozer hatte den Schnee zur Seite geschoben, und es ging halbwegs, aber es haute uns immer wieder aus der Spur, wir landeten mit der Schnauze im Schnee, mußten ein Stück zurück und es noch mal versuchen. Wir kämpften uns durch ein Dorf, das in diesem Weiß und im Nebel fast unsichtbar war. Ich fragte ihn, ob es noch weit sei.

»Acht bis zehn Kilometer«, antwortete er.

»Und geht es die ganze Zeit so?«

»Nein, es müßte besser werden.«

Man sah fast nichts, aber ich spürte, daß wir die ganze Zeit bergauf fuhren. Ständig im ersten Gang. Von Zeit zu Zeit standen links und rechts, direkt an der Straße oder etwas weiter weg, steinerne Kreuze. Sie tauchten aus dem Nebel auf und verschwanden wieder. Fast schwarz und abgebröckelt wie auf dem alten Friedhof. Ich schaute auf die Temperaturanzeige.

»Wir werden anhalten müssen«, sagte ich.

»Noch einen halben Kilometer, und es wird flach«, erwiderte er und schaute ins Handschuhfach, als wolle er sich vergewissern, daß er bei dem Halt keine Zeit verschwendete.

Aber wir kamen nicht bis dahin, wo es flach war. Zuerst sah ich in der Ferne Lichter. Im Nebel und bei Tag waren sie kaum zu sehen, aber sie fuhren in unsere Richtung. Hals über Kopf rasten sie bergab, direkt auf uns zu. Es mußte ein Auto sein, denn es waren zwei Lichter, und ich konnte erkennen, daß sie blinkten: lang-kurz, lang-kurz, aber alles ging in weißem Staub unter. Der Wagen raste mit Tempo achtzig und blinkte zum Zeichen, daß wir aus dem Weg sollten.

»Mach Platz, sonst bringt uns dieser noch Arsch um«, sagte er ganz ruhig.

»Wie denn, der soll gefälligst langsamer fahren«, murmelte ich und drückte die Hände aufs Steuer, als ließe ich es wirklich auf einen Frontalzusammenstoß ankommen.

»Mach Platz! Der wird nicht langsamer!« schrie er, und in seiner Stimme war etwas, das mich veranlaßte, das Steuer nach rechts zu reißen und den Ducato in einer Schneewehe zu landen, ich drehte nach links, um nicht im Graben steckenzubleiben, und parkte, mit der Kühlerhaube den Schnee zerteilend, parallel zur Straße. Gerade noch rechtzeitig, denn der andere kam schon heran. Ich hörte ein langes Hupen, er streifte uns fast und jagte, ohne das Tempo zu drosseln, weiter, eine Schneewolke hinter sich herziehend. Ich schaltete den Motor ab. Die Anzeige ging schon auf rot zu.

»Nicht mal die Farbe habe ich gesehen«, sagte ich.

»Schwarz«, brummte er und nahm die Flasche heraus. Er trank und reichte sie mir wortlos.

Wir schafften es nicht heraus. Wir kamen weder nach vorn noch zurück, der Lieferwagen rutschte Zentimeter für Zentimeter auf den schneeverwehten Graben zu. Nicht einmal eine Schaufel hatten wir dabei. Es begann zu schneien. Er sah auf die Uhr und sagte:

»Und jetzt? Statt unsere Sachen anzubieten, brauchen wir jetzt Hilfe.«

»Wer wird uns denn hier rausholen?« fragte ich unsicher, denn die Luft wurde schon blau und der Schnee dichter.

»Die Verdammten dieser Erde, mein Lieber«, sagte er fröhlich. »Mach die Kiste zu und auf in den Kampf, der Weg ist weit und gefährlich.«

WIR SASSEN am Tisch, mitten in einer großen Küche. An den Wänden standen ein paar Möbel. Ein Bett, der untere Teil einer Schrankwand, eine Holzbank, zwei Stühle, eine Kredenz. Im Herd brannte Feuer. An dem Tisch saßen wir beide und die Józkowa – so nannte er sie; er hatte mir gesagt, sie habe einen Mann namens Józek gehabt, der zwar schon tot sei, ihr aber den Namen hinterlassen habe. Sie schnitt Brot, saure Gurken und öffnete eine Konservendose. Wir stellten slowakischen Sliwowitz auf den Tisch. »Er starb zusammen mit der LPG. Weil er am Schluß überhaupt nicht mehr aufhören konnte zu trinken. Aber seine Kollegen behaupteten, daß ihn das dreckige Wasser umgebracht hat, das er aus einem Sumpf trank, als er mit dem letzten LPG-Traktor die letzten LPG-Wiesen mähte.« Das hatte er mir erzählt, als wir durch den frischen Schnee gestapft waren, auf ein undeutliches Licht zu. Die Józkowa hatte ein schmales Gesicht, kurzes, leicht ergrautes Haar und entschiedene Bewegungen. Sie schnitt das Dosenfleisch in Scheiben und sagte: »Eßt.« Dann setzte sie sich neben Władek, goß sich ein Gläschen ein, trank ihm zu, kippte es, goß wieder ein und stellte es vor ihn hin.

»Du warst lange nicht da«, sagte sie und schnappte nach Luft.

»Jetzt ist der Anlaß auch nicht so berauschend.«

»Steht ihr weit weg?«

»Bei der alten Straße nach Spełzła. Ich dachte, der Typ bringt uns um. Was sucht der denn hier?«

Die Józkowa nahm eine Zigarette aus Władeks Schachtel, steckte sie an, blies lange den Rauch aus, und als es absolut still war, sagte sie:

»Leute hat er gesucht. Er sucht jetzt nur noch Leute.«

»Und? Glauben sie ihm?«

»Sie müssen ihm nicht glauben. Sie fahren mit.«

»Ist schon jemand zurückgekommen?«

»Nein. Manchmal schicken sie Geld.«

Ich hörte dem Gespräch zu, und aus der Tür, die zu den anliegenden Räumen führte, kamen Kinder. Kleine, größere und auch halbwüchsige. Sie strichen schüchtern die Wände entlang und setzten sich auf die Möbel. Auf die Bank, auf diese Schrankwand-Kommode, auf die Spüle. Ich wollte sie zählen, aber es gehörte sich nicht, sich so offen umzusehen, und sie hockten schon überall, neben mir, hinter mir. Sie saßen da, guckten und hörten uns zu, obwohl sie draußen, in einem der Zimmer, den Fernseher angelassen hatten. In ausgeleierten Oberteilen von Trainingsanzügen, Plastiklatschen, verwaschenen T-Shirts. Wie Vögel auf den Leitungen.

»Sind das alles deine?« fragte er.

»Meine Enkel, Władek«, erwiderte sie.

»Wie viele Kinder hattest du?«

»Acht. Eines ist gestorben.«

»Alle weg?«

»Fast alle.«

»Mit ihm?«

»Zum Glück nicht. Die ältesten sind nach Spanien und haben den Rest nachgeholt. Die Mädels sind auch weg, und ich pass' auf die Enkel auf. Wenn sie was zurückgelegt haben, kommen sie wieder. Patrycja und Andżela sind dageblieben und helfen mir. Eigentlich kann ich mich nicht beklagen. Aber früher mußte niemand wegfahren.«

»Ich bin damals auch gefahren«, sagte Władek, kniff die Augen zusammen und schaute in die Vergangenheit.

»Ach, du warst wie ein Zigeuner, dich hat es immer fortgezogen. Gold von den Russen, Uhren aus Ungarn. Ich weiß noch alles.«

»Ja, Gold von den Russen …«, wiederholte er und lächelte.

»Und jetzt müssen sie nach Spanien fahren. Die haben uns verarscht, Władek, und keiner von diesen weißen Hemden aus dem Fernsehen macht mir was vor. Und *er* kommt ein- oder zweimal im Monat.«

SIE BEACHTETEN mich nicht. Ich mußte mir selbst einschenken. Weiß Gott, woher sie sich kannten. Sie sprachen über viele Ereignisse, aber ich konnte keines einer konkreten Zeit zuordnen. Manchmal hatte ich den Eindruck, sie redeten über die Kindheit, aber dann waren sie plötzlich bei etwas ganz Neuem – Tomatenplantagen in Portugal, Western Union und anderem. Aus dem Nebenzimmer kam ein Knirps auf einem elektrischen Dreirad. Er hupte, blinkte, fuhr um den Tisch herum und verschwand wieder. Aus dem Fernsehzimmer drangen die tiefen Baßlaute des Heimkinos. Ich dachte an den Lieferwagen und wußte, daß es in einer Stunde keine Chance mehr gäbe, daß er anspringen würde. Aber ich konnte nichts machen. Ich hörte ihren Erinnerungen zu. Die beiden hatten mich völlig vergessen. Manchmal schien es mir, als hätte ich ihn erst am

Tag zuvor kennengelernt und nichts würde uns verbinden. Ich fühlte mich total fremd und sah den großköpfigen Kindern zu, wie sie aus der einen Tür kamen und in der anderen verschwanden.

»Wann ist Józek eigentlich gestorben?« fragte er sie nach einem Moment des Schweigens.

»In dem Jahr, als die Razzia war, das heißt schon im nächsten, nach Weihnachten, ich glaube, im Februar.«

»Und in welchem Jahr?«

»Was heißt in welchem? Geh auf den Friedhof und guck auf den Grabstein, da steht's. Ich weiß es nicht mehr« – sie machte ein ratloses Gesicht, griff nach einer Zigarette und wiederholte: »Ich kann mich nicht an Jahreszahlen erinnern, Władek ... Aber es war in dem Jahr, als die Razzia war, das heißt im nächsten. Sie fuhren im Schnee mit zehn oder mehr Autos, die Hunde bellten. Sogar einen Bulldozer haben sie geholt, Czyrne, Nieznajoma und Rozstaje kannst du im Winter ja vergessen. Aber als sie einen von ihnen umgebracht hatten, mußte ein Bulldozer her, sogar ein Hubschrauber kam. Es gab verschiedene Varianten: Daß sie über die Grenze fliehen wollten oder daß sie Schmuggelware hatten. Und dann haben sie im alten Steinbruch die zwei Toten gefunden. Niemand kannte sie, keiner hatte sie gesehen. Die Uniformierten spielten völlig verrückt. Sie verhörten alle, Hütte für Hütte, aber es wußte eh keiner was. Warum zuerst der Uniformierte und dann diese beiden. Seltsame Sache, Władek. Der Fahrer des Bulldozers sagte, sie waren völlig erfroren, und als sie sie auf den Lastwagen warfen, klang es, als würden sie Holz einladen. Tja.«

Ich schlief an diesem Abend am Tisch ein. Später gab uns die Józkowa eine Matratze, eine Decke, und wir wickelten uns ein. Der kalte Morgen und das Getrampel nackter Kinderfüße weckten uns. Jemand machte Feuer im Herd. Aber ich dachte nur an den Lieferwagen, wie wir ihn wieder in Gang kriegen sollten.

AM LEICHTESTEN ging es mit dem Papier. Das meiste war zusammengepackt. Manchmal rissen die alten Schnüre, und ich mußte die Stapel der verrotteten Zeitungen aus dem letzten Jahrhundert wieder zusammenbinden. »Ilustrowany Kurier Codzienny«, »Wiadomości Literackie«, »Niwa«, »Odrodzenie«, »Ekspress Ilustrowany«. Alles zerfiel. Wenn das Papier zu alt war, um es zusammenzubinden, steckte ich es in Plastiksäcke. Es verwandelte sich in eine mürbe Masse, und alles wurde eins. Obendrauf legte ich etwas neuere, ganze Zeitungen, damit sie keinen Zoff machten. Aber das meiste hatte sich gehalten. Aus den sechziger, siebziger und achtziger Jahren. Ich erkannte sogar die Gesichter auf den Titelseiten. Sie waren schon lange tot und in der Erde verfault. Manche Packen waren relativ neu. Da lebten manche noch, aber keiner erinnerte sich mehr an sie. Sie verfaulten zu Lebzeiten. Ich trug die Sachen raus und warf sie in den Laderaum des Ducato. Hefte, Bücher, Quittungen, Eintrittskarten für nicht mehr existierende Theater, irgendwelche Rechnungsbücher mit glattem Papier, mit Rubriken, verschlungener Tintenschrift, nur Fotografien fehlten. Etwa zwanzig Kilo hatten sich angesammelt. Ich schob die Tür zu und fuhr zur Sammelstelle, zu dem Backsteingebäude jenseits der Brücke, in der kleinen Straße, die zum Fluß führte. Dort standen noch Schuppen mit geteerten Dächern, Bretterbuden, und auf den lehmigen Plätzen konnte man die Reste früherer Handwerksgeräte erkennen: die ausgeweideten Körper von Drehbänken, rostende Acetylenflaschen, handbetriebene Schneidemaschinen für Stahlblech, und die Erde stank bis in alle Ewigkeit nach Schmiere und Öl. Aber es war nichts mehr los. Handwerker gab es keine mehr. Die Schilder waren verblaßt. Niemand reparierte mehr etwas. Man warf die Dinge weg und kaufte neue. Vor dem Backsteingebäude stand eine massive Waage aus Metall. Die Leute brachten Papier, Schrott, legten alles hin und warteten, bis der Chef des Unternehmens herauskam und die Sachen wog. Es waren vor allem ältere, grauhaarige Männer, die etwas brachten. Zerdrückte Bierdosen, zusammengebundene Zeitungen, sortierte Kartons. Hin und wieder erschien jemand, vom Kater geplagt, mit einem Stück buntem Metall fragwürdiger Herkunft. Aber der Chef wollte nichts wissen, er wog es einfach und zahlte. Jeden Morgen schrieb er mit Kreide die Preise an eine schwarze Tafel. Stahl soundso viel, Kupfer soundso viel, Aluminium soundso viel. Das änderte sich wie an der Börse. Einen Groschen nach oben, einen nach unten. Die Rentner standen da und diskutierten über die steigenden und fallenden Kurse. Über den chinesischen Hunger nach Rohstoffen. Nur der Papierpreis war stabil.

Ich fuhr von hinten an die Waage heran und begann auszupacken. Für zwanzig Kilo konnte ich mir einen knappen Liter Benzin kaufen. Ungefähr das gleiche kostete ein Kilo Kupfer. Der Chef kam, in einer grauen Steppjacke. Er trug Handschuhe mit abgeschnittenen Fingern. Er betrachtete den wachsenden Haufen, machte einen Sack auf, tauchte mit dem Arm tief ein und holte eine Handvoll morsches Zeug heraus.

»Das ist kein Altpapier mehr. Das ist nichts mehr, das nimmt mir keiner ab«, sagte er.

»Aber sie untersuchen doch nicht alles«, erwiderte ich.

»Ich untersuche auch nicht alles, aber ab und zu schon.«

»Das meiste ist in Ordnung. Nachkriegsware.«

»Weißt du, auf wieviel die das Papier berechnet haben? Dreißig, vierzig Jahre. Danach sollte es verschwinden, damit keine Spuren bleiben.«

»Was heißt ›die‹?« fragte ich.

»Die Kommunisten«, sagte er und kümmerte sich um die Gewichte und Hebel der Waage.

Von der Straße kam ein Wagen, beladen mit zusammengefalteten Kartons von Waschmaschinen und Kühlschränken.

»Siehst du? Das ist anständige Ware.« Er war fertig mit Wiegen und tippte etwas in seinen Taschenrechner. »Wir machen es folgendermaßen: Ich untersuche nicht mehr, und wir einigen uns auf drei Viertel des Preises. Okay?«

»Ich hab noch zweimal soviel im Auto«, sagte ich.

»Sorry, aber dann zwei Drittel. Ich verkauf doch keinen Staub. Mein Risiko. Wenn sie einmal auf Schrott treffen, werden sie immer wieder schnüffeln. Zwei Drittel. Okay? Und nur, weil du Władek kennst.«

Ein paarmal sind wir zusammen bei ihm gewesen, mit Resten nicht verkaufter Klamotten. Damals hat er sie uns noch abgenommen. Er zahlte fast nichts, aber er nahm sie. Das kam billiger, als die Müllmänner zu bezahlen oder das Zeug nachts irgendwo in den Süden zu fahren. »Was machst du denn damit?« fragte Władek. Er wollte nicht antworten, druckste herum, jemand würde ihm das abkaufen, weiterverwerten, er erzählte irgendeinen Schwachsinn, und gerade deshalb ließ Władek nicht locker.

»Ich bring's zum Großhandel«, sagte er schließlich.

»Zu was für 'nem Großhandel, verdammt …«

»Für gebrauchte Kleider. Zu welchem denn sonst?«

Władek antwortete nicht. Er ging zum Lieferwagen, öffnete das Handschuhfach, nahm seine Flasche, schenkte ein, trank, legte sie zurück, ohne uns anzuschauen. Er steckte sich eine an und kam wieder.

»Das heißt, es wird nichts verschwendet … Anders gesagt, alles befindet sich in einem Kreislauf, in der Natur geht nichts verloren, solange man dafür noch einen müden Groschen kriegt, ja?« Das war eine Frage, aber er wartete nicht auf Antwort. »Wer nimmt das denn, diesen Müll? Für Putzlappen? In den schwarzen Kontinent als milde Gabe? Du weißt es nicht?«

»Ist doch scheißegal, wer das nimmt«, ereiferte sich der andere. »Großhandel oder Müllverwertung. Ist doch egal. Was zählt, ist die Bewegung, der Umsatz. Vielleicht haben sie es mit Schiffen nach China transportiert, da gibt's billige Arbeitskräfte, vielleicht wird es da gewaschen, geflickt und noch mal verkauft …«

»Wahrscheinlich in die Innere Mongolei«, sagte Władek.

»Wohin?« fragte der Chef interessiert.

»In den Gobi-Altai«, erklärte er und ging wieder zum Fahrerhaus.

Ich warf die nächsten Säcke auf die Waage. Der Besitzer des Wagens mit den Kartons glich einem alten hageren Vogel. Er rauchte eine Zigarette und wartete, bis er an die Reihe kam. Ich fragte den Chef, woher er Władek kannte.

»Wir sind zusammen in die Schule gegangen«, erwiderte er. »Zuerst in die Grundschule, dann auf die technische. Er war nicht zu gebrauchen. Zwei linke Hände. Ständig hat er sich verletzt, ständig waren die Finger verbunden. Wenn er was in Angriff nahm, floß Blut. Hammer, Feile, Säge, das waren für ihn gefährliche Werkzeuge. Und als sie uns dann an die Maschinen ließen, stellte sich der Lehrer hinter ihn und betete, daß die sechs Stunden bald vorbeigehen. Das war nicht sein Ding, er hat sich nur gequält, hat sich verdrückt, wo's nur ging. Ein feiner Junge, aber sie hätten ihn irgendwohin schicken sollen, wo mehr der Kopf gebraucht wird. Ich mochte ihn. Ich hörte gerne zu, wenn er redete.«

»Worüber redete er denn?« fragte ich.

»Über alles. Über das Leben, über Gott und die Welt, aber er hatte Talent, weißt du, er hatte einfach Talent. Wenn er redete, hörten die Leute zu.«

Neben den Wagen stellte sich ein Typ mit einem schwerbeladenen Fahrrad. Am Rahmen hatte er ein Bündel Eisenrohre von einer Wasserinstallation und ein paar Bewehrungsstäbe festgemacht. In dem Drahtkorb hinter dem Sattel schepperten Aluminiumdosen. Der Radfahrer begrüßte den Eigentümer des Wagens. Während sie sich unterhielten, kam Dampf aus ihren Mündern. Sie waren sich ähnlich. Beide sahen bedrückt, resigniert und heldenhaft aus inmitten dieser Winterszene. Die Ränder der Pfützen auf dem kleinen Platz schimmerten glasig. Auf dem Dach des Holzschuppens ließen sich Tauben nieder. Zehn, vielleicht fünfzehn, in verschiedenen Grautönen.

»Sind das deine?« fragte ich.

»Ja«, erwiderte er, und auf seinem Gesicht erschien zum ersten Mal eine Art Lächeln. Dann klirrten die Hebel der Waage, er las ab, blockierte und griff in die Tasche. »Drei Viertel. Was soll's.«

Er drückte mir ein paar Scheine und ein bißchen Kleingeld in die Hand. Auf den Platz kamen jetzt zwei mitgenommene Typen mit Flecken im Gesicht. Sie trugen an einer Stange die verrostete Felge eines Lastwagens.

Ich fuhr rückwärts auf die Straße. Ich hätte nach Hause fahren und das Auto noch einmal mit Müll, Glas, ausgetrockneten Fässern, leeren Petroleumdosen, Möbeln und all dem Krempel beladen sollen, den jemand in dem Haus zurückgelassen hatte. Doch das tat ich nicht. Ich wollte einfach einer Beschäftigung nachgehen, so lang wie möglich, einer Art festen Arbeit. Wenigstens für ein paar Tage. Ich fuhr nach rechts, um den Kreisel herum, dann die Straße hinauf Richtung Zentrum, aber an der

Bank bog ich links ab und fand einen Parkplatz. Durch die schwere Tür betrat ich die Halle. Hierher kam ich selten. Ich steckte die Karte in den Automaten und drückte auf »Kontostand«. Vor einigen Jahren hatte ich ein wenig Geld eingezahlt und versuchte, es nicht anzurühren. Es war nicht viel, mehr hatte ich aus meinem vorigen Leben nicht herüberretten können. Manchmal hob ich etwas davon ab, für dies und jenes, aber nur, wenn ich keinen anderen Ausweg sah. Ich betrachtete dieses Geld als eiserne Reserve, als Rettungsanker in dunklen Stunden. Sogar vor Władek hatte ich es gerettet, vor seinen vielen Ideen, die lächerliche Summe auf wundersame Art mindestens um das Zehnfache zu vermehren. »Das kann gar nicht schiefgehen, Mensch … Darauf ist noch niemand gekommen und wird es auch nicht, eine ganz einfache Sache, du weißt ja selbst, am leichtesten verdient man an den unterschiedlichen Kursen und Preisen, am Transfer, also, fahren wir …«, und so weiter. Ich bewunderte ihn, aber glauben konnte ich ihm nicht. Aus dem Schlitz kam ein bedruckter Zettel. Ich hatte noch für etwa sechs Monate zu leben, wenn ich Energie sparte und keine überflüssigen Sachen machte. Miete, Heizmaterial, ein bißchen Strom, ein bißchen Essen, ein Päckchen Zigaretten am Tag, aber kein Benzin, kein Bier und kein Whisky. Das Telefon klingelte nie, und ich rief auch niemanden an. Manchmal, wenn ich vergaß, es auszuschalten, erschien eine Nachricht: »Du hast ein Angebot« oder »Schick Deine Daten, Überraschungsgewinn«. Es reichte also bis zum Frühjahr. Die Stadt war menschlich und stellte keine übertriebenen Anforderungen. An manchen Tagen ging ich am Vormittag aus dem Haus und kam zurück, wenn es dunkel wurde. Die anderen taten das gleiche. Ich sah sie täglich, sah, wie sie die Zeit totschlugen. Ich mußte es nur nachmachen. Irgendwo anhalten, ein bißchen sitzen, ein bißchen plaudern. Man kann sagen, an manchen Tagen führte ich das Leben eines Rentners. Ich nutzte kostenlose Angebote. Ich las die aktuellen Todesanzeigen und hörte mir an, was man in der Öffentlichkeit über diesen oder jenen Toten zu sagen hatte. Oder ich sah mir die Indianer aus Bolivien an. Sie ließen sich in der belebten Fußgängerzone nieder, setzten einen Generator in Gang, spielten auf einem CD-Player Musik, verstärkt von Lautsprecherboxen, und wiegten sich mit den Instrumenten in der Hand gleichmäßig hin und her. Sie taten nicht einmal so, als würden sie spielen. Das gefiel mir. Sie waren hell im Kopf, obwohl sie mit den langen Haaren und ihrer bescheidenen Größe eher aussahen wie die Helden eines Naturfilms aus fernen Ländern. Aber sie waren schlau, schlauer als all die verirrten Wanderer mit ihren Gitarren, die sich als echte Künstler, vor allem im Sommer, auf dem kalten Pflaster sitzend, die Seele aus dem Leib schrien. Ihnen gab ich nie etwas. Ich gab nur den Indianern was, die, statt zu sitzen, hin und her gingen und auf die Uhr schielten, weil die CD gleich zu Ende sein mußte und sie dann weiterfahren konnten.

SONNTAGS hatte unser Stand zu. Am Bahnhof war es still, und wir konnten schlafen bis in die Puppen. Für einen Moment weckte uns das Läuten der Glocken der orthodoxen Kirche auf dem Hügel, dann schliefen wir weiter. Wenn er sich mit Eva traf, kam er recht früh zurück und fast nüchtern. Behutsam schob er sich auf das Lager neben mir. Ich roch den Alkohol und die Zigaretten, aber sein Körper war nicht der kraftlose, schwerfällige Körper eines Säufers. »Sie mag das Trinken nicht. Ich verberge es ein bißchen vor ihr, weißt du, ich trinke ein Bierchen – kultiviert und kontrolliert.«

An jenem Sonntag stand er als erster auf und wusch sich wie immer an der Pumpe. Der Morgen war neblig, aber der

Nebel hatte einen golden schimmernden Ton. Seit vielen Tagen war das Wetter gut und beständig. Ich kroch aus dem Bett, öffnete weit die Tür, setzte mich hin und ließ die Füße baumeln. Er spritzte mit dem eisigen Wasser herum, prustete und stöhnte wie ein zufriedenes Tier. Aus seiner Hosentasche hing ein graues Handtuch. Ich rauchte und schaute. Allmählich drang die Sonne durch. Ja, manchmal verglich ich ihn mit einem Tier. Die Kraft, die seinen Körper erfüllte, mußte immer wieder ein Ventil finden, um sich nicht gegen ihn selbst zu richten. Jede Nacht, jeder Schlaf von fünf bis sechs Stunden bewirkten, daß er wie neugeboren war. Als wüßte er gar nichts mehr vom vergangenen Tag, als wäre dieser Tag jemand anderem widerfahren, und er hätte nur eine Erinnerung behalten oder eine Lehre gezogen. Er war fertig mit dem Waschen, trocknete sich ab, kippte das Wasser in den Gully und bemerkte mich schließlich. Er grinste breit, warf sich das Handtuch über die Schulter und ging mit trägem Schritt, wie ein Strandurlauber, Richtung Fahrerhaus. Dann setzte er sich neben mich, und während wir rauchten, sahen wir zu, wie die Sonne mit dem Nebel fertig wurde und die langen Morgenschatten erschienen.

Und dann sagte er, wir könnten ein gutes Geschäft machen. Er habe mit Markus gesprochen, da sei eine Menge Geld herauszuholen. Das müsse man nutzen, eine solche Gelegenheit komme nicht so schnell wieder. Man müsse nur irgendwohin fahren und jemanden an einen anderen Ort bringen – was ich dazu meinte.

»Wen, wo, wohin und wann?« fragte ich. Er druckste eine Weile herum, schaute in die Ferne und sagte:

»Wen, weiß ich nicht, aber an der Grenze und in der Nacht, das ist sicher.«

»Hast du den Arsch offen?« sagte ich ganz ruhig.

»Markus sagte …«

»Du mußt dich entscheiden, wer dein Partner sein soll.«

»Mensch, mach doch kein Drama. Weißt du, wieviel wir da herausholen können, im Prinzip ohne eigene Kosten?« Er stellte sich hin, immer noch das Handtuch über der nackten Schulter, ging zwei Schritte und sah mich dabei nicht an.

»Und das nennst du keine eigenen Kosten?«

»Ein Risiko gibt's immer. Bei jedem Geschäft.«

»Ein Risiko«, sagte ich mehr zu mir selbst und suchte nach den Zigaretten.

Er zog das Handtuch herunter, schmiß es auf den Boden, steckte die Hände in die Taschen der dunkelblauen Trainingshose mit dem roten Streifen und begann hin- und herzugehen, vier Schritte vorwärts, vier zurück, als würde er sich an einer unsichtbaren Wand abstoßen.

Er erklärte mir, ich solle nachts Pakistani über die Grenze schmuggeln, und konnte nicht verstehen, daß ich nicht begeistert war. Mit den Klamotten lief es im Moment ganz gut. Eigentlich besser denn je. In ein paar Tagen wollten wir mit dem Vergnügungspark weiter nach Süden ziehen. Der Markt war zwar gesättigt, aber es sah ganz danach aus, als käme schwarzes Leder in dieser Gegend gut an. Ich hatte gedacht, innerhalb eines Monats wären wir unsere Schulden los und es würde sogar noch etwas übrigbleiben. Und jetzt stellte sich heraus, daß die Lederwaren nur das Vorspiel zu großen Geschäften auf interkontinentaler Ebene sein sollten.

»Und? Das macht alles Markus?« fragte ich.

Er blieb stehen und sah mich mitleidig an.

»Markus ist ein netter Junge, aber er ist nur der oberste Karussellmechaniker.«

»Und wer dann?«

»Er«, antwortete er leise. »Der Graue.«

Er ging zum Fahrerhaus, holte aus der Kunstledertasche eines seiner Polohemden mit breiten Querstreifen und zog es an. Ich hörte das leise Klicken des Handschuhfachs. Mir bot er schon lange nichts mehr an, auch wenn ich nicht fahren mußte. Anscheinend betrachtete er den Alkohol als seine persönliche, verschreibungspflichtige Arznei. Er kam mit einer Zigarette zurück.

»Er kauft und verkauft einfach, weißt du. Liefert Ware. Sieh es von der neutralen Seite. Den einen liefert er Menschen, den anderen die Erfüllung ihrer Wünsche. Es gibt eine Nachfrage, also sorgt er für das Angebot, im Großen wie im Kleinen.«

»Und der Vergnügungspark ist zur Ablenkung?«

»Ich weiß nicht. Markus sagt, er macht das einfach gern. Er hat auch einen Zirkus irgendwo auf der Strecke. Eigentlich weiß niemand wirklich etwas über ihn. Er kommt und geht. Die einen sagen, er sei Ungar, die anderen, er sei Tscheche, ist auch egal.«

Ich nahm die Schüssel und ging zur Pumpe. Ich mußte mich für einen Moment von ihm befreien. Wenn er sprach, bekam alles etwas Offensichtliches. Es verwandelte sich in Wirklichkeit, und man brauchte nur mitzumachen. »Mensch, wir verdienen mit einer Fuhre soviel wie im ganzen Monat mit diesem Plunder.« Das wiederholte er ohne Ende. Ich tauchte das Gesicht in kaltes Wasser. Ich war hierhergeraten, weil ich schnelles Geld machen wollte. Ja, alle wollten schnelles Geld machen. Das war die Ungeduld. Die Angst, daß bald alles zu Ende sein könnte. Hektische Bewegung oder Resignation. Als würde jemand dir im Nacken sitzen. Dieses Gefühl kannte ich. Die Panik, daß andere es schon geschafft hatten und es nicht für alle reichen würde. Hysterie und Depression abwechselnd. Psychopathische Verflechtung von Hausse und Baisse. Alle starben an der Angst vor Verlusten, und die Hoffnung auf ein Wunder ließ sie wiederauferstehen. Scheinbar herrschte Frieden, aber die Leute bluteten aus wie im richtigen Krieg. Ich schüttelte mich und stellte mich in die Sonne, um trocken zu werden.

»Vielleicht will ich aber für eine Fuhre nicht soviel wie für einen Monat mit dem Plunder? Daran hast du nicht gedacht, oder?« fragte ich und suchte eine Position, in der ich soviel Wärme wie möglich absorbierte. »Vielleicht interessiert mich das nicht? Vielleicht reicht mir der Gewinn aus unserem Schrottgeschäft?« Aber die Sonne hatte nicht mehr soviel Kraft wie im Hochsommer.

»Mensch, wir können doch ...«

»Ich scheiß drauf«, unterbrach ich ihn und sah an seinem Gesicht, daß er litt und traurig war.

Aber ich dachte wirklich so. Ich wollte in aller Ruhe nach Süden fahren. Wir konnten warten, bis der Vergnügungspark zusammenpackte, und ihm folgen. Aber wir konnten auch kleine Ausflüge in die verschlafenen Städtchen ringsum machen und in die Dörfer, die noch verschlafener waren, dort für ein paar Stunden unseren Stand aufbauen und dann wieder weiterfahren. Nach Süden, Richtung Ungarn, solange das Wetter mitmachen und es nicht regnen würde. Ich wollte einfach fahren und mir seine Geschichten anhören, über die Schiffe auf der Theiß und der Donau, über das Budapester Zentrum für gebrauchte, aber gewaschene Unterhosen. Mehr brauchte ich nicht. In diesem Frühherbst, der noch so sommerlich war, dachte ich, ich sollte genau das tun, was ich tat, und alles würde gut werden. Wir standen früh auf und waren nach einer Dreiviertelstunde fertig. Von den Rummelplatzleuten hatten wir uns eine Gasflasche und einen Brenner geliehen. Wir hatten eine chinesische Pfanne, einen chinesischen Teekocher, chinesische Plastikbecher und Teller gekauft. Wir setzten uns auf das Mäuerchen der Bahnstation, aßen in der Sonne unser

Rührei und tranken Nescafé. Um uns etwas besser waschen zu können, gingen wir über die Gleise an den Fluß, in den Schatten am Abhang. Eine Dreiviertelstunde also, und wir fuhren mit unserem Stand auf den Rummelplatz.

Es war, als wäre das Schicksal für eine Weile außer Kraft gesetzt. Es genügte, die Grenze zu überschreiten, das, was von der Grenze noch übrig war, und alles hatte sich verändert. Das heißt, so anders war es gar nicht, denn hier wie dort nahm das Leben ähnliche Formen an, hier wie dort versuchte es, uns einzuholen, aber letztendlich gab es auf. Ich spürte in gewisser Weise, daß wir das Schicksal auf der anderen Seite gelassen hatten. Zumindest für eine gewisse Zeit. Es war wie Ferien, wie eine zeitweilige Befreiung vom Schicksal. Die einen flohen auf die andere Halbkugel, auf die andere Seite des Ozeans, und wir kletterten mit dem alten Lieferwagen den Rücken der Wasserscheide hinauf, und schon flossen alle Bäche und Flüsse ins Schwarze Meer. Dreißig Kilometer, das reichte. Dann noch einmal die doppelte Strecke, und wir waren hier, am Rande eines fremden Staates, und das genügte, um sicher zu sein, daß die Flucht gelungen war. So dachte ich.

Was ihn betraf, war ich mir absolut nicht sicher. Ich glaube nicht, daß er sich über die Zukunft Gedanken machte, über die Grenzen, über seine Bestimmung, über den ganzen Müll aus Worten und Gedanken, die einem den Schlaf rauben. Er nutzte die Grenzen, wie er sein Schicksal nutzte – um zu leben, weiter nichts. Er stellte keine Fragen, er redete nur. Morgens zog er seine gestreiften Polohemden an, guckte, ob er die Zigaretten in der Tasche hatte, und ging los. Egal, ob hier oder jenseits der Berge oder beim Transport von gefälschtem Kristall zum Basar in Istanbul, überall, wo er war, fand er ohne Probleme den Weg, machte einen kleinen Gewinn oder spürte intuitiv die Gefahr des Verlustes. Ich glaube, sein Schicksal war ihm völlig egal. Eher brauchte das Schicksal ihn.

Ich zog mich an. Als ich zurückkam, kochte das Wasser. Er nahm zwei Becher und schüttete Kaffee hinein. Ich steckte mir eine an und wartete, bis er ihn aufbrühte. Ich stellte mir vor, das Duftwölkchen müsse in der reinen, kühlen Morgenluft ebenso sichtbar sein wie der Zigarettenrauch. Erst nach ein paar Schluck begann er zu reden.

»Ich muß das machen.«

Ich schwieg. Ich wollte ihm keine Chance geben. Das ist deine Sache, sagte ich mir im stillen. Er wartete, aber ich war gnadenlos. Mir war mulmig.

»Ich muß wirklich«, sagte er leiser.

Ich machte eine unbestimmte Handbewegung – laß dich nicht aufhalten, mach doch, was du willst, Junge, aber in der Einzahl und am besten in der Zukunft. Über die Landstraße kam ein grüner Militärjeep. Womöglich das erste Auto an diesem Tag. Langsam rollte es vorbei, mit dreißig, und ich war mir sicher, daß hinter den getönten Scheiben jemand das menschenleere Städtchen beobachtete. Ich hatte sogar den Eindruck, sie fuhren langsamer, um sich unseren einsamen Lieferwagen genauer anzusehen.

Er wartete eine Weile, als fürchtete er, die könnten hören, was er sagte:

»Ich muß Eva loskaufen.«

»Von wo loskaufen?« fragte ich automatisch.

»Von ihm.«

»Das heißt, er hat sie gekauft?«

»Er hat ihrem Vater Geld gegeben.«

Wieder war es still. Ich kam nicht mit. Ich kam da einfach nicht mit. Ich konnte mir nicht einmal vorstellen, daß Eva überhaupt einen Vater hatte. Sie saß in ihrer Bude, schön, ein wenig abwesend und einem Engel ähnlich, also war mir nie in den Sinn gekommen, daß sie Eltern haben könnte.

»Der eigene Vater hat sie verkauft? Für Geld?« sagte ich mißtrauisch, denn ich wollte das nicht glauben, wollte nichts damit zu tun haben.

»Reg dich ab! Die Leute brauchen eben Geld! Kapierst du das nicht, verdammt?! Der Alte hat sich was von ihm geliehen, und Eva sollte es abarbeiten. Ganz normal. Aber es hört nicht auf. Er trickst irgendwie rum, erhöht die Zinsen, will ihr die Stunden nicht anrechnen, sie ist seine Sklavin, verdammt, und sie kommt da nicht wieder raus …«

Wütend und gequält stand er vor mir. Wer weiß, vielleicht hatte er sogar Tränen in den Augen, aber ich wollte nicht aufsehen. Ich schaute auf seine Füße in den ausgetretenen chinesischen Adidas.

Etwa ein Jahr vor der Reise nach Medziborie war Leben in mein totes Telefon gekommen. Ich drückte die Taste und hörte:

»Ich bin an der CPN. Wir fahren nach Orla.«

Ja. Manche sagten seit Jahren »Tankstelle«, aber er sagte lieber CPN. Ich konnte gerade noch fragen:

»Wozu?«

»Schaufensterpuppen«, erwiderte er und brach das Gespräch ab. An der Tankstelle zapften wir zehn Liter, er ging zahlen, und auf dem Rückweg zum Auto steckte er sich schon eine an.

Wir fuhren um den Kreisel und bogen nach Osten. Nach Orla war es etwa dreißig Kilometer. Ich hatte dort vor langer Zeit einmal die Nacht auf dem Bahnhof verbracht. Die Bar war nonstop geöffnet, und neben mir saß eine große Zigeunerfamilie. Ich wartete auf den Morgenzug. Hin und wieder nickte ich ein und sah im Halbschlaf, wie die Zigeunerkinder den Reisenden Geld abschwatzten. In der Ecke saßen neben einem Stapel mit Pepsi-Cola-Dosen zwei Typen, die permanent redeten. An all das erinnerte ich mich, um zu diesem Orla einen Bezug zu bekommen, einen Eigentumsanspruch, um daran zu glauben, daß diese Fahrt mehr war als eine seiner vielen Ideen. Die Straße verlief am Rande eines Hügels. Links erstreckte sich eine gewellte Ebene. Hier und da ragten die historischen Konstruktionen der Erdölschächte in die Höhe. Schwarz und tot. Er steckte sich wieder eine an und sagte, irgendwas werde da noch gefördert, aber nur aus Sentimentalität, das Erdöl für die Raffinerien in den Vororten von Orla komme mit dem Zug. Manchmal waren schmierig verklebte Zisternen zu sehen. Schläfrig rollten sie über die Gleise entlang der Landstraße. Sie hatten es nicht eilig. Sie rollten Hunderte von Kilometern, und dann fuhr das ganze Öl, Fett, Benzin, Petroleum und so weiter wieder zurück ins Landesinnere.

»Weißt du, als es hier mit dem Petroleum anfing, und sie waren eigentlich die allerersten auf der Welt, da war es auch bald wieder aus. Und als sie hier die Petroleumlampe erfanden, da erfanden die in Amerika kurz darauf die Glühbirne. So ist das Leben, daran muß man sich gewöhnen.«

Vor der Stadt bogen wir rechts ab und fuhren an einer hohen Mauer entlang, hinter der sich ein stillgelegtes Industrieareal erstreckte, Rost, Eisen, Rohre, Silos, aber aus den hohen Schornsteinen kam kein Rauch, nichts. Und dann sahen wir auf der anderen Straßenseite dieses Haus. »So haben vor hundert Jahren die Pioniere und die Haie der petrochemischen Branche gewohnt«, sagte er und bedeutete mir, ich solle abbiegen und parken. Es war eher eine große Villa als ein Haus. Man könnte sogar sagen, ein Schlößchen in höchst eigenwilligem, märchenhaftem Stil. Disneyland vor hundert Jahren.

Jetzt bröselte es einfach. Von der runden Bastei blätterte grauer Putz. Der Dachfirst war leicht eingebrochen. An die massiven Säulen des Vorbaus hatte man Zementmörtel geklatscht. Aber als Ganzes machte das Gebäude Eindruck. Mit dem Rücken an einen waldbestandenen Abhang gelehnt, ragte es über eine steinerne Umzäunung hinaus. An einer bestimmten Stelle brach die Steinmauer ab und war durch einen Maschendrahtzaun ersetzt. Und hinter dem Zaun, dort, wo sich früher sicher ein Garten, wenn nicht ein Park befunden hatte, standen an der Wand einer Holzbaracke Dutzende Surfbretter. Ein Stück weiter ragten – mitten im Sommer, dem Wetter zum Trotz – ganze Bündel von Skiern empor, bunte Bretter und Sträuße von Stöcken, und unter einem Plastikdach lag ein chaotischer Haufen von Skistiefeln, einzeln hingeschmissen, ohne Sinn und Verstand. Wir fuhren auf den Parkplatz und gingen durch das gemauerte Tor. Gleich dahinter war die Abteilung mit elektronischen Anlagen. Museumsreife Videorecorder von vor fünfzehn Jahren türmten sich zu wackligen Stapeln. Einfach auf der Erde, unter freiem Himmel, ganze Stöße von schwarzen und silbernen Kästen. Auch Radios gab es da, Decoder, Fernseher, DVD-Player und so weiter. Darauf fiel Regen, schissen Vögel. Dutzende, Hunderte ausgeweideter, verrotteter Plastikboxen. Dahinter begannen die Haushaltsgeräte – Staubsauger, Bohnermaschinen, auf Regalen unter dem Dachvorsprung des Schuppens, alle historisch, mit einer dunklen Dreckschicht überzogen, mit Staub, der mineralisiert und mit den Polymergehäusen verschmolzen war. Eine Unzahl dieser Geräte häuften sich da, mit Kabeln und gerippten Schläuchen verflochten. Modelle aus den achtziger Jahren des vergangenen Jahrhunderts. Hinter den Staubsaugern kamen die Kühlschränke und Waschmaschinen. Sie standen aufeinander, drei oder vier, und wenn etwas zu kippen drohte, wurde es mit einem Brett, einer

Stange oder einem anderen Gerät gestützt. Es war wie ein Labyrinth. Der weiße Lack aufgeplatzt, die Türen hingen schief in den Scharnieren, und man mußte aufpassen, daß man sich nicht den Schädel einrannte. Und inmitten von alldem waren tatsächlich Leute zu sehen, die etwas suchten. Vier oder fünf Personen. Ich warf einen Blick in die zwei Stockwerke hohe Holzbaracke. Zuerst sah ich Teppiche, zusammengerollt, ausgefranst, schwer vom Staub. Die Farbe war kaum zu erraten. Sicher an die fünfzig Stück, vom Boden bis zur Decke, auf Regalen aus ungehobelten Brettern, es war wohl die Abteilung unter dem Motto »Wohnungseinrichtung«, denn gleich neben den Teppichen gab es Bilder, dicht nebeneinandergestellt, größere, kleinere, meist in Goldrahmen, und um sie anzuschauen, mußte man sie herausziehen wie Bücher aus dem Regal. Weiter drinnen war das Dach erhöht, dort stapelten sich Möbel, fünf, sechs Meter hoch.

»Was ist das?« fragte ich.

Er lächelte zufrieden.

»Ein Laden, Mensch, ein Laden.«

Auf einem Platz standen direkt auf der getrockneten Erde Heizkessel, da lagen elektrische Boiler und die Eisenrippen von Heizkörpern. An der Wand des Schlößchens lehnten einige Leuchtreklamen und Plastikschilder: *Wienerwald, Blauer Bock, Bratwurst* und so weiter.

»Von wem?«

»Von ihm«, erwiderte er und nickte mir zu, ich solle mich umsehen.

Er war ungefähr zwei Meter groß und mußte über hundert Kilo wiegen. Lächelnd kam er auf uns zu. Er trug schmutzige Jeans und ein rotes Unterhemd, auf dem ein großer Adler mit Krone prangte. An den Füßen hatte er Cowboystiefel, die wohl noch nie geputzt worden waren, auf dem Kopf eine Art Matrosenmütze mit abgerissenem Band, auf dem noch der Rest des Schriftzugs »…marck« zu sehen war. Er gab mir die Hand. Sie war warm und hart. Er sah mir direkt in die Augen und lächelte immer noch, besser gesagt, seine von einem Faltenkranz umgebenen Augen lächelten.

»Das ist mein Partner«, sagte Władek.

»Na, dann kommt mit nach oben«, erwiderte er, und wir betraten das Haus durch eine Tür, an der zu beiden Seiten Glasschränke aus einer Arztpraxis standen, darin irgendwelcher Firlefanz aus Porzellan, Figürchen, Täßchen, Kännchen, versilberter oder, weiß der Geier, vielleicht auch silberner Kleinkram, Gläschen, Döschen, Kästchen, das heißt die antiquarische Abteilung, sogar eine Art Kristallkaraffe mit schwarzem Hakenkreuz stand da. Im Inneren war es ziemlich dunkel, wie in einem Keller, denn es gab keine Fenster, und die weiteren Räume wurden von nackten Glühbirnen erleuchtet, die von der Decke hingen. Wahrscheinlich führte er uns absichtlich den längsten Weg, um zu prahlen: Hier ein Verlies mit Damenschuhen, dort mit Herrenschuhen, nicht alle paarweise, ein Raum mit elektronischen Geräten, die in etwas besserem Zustand waren als die von Vögeln verschissenen draußen, einer mit Tausenden Teilen Tischgeschirr, aber nichts vollständig, alles ausgedient, verblaßt, sicher aus der Adenauer-Zeit und eher nach bayerischem oder Tiroler Geschmack. Dann gingen wir eine Treppe hoch, es wurde heller, wir sahen uns noch den Raum mit den Hängelampen an, und schließlich stieß der Boß eine schöngeschnitzte, sicher ebenfalls importierte Tür auf, und wir befanden uns in einer Art Wohnung. In dem Zimmer war ein großes Fenster, das auf die Abteilung mit Fahrrädern und Rollern hinausging, die sich die Steinmauer entlangzog.

Wir nahmen in tiefen Ledersesseln Platz. Der Boß verschwand, kam mit drei Dosen Bier wieder und stellte sie auf einen Glastisch. Ich schüttelte den Kopf.

»Ich hab auch Wasser im Kühlschrank«, sagte er.

»Gut«, antwortete ich, aber er ließ sich in den dritten Sessel fallen und rief laut: »Miezeee! Wasser für den Gast!«

Władek schnippte mit dem Finger an die Dose und fragte: »Was für eine Mieze, Jędruś?«

Der Boß schnippte an seine und sagte gleichgültig:

»Na, eine Mieze halt.«

»Ich war fast ein Jahr nicht mehr hier.«

Da ging die Tür mit solchem Schwung auf, daß sie gegen die Wand schlug, und Mieze erschien, in weißen Shorts und schwarzen Lederstiefeln weit übers Knie. Sie stellte eine Flasche Mineralwasser auf den Tisch und knallte ein Glas hin.

»Vielleicht könntest du wenigstens bitte sagen!« Sie hatte eine piepsige, schrille Stimme.

»Hab ich vergessen, Kätzchen. Wenn ich an dich denke, entfallen mir solche Dinge einfach manchmal.«

Sie machte auf dem hohen Absatz kehrt, eine Parfümwolke blieb in der Luft hängen, sie verschwand schneller, als sie gekommen war.

»Nicht schlecht«, sagte Władek.

»Hör mal, die ist ideal. Ich lasse sie auf nörgelnde Kunden los. Die Hölle. Die Kollegen haben Mitleid mit mir. Das ist praktisch.«

»Woher hast du die denn gezaubert?«

Der Boß zuckte die Achseln.

»Die Zeit der Typen geht zu Ende.«

Wir tranken. Im Zimmer war es angenehm kühl. Schaufensterpuppen gab es keine. Vielleicht kämen in zwei Wochen welche, mit dem nächsten Transport.

»Schwer zu sagen, weißt du, ich nehme alles, wie's kommt.

Ich fahre mit dem Lastwagen zum Lager, und die Ukrainer laden Waren aus den Hangars ein, soviel reingeht. Dann fahre ich auf die Waage und bezahle nach Tonnen. Mal ist es mehr von diesem, mal von jenem. Jedenfalls zahle ich pauschal. Wenn's dir wichtig ist, versuche ich dran zu denken. Was für eine soll es denn sein?«

»Eine männliche. Wir würden sogar zwei oder drei nehmen.«

»Macht ihr jetzt auf Schneider?«

Da kam sie wieder, hielt es einfach nicht aus. Sie betrat das Zimmer, aber so, als wären wir gar nicht da. Sie schaute in die Luft und sprach zur Luft:

»Der räumt den Deutschen die Müllkippen auf. Wenn er wenigstens auch ein paar neue Sachen oder wenigstens kaum gebrauchte bringen würde, aber nein, der legt drei Hunderter hin für eine Tonne Ramsch. Dreihundert Euro für eine Tonne Müll, und das bringt er hierher, in unser Vaterland, nach Polen, und schämt sich nicht vor dem eigenen Volk und dem deutschen …«

»Mieze, ich nehm's nicht immer, wie's kommt. Manchmal suche ich was Ausgefallenes aus, Porzellan, Kristall, Antiquitäten …«

»Die schmeißen den Schrott auf die Straße, und du zahlst irgendwelchen Ärschen noch Geld dafür!«

»Kätzchen, unsere ukrainischen Brüder beherrschen diese Branche und fungieren als Großhändler. So sind die Mechanismen des heutigen Handels.«

»Mein Gott! Handel!« Ihre Stimme war durchdringend wie das Geräusch einer Kreissäge. »Ich war einmal dabei! Sodom und Gomorrha!«

»Das war damals, als Mieze versucht hat, den Papst zu verkaufen«, sagte der Boß und nahm einen Schluck.

»Welchen Papst?« fragte Władek interessiert.

Mieze ging einen Augenblick die Luft aus, und sie verstummte.

»Den Papst eben. So einen aus Stoff. Das wird gewebt oder genäht, und dann hat man so einen Wandteppich mit einem Bild. Sie hat bei jemandem zehn Stück bestellt und fuhr mit, um sie zu verkaufen.«

»Und?«

»Nichts. Du weißt ja, wie das ist in einer laizistischen Gesellschaft. Die Ukrainer gaben ihr gnädigerweise drei Euro das Stück.«

Jetzt war sie wieder bei Kräften. Sie stellte sich vor den Sessel, stemmte die Hände in die Hüften und sprach nicht mehr zur Luft, sondern direkt zu ihm.

»Den Papst, ja den Papst! Damit die sehen, daß wir hier nicht nur Schrott haben! Damit der Fritz das sieht! Daß wir keine Lumpensammler sind!«

Władek testete, ob die Dose schon leer war, und stand auf.

»Na, wir fahren dann wieder«, sagte er. »Wenn du an die Puppen denken könntest.«

Der Boß begleitete uns durch all die Verliese zum Ausgang und verabschiedete sich lächelnd. Mit demselben Lächeln kehrte er zu seinem Leben zurück.

ICH ERWACHTE im Morgengrauen. Es war gar nicht nötig, unter der Decke hervorzukriechen, um zu spüren, daß in der Nacht der Frost eingesetzt hatte. Ich heizte den Ofen. Stellte den Teekessel aufs Gas. Dann rauchte ich, trank Kaffee und betrachtete die Bäume im Garten. Sie waren weiß vom Rauhreif. Die Brücke und das andere Ufer des Flusses lagen im Nebel, aber links, im Osten, schimmerte schwach ein helles Licht durch, und ich war mir sicher, es würde ein schöner Tag werden.

Ich machte mich an die Arbeit. Einige Stunden lang stellte ich den ganzen Krempel um, damit ich an die Möbel kam. Ich stapelte das Gerümpel an der Wand, um den Weg frei zu haben. Dann trug ich Stühle hinaus, ein Tischchen auf drei krummen Beinen, eine Art Regal, ein Nachtschränkchen – alles recht schmutzig, angeschlagen und wacklig, nichts Besonderes, aber die Politur war noch nicht ganz ab, und der Holzwurm nagte auch nicht an den Sachen. Nur der Schrank und die Kredenz hatten keine Chance.

DURCH DAS GROSSE, schmutzige Fenster fiel Sonnenlicht herein. Sogar der Fernsehbildschirm war verblaßt, und man konnte kaum erkennen, was sich darauf abspielte. Der Rauch über den Köpfen der sitzenden Menschen sah aus wie eine goldene Gardine, aber der Gestank war der gleiche wie immer. Ich setzte mich zu zwei Typen, die ich vom Sehen kannte.

»Es gibt Arbeit«, sagte ich.

Der Typ mit dem Bart hieß Bajer und hatte früher, vor langer Zeit, im Zirkus mit wilden Tieren gearbeitet. Der Bart verdeckte tiefe Narben, die Bajer – wie er behauptete – einem bengalischen Tiger zu verdanken hatte. Er sah mich gar nicht an.

»Anstrengend?«

»Nicht besonders«, erwiderte ich.

ALS WIR durch die Stadt gingen, fiel schon der Rauhreif von den Bäumen. Ich bog zum Fluß ab. An schattigen Stellen lag immer noch Reif. Das Verladen des Sofas, des Schranks und der Kommode dauerte zwanzig Minuten. Sichtlich erleichtert klopfte sich Bajer die Hände ab. Ich gab ihm Geld. Einen Teil dessen, was ich für das Altpapier bekommen hatte. Als sie schon am Gartentor waren, drehte er sich plötzlich um und fragte:

»Was ist denn mit Władek? Weißt du was?«

Ich schüttelte den Kopf. Sie gingen ohne Abschiedsgruß. Ich checkte das Öl, holte im Haus die Batterie und zog die Schrauben fest. Dann stieg ich ein, drehte den Schlüssel, wartete, bis die orangerote Kontrollampe ausging, dann schaltete ich den Anlasser ein und hielt wie immer den Atem an. Er sprang nur an, weil die Batterie über Nacht im Warmen gestanden hatte. Ich fuhr aus der Stadt hinaus. Die Sonne schien. Hügel, Wäldchen, Häuser, Hütten, die entgegenkommenden großen Lastwagen, der Himmel und dieser ganze Südosten sahen aus wie im Vorfrühling. Bergab erlaubte ich mir sogar neunzig, und ich lauschte dem Jammern des Differentials, dem Vibrieren der Halbachse, dem Quietschen des Lagers und dem Ächzen der Gangschaltung. Am Lenkrad spürte ich die letzten Zuckungen der Federung, aber an jenem Tag übertraf der Ducato sich selbst und jagte nach Osten, als hätte er die Kraft seiner besten Jahre wiedererlangt.

VON WEITEM sah das Areal geschlossen aus. Eigentlich hatte sich seit dem letzten Mal nichts verändert, aber irgendwie wirkte jetzt alles leblos. Die Gebrauchtwaren und Gerätschaften hatten sich sogar noch vermehrt, aber nicht einmal zwischen Skiern und Snowboards waren Kunden zu sehen. Ich fuhr vor das Tor und parkte. Es war offen. Ich trat ein. Haushaltsgeräte, Radios und Fernseher standen wie damals in Stapeln. Langsam ging ich die Säulen der Waschmaschinen, Kühlschränke, Küchen entlang und entdeckte sogar zwei Geschirrspülmaschinen. Ich wollte weiter in den Hof hineingehen, aber da hörte ich: »Womit kann ich dienen?« Ich drehte mich um. Er stand am offenen Fenster im ersten Stock. Stand da, die Ellbogen auf die Fensterbank gestützt, als wäre unten eine Straße, und er, der Rentner, würde seine Tage damit verbringen, das Treiben zu beobachten.

»Du erinnerst dich nicht?« Es war mehr eine Feststellung als eine Frage.

»Du warst mit Władek da«, sagte er nach längerer Pause.

»Jetzt erinnere ich mich. Im Sommer. Wegen der Schaufensterpuppen.«

»Ja. Ich glaube, das war im Juli. Ich hab was Geschäftliches.«

Er war nicht in Geschäftslaune, erst nach einer Weile zeigte er auf das Verlies, den Daumen nach unten, und sagte ohne Begeisterung:

»Na, dann komm rauf.«

Auch dort hatte sich nicht viel verändert. An der Wand stand der gußeiserne Ofen mit Fenster. Die Glasscheibe war mit einem schwarzen Belag überzogen, aber drinnen brannte Holz. Neben dem Ofen lag ein Stapel Buchenscheite. Wir setzten uns in dieselben Sessel. Sie schienen noch eingefallener zu sein. Er schob mir ein Päckchen nachgemachter moldawischer Marlboro hin. Ich sagte, ich hätte Möbel zu verkaufen.

»Im Winter kauft keiner was. Manchmal fragt einer nach Winterreifen, das war's.«

»Reifen hast du auch?«

»An die zweitausend. Aber wenn es im Winter schneit, kann man schlecht was aussuchen.«

»Was machst du dann bis zum Frühjahr?«

»Logistik«, erwiderte er und zeigte auf den Computer, der auf dem Tisch am Fenster stand. Der Tisch hatte drei Beine in der Form von Löwentatzen und ein viertes schlichtes, aus rohem Holz geschnitztes, das aussah wie eine Prothese.

Im Zimmer war es warm und hell. An den Wänden hingen

sogar Bilder. Zwischen schäumenden Wellen zerschellte ein Segelschiff an einem Felsen.

»Das ist echt«, sagte er. »Und das mit dem Schwan auch. Die anderen sind leider Fälschungen aus der Fabrik. In der heutigen Zeit können die Leute sich keine Originale leisten.«

Er hatte wohl lange mit niemandem mehr geredet. Jetzt war der Unwille beziehungsweise die Reserviertheit verflogen.

»Weißt du, daß es in China einen Ort gibt, wo ein paar tausend ausgebildete Maler sitzen und Kopien von europäischen Gemälden anfertigen? Die sitzen da und fackeln mit dem Pinsel in der Hand den ganzen van Gogh ab, zum Beispiel, oder Salvadore Dalí und was weiß ich alles. Und dann verhökern sie das Zeug für Euro oder Dollar, damit die Hotels und Kneipen in den USA und in Paris was zum Aufhängen haben.«

Das wußte ich nicht. Ich steckte mir eine moldawische Marlboro an. Ich sah keinen Unterschied. Vielleicht waren die Kopien sogar besser. Ja, er freute sich sichtlich über die Gesellschaft. Er ging einen Moment raus und kam mit Bier wieder.

»Hör mal, ich hab draußen den Lieferwagen voller Möbel. Wenn du sie nicht willst, fahre ich weiter«, sagte ich.

Er setzte sich auf die Sessellehne, machte ein Bier auf und sagte:

»Wie du willst. Aber du findest im Umkreis von hundert Kilometern keinen, der dir vor dem Frühjahr Möbel abnimmt. So sieht's aus.«

Ich bestand nicht darauf, zu fahren. Ich betrachtete die grüne Dose – Dreher Classic Minősegi Világos Sör – und zog den Verschluß auf.

Im Ofen brannte immer noch Feuer. Der rote Schein tanzte an den Wänden und auf den Bildern. Ich lag in eine Decke gewickelt auf dem ausgezogenen Sessel. Ich war betrunken. In der vollkommenen Stille hörte ich das ferne Geräusch der Lastwagen. Es tagte. Ich war betrunken, aber langsam wurde ich nüchtern. Ich tastete im Dunkeln und fand auf dem Tisch eine Dose Bier und eine Flasche Mineralwasser. Einen Moment lang zögerte ich und nahm dann das Bier. Ich wäre gern noch mal eingeschlafen, gewiegt vom fernen Dröhnen der Brummis. Doch statt des Schlafs stellte sich die Erzählung vom Boß ein. Fetzen, Fragmente, Worte im Rhythmus der Schritte, denn er hatte sich den ganzen Abend kaum gesetzt, war von Wand zu Wand gegangen, mit den Absätzen der Cowboystiefel hämmernd, die aussahen, als würde er sie nicht einmal nachts ausziehen. Gegen Ende des Kommunismus hatte er mit Władek Geschäfte gemacht. Sie waren zusammen nach Rumänien gefahren. Er rauchte und schnippte die Asche auf den alten Teppich. Siebenundachtzig, achtundachtzig …

»Warum liefen in Ungarn damals chinesische Turnschuhe und polnische Sandalen so gut? Wahrscheinlich, weil es die dort gerade nicht gab. Jedenfalls haben wir jeweils zwanzig Paar gekauft. Und dann ging der ganze Zirkus los: die Devisenbeschränkungen, das Anstehen in den Banken, um Forint zu bekommen, die Tricks, wie man internationale Fahrkarten organisiert, die es zwar gab, die aber nie für alle reichten, die welche brauchten, dann der Paß, monatelange Vorbereitungen, als wollte man nach Australien reisen und nie mehr zurückkommen, und die ganze Zeit die Angst, daß es nicht klappt, daß sie im letzten Moment nein sagen, denn das war alles irgendwie zwielichtig, nicht ganz legal und von ihrer Gnade abhängig. Aber wir fuhren. In einem fast leeren Zug im Oktober, mit zwanzig Paar Sandalen und zwanzig Paar Turnschuhen.

In Plaveč schaute der tschechoslowakische Zöllner uns an wie Idioten und winkte ab. Damals wußten alle, was man wohin bringen mußte, um es zu verkaufen. Dieses Wissen lag irgendwie in der Luft. Es war einfach da, verstehst du? Ich weiß nicht mehr genau, ich glaube, wir sind abends angekommen oder in der Nacht. Budapest kam uns vor wie Paris. Das Gewimmel in den hell erleuchteten Straßen, das Neonlicht, die Kneipen. Wir packten die Ware in Schließfächer und zogen los, die Stadt besichtigen. Das heißt, ich wollte in die Stadt, während er sich schon auf dem Keleti umsah und Witterung aufnahm, er bekam Wind in die Segel, denn dort am Ostbahnhof spielte sich damals der ganze illegale Import-Export Mittelosteuropas ab, und man sah, wie die Devisenschieber auf Beute warteten. Auf dem Keleti gab es alles, was er brauchte. Aber ich wollte mir die Stadt anschauen. Ich wollte sofort an die Donau, es war ein warmer Abend, und ich war sechsundzwanzig und erst einmal in der DDR gewesen und einmal in Poprad. Deshalb überlegte ich gar nicht weiter, als er damals ankam und sagte: ›Wir wollen was von der Welt sehen.‹ Aber jetzt wollte er auf dem Bahnhof herumschnüffeln, und ich wollte auf den legendären Gellértberg. Beinahe hätten wir uns gestritten. Ich wollte weg von diesem beschissenen Bahnhofsvorplatz, wo sich damals die Gauner des ganzen Ostblocks herumtrieben und nach Dummen suchten, die sie reinlegen konnten. Jugos, Zigeuner, unsere, Ungarn und Türken. Keine Deutschen aus der DDR und keine Tschechen. Aber er bestand darauf, man müsse am Ball bleiben, und ich spürte, daß er sich auf diesem Bahnhof, mit dem ganzen Abschaum, wie ein Fisch im Wasser fühlte. Er trabte umher und spitzte die Ohren. Wir hatten vierzig Paar Schlappen, und schon witterte er ein internationales Geschäft. Plante fünf Züge und sechs Wechselkurse im voraus. Aber ich blieb hart: Nicht ums Verrecken wollte ich in der Nacht in

einem fremden Land einen Absatzmarkt für Stoffschuhe suchen. Das war meine Meinung. Denn aus dem Zentrum der
Stadt, aus der Rákóczi út, wehte der unbekannte Geruch der
Großstadt – und ich schäme mich nicht, das so zu sagen. So
war es. Budapest hatte seinen Atem. Wer einmal mit dem Per-
sonalausweis in der DDR war, in einer Ortschaft wie, mit Verlaub, Hoyerswerda, um gemeinsam mit der kommunistischen
Hitlerjugend Ackerbau zu betreiben, oder im brüderlichen
Poprad, auf den machte Budapest schwer Eindruck. Ich wollte
ums Verrecken keine Zeit verlieren. Die Rákóczi-Straße leuchtete und verströmte ihren Geruch. Heute weiß ich, es waren in
Schmalz gebratene Paprika und Zwiebeln, aber das stört mich
nicht. Und damals zog es mich instinktiv nach Südwesten,
denn vermutlich roch ich nicht Zwiebeln und Paprika, sondern
das Wasser des großen Flusses. Ja, der Geruch des Flusses. Fische und Schlamm. Aber er war unglücklich. Je weiter wir uns
entfernten von den Turnschuhen und den Sandalen mit drei
Riemen, desto größer wurde seine Verzweiflung. ›Und wenn sie
die Ziffern gesehen haben …‹ Dabei war es in der Ecke mit den
Schließfächern total dunkel, wir konnten selbst kaum was sehen. ›Und wenn die Gelegenheit nicht wiederkommt und morgen nichts mehr läuft …‹ Ich sage, wer zum Teufel macht denn
mitten in der Nacht Geschäfte. Das macht man tagsüber, wenn
man die versteckten Fehler und Mängel sieht. Und so weiter
und so fort. Schließlich ließ ich ihn auf der Straße stehen und
ging in einen Selbstbedienungsladen mit Lebensmitteln. Ich
fand eine Halbliterflasche mit Angabe der Prozente, neunund-
dreißig, vierzig gab's nirgends, und als ich wieder rauskam, zog
ich ihn gleich in einen Eingang und zwang ihn, einen Schluck
zu trinken. Dann gingen wir zum Fluß. Es war warm. Über
die Elisabethbrücke gelangten wir auf die andere Seite. Wir
hatten Schlafsäcke dabei und schliefen im Gebüsch am Fuß

des Gellértbergs. Ich hörte auf die Geräusche der Stadt, und er – ob nicht Diebe kommen könnten, um uns die Forint abzunehmen, mit denen wir uns die Hosentaschen vollgestopft hatten. Nicht daß er feige gewesen wäre. Er rechnete einfach mit allem, in kluger Voraussicht. Er hatte investiert, also wollte er Gewinn einstreichen. Die Welt war voller Diebe, also mußte man aufpassen. Wer weiß, vielleicht wachte er die ganze Nacht? Jedenfalls standen wir früh am Morgen auf, klopften die Herbstblätter ab und gingen den gleichen Weg zurück zum Keleti. Und kaum hatten wir unseren Kram wieder, fanden sich auch schon Kunden. Polen. Landsleute. Sie waren überall. Wie Heuschrecken. Import, Export, Vermittlung. Ein kleiner, dikker Typ hatte uns entdeckt, einer mit vier Händen – so schnell und agil war er. Gestikulierend kam er auf uns zu, gleichzeitig unterhielt er sich und gab jemandem Geld heraus, aus diesem unverwüstlichen Beutel am Gürtel, und mit der dritten oder vierten machte er sich an unsere Taschen: ›Was habt ihr denn da? Zeigt mal.‹ Und Władek konnte sich nicht beherrschen. Er schlug ihm mit voller Wucht auf den Arm: ›Nimm deine Pfoten da weg!‹ Der andere torkelte, stürzte zwei Meter weiter, wahrscheinlich war es seine eigene Verwunderung, die ihn schachmatt setzte. Doch gleich darauf blies er sich auf, wurde rot und kam auf die krummen Beine, als würde er zum Sprung ansetzen: ›Du willst mir, du – mir, du Arsch, du schlägst mich, weißt du überhaupt, wer ich bin?‹ – ›Verpiß dich, du Fettsack!‹ antwortete Władek, nahm die Sachen, machte kehrt und ich ihm nach. Und der Dicke schrie uns nach: ›Einen Scheiß werdet ihr hier verkaufen! Von wegen Geschäft!‹«

Der Boß rauchte, schnippte auf den Teppich, ging quer durch den Raum, manchmal blieb er am Tisch stehen, um sich ukrainischen Honigschnaps mit Pfeffer nachzuschenken, denn bei dem waren wir inzwischen angekommen, das Bier war nur zum

Nachspülen. Manchmal blieb er auch vor dem dunklen Fenster stehen, nahm eine schwarze Fernbedienung vom Sims und schaltete den draußen aufgestellten Scheinwerfer an. Beim soundsovielten Mal rief er mich und sagte, ich solle mal schauen.

»Kaufen tun sie nicht, aber klauen wollen sie.«

Er holte mit dem Lichtstrahl das grelle Weiß der Surfbretter aus der Finsternis. Am Rande des hellen Kreises bewegte sich etwas. Er öffnete das Fenster. Jetzt hatte er eine Leuchtpistole in der Hand. Er klappte den Lauf auf, legte die Patrone ein und schoß in die Richtung. Das Geschoß hatte wohl irgend etwas getroffen, denn das Magnesium gleißte auf.

»Vor Licht allein haben sie keine Angst mehr.«

Er nahm eine zweite Patrone vom Fenstersims und schoß noch einmal. Diesmal blau.

»Hast du schon mal getroffen?« fragte ich.

»Nein. Ich ziele daneben. Das sind arme Schlucker.«

»Auf einen Reichen schießt es sich leichter?«

»Ja, wahrscheinlich«, sagte er und schloß das Fenster.

Er legte die Pistole neben die aufgereihten Patronen.

»Und natürlich klappte bei uns nichts, nicht ums Verrecken. Niemand wollte mit uns reden. Wir sahen, das Geschäft läuft wie geschmiert, die Vermittler stehen in Sichtweite, nehmen ungeniert Ware ab und zahlen, aber uns schauten sie an wie Aussätzige. Sie kehrten uns den Rücken. Wir gingen also auf die Plattform, wo die Typen den Ungarn gestohlene Arbeitskleidung verkauften, von Kasprzak und aus der FSO. Eine Weile standen wir da, ich hatte die Turnschuhe, er die Sandalen, aber bevor ein Käufer auftauchte, kamen zwei Riesen in türkischen Lederjacken und sagten, wir sollten gehen, das heißt uns verpissen. Die wogen zusammen dreihundert Kilo, aber Władek riß das Maul auf und sagte, sie sollten sich selbst verpissen, wenn nicht, könnte man sie demnächst vom Budapester Pflaster aufsammeln. Er war wütend. Ich fürchtete, er könnte wirklich auf sie losgehen. Er sprang vom einen zum anderen und beschimpfte sie fürchterlich. Sicher hatte er Angst und versuchte sie zu überspielen, und das ging ganz gut, die beiden waren wie gelähmt. Er reichte ihnen bis zum Kinn, aber er ließ sie nicht zu Wort kommen. ›Ihr Arschgesichter! Ihr Provinzler und Verräter! Einen Polen? Einen Polen wollt ihr fertigmachen? Einen Landsmann? Macht euch an die Jugos! An die Türken! Was? Da habt ihr Schiß? Da macht ihr euch in die Hosen bei den Jugos, ihr gehirnamputierten Idioten … Wenn man in der Jugend der Mutter die Fotze geleckt hat, hat man's nicht leicht in der großen Welt …‹ Die beiden wurden knallrot, und gleich wäre Blut geflossen, aber da tauchten zwei Bullen auf, und einer von diesen Behinderten stotterte was auf ungarisch, irgendwas in der Art: Schauen Sie, dieses slawische Gesindel hier versaut mit seinem Scheißgeschäft den Bürger-steig … Und er kickte mit voller Wucht in unsere Sachen. Da war die Hölle los. Władek versetzte ihm reflexartig einen Tritt, und der zweite Behinderte, offensichtlich sein Bruder, ging mit den Fäusten auf Władek los. Da brüllte einer der Bullen so laut los, daß die ungarischen Staatsbürger ringsum stehenblie-ben und die Ohren spitzten. Jedenfalls nahmen sie uns die Pässe ab, und wir mußten mit aufs Revier. Den einen von den Typen nahmen sie als Dolmetscher mit. Wir mit den Koffern hinterher, und das Volk glotzte und schüttelte den Kopf. So war das nicht geplant. Sie haben uns die Ware abgenommen. Und dann sagten sie durch den Mund dieses Spions und Ver-räters, daß wir die Schlappen zurückkaufen könnten, und wir sollten alles zeigen, was wir hatten. Wir nahmen die Briefta-schen raus. Dieser Fettsack gab sie den Bullen, und dann be-gann er uns abzutasten. Władek konnte sich wieder nicht be-herrschen, stieß ihm den Ellbogen ins Sonnengeflecht und schrie: ›Du Arsch …‹ Zehn Minuten später schleppten wir uns mit den Taschen über die Plattform. Wir hatten keinen Groschen mehr. Władek blutete, und ich spürte auf dem Rücken zehn frische Hiebe. So hätte es nun wirklich nicht laufen sollen. Wir bogen irgendwo rechts ab, links, nur weiter, in eine dunkle Gasse, einen Eingang, nichts wie weg. Schweigend steckten wir uns eine an, aber er warf die Zigarette gleich wieder fort, machte die unvergeßliche Geste von Kozakiewicz und brüllte ins Budapester Halbdunkel: ›Scheißdreck!‹ Kurz darauf saß er schon auf einem Mäuerchen, ein Bein übers andere geschlagen, rauchte in aller Ruhe eine zweite Zigarette und zog den blutigen Rotz hoch. Und dann sah ich, wie er lächelte und sich an den Schritt griff: ›Diese Trottel, diese ungarisch-magyarischen Trottel.‹ Er hatte zwanzig Dollar in der Unterhose.«

»Davon hat er mir nie erzählt«, sagte ich.

Der Boß verlangsamte seinen Pendelschritt und blieb dann am Tisch stehen.

»Das war ihm vielleicht nicht so angenehm. Weißt du, was er drei Tage danach gemacht hat?«

»Nein«, erwiderte ich und schaute, wie er auf den Absätzen seiner Cowboystiefel leicht hin- und herkippelte. »Keine Ahnung.«

»Drei Tage danach hat er den Vierhändigen fast totgeschlagen. Baseball gab es damals noch nicht. Jedenfalls in den Ländern der Volksdemokratie, aber er fand irgendwo eine Art Stiel, von einer Hacke oder so, und den trug er am Gürtel unter der Jacke. Er erwischte den Typ gegen Mitternacht in einer Gasse zwischen Bahnhof und Stadion. Der Vierhändige ging ganz ohne Leibwache. Władek näherte sich ihm leise von hinten, verpaßte ihm ein, zwei Schläge in den Nacken, und als er schon am Boden lag, schlug er auf ihn ein, bis er nicht mehr konnte. Dann nahm er ihm das Geld ab.«

»Hast du das gesehen?«

»Ja, ich stand zehn Meter weiter.«

»Wie denn das? Dieser Vierhändige ließ ihn so nah an sich ran?«

»Es war sein eigenes Terrain. Sein täglicher Heimweg.«

»Woher wußtet ihr das?«

»Von so einem Typ. Der mochte ihn nicht und sagte es uns. Und kaufte uns die Ware ab. Zu einem schlechteren Preis, aber immerhin. Er sagte, er gibt uns die Hälfte, aber dafür zeigt er uns die Strecke, die der Vierhändige fast jeden Tag geht.«

»So war euer Deal.«

»Ja. So war der Deal. Er wollte nichts dafür, außer dem Rabatt für die Turnschuhe. Wir gaben ihm die Schuhe drei Seitenstraßen vom Bahnhof entfernt, denn auf dem Keleti waren wir natürlich untendurch.«

»Und was habt ihr danach gemacht?«

»Wir gingen auf den Nyugati, das heißt den Westbahnhof, und verließen die Stadt, denn jetzt konnten wir uns in ganz Budapest nicht mehr blicken lassen. Wir setzten uns in den Zug und fuhren nach Szolnok.«

»Und warum nicht nach Miskolc oder nach Debrecen?« fragte ich.

»Weil Szolnok auf der Strecke nach Oradea lag, und er hatte schon wieder eine neue Geschäftsidee.«

»Das kam ihm einfach so in den Sinn?«

»Nein, das war eine alte, bewährte Geschichte, die andere schon ausprobiert hatten, aber wir hatten plötzlich Kapital und konnten einsteigen.«

»Davon hat er mir nie erzählt. Er sagte nur, er hätte mal eine Zeitlang in Ungarn gewohnt.«

»Hör zu, der Vierhändige war ein ganz gewöhnlicher Gauner. Das dachten wir damals, und das denke ich heute noch.

Was hätten wir tun sollen? Zu ihm gehen und sagen: ›Das war nicht nett, wie Sie sich verhalten haben, bitte entschuldigen Sie sich und geben uns das Geld zurück, das Sie sich mit den ungarischen Rechtshütern geteilt haben‹? Ohne Scheiß. Wir waren gekommen, um ein kleines Geschäft zu machen, aber das Schicksal bot uns die Chance auf ein größeres.«

»Was war das?«

»Kaffee. Kaffee für das hungerleidende Bruderland Rumänien unter dem späten Ceauşescu. Kaffee. Ein absolut notwendiges Produkt, das dort nicht zu bekommen war. Daher Szolnok auf der Strecke ins rumänische Oradea.«

Er nahm seinen eintönigen Marsch zwischen Tür und Fenster wieder auf. Es sah aus, als hätte er sich zu Fuß auf den Weg in jene Gegend und jene Zeit gemacht.

ICH SASS auf dem Bett, trank ein Bier und wartete darauf, daß es hell wurde. Es war seltsam, aber bisher war es mir so vorgekommen, als sei ich die einzige reale Person in Władeks Leben. Alles, was er mir erzählt hatte, waren einfach Geschichten. Ja, er selbst kam mir vor wie eine Figur aus seinen eigenen Geschichten. Und jetzt, vor fünf Stunden, hatte der Boß einen lebendigen Menschen aus ihm gemacht. Jener mir bisher unbekannte Teil seines Lebens stand plötzlich genauso deutlich und real vor mir wie die Tatsache, daß ich langsam nüchtern wurde und sich der Kater anbahnte. Ich hatte mir die Story vom vergossenen Blut eines Vierhändigen anhören müssen und von Władeks Unnachgiebigkeit und seiner Verbissenheit erfahren. Ich stellte mir vor, wie er in einer dunklen Straße mit dem Stock auf den reglosen Körper einschlägt, um sicherzugehen, daß der andere nicht mehr aufsteht, daß er sich nicht zu wehren versucht und nicht nach Hilfe rufen kann. Ich stellte mir das ferne Pfeifen der Züge vor und das Geräusch der Waggons, die auf den Nebengleisen aneinanderstoßen. Ich mußte nicht einmal die Augen schließen, um zu sehen, wie er den Stock oder Stiel schließlich wegwirft, nach dem Beutel greift, den Reißverschluß aufmacht, ein Bündel Geldscheine herausnimmt, sie einsteckt und sich schnell entfernt. Sie haben die Hände in den Taschen, denn vom Fluß her kommt kühle, herbstliche Luft. Sie gehen durch die fremde Stadt, durch das fremde Land, durch diesen fremden Kontinent, aber sie haben ein Päckchen Geldscheine, das ihnen erlaubt – wie sie meinen –, diese Fremdheit zu zähmen und zu bändigen. Jemand zeigt ihnen den Weg, und sie gehen fast im Laufschritt, denn zum Westbahnhof ist es weit, und es ist schon spät. Aber sie schaffen es auf den letzten Zug in die andere Richtung, steigen ohne Fahrkarten ein, finden ein leeres, dunkles Abteil. Umsichtig und vorausschauend, wie er ist, hält er zwanzig Forint für den Schaffner bereit. Gegen Morgen steigen sie aus, alles ist noch zu, also gehen sie durch die lange Hauptstraße, erreichen den Fluß, ein Park- oder Erholungsgebiet, und dort breiten sie zwischen gestutzten Herbststräuchern, durch eine Hecke von der menschenleeren Promenade getrennt, ihre Schlafsäcke aus und schlafen ein. Nur als Zwanzig-, Fünfundzwanzigjährigen konnte ich ihn mir nicht vorstellen – ich sah ihn in seinem antiquierten Anzug, in seinem quergestreiften Polohemd und mit seinem dicken Bauch in den Schlafsack robben. Am Morgen gingen sie eine Unterkunft suchen. Sie suchten in der Nähe des Bahnhofs. Sie betraten die ein- oder zweistöckigen Häuser und erklärten mit Hilfe internationaler Gesten, was sie wollten. Das heißt, sie hielten die Wangen an die zusammengelegten Hände und schlossen die Augen. Manchmal begannen sie Russisch zu sprechen, aber dann schlugen die Türen sofort zu. Einmal fragten sie in stümperhaftem Russisch eine alte Frau, die an einem grünen Gartentor stand. Die Oma schnaubte und drehte sich auf dem Absatz um. Da schrie einer von ihnen verzweifelt: »Wir sind Polen!« Die Oma verschwand in der Tür, aber plötzlich hörten sie eine Stimme: »Warum redet ihr dann Russisch, verdammt?!« Hinter ihnen stand ein sechzigjähriger Mann mit fleckigem Hut und sackartiger Hose. Er sprach mühevoll, aber recht deutlich. Bei ihm übernachteten sie.

Der Onkel – so nannten sie ihn – half ihnen, jemanden mit einem Auto aufzutreiben. Eines Tages erschien um Mitternacht ein Typ mit einem roten Shiguli. Er war aus Abony und hörte die ganze Strecke Zigeunermusik. Sie rasten durch das nächtliche Budapest und durch das in Schlaf versunkene Donauland und waren im Morgengrauen am Mexikoplatz in Wien.

NOCH BEVOR es richtig hell wurde, schlief ich ein. Ich stellte die leere Dose weg, spürte, wie die Wärme in meine Adern sickerte und das Zittern verging, und schlief ein.

Von klopfenden Absätzen und Kaffeeduft wurde ich wach. Dann hörte ich das Klirren von Geschirr. Ich drehte mich um und öffnete vorsichtig die Augen. Der Boß stellte ein Tablett auf den Glastisch.

»Verflixt«, sagte ich noch im Schlaf. »Ich dachte, das sei Mieze …«

»Immer mit der Ruhe. Ich habe Rührei gemacht. Mieze ist weg.«

»Schon lange?«

»Seit einiger Zeit.« Er setzte sich in den Sessel und nahm die Zigaretten raus.

»Dumm«, sagte ich.

»So ist das in der modernen Welt. Das war unter ihrem

Niveau, gebrauchte Kleider, verstehst du. Sie wollte immer mit neuen zu tun haben, aus der Fabrik, Export-Import und so weiter. Glamour, Glanz, Schildchen an Nylonfäden oder mit Stickerei. Paris – London – New York …« Er machte einen Zug und blies den Rauch aus. »Das war es, was sie liebte.« Er sah mich von unten herauf an und schnippte die Schachtel über den Tisch.

»Und was jetzt, wenn man fragen darf?«

Er goß Kaffee in die Tassen, stellte die Teller ab und legte das Besteck hin.

»Nimm dir, sonst wird es kalt. Nichts. Ich arbeite für die Bulgaren.«

»Export-Import?«

»Für die Bulgaren hier. Du warst wohl schon lange nicht mehr auf dem Markt.«

»Ich erinnere mich an die Rumänen«, sagte ich. »Aber die vor zwanzig Jahren. Halwa, Brandy mit Plastikkorken. Einmal bin ich hier mit dem Zug angekommen und morgens auf den Markt gegangen. Und da waren Rumänen, rumänische Zigeuner wahrscheinlich, jedenfalls Bürger von Draculand. Und Russen, Russen mit Werkzeug und Spielzeug.«

»Jetzt herrschen hier die Bulgaren. Sie operieren vermutlich von Polen aus, denn manche Kutschen haben polnische Schilder. Textilien, Schuhe, Vorhänge, alles made in China. Ganze Lieferwagen voll. Ein Paar Schuhe kosten zwei Päckchen Zigaretten, aber die Chinesen betreiben nur Großhandel. Ja, und Mieze, an die du dich erinnerst, macht jetzt in Einzelhandel, Damenstiefel aus Kunstleder und Bettzeug aus Nylon, alles mit französischen oder englischen Schildchen. Ihr Chef heißt Stojan.«

Wir brachen das Gespräch ab und begannen zu essen. Danach ging er für einen Moment hinaus, und ich hörte, wie er telefonierte. Mit seiner Matrosenmütze kam er zurück und sagte:

»Du kannst den ganzen Scheiß hierlassen. Gleich kommen ein paar Jungs und laden ab. Ich geb dir ein paar Groschen dafür, aber nicht viel. Ich nehm den Kram in Kommission. Gib mir deine Nummer, aber mit einer unverhofften Verbesserung der materiellen Lage würde ich eher nicht rechnen.«

Gegen Mittag fuhr ich weg. Am Tor salutierte er. Ich sah, wie er lächelte und seine Augen in dem Netz kleiner Fältchen fast verschwanden.

DER MANN, der damals zwischen uns saß, stank nach Schweiß, Rauch und Stall. Es war kurz vor drei in der Nacht. Manchmal berührte er mich am Arm und zeigte mit dem Finger nach rechts oder links. Zweimal antippen bedeutete, daß ich das Tempo drosseln müsse, wegen einer scharfen Kurve oder Schlaglöchern. Ich hatte keine Ahnung, wie er aussah. Eine Stunde zuvor war er ins Fahrerhaus geschlüpft. Vielleicht war er in unserem Alter, vielleicht etwas älter. Władek saß an der Tür und rauchte eine nach der anderen. Die asphaltierte Straße hatten wir schon lange verlassen. Der Schotterweg stieg sanft an. Das schloß ich aus dem Geräusch des Motors. Kurz nachdem wir von der Landstraße heruntergefahren waren, hatte er befohlen, die Scheinwerfer auszuschalten und nur das Standlicht anzulassen. Er hatte ein graues Band aus der Brusttasche genommen und die Rücklichter zugeklebt. Ich sah fast nichts. Vier, fünf Meter nach vorn, mehr nicht. Also im ersten, höchstens im zweiten Gang, die ganze Zeit bergauf. Aber er kannte jede Vertiefung. Manchmal holte er sein Telefon heraus und tippte etwas ein. Das stand in seltsamem Gegensatz zu dem Stallgeruch. Ob es der Gestank von Kühen, Schafen oder Pferden war, konnte ich nicht sagen. Władek bot ihm eine Zigarette an. Wortlos nahm er sie, riß den Filter ab und zündete sie an. Streichholz und Filter warf er auf den Boden. Fünfzehn, zwanzig Stundenkilometer. Ein paarmal blieb ich mit dem Fahrgestell an einem Stein hängen. Wir fuhren in völliger Dunkelheit. Ich konnte nicht einmal erkennen, ob links oder rechts des Weges Sträucher oder Bäume standen.

»Denkst du, da ist irgendwo ein Abgrund?« fragte ich schließlich, um diesem hypnotisierenden Schweigen zu entkommen.

»Was macht das für einen Unterschied?« erwiderte er.

Keinen, dachte ich. Ungeduldig wartete ich darauf, daß der Typ mich anstieß, um wenigstens das Gefühl zu haben, daß jemand Herr der Situation war. Aber jetzt ging es lange geradeaus, ich versuchte sogar, den dritten Gang einzulegen. Er saß reglos da, zog an der Zigarette, hielt sie dann fünf Zentimeter vom Mund weg und blies den Rauch aus. Er rauchte wie ein Automat: einatmen, ausatmen. Er roch wie ein Tier und rauchte wie eine Maschine.

»Hier irgendwo haben wir damals diesen Potok aufgesammelt«, sagte Władek.

»Hier?«

Der Mann hatte aufgehört zu rauchen. Die Reste des Zigarettenpapiers und ein Glutkügelchen zerdrückte er zwischen den Fingern.

»Nein. Ein Stück davor. Auf dem Asphalt.«

Ich spürte, wie das Differentialgetriebe an einen Stein stieß, und bremste. Das dumpfe Geräusch des Metalls schien in der Finsternis widerzuhallen. Mir war heiß, ich roch meinen eigenen Schweiß. Die Nacht war klar und windstill. Das tiefe, dröhnende Geräusch des Dieselmotors hallte kilometerweit in der Dunkelheit, wurde weitergetragen wie ein Steinwurf auf dem Wasser. Ich hatte Angst. Zum ersten Mal seit Jahren hatte ich solche Angst. Zum ersten Mal, seit ich hierhergekommen war. Bevor wir losgefahren waren, hatte er immer wieder gesagt, alles sei erledigt, abgemacht, festgeklopft und eigentlich seien wir nur Subunternehmer, die Transportdienste leisten, aber das glaubte er ja selbst nicht, und jetzt saß er angespannt da, starrte in die Dunkelheit und schwitzte genau wie ich. Nur hatte er sicher weniger Angst. Jedenfalls war die Angst für ihn kein Hindernis. Er sog sie ein wie Rauch und wurde sie zusammen mit dem Schweiß wieder los. Er rauchte und versuchte mit dem Blick die Dunkelheit zu durchdringen. Wieder bot er dem Mann zwischen uns eine an, und der riß mit der gleichen Bewegung den Filter ab und zündete sie mit seinen Streichhölzern an. Als würde die Zeit um diese fünfzehn, zwanzig Minuten und diese paar Kilometer zurückgedreht.

»Ist es noch weit?« fragte ich.

Er sagte schnell etwas zu unserem Führer, und der Typ antwortete mit einem Wort.

»Weiß nicht. Werden sehen«, sagte er, ohne den Blick von der schwarzen Scheibe abzuwenden.

Wir fuhren die ganze Zeit bergauf. Ein langer, sanfter Anstieg, eine scharfe Serpentine und wieder einige hundert Meter ruhig bergauf.

»Direkt an die Grenze?«

»Verdammt, ich weiß nicht, Mensch! Wir transportieren Ware, und die politische Geographie geht mir am Arsch vorbei!« Aus dem Augenwinkel sah ich, wie aus seiner Zigarette rote Fünkchen sprühten.

»Ich frag ja nur.«

»Es wird nichts passieren, und es geht dich nichts an.«

Da spürte ich den festen Griff des anderen Mannes am Arm und bremste.

Es war nicht zu erraten, wie viele es waren. Im Innern des Wagens wurde es heiß. Ich hatte keine Ahnung, ob sie standen, saßen oder in Schichten aufeinanderlagen. Auch sie stanken, aber anders als der Typ, der nach Schafen oder Ziegen roch. Ihr Gestank war stärker, fremder. Es war ein Geruch aus weiter Ferne, abgesondert von der Haut: ihr ganzes bisheriges Leben. Als der Hirte die Tür geöffnet hatte, hatte Władek gesagt: »Schau dich nicht um, das wird besser sein.« Also sah ich nicht einmal in den Rückspiegel. Ich spürte nur, wie die Körper immer zahlreicher wurden. Es ging still, schnell und brutal vor sich. Ich hörte, wie sie gegen das Blech stießen, abprallten, umfielen. Aber keine menschliche Stimme war zu hören, und es war auch schwer zu sagen, wie viele Begleiter diesen Viehtransport eskortierten. Der Hirte blieb hinten. Ins Fahrerhaus kam ein anderer. Er setzte sich auf den Platz an der Tür. Er war groß, es wurde eng. Seine Lederjacke knirschte. Ich dachte unsinnigerweise, er könne sich bei uns etwas kaufen. Er sagte ein paar Worte auf russisch, ukrainisch oder in diesem Grenzdialekt. Wir fuhren. Ich rollte einfach im ersten Gang nach unten. Wie viele mochten es sein? Zehn? Fünfzehn? Klein und ausgemergelt? Immer wieder stieß der Ducato mit dem Fahrgestell an Steine. Der Motor und der Ölbehälter waren zum Glück weiter oben. Ohne Anstrengung rollten wir bergab, aber in meinem Kopf leuchteten irgendwelche Warnsignale auf, wie in einem elektronischen System, auf einem Bordcomputer: Gleich fliegt das Auspuffrohr ab, und es dröhnt kilometerweit. Gleich platzt einer der strohtrockenen Reifen, dann der Ersatzreifen, und wir stehen hier wie auf dem Präsentierteller. Schließlich machen bei einer der steileren Abfahrten die zwölf Jahre alten Bremsleitungen schlapp, und wir fliegen in die Dunkelheit. Oder die Längsträger halten nicht durch, der durchgerostete Rahmen oder was diese hoffnungslose Karre sonst noch zusammenhält, und das Ding fällt einfach auseinander. Daran dachte ich, weil ich nicht an das stinkende, heiße Fleisch hinter mir denken wollte.

»Und jetzt?« fragte ich.

»Du sollst nur fahren.«

»Paßt da hinten jemand auf uns auf?« konterte ich.

»Es ist alles, wie es sein soll. Fahr einfach.« Er sagte es leise, fast flüsternd, angespannt. Der Typ an der Tür bewegte sich, das Leder knirschte, er nahm etwas aus seiner Jacke.

Im schwachen Licht des Armaturenbretts nahm ich einen Gegenstand wahr, der wie eine tschechische Skorpion aussah. Er zeigte sie uns kurz und steckte sie gleich wieder weg. Als wollte er sich legitimieren, Eintrittskarte oder Passierschein zeigen. Wenigstens war jetzt alles klar. Jetzt mußten wir schweigen, fahren und wie Profis unseren Job machen. Władek bot ihm eine Zigarette an. Er schüttelte den Kopf. Aber wir beide steckten uns eine an, da ließ er die Scheibe runter. Niemand sagte etwas. Erst nach ein paar Minuten platzte Władek auf russisch heraus:

»Na gut. Aber was für ein Modell ist das?«

Dem anderen blieb wohl die Spucke weg, nur das Leder knirschte ein wenig.

»Na sag schon, was für eins?« wiederholte Władek.

Wieder knirschte es, und der Typ sagte schließlich:

»Was heißt was für eins …?«

»Was für eins heißt, unsere tschechischen Brüder haben vier Varianten dieser Waffe hergestellt, Junge. Und du kannst vielleicht hervorragend schießen, aber offensichtlich kannst du nicht denken. Es gab, wie gesagt, vier Modelle dieser interessanten MP, und dank dieser Vielseitigkeit hat sie die Welt erobert. Es ist ja keine Kunst, eine Pistole herzustellen. Selbst eine Maschinenpistole. Die Kunst ist, sie so zu gestalten, daß man sie mit fast jeder Munition laden kann. Verstehst du? Ich denke schon. Am Anfang war es die berühmte 7,65 x 17 mm Browning, auf amerikanisch 0,32 Zoll. John Browning entwickelte sie 1897, sie gehört fast schon ins Museum, aber immerhin schießt unter anderem die Walther PPK noch damit, die aus den frühen Bond-Filmen, die belgische FN 140 DA, die Beretta 81 sowie ein Produkt des seligen Jugoslawien, das heißt die M70 – ein Ableger der TT-33. Die nächste Patrone war auch eine Browning, die 9 x 17. Dann kam die russische Makarow 9 x 17, mit der wurde von Berlin bis Wladiwostok geschossen und bei den afrikanischen und asiatischen Verbündeten. Und zum Schluß die Krönung der weltweiten Munition, die 9 x 19 Parabellum. Höchstwahrscheinlich wird das letzte Opfer eines konventionellen Krieges durch diese Patrone fallen. Na ja, eventuell auch durch die mittlere 7,62 x 51 NATO, die kleinkalibrige 5,56 oder – der zivilisierten Welt zum Trotz – durch die Frucht eines russischen Genius, die 5,45 mm. So sieht die Prognose aus. Und? Hast du nicht gewußt?«

Der Mann holte wie schlaftrunken die Waffe aus seiner Jacke und betrachtete sie ratlos. Als sähe er sie zum ersten Mal.

»Bildung, Bildung und nochmals Bildung«, sagte Władek und nahm ihm die Pistole aus der Hand. »Hoffentlich gesichert.« Im Dunkeln betastete er die Knarre. »Braver Junge. Vorschriftsmäßig.«

Der Junge versuchte irgendwie zu reagieren, aber sein einziger Trumpf schien seine Körpergröße zu sein, und hier mußte er zusammengekauert und eingezwängt sitzen und war hilflos. Władek griff ins Handschuhfach, holte die Taschenlampe heraus und richtete sie auf die Pistole.

»Makarow. Hier steht's schwarz auf weiß. Du solltest manchmal lesen, Junge.« Und er gab ihm die Waffe ebenso gleichgültig zurück, wie er sie ihm abgenommen hatte.

Kurz darauf erreichten wir die Asphaltstraße, und unser Wächter stieg aus, um das Klebeband von den Rücklichtern abzureißen.

»Was war denn das jetzt, verdammt?« sagte ich fast flüsternd.

»Nichts. Ich trainiere. Ich kann doch nicht untätig hier sitzen und schwitzen.«

»Ich schwitze auch.«

»Aber du bist beschäftigt.«

Der Typ kam zurück, wir schwiegen. Ich fuhr auf die Landstraße und versuchte, den Wagen in Schwung zu kriegen. Es ging nur mühsam. Ich überlegte, wieviel die da hinten wiegen könnten. Eine Tonne? Anderthalb?

ER HATTE mir also nicht alles erzählt. Als hoffte er, wir würden noch unendlich viele Tage zusammen verbringen. Er hatte es nicht eilig. Was hätten wir auch tun sollen, wenn uns die Erzählungen ausgegangen wären?

ES WAR DIENSTAG, ich ging auf den Markt. Der Boß hatte recht: Ich hatte mir schon lange keinen mobilen Handel mehr angeschaut. Weder hier noch anderswo. Ich ging zwischen den Ständen am Fluß entlang; es schien jetzt mehr von allem zu geben, es sah aus, als käme ständig etwas hinzu. Die Buden reichten entschieden weiter als der betonierte Parkplatz. Sie standen im Schlamm und im Dickicht, an Stellen, wo die Stadt dem Gebüsch Platz machte. Ich zwängte mich durch. Die Menschenmenge war dicht und bewegte sich langsam. Seit dem Morgen sah es nach Regen aus, die Unternehmer hatten auf Stahlskelette Dächer aus Plastikfolie oder blaue chinesische Planen gespannt. Auch alles andere war chinesisch. Ich spitzte die Ohren, um die Preise zu hören, die die Verkäufer ausriefen. Alles ging auf null zu, auf das pure Nichts. Dieser ganze Kram kostete praktisch nichts. Ein BH für ein halbes Päckchen Zigaretten. Eine Hose für drei Dollar. Sie bekamen das Zeug umsonst und brachten es in Kartons mit schwarzen Hieroglyphen hierher. Auf einem matschigen Seitenweg stand ein großer, dunkelhäutiger Typ. Alles an ihm hing herunter: Kleidung, Hosentaschen, Gesicht. Das Haar fiel ihm in schwarzen Zotteln auf die Schultern. Er handelte mit Damenschuhen. Sie lagen auf einem Haufen. Zwanzig, dreißig verschiedene Modelle, aber nicht in Paaren. Man mußte sie sich zusammensuchen. Frauen hüpften auf einem Bein. Der Schwarzhaarige reichte ihnen kleine Plastiktüten, aus Gründen der Hygiene. Sie steckten den Fuß hinein und probierten die Pumps an. Es ging ein kalter, feuchter Wind. Der Dunkelhäutige versteckte sich in seiner großen Lederjacke wie eine Schildkröte. »Heute im Sooonderangebot, meine Damen, wir haben für jeden Fuß etwas!« Sein Lieferwagen war kaum neuer als meiner und hatte ein bulgarisches Kennzeichen. Um sich aufzuwärmen, ließ er das Kleingeld in den Taschen klimpern. Die Frauen probierten an, hielten sich gegenseitig fest. Die Spitzen waren manchmal vergoldet, mit irgendwelchen Metallplättchen versehen, mit Schnörkeln, durchbrochenem Muster, in Schlangen-Optik. Die Frauen konnten sich nicht losreißen. Sie kamen vom Dorf. Wie einst, wie vor hundert Jahren, kamen sie auf den Markt. Von Mist und Kuhfladen direkt auf den Jahrmarkt der Wunder vom Jangtse.

»Für wieviel kaufst du die?«

Der Schwarzhaarige würdigte mich keines Blickes. Er stellte sich mit dem Rücken zum Wind.

»Wieso? Polizei?«

»Nein. Ich frage, weil das sehr billig ist.«

»Wenn's dir zu billig ist, dann kauf halt nichts.«

»Na sag schon, kriegst du das umsonst?«

»Ich sag doch, Polizei?«

»Nein. Auch Handel. Deshalb interessiert es mich, wo man was umsonst kriegt.«

Der Schwarzhaarige versteckte sich noch tiefer in seiner Lederjacke und sagte schließlich:

»Nein, umsonst noch nicht ...« Und er nahm seinen Angebots-Refrain wieder auf.

Ein Stück weiter gab es keine Bulgaren mehr, aber das gleiche billige Zeug. Für einen halben Euro, für einen Dollar konnte man etwas zum Anziehen kaufen. Die Leute liefen umher und konnten es nicht fassen. Tausend, zweitausend verschiedene Dinge für jeden, ohne Ausnahme. Jeder konnte sich alles leisten. Jeder konnte wählen. Noch vor zwanzig Jahren tagte der Familienrat, wenn es um den Kauf von Schuhen ging, als wollte man ein Auto oder einen Fernseher anschaffen. Jetzt gab es alles für ein oder zwei Päckchen Zigaretten, für vier Liter Benzin, mit Schnallen, Nieten, mit eingefaßten Löchern, mit Applikationen und Fransen, mit Klettverschluß, mit Druckknöpfen, zum Schnüren, mit Reißverschluß, mit Besatz, mit Tiger-, Leoparden- und Antilopenfell, mit Lüftungsklappen zum Aufknöpfen, alles in Stapeln zum Umschichten, Wählen, Wühlen, Slips im Dutzend, Socken im Bund, lange Unterhosen in Sträußen – es lohnte sich nicht einmal, sie aufzumachen, einzelne Stücke herauszunehmen, das lief auf ein paar lächerliche Groschen hinaus, Preise, die selbst armen Schluckern peinlich waren, wenn sie also etwas nahmen, dann ganze Bündel, für später, für den Rest der Familie oder aus der alten Angst, daß es doch eine Täuschung sein könnte, eine Fata Morgana, die gleich wieder verschwindet, und dann bleibt nur der schlammige Platz, auf dem vor gar nicht langer Zeit noch Ferkel in Käfigen quiekten und aus verschissenen Zweiradwagen mit großen, traurigen Augen Kälber blickten. Zwischen Konfektion, Accessoires und Schuhen hatte ein sechzigjähriger Mann in einem schicken älteren Übergangsmantel Beschläge für Pferdewagen ausgebreitet, Äxte, Pickel, Hacken, Brechstangen, Keile und Hämmer zum Spalten von Holzklötzen – alles grobe Handarbeit, gehärtet in einer privaten Schmiede. Das reine Museum. Jedes Stück anders. Gleich daneben gab es Geschirre, Kummets, Zaumzeug und Peitschen. Es roch nach gegerbtem Leder. Sowohl die Messingbeschläge als auch der Typ waren schon etwas älter. Aber gleich danach kamen wieder die Wegwerfdinge. Da standen Puppen mit dreiteiligen Anzügen, die für den Tageslohn eines unqualifizierten Arbeiters zu haben waren. Grün, weinrot, dunkelblau – wesentlich ruhiger als die Damenkleider. Plus eine Krawatte gratis. Ich war gekommen, um zu schauen, ob sich hier nicht etwas aus meiner Rumpelkammer verkaufen ließe. Doch die Typen, die mit Restbeständen, kleinen Schrotteilen und Einzelstücken von Servicen handelten, hatten eher kein Investitionskapital. Ich hätte selbst im Wind stehen müssen. Fahrradreifen, ein Fön aus einem Friseurladen, ein Auto mit Pedalen. Ich drehte um und ging wieder zu den neuen Sachen. Neben Bohrmaschinen, Seilwinden, Schleifmaschinen, Hydraulikzylindern, Wellen für Kreissägen und Hobel war ganz am Ende der Werkzeugabteilung ein Stand mit Waffen. Auf einer Theke aus Rohren und laminiertem Sperrholz lagen Karabiner und Pistolen. Ein paar standen auch, den Lauf zum Himmel gerichtet. Außerdem gab es Spring- und Klappmesser für die glatzköpfigen Kids mit den abstehenden Ohren. Und für die Psychos Stiletts mit niedlichen Schneiden wie aus Filmen über Zukunft und Regression der Zivilisation. Sogar Schlagringe gab es: versilbert, vergoldet, beschichtet und elegant verpackt in Schachteln mit durchsichtigem Plastik oben. Zuständig für all das war ein Typ in einer amerikanischen Militärjacke und Jeans. Er sprach mit einem anderen, der kleiner war und einen roten Trainingsanzug anhatte. Plötzlich hielt der Händler eine schwarze Pistole in der Hand. Er zielte auf den Kopf des Typen im Trainingsanzug, und ich hörte, wie er sagte: »Are you talking to me?« Die beiden begannen zu lachen. Der Händler muß meinen Blick gespürt haben; er verstummte, drehte sich um und fragte:

»Kann ich helfen? Suchen Sie etwas Bestimmtes? Lang, kurz, vielleicht ein Messer?«

»Nein danke. Ich hab nur geschaut«, antwortete ich.

»Mit dem Schauen fängt's an.«

»Ja«, sagte ich gedankenlos.

»Genau. Man schaut sich was an, und dann will man's.«

»Ich brauche nichts.«

»Die Welt wird immer schlechter, Junge.«

»Sie ist genauso schlecht, wie sie immer war«, erwiderte ich.

»Aber die Leute werden mehr, Amigo.« Er lud die Waffe nach und legte sie auf das Laminat.

»Er hat recht. Es gibt immer mehr Arschlöcher«, sagte der im Trainingsanzug.

»Irgendein Arschloch kann dich doch nicht zwingen, eine Waffe zu tragen.«

Ich wollte weitergehen, aber der Anblick dieses Arsenals machte mir kindliche Freude.

»Aber was Kleines, etwas mit Gas, hat noch keinem geschadet.« Der Verkäufer griff unter die Theke und holte eine graue Plastikbox hervor.

»Siehst du, Amigo, das ist wirklich klein. Ein nachgemachter Mustang Colt. Den spürst du gar nicht in der Tasche. Nicht mehr als vierhundert Gramm. Sechs Stück im Magazin. Im Umkreis von zehn Metern bleibt keiner stehen. Erst nach fünfzehn Minuten rappelt er sich wieder auf. Die ganze Philosophie besteht darin, das Ding nicht in engen Räumen und nicht gegen den Wind zu benutzen.«

Der Colt war wirklich leicht. Aber er fühlte sich kalt und massiv wie Metall an. Ich drückte den Knopf. Das Magazin war leer.

»Ich geb dir noch zwölf Stück gratis dazu«, sagte er.

»Dazu braucht man eine Erlaubnis.«

Er warf mir einen resignierten Blick zu.

»Das halte ich für übertrieben korrekt, aber wenn du ein bißchen Geld übrig hast, kriegst du so einen Wisch.«

»Aber die Erlaubnis stellt doch die Polizei aus.«

»Den einen stellt sie eine aus, den anderen nicht. So ist das. Außerdem stellt sie in diesem Fall keine aus, weil der Mustang keine Zulassung hat. Ich kann dir einen mit Zulassung besorgen, aber was sollst du mit einer Beretta, genau ein Kilo, oder einer CZ 85, ebenfalls ein Kilo? Schließlich bist du kein Spinner, sondern ein ernsthafter Mensch. Du ziehst ja nicht in den Krieg, Amigo, die Waffe soll dich nur vor bösen Menschen schützen. Nimm den Mustang, laß deine Daten hier, in einer Woche hast du eine Erlaubnis auf einem Polizeiformular, wenn du unbedingt willst.«

Ich legte die Pistole zurück in die Schachtel und nahm eine andere. Sie wog so viel wie drei Mustangs und war dreimal so groß.

»Hervorragende Wahl. Zur Entspannung genau das Richtige. Eine getreue Kopie des Desert Eagle 50. Schießt mit 6,5 Millimeter Schrot, mit CO_2-Kapseln. Das Magazin im Griff reicht für etwa zwanzig Schüsse. Die ersten zehn haben ordentlich Energie. Ich hab mal aus ein paar Schritten Entfernung einem Huhn den Kopf abgeschossen.«

»Das hat er wirklich getan«, sagte der im Trainingsanzug. »Am Sonntag auf dem Dorf. Das Huhn lief, er zielte, und der Kopf flog weg. Aber es lief weiter. Nur hatte es keinen Kopf mehr, weißt du, und wußte nicht, wohin es lief. Das Blut spritzte einen Meter weit. Und erst als alles weg war, als der Blutdruck weg war, fiel es um und krepierte ...«

»Siehst du, Amigo. Und du brauchst keine Erlaubnis.«

»Ich denke, das reicht sogar für eine Katze und einen kleineren Hund.« Der Kumpel des Händlers war offensichtlich beeindruckt.

»Brauche ich nicht?«

»Nein. Die Gesetzgebung kann mit dem technologischen Fortschritt nicht Schritt halten.«

»Ums Verrecken nicht ...«, warf der im Trainingsanzug ein.

Ich gab dem Verkäufer die Pistole zurück.

»Vielleicht ein Revolver, ein Karabiner, ich hab auch eine Armbrust, wenn du willst ...« Er kam näher und senkte die Stimme: »Wenn du was brauchst ...«

Ich wollte gehen und schüttelte nur den Kopf. Er trat nur ungern zur Seite, ich mußte ihn anrempeln. Ich brummte einen Abschiedsgruß und ging ein paar Schritte, da sagte er:

»Und wie geht's Władek?«

Ich blieb stehen. Die Menge schob mich weiter, aber ich versuchte gar nicht, mich dem Strom entgegenzustellen. Von weitem rief ich:

»Hast du ihn gekannt?«

»Er hat mit meinem Vater Geschäfte gemacht.«

»Machen Sie vielleicht Platz, Sie sind im Weg!« Der Typ schob einen Wagen mit einem mobilen Café: große Flasche,

Herd, zwei Wasserkocher, Plastikbecher und was man noch für Kaffee und Tee braucht. Sogar ein paar versiffte Flaschen mit aromatisiertem Sirup hatte er. Als ich ihn schließlich durchließ, sah ich, daß unter der Theke seiner fahrbaren Kneipe zwei angebrochene Flaschen mit Wodka und einheimischem Wein standen. Das Gefährt klirrte und verbreitete Dampfschwaden.

»Was für Geschäfte?« fragte ich, als ich neben dem Händler stehenblieb.

»Sie hatten einen Schießstand.«

»Einen richtigen?« fragte ich ziemlich blöd.

»Richtige konnte man damals nicht haben. Einen Wanderstand. So eine Bude auf Rädern, einen Bauwagen mit einer abnehmbaren Wand, weißt du …«

»Ja.«

»Damit sind sie hier zwischen Gardlica, Orla und Grobów herumgefahren. Weiter ging's nicht, denn das Ding war schwer, ziemlich kaputt und kaum noch zu gebrauchen. Von Kirmes zu Kirmes, von Jahrmarkt zu Jahrmarkt. Tschechische Flinten, Blumen aus gefärbten Federn, an Drähten festgemacht, die in gläsernen Zigarettenspitzen steckten und so weiter. Tagelang standen sie abwechselnd hinter der Theke, machten die Flinte auf, luden, machten zu und gaben sie den Kids, Junggesellen und Bauern. Damals gab's wenig Abwechslung, Amigo, weißt du, also ging das tagelang so: auf, laden, zu, den Leuten geben. An die Geräusche und Bewegungen kann ich mich immer noch erinnern: das Knacken, Laden, Knacken, Weitergeben, Knacken, Laden, Knacken, Weitergeben … Damit aßen und schliefen sie. Mein Alter hat mich mitgenommen, als ich mit der Schule fertig war. Sie haben einen Traktor gemietet. Auch wenn kein Jahrmarkt war, sind sie gefahren. Alle wollten schießen, und es gab kaum Waffen. Die vier tschechischen Flinten rauchten schon. Es gab nicht viel, weißt du …«

Der Typ im roten Trainingsanzug tauchte plötzlich wieder auf, nahm eine der Pistolen von der Theke und zielte auf den Unternehmer:

»Was hast du gesagt?«

»Komm, verpiß dich! Siehst du nicht, daß ich rede … Aber alle waren scharf drauf, konnten nicht genug kriegen. Das müssen schöne Zeiten gewesen sein, als es nichts gab …«

»Und dann, später?« fragte ich.

»Nichts. Eines Tages hat jemand die Bude abgefackelt.«

»Einfach so?«

»Einfach so, wahrscheinlich aus Rache, weil das Betrug war. Mit den tschechischen Flinten … Mit denen hat man auf einen Meter kaum eine Tür getroffen. Jemand hat sie hochgehen lassen. Vielleicht ein Typ, der es nicht geschafft hat, eine Blume für seine Freundin zu schießen, wer weiß.«

DIE KATZE WAR GRAU und vier Monate alt. »Da wird es Ihnen etwas leichter ums Herz«, sagte die alte Dame. Ich saß am Küchentisch und schaute der Katze beim Spielen zu. Keinen Moment lang hörte sie damit auf. Sie lief vor dem eigenen Schatten davon, um gleich danach hinter ihm herzurennen. Sie verschwand unter dem Bett, unter der Kredenz, aber es gab keinen Augenblick, in dem sie nicht zu hören gewesen wäre. Sie hüpfte, rollte Papierkügelchen, warf sich auf den Rücken, ihre leichten Knochen machten ein leises Geräusch. Manchmal wurde es still, dann suchte ich sie. Eng zusammengerollt schlief sie in einer Ecke. Eine halbe Stunde genügte ihr, dann fing sie wieder an. Es fiel mir schwer, mich daran zu gewöhnen. In der Nacht wachte ich auf und lauschte. Ich wartete, daß sie älter würde. Seit einer Ewigkeit wohnte ich allein. Ich rauchte, trank einen Schluck und schaute, wie sie in die Höhe sprang und auf dem Rücken landete. Die alte Dame hatte sie in einem Schuhkarton gebracht. Die Schachtel war mit Lappen ausgelegt. »Darin kann sie wohnen«, hatte sie gesagt. Aber die Katze wohnte überall, nur nicht in der Schachtel. »Nach einiger Zeit wird sie Mäuse fangen.« Ich zeigte ihr das Zimmer. Es war fast leer. Die Standuhr war noch da und einige Säcke mit Müll. Sie ging ein paar Schritte Richtung Fenster, drehte sich um und lächelte: »Das habe ich gemeint.« Sie ging zu der Tür auf der rechten Seite. Von der hatte ich vorher nichts gewußt. Sie war erst aufgetaucht, als ich die Möbel beiseite schob. Das Haus mußte noch einen Raum haben. Die Tür war grau, abgeblättert und sehr niedrig, im Kinderformat sozusagen. Sie legte die Hand auf die Klinke, zog sie zurück, griff dann wieder nach der Klinke und drückte leicht, aber die Tür gab nicht nach. Sie versuchte es mit stärkerem Druck.

»Einen Schlüssel gibt es nicht«, sagte sie.

»Da läßt sich was machen«, antwortete ich.

»Ich weiß nicht … Ich glaube, da gibt es nichts. Das ist eine Tür, die nirgendwohin führt.«

»Irgendwas wird da schon sein.«

»Ja, aber es muß ja nicht heute sein, wissen Sie. Ich suche den Schlüssel noch mal.«

Das Schloß sah sehr alt aus. Ordentliche Schmiedearbeit von vor vielen Jahren. Der Schlüssel zu so einem Schloß mußte immer an seinem Platz hängen – oder es gab keinen.

»Falls Sie ihn nicht finden – es dürfte kein Problem sein, die Tür aufzukriegen.«

»Ja«, sagte sie mehr zu sich selbst als zu mir und ließ die Klinke los. »Aber vorläufig lassen wir das.«

Bevor sie hinausging, nahm sie drei Dosen Katzenfutter aus ihrer Tasche und stellte sie auf den Tisch.

Am Tage beobachtete ich den flinken grauen Körper, und in

der Nacht horchte ich auf die Geräusche. Ich überlegte, ob ich die Katze nicht abends aussperren und erst am Morgen wieder hereinlassen sollte. Doch ich verschob die Ausführung dieser Idee auf den Frühling. Dafür versuchte ich, die Katze nachts im Flur einzuschließen, zusammen mit einer Schüssel, dem Karton und einem alten, mit Sand gefüllten Backblech, aber sie piepste so durchdringend, daß von Schlaf keine Rede sein konnte. Ich ließ sie herein, sie kletterte aufs Bett, rollte sich zusammen und schlief ein. Sie wog so gut wie nichts, aber es schien etwas wärmer zu werden.

DER WINTER will immer noch nicht anfangen. Ich lege ihr Essen aus der Dose hin und gehe raus, um mich am eigenen Leib davon zu überzeugen, ob es nicht bald Frost geben wird. Vom Fluß her weht es kühl, aber das ist keine Winterkälte. Temperaturen um Null, Feuchtigkeit und graues Tageslicht. Davon wird man auf stille, unmerkliche Weise verrückt. Deshalb gehe ich raus und spaziere ziellos durch die Gegend. Ich schaue. Versuche mir Veränderungen zu merken. Die Treppen zu den Geschäften werden jetzt mit Keramikplatten gefliest, und das Geländer ist aus vernickeltem Rohr. Das erinnert an ein ordentliches Scheißhaus auf dem Flughafen. Hinter den Fensterscheiben sieht man die Besitzerinnen auf hohen Absätzen, mit straff anliegenden, breiten Gürteln um die Taille. Ähnlich wie Schaufensterpuppen oder Pornostars. Sie machen einen unwirklichen Eindruck. Als wären sie Kunstprodukte. Der Frost ist nicht gekommen, also legen die Maurer hier und da eine weitere Schicht Backsteine. Aus dem Nichts entsteht plötzlich Neues. Glas, billigste Platten, Gips und Nickel. Dann werden Waren gebracht und ausgebreitet. Schuhe, Koffer. Anzüge werden auf Bügel gehängt. All das liegt und hängt, als sollte es bald weitertransportiert werden. Pappkartons und Plastikbügel. Wie auf dem Basar. Niemand kommt, und die Verkäuferinnen gleiten wie Fische durch diese Aquarien. Sie gähnen und halten an der Tür mit schläfriger Wachsamkeit Ausschau nach dem Chef. Unweit der Tankstelle ist so ein Laden. Drinnen riecht es, vor allem im Sommer, nach Gummi und Plastik. Manchmal gehe ich dorthin, um mich umzusehen, aber niemand würdigt mich auch nur eines Blickes. Als wäre ich durchsichtig. Als würden sie gar nicht glauben, daß jemand gekommen ist. Weil sowieso alle dienstags auf den Markt gehen und sich Schuhe zum Preis von zwei Päckchen Zigaretten kaufen. Bald wird ein Paar Schuhe nur noch ein Päckchen kosten, dann gar nichts mehr. Es gibt keinen Ausweg. Alle warten auf den Dienstagsmarkt.

»Die sind ja übergeschnappt«, sagte er eines Tages. Wir standen auf der Brücke, ein warmer Wind wehte, wir rauchten, und hinter dem Fluß waren die blauen Überdachungen der Händler zu sehen. »Die haben den Arsch offen. Es ist noch nicht lange her, da haben sie Dinge fürs ganze Leben gekauft. Sie haben zurückgelegt und für einen Anzug vom Schneider gespart, für Schuhe vom Schuhmacher, da gab es Investitionen, und es gab Sinn, es gab Entsagung und Belohnung. Daraus bestand das Leben der Leute, verdammt. Meine erste Uhr hatte ich zehn Jahre lang. Ich zog sie jeden Tag auf und legte sie neben das Bett. Und das war gar nichts – mein Vater hatte seine Uhr mindestens dreißig Jahre, zog sie auf, legte sie ab. Zehn Jahre wichste er dieselben schwarzen Lederschuhe und genausolang reinigte er mit einer Bürste seinen dunkelblauen Nadelstreifenanzug aus Wolle. Und jetzt kommt ihnen morgens in den Sinn, daß sie neue Schuhe wollen, und sie gehen einfach hin, wühlen dreißig Paar von diesem Schrott durch, die Händler ziehen sie am Ärmel, hier ist es noch billiger, das dort ist bestimmt nichts, und schließlich gehen sie mit dem Ergebnis einer chemischen

Reaktion in der Plastiktüte glücklich nach Hause und wundern sich, wenn nach einer Stunde in diesen Schuhen ihre Plattfüße stinken wie faule Eier.«

Er schaute zu den blauen Dächern hinüber und redete. Die Leute drehten sich sogar um. Aber er sah sie gar nicht. Eine Kippe verbrannte ihm fast die Finger, er warf sie ins Wasser. Sofort nahm er die nächste Zigarette, steckte sie an, machte einen Zug, und es war, als holte er tief Atem, denn als er den Rauch ausstieß, sprach er schon weiter:

»Alle werden alles haben. Beschissenes Wegwerfzeug, nichts wert, aber unbegrenzt zu haben. Außer daß es zu haben ist, gibt's keine Kriterien mehr, weil das Zeug immer schneller kaputtgeht, im Handumdrehen, im ersten Regen, gleich wenn du's anziehst, augenblicklich, kaum hast du's angefaßt. Und sie werden endgültig überschnappen, denn sie werden alles und doch nichts haben. Das heißt, sie sind wieder mal die Dummen, wieder wird das Volk verarscht, wie immer. Zuerst Rio de Janeiro für umsonst und dann der Friedhof. Das kann nicht gutgehen, Mensch. Das wird nicht hinhauen.«

Ich sagte ihm, wir sollten es auch versuchen, solange es noch nicht zu spät sei. Das heißt, mit unserer Schrottkarre vor einer anständigen Großhandlung vorfahren und Ware einladen, ohne auf das Herkunftsland zu achten, nur die Zahlungstermine so lange wie möglich hinauszögern. Einen Augenblick sagte er nichts, schaute nur auf die Dächer der Zelte, die er soeben verflucht hatte, sah mich dann an wie einen Fremden, wandte den Blick ab und sagte:

»Nicht ums Verrecken, Kollege. Nicht ums Verrecken.«

Und wenn es noch einigermaßen früh war, brachen wir dann zu einer jener gemächlichen, wehmütigen Reisen nach Süden auf, zu den in Tälern gelegenen Dörfern auf beiden Seiten der Grenze, in denen uns fünfzigjährige Frauen in ausgetretenen

Herrenschuhen erwarteten. Sie kamen immer. Wir mußten nur anhalten, schon waren sie da. Das Dorf mochte ausgestorben aussehen, aber sie tauchten immer auf. Sie hatten bessere Zeiten erlebt. Mit den Händen prüften sie den Stoff, rieben ihn zwischen den Fingern, kneteten ihn, ließen ihn los und schauten, ob er wieder glatt wurde. Sie sahen sich Jacketts für ihre Männer an.

»Englische Wolle«, sagten sie.

»Schottische, meine Damen, echte schottische, die schottische ist die beste, das weiß jedes Kind. Unverwüstlich, von Hochgebirgsschafen am Loch Ness. Knittert nicht, verschmutzt nicht. Schauen Sie.«

Augenblicklich verwandelte er sich in eine lebende Schaufensterpuppe, drehte Pirouetten und wirbelte Staub auf. Es genügte, daß zwei, drei Frauen kamen, und schon sprang dieser Mechanismus in ihm an, schon schaltete sich diese Kombination aus Chemie und Physik ein, schon griff der Code aus Abstraktion und Biologie, diese merkwürdige Synthese von Energie und Melancholie, die bewirkte, daß er morgens aufstand und nach Szolnok, zum Keleti, nach Istanbul oder in einen anderen Handelskosmos aufbrach, und ihn von einer eigenen, mit schlanken Schiffen das Wasser der Donau und Theiß zerteilenden Flotte träumen ließ. Er wirbelte Staub auf, und die Hunde bellten ihn an.

»Nimm das grüne für ihn.«

»Grüne zieht er nicht an.«

»Ich empfehle Ihnen das graue, bitte sehr, schauen Sie nur. Grau ist elegant und zeitlos. Für jede Gelegenheit. Für alle Tage und für sonntags. Und schauen Sie: das Futter aus Naturfaser, wahrscheinlich Seide, das gibt's heute gar nicht mehr, ein seltener Komfort, luftdurchlässig, das gute Stück kann Ihr Gatte auf dem bloßen Körper tragen, und es klebt nicht. Ich würde es allein wegen dem Futter nehmen, meine Damen, im Moment ist bügelfreier und leicht entzündlicher Polyester vorherrschend. Raucht Ihr werter Gatte? Eben. Und schon haben wir das Unglück.«

Wir verkauften ein oder zwei Teile und waren wieder allein auf der Straße. Vom Paß wehte ein Wind, man roch den Holzrauch aus den Schornsteinen. Manchmal auch den Geruch von gebratenen Zwiebeln. Er verstaute das Geld in der Tasche, öffnete das Handschuhfach und schenkte sich ein Gläschen ein. Er schaute in die Richtung, in die die Frauen gingen, aber ich war mir sicher, er schaute wesentlich weiter, ins tiefste Innere dieser ganzen Geographie, in die Tiefe seiner Erinnerung und zugleich in die Zukunft. Er rauchte und starrte nach Süden und auf sein eigenes Leben. So kam es mir vor. Beim Laden oder an der Haltestelle wendete ich, und wir kehrten auf die Hauptstraße zurück, um in ein weiteres Tal zu fahren, wo der Weg endete. Er schwieg, um wieder zu Kräften zu kommen, und ich rechnete aus, ob es für das Benzin reichen würde, und versuchte im Stil eines Taxifahrers zu fahren. Er machte die Zigarette aus und nahm sich die nächste.

»Wenn die sterben, wird es aus sein«, sagte er. »Das ist die letzte Generation. Danach gibt's nur noch die Rotzlöffel, die mit diesem Müll aufgewachsen sind.«

WIR FUHREN durch den Wald. Nirgends ein Licht. Weder an den Seiten noch auf der Straße. Schwarzgrauer Asphalt und die unterbrochene weiße Linie. Unser Bewacher schwieg. Wir rauchten. Die Uhr zeigte halb zwei. Ich versuchte, die Zeit auszurechnen, aber ich wußte nicht mehr, wann im September die Dämmerung einsetzt. Ich fragte Władek.

»Mach dir keine Sorgen. Du sollst einfach fahren.«

»Weißt du wenigstens in welche Richtung?«

»Nach Süden, nach Südwesten, weiter weg von der Grenze.«

»Nicht reden«, sagte der andere auf ukrainisch.

»Halt die Schnauze, sonst wirst du gleich selbst fahren«, sagte Władek. »Der meint, er hätte Gefangene vor sich.«

Auf dem Seitenstreifen in der Dunkelheit konnte ich ein rotes Licht erkennen und reflektierende Tressen, wie sie die Männer von nächtlichen Patrouillen trugen. Ich wartete auf diese halbrunde Bewegung einer erhobenen Hand mit Taschenlampe. Eigentlich hatte ich mich mit diesem Gedanken schon abgefunden und fürchtete jetzt nur, daß ich scharf würde bremsen müssen und dann alles in tausend Fetzen fliegen würde, das ganze System, die Kolben, Leitungen, die Pumpe, und wir selbst in die Finsternis, zum Teufel, in den Himmel rasen und sie mit einer langen Leuchtserie nach uns schießen würden, wie im Film. Aber es geschah nichts, und das war noch schlimmer. Ich schaltete das Radio ein, das schon immer nur Mittelwelle empfing. Unter Knistern und Rauschen erwischte ich einen slowakischen und dann einen ungarischen Sender.

»Laß sie reden«, sagte er.

Wir lauschten den ungarischen Sätzen. Das war gut. Wir lauschten, und es kam uns vor, als wäre es ein Traum oder als wären wir verrückt geworden. Als müßten wir wieder zu uns kommen oder aufwachen. Das heißt, mir kam es so vor.

Gegen zwei sah ich hinter uns Scheinwerfer. Zuerst hielten sie sich ein Stück entfernt, aber dann näherten sie sich schnell. Kurz darauf konnte ich nicht mehr in die Spiegel schauen. Sie fuhren mit Fernlicht und hielten sich einige Meter hinter uns. Unser Aufseher richtete sich auf, fiel gegen die Lehne, ließ die Waffe zwischen die Knie sinken und richtete den Blick irgendwo ins Nichts.

»Fahr doch, verdammt noch mal.«

Das dauerte eine Minute oder zwei, schließlich begannen sie uns zu überholen. Sie taten es ganz langsam. Offensichtlich wollten sie uns genau in Augenschein nehmen. Ein paar Sekunden fuhren wir nebeneinander, plötzlich beschleunigten sie jäh. Ich preßte die Hände aufs Steuer und trat mit voller Wucht auf die Bremse. Ich sah nichts. Sie hatten hinten einen Reflektor, einen Suchscheinwerfer oder etwas Ähnliches. Es war nicht einmal zu sehen, ob sie in einem Cabrio oder einem Tankwagen fuhren. Dann schalteten sie dieses Etwas ab, es war nur noch ein sich entfernender roter Punkt zu sehen, und wir standen mitten auf der Straße und ein bißchen quer. Es war vollkommen still, und in dieser Stille sprach eine Frauenstimme Ungarisch.

Er gab mir eine angezündete Zigarette. Ich ließ den Motor an und gab Gas. Hinter der Blechwand war alles reglos. Ich wechselte den Gang, beschleunigte und spürte die Last der Körper, die Fleischmasse, die den Atem anhielt.

Ich fragte ihn, ob das Militär gewesen sei.

»Wo ist da der Unterschied«, antwortete er.

»Wenn es Militär war, ist es seltsam.«

»Und wir sind nicht seltsam? Oder der hier mit der tschechischen Knarre? Es gibt keinen Grund, am Militär rumzumäkeln.«

Er hatte recht. Es gab keinen Grund zum Mäkeln.

»Nu kak dumajesch, was glaubst du, Junge, wer war das?« fragte Władek auf russisch.

Wir warteten unendlich lang auf eine Antwort. Statt der Frau sprach jetzt ein Mann. Es wäre gut, in einem Land zu sein, in dem man nichts versteht und in dem daher nichts geschieht, dachte ich.

»Ich glaube gar nichts«, sagte der Typ schließlich.

»Eine aufrichtige slawische Seele.«

»Und ich denke, es wäre besser, wenn auch ihr nichts denken würdet.«

»Das kannst du von uns nicht verlangen, Bürschchen. Das kannst du ums Verrecken nicht verlangen, wir sind schließlich Kinder der westlichen Zivilisation, und individuelle Reflexion ist für uns wie die Luft zum Atmen, verdammt, was man von euch nicht behaupten kann.«

Ich beobachtete ihn aus dem Augenwinkel. Er hatte sich mit dem Gesicht zu dem Fremden gedreht, stützte sich mit dem Ellbogen auf den Sitz, mit der Hand auf das Armaturenbrett und wartete offensichtlich auf eine Antwort.

»Ich frage dich also, du Nachkomme von Dschingis Khan und Byzanz, waren das reguläre Grenztruppen oder vielleicht eher deine Arbeitgeber? Es ist ganz einfach, du mußt nur deine Meinung sagen.«

Wieder wurde es still, sogar die ungarische Stimme verstummte, und es lief nur noch klassische Musik. Es war still, und von der Tür her kam ein unguter Geruch. Ich war mir sicher, der Typ war ins Schwitzen geraten, ihm war heiß unter dieser Tierhaut, die ein knirschendes Geräusch von sich gab und sich anspannte wie vor dem Sprung.

Ich sagte, Władek solle aufhören.

»Wieso denn? Weil er ein Produkt aus der tschechischen Waffenfabrik hat? Oder um seine nationalen Gefühle nicht zu verletzen? Er wird dir nichts tun. Er soll uns mit der Ware an Ort und Stelle bringen. Wenn was mit der Lieferung nicht klappt, ist er eine Leiche. Und seine Gefühle gehen mir am Arsch vorbei. Das ist kein Waffenbruder. Er würde am liebsten das ganze Magazin auf dich abfeuern und das nächste auf mich, nur weil er uns zuhören muß, und selbst kriegt er nicht mal in seiner Muttersprache fünf Sätze zusammen.«

»Hör auf«, sagte ich noch einmal.

»Ich denke nicht dran. Statt sich nachts mit einer Knarre rumzutreiben, hätte er eine Schule besuchen sollen. Schließlich gibt's dort auch Schulen.« Er drehte sich in die Richtung des Mannes: »Na, ihr habt doch Schulen? Oder nur Fernsehen, De Niro, Al Pacino und *Natural Born Killers*? Bestimmt habt ihr welche, das weißt du nur nicht.«

Ich versuchte, mich mehr in der Mitte zu halten und das leichte Quietschen der linken Räder auf dem unterbrochenen Streifen zu spüren, aber immer wieder riß ich den Blick vom Fenster los.

»Bildung, Bildung und nochmals Bildung! Verstanden? Ohne sie bist du gar nichts. Ohne sie wirst du immer denken, es ist normal, wenn du mit deiner Schwester Verkehr hast, und ein Grund, sich in der Stadt zu brüsten. Oder wenn du's mit einem Schaf machst. Sag mal, wie heißt das in deiner Sprache, ein Schaf ficken?«

Ich achtete auf das Reifengeräusch. Da hörte ich von rechts ein Zischen. Władek duckte sich blitzschnell, und die Skorpion traf die hintere Wand des Fahrerhauses. Dann fuchtelte der andere noch mal herum, und wieder dieses automatische Ausweichen und der blecherne Schlag. Ich versuchte geradeaus zu fahren und stellte mir vor, wie sich der Abzug löst und zwanzig Kugeln durch das Dach des Fahrerhauses, die Scheiben und so weiter schießen. Statt dessen gab es noch einen Angriff, ein Poltern, Władek glitt vom Sitz auf den Boden und rief dabei: »Fahr! Fahr!« Intuitiv fuhr ich noch schneller in diese Finsternis mit der weißen Linie, und plötzlich spürte ich kalte Nachtluft. Ich schaute nach rechts, da blitzten nur noch die Adidas. Er hatte den Typ mit beiden Füßen getreten, und der war durch die Tür in die Finsternis des Grenzgebiets gerauscht.

Es wurde sofort kühler. Ich nahm den Fuß vom Gas und wußte nicht, was ich tun sollte.

»Halt an und fahr zurück«, sagte er.

»Wenn er da liegt, überfahre ich ihn.«

Ich wendete. Mitten in der Nacht, immer wieder zurücksetzend, mit fünf Stundenkilometern, zwischen zwei Gräben. Ich mußte etwas tun, um nicht nachzudenken, damit mir nichts in den Sinn kam, keine Gedanken. Langsam, mit dem Fernlicht, rollte ich zurück. Er lag da und bewegte sich leicht. Als versuchte er auf der Stelle zu robben. Er rührte sich kurz und hörte gleich wieder auf. Schwarz glänzte er auf dem matten Asphalt. Ich drehte wieder um, und wir hielten hinter ihm an. Władek stieg aus und schaute sich auf der Straße und an den Seitenstreifen um. Er ging ein Stück. Nach ein paar Schritten bückte er sich und hob die Pistole vom Gras auf. Er kam zurück, warf sie ins Auto und gab mir ein Zeichen, ich solle kommen.

Der Mann war halb bewußtlos und schwer. Wir packten ihn an den Füßen und zogen ihn. Ich hörte, wie das schwarze Leder über den Asphalt scheuerte. Dann rutschten die Kleider hoch und er scheuerte wohl mit nacktem Körper, aber er spürte nichts oder tat zumindest so. Wir schleppten ihn bis zur hinteren Tür, und Władek machte sie auf. Von innen schlug uns ein heißer und konzentrierter menschlicher, aber zugleich fremder Geruch entgegen. Wie aus Tausendundeiner Nacht voller Angst, Gestank und mit glänzenden Augen. Wir versuchten, ihn hinzustellen und hineinzuwerfen, aber er war schwer und träge. Er rutschte uns weg.

»Kriegt mal euren Arsch hoch, Brüder! Los, nehmt ihn, wir schaffen das nicht allein! Nehmt ihn zu euch, ihr könnt euch auch ein Stück abschneiden, wer auf Reisen ist, bekommt vom Papst persönlich Dispens.«

Aber dort war alles reglos, dicht gedrängt. Sie fürchteten sich und wichen nach hinten zurück. Wir konnten ihn nur mit

Mühe halten. Er glitt uns aus den Händen. Vielleicht tat er aus Angst, als sei er tot. Schließlich wurde Władek wütend:

»*Raus*, verdammt, nehmt ihn!«

Er hätte es wohl gleich auf deutsch versuchen sollen. Acht Hände streckten sich aus der Dunkelheit entgegen und zogen ihn hinein. Wir schlugen die Tür zu.

Wieder gab es keinerlei Licht. Die flache Landschaft war zu Ende, eine sehr lange Steigung mit Serpentinen begann. Bei diesen Schnörkeln versagte auch der zweite Gang, wir traten fast auf der Stelle und mußten den ersten einlegen. Ein hoher, bewaldeter Bergrücken. Irgendwo da drinnen lebten Wölfe und Bären. Die Temperaturanzeige war am Rande der roten Markierung stehengeblieben. Gut, daß es schon Herbst war und Nacht und die Luft kalt. Bisweilen hatte ich den Eindruck, daß wir uns gar nicht mehr bewegten, daß wir einfach standen und Lärm machten oder daß wir langsam nach hinten glitten, daß ich zwar das Gaspedal drückte, die Räder aber machtlos waren, abrutschten und die Finsternis uns einsog. Zwanzig, fünfundzwanzig Kilometer die Stunde. Ich stellte mir das Innenleben des zwanzigjährigen Diesels vor: Pleuelstangen, Pfannen, Kolben, Ringe, Bolzen, das schwarze, heiße, überstrapazierte Öl, die Verbrennungsrückstände und alles übrige an der Grenze zum technischen Tod. Das harte Klappern des Diesels stellte eine Resonanz mit den Knochen des Skeletts und mit dem Schädel her, die Zähne taten weh. Wir passierten ein Schild mit der Aufschrift »Ruská Poruba«, aber da war nichts, fast nichts. Die Scheinwerfer leckten an einem Stück Mauer, an einem verzinkten Wellblechzaun, und dann kam wieder Wald.

Als der Morgen graute, befanden wir uns in der Ebene. Davor hatten wir eine schlafende Stadt passiert, ihren äußersten Rand, und ich erinnerte mich an ein blau beleuchtetes Schild: *Motorest Madagaskar*. Aber das war schnell vorbei, danach gab es nur noch die feuchte Niederung, Nebelschwaden stiegen auf, und in der Ferne zeichneten sich dunkel Baumkuppen ab. Man roch die Sümpfe. In all den Jahren jenseits der Berge hatte ich vergessen, daß die Erde so flach sein konnte. Das Auto rollte ganz von selbst. Später erschienen die ersten morgendlichen Lieferfahrzeuge auf der Landstraße. Sie rasten mit über hundert, aber außer ihnen war niemand unterwegs. Zu beiden Seiten der Straße zogen sich Schilf und Feuchtgebiete. Graureiher wateten im Nebel. Wir kamen in ein Städtchen namens Královské. Es wirkte vollkommen verlassen. Am Rande des Gehwegs stand ein Zigeuner in rotem Pullover. Nach einer schweren Nacht hielt er Ausschau nach dem Tag. Als er uns sah, hob er zum Gruß die Hand. Wir bogen in eine von Kastanien gesäumte Seitenstraße. Die Häuser endeten kurz darauf, und wieder gab es nur die Ebene, die Baumkuppen in der Ferne und die blau und rot angestrichenen Geländer der Stege über den Kanälen. Der Asphalt wurde von Schotter abgelöst, aber Władek nickte nur, das sei in Ordnung. Wir kamen an einem Teich, einer eisernen Schleuse und einem Deich vorbei, die Straße verengte sich und war jetzt auf beiden Seiten von Bäumen bestanden, deren Kronen sich oben vereinigten. Ein paar Minuten fuhren wir im grünen Halbdunkel durch ein Dorf. Der gelbe Putz der Häuser war verblichen. An den Seitenwänden erstreckten sich schattige Veranden mit gedrechselten Holzsäulen. Dann erreichten wir die Landstraße, und er zeigte nach rechts. Langsam bog ich ab und sah das Schild eines noch geschlossenen Ladens: *Élelmiszer*. Wir waren in Ungarn.

Als es richtig Tag war, fragte ich ihn schließlich, warum er das getan hatte. Er zögerte mit der Antwort. Wie immer steckte er sich eine Zigarette an, wie immer griff er ins Handschuhfach, klappte es aber schnell wieder zu. Ich versuchte, die Namen auf den grünen Wegweisern zu lesen, aber es war selbst bei sechzig Stundenkilometern schwierig.

»Weißt du, wir sollten etwas in der Hand haben, eine Karte, eine Art Joker.«

»Und der Typ soll quasi dieser Joker sein?«

»Wie hast du dir denn gedacht, daß wir dort ankommen, verdammt? Vielen Dank, das Geld auf die Pfote, und wir wedeln mit dem Schwanz? Das ist eine ernste Sache. Wir müssen etwas in der Hand haben, sonst bescheißen die uns.«

»Deshalb hast du ihn durch die geschlossene Tür auf den Asphalt gekickt?«

»Der wollte mich umbringen, Mann! Das Scheißding wiegt fast zwei Kilo. Wir sind nicht im Film, wo man so etwas übersteht. Er wollte mich umbringen. Das werde ich ihnen sagen. Daß sie einen Verrückten geschickt haben, und es ist nur uns zu verdanken, daß alles gutgegangen ist, daß es keine Verluste gegeben hat und die Ware an Ort und Stelle ist.«

Er war mir also wieder einen halben Schritt voraus, denn er wußte oder ahnte, daß die Chance, die man bekommt, immer eine Falle ist.

»Denkst du, sie glauben das?«

»Ja. Sie glauben denen, durch die sie Geld verdienen. So einfach ist das.«

Intuitiv wiederholte er den Griff ins Handschuhfach: Er faßte hinein, tastete prüfend, ob die Flasche noch da war, zog die Hand zurück und machte wieder zu. Auf der Scheibe erschienen die ersten Tropfen. Das gute Wetter war jenseits der Berge zurückgeblieben. Ich dachte an die abgefahrenen Reifen. Wir fuhren jetzt nach Westen. Von dort kam der Regen.

»Ist es noch weit?« fragte ich.

»In einer Stunde müßten wir dasein«, erwiderte er.

Sie öffneten und schlossen sofort wieder hinter uns. Sie mußten uns von weitem gesehen haben. Die Straße verlief gerade, zwischen Seen und großen Pappeln. Sowohl der Zaun als auch das Tor waren aus Spanplatten gemacht. Ich hielt mitten auf einem Platz an, auf einem Karree, das von drei Seiten von niedrigen Gebäuden mit Reetdächern begrenzt wurde. Es roch nach Landwirtschaft, Mist und Sumpf. Auf dem Weg sahen wir Herden brauner Kühe und herumstreunende gescheckte schwarze Schweine. Władek stieg aus und machte einige vorsichtige Schritte zwischen Tierexkrementen. Mitten auf dem sandigen Platz blieb er stehen und wartete. Irgendwoher kam ein Hund, der aussah wie ein Rottweilermischling mit langem Schwanz. Steif stellte er sich hin, angespannt, und begann zu knurren. Gleich darauf kam ein zweiter und dann ein dritter. Einer scheußlicher als der andere, irgendwie rotbraun gescheckt, mit langen Schwänzen, aber die massiven, triefenden Schnauzen ließen keinen Zweifel an ihrer Herkunft. Ich hörte das kehlige Gurgeln und sah das gesträubte Fell auf dem Rücken. Jemand amüsierte sich auf unsere Kosten. Ich dachte an die Pistole unter dem Sitz nebenan, aber die Idee kam mir sofort hoffnungslos dumm vor. Ich weiß nicht, wie lang das dauerte. Er stand ebenso regungslos da wie die Hunde. Als betrachtete er ein Gemälde oder ein Standbild. Und nur dieses feuchte Gurgeln.

Schließlich ging hinten im Hof eine kleine Brettertür auf, und ein Mann in der Felduniform einer fremden Armee trat heraus. Er pfiff, die Hunde liefen zu ihm. Er kam zum Auto. An den nackten Füßen hatte er Gummischlappen. In einem Gemisch verschiedener Sprachen erklärte er etwas. Ich verstand ihn kaum, aber Władek nickte. Der Mann stieg ein und wies auf das Schiebetor eines der Ställe:

»Du fährst von hinten heran, sie machen auf, und du fährst ein Stück weiter rein, etwa zur Hälfte.«

Ich wendete und fuhr langsam rückwärts. Das Tor ging auf, als das Heck des Lieferwagens es fast berührte. Ich hatte auf beiden Seiten nicht mehr als zehn Zentimeter Spiel. Mit halber Kupplung rollte ich hinein und hielt an. Die Hecktür wurde sofort geöffnet, Schreie ertönten. Jemand sprang in den Kasten. Schwere Schritte polterten. Von hinten, aus dem Innern des Stalls, war Gebell zu hören. Im Spiegel sah ich zwei Typen in Trainingsanzügen. Sie paßten auf, daß niemand versuchte, sich zwischen den Rädern durchzumogeln. Sie hatten Stöcke, neue, helle Spatenstiele. Auch kläffende Köter liefen herum. Aber das dauerte nicht länger als eine Minute. Jemand schlug die Tür zu. Die menschlichen Stimmen und das Hundegebell verschwanden im Innern des Gebäudes. Einer der Typen hämmerte ans Fahrerhaus und gab ein Zeichen, wir sollten hinausfahren. Sofort wurde das Tor zugeschoben. Wieder standen wir mitten auf dem sandigen Platz. Der Himmel war grau und schwer, aber in dieser Gegend regnete es nicht. Das Eingangstor war geschlossen. In der Nähe der Gebäude standen ein paar alte, riesige Pappeln. Ein Mutterschwein mit Jungen kam angetrippelt. Es schnüffelte am rechten Vorderrad und führte dann seine Familie weiter in die sumpfige Ranch hinein.

»So eines wie damals«, sagte ich.

»Das damals war größer«, antwortete er.

Es war vollkommen leer und still. Von fern oder von den Gebäuden her kam der Geruch von Schweinemist. Der Gestank erinnerte mich an die Kindheit. Genau wie der vom Vieh verschissene Sandboden und die hohen Pappeln, die bei Gewitter den Blitz anzogen. Wie weit du auch fährst, du findest immer etwas Vertrautes.

Jetzt tauchte aus irgendeiner Tür, aus irgendeiner Ecke, weiß der Teufel woher, ein wuchtiger, fetter Typ auf. Er ging breitbeinig, als würde der eigene Speck ihn stören. Vielleicht hatte er sich diesen Gang auch irgendwo abgeguckt. Er war idiotisch angezogen, eine Mischung aus Militäruniform und Jägerkleidung, und das Zeug hing an ihm herunter, die Jacke offen, die Knöpfe aus Horn, die Schnürsenkel der hohen Stiefel schleiften über den Boden. Der leibhaftige Oberschweinehirte. Fünf Meter vor der Kühlerhaube hielt er an und schnaufte. Władek griff unter den Sitz und stieg aus. Den Lauf der Skorpion in der ausgestreckten Hand, ging er auf den Mann zu. Der nahm ihm die Waffe sofort ab, öffnete den Verschluß, nahm das Magazin heraus, wog es in der Hand und steckte es wieder hinein. Sie sprachen miteinander, aber ich sah nur Władeks Rücken, seine Schultern, die er immer wieder ausdrucksvoll hochzog, seine in einer Unschuldsgeste ausgebreiteten Arme, dieses »So wahr ich hier stehe«, »Wenn ich den Scheißkerl vorher gekannt hätte«, »Es gab keine andere Wahl, Chef, wirklich nicht«, bis zu dem »Dann transportiert eure Frikadellen doch selber und nehmt euren Psychos die Knarren ab, und wir fahren wieder heim ...«. Der andere versuchte etwas einzuwerfen, hob die fette Hand, zeigte ihre Innenfläche, die einem rosaroten Kissen glich, aber schließlich fing er einfach an zu lachen. Dann steckten sie die Köpfe zusammen, und ich verstand gar nichts mehr, kein Wort. Sie sprachen schnell, eine ganze Weile. Endlich nickte Władek, und der andere klopfte ihm ein paarmal auf die Schulter.

Als sie schließlich das Tor öffneten, stand die Sonne schon hoch. Ich sah die hellgraue Scheibe zwischen den Wolken.

Ich erinnere mich an warme Tage. Ich erinnere mich an den Tag, als ich hierherkam, um zu bleiben. Die Bäume hatten noch keine Blätter, aber die Sonne brannte schon mächtig. Ich stieg an einer Station aus, die es jetzt nicht mehr gibt, aus einem Zug, der schon lange nicht mehr verkehrt. Die Stadt roch nach Petroleum und Holz. Ich war die ganze Nacht gefahren und zweimal umgestiegen, jetzt ging es auf Mittag zu. Nebenan war der Busbahnhof. Dort ging ich hin, um Zeit zu gewinnen, um so lange wie möglich auf Reisen zu sein. Die Menschen sahen ländlich aus. Es muß ein Dienstag gewesen sein, denn sie kamen vom Markt. Holzrechen, Eimer, in Plastik verpackte Decken, einer hatte eine ganz neue Peitsche mit einem roten Bommel. Ich mischte mich unter die Menge und las die Fahrpläne an den Haltestellen. Jedenfalls tat ich so. Es gab noch nicht so viele Autos wie heute, also warteten die Leute auf die alten Busse. Die Stadt schüchterte sie immer noch ein wenig ein. Sie wirkten feierlich und solide mit ihren neuen Weidenkörben. Wie Fotomotive standen sie in der Sonne. Bestimmt warteten sie auf etwas, wenn sie auch noch nicht wußten, was es sein würde. Veränderungen spürten sie intuitiv, genau wie Kriege, zerfallene Systeme, die Russen, die Deutschen, die Schwarzen, die Roten, die Grünen, den Kapitalismus und den ökonomischen Kreuzzug der Chinesen. Sie hatten sie im Blut, diese Wachsamkeit gegenüber allem, was von außen kommt.

Aber damals dachte ich nur daran, möglichst wie ein Durchreisender auszusehen. Ich ging zum Taxistand und fragte den ersten Fahrer in der Schlange nach einem Hotel. Er löste Kreuzworträtsel und sah nicht einmal auf. »Welches?« Ich sagte, das billigste. »Das billigste ist am weitesten«, antwortete er und legte die Zeitung und den Kuli auf den Beifahrersitz. Ich stieg hinten ein. Es stank, als hätte er das Auto seit Jahren nicht verlassen. Wir passierten Industrieanlagen, Schornsteine, Metallbrücken und Betonumzäunungen. Es dauerte fünf Minuten, dann sagte der Fahrer: »Hier ist es.«

An den Fenstern hing Wäsche. Unterhosen, Hemden, Socken wehten im Wind. In sechs Stockwerken trocknete Wäsche. Balkone gab es nicht, aber irgendwelche Gitter, Schnüre, Seile,

Leitern, Drahtgestelle, an denen die Garderoben flatterten. Ich trat ein, es war wie in einem Wohnblock vor dreißig Jahren: dunkel, Terrazzo, Lambris, unwillkürlich schnupperte man nach dem Gestank des Müllschluckers. Weiter hinten stand eine mit Kiefernholz getäfelte Theke. Ich klopfte leicht an die Platte. Aus dem Gebäude waren Stimmen zu hören, aber niemand kam. Es roch nach Gebratenem. Es war wie zu Hause. Wie in einem großen, menschenleeren Haus. Doch schließlich erschien eine Frau in einem Aufzug, als könnte sie sowohl Köchin, Putzfrau als auch Empfangsdame sein. Sie trug orthopädische Sandalen, eine weiße Schürze und ein Häubchen, darunter ein Kleid oder eine Bluse mit Rüschendekolleté.

»Und die Wäsche?« fragte ich, als sie meine Papiere entgegengenommen hatte.

»GUS«, erwiderte sie.

Sie blätterte den Ausweis durch, blieb am Wohnort hängen und schaute auf.

»Gemeinschaft Unabhängiger Staaten, falls Sie das nicht wissen. Schließen Sie von innen ab.«

Am Nachmittag tauchten sie auf. Mein Zimmer war im dritten Stock. Ich hörte sie von allen Seiten. Ich hörte, wie sie sich unterhielten, sich stritten, Fleisch hackten, Möbel verrückten. Wie sie duschten und pißten. Hauptsächlich Männer, aber es gab auch Paare und Familien mit Kindern. Alles wie in einem normalen Haus, nur daß ständig jemand ein- und auszog. Wie in einem Wohnblock in Tscheljabinsk oder so. Alle kochten. Aus manchen Fenstern ragten die Schornsteine kleiner Öfen. Im Dunkeln konnte man aus den verrußten Blechrohren im fünften, sechsten Stock Funken rieseln sehen.

»Wenn sie mit Strom kochen, sind wir ruiniert. Und mit diesen Öfen gibt's Rauch«, sagte eines Tages die Empfangsdame. »Im Endeffekt ist es egal«, fügte sie resigniert hinzu.

Aber sie bezahlten für alles. Ein- oder zweimal im Monat sammelten sie untereinander Geld ein und brachten es dem Leiter des Hotels. Obwohl im Prinzip verboten, war ihre gastronomische Tätigkeit also in gewissem Sinn erlaubt. Es roch nach Fett, Zwiebeln, Fleisch. Fast konnte man hören, wie es zischte und blubberte. Einmal sah ich, wie zwei Männer ein junges Lamm die Treppe hochführten. Gehorsam sprang das weiße Tier Stufe um Stufe hinauf.

»Sie sind Moslems«, sagte die Frau an der Rezeption gleichgültig. »Sie halten Ordnung. Vor allem, wenn Frauen dabei sind. Den größten Siff hinterlassen die Russen.«

Eines Tages sah ich einen schlanken, grauhaarigen Mann. Er trug ein graues Hemd mit Stehkragen, ohne das geringste Fältchen, und Schaftstiefel. Er ging mit einem Mädchen die Treppe hinauf. Sie war nicht älter als sechzehn. Ein hübsches Mädchen, aber sie schaute weg und verbarg das Gesicht.

»Er ist aus dem Kaukasus«, sagte die Empfangsdame mit gedämpfter Stimme. »Er hat sie für tausend Dollar von Moldawiern gekauft.«

Es war schwer zu durchschauen, was sie eigentlich taten. Morgens wurde alles still und leer. Manche luden Bündel in ihre Wolgas und Shigulis und machten sich auf den Weg zum Markt. Aber nicht alle. Womit sich die übrigen beschäftigten, wußte ich nicht. Ich traf sie manchmal in der Stadt. Sie mischten sich unter die städtisch-ländliche Menge und waren kaum zu unterscheiden. Allenfalls sahen sie etwas müder aus, etwas verwahrloster, resignierter, östlicher. Einige trieben also Handel – und die übrigen? Es war ja der Anfang einer großen Völkerwanderung, jeder konnte irgendeine Beschäftigung finden. Von der Stadt aus konnte man in alle Himmelsrichtungen aufbrechen. Vielleicht transportierten, vermittelten oder schmuggelten sie etwas, vielleicht waren manche von ihnen nur Boten, und andere versuchten, ihre Spuren zu verwischen. Dank dieser Menschen schien mir das auch besser zu gelingen. Ich wartete, bis die morgendliche Betriebsamkeit ein Ende hatte, und machte mich auf den Weg. Damals rauchten die Schornsteine noch, und auf den Gleisen wuchs kein Unkraut. Es dröhnte und schallte. Die Luft stank nach erhitztem Öl und Metall. Ins Zentrum brauchte ich eine Viertelstunde. Die letzte Fabrik roch nach Holz. An heißen Tagen hing der Geruch von Harz über ihr. Aus dem Tor kamen große Pferdewagen, die mit Schnittholzabfällen beladen waren. Sie schleppten sich durch die Stadt und blockierten den Verkehr. Aber niemand regte sich auf, weil es schon immer so war. Die Pferde schissen auf den Asphalt. Dann kamen Spatzen angeflogen. Die Fuhrwerke bogen Richtung Brücke ab, und ich ging die Straße hinauf zum Marktplatz. Schon am ersten Tag sah ich ein schwarzes Brett mit Todesanzeigen und alte Leute, die nach bekannten Namen Ausschau hielten. Aber auch normale Annoncen hingen da, in denen jemand etwas kaufen, verkaufen, eine Schrankwand abgeben, etwas tauschen wollte oder Arbeit suchte. Manchmal sah ich jemanden aus dem Hotel, wie er seinen Zettel aufhängte. Die Buchstaben wirkten ungeübt und kantig, wenn sie von der kyrillischen zur lateinischen Schrift wechselten. »Neme jeden arbeit«, dann der Name, Wasyl, Jewhen, Witalij zum Beispiel, und die Telefonnummer der Rezeption. Die Empfangsdame vermittelte gegen Geld. Unter der Theke hatte sie ein Heft, das war das Vermittlungsbüro für den ganzen Bezirk. Morgens vor dem Frühstück kamen sie zu ihr und fragten, ob es etwas gebe. Sie war es, die die Jobs aufteilte, Angebot und Nachfrage steuerte, sie entschied, welche Baustelle eine billige Arbeitskraft bekam und welche mit dem doppelt so teuren Landesdurchschnitt vorliebnehmen mußte. Sie sagte ihnen, wo sie sich melden sollten, oder verteilte Zettelchen mit

Telefonnummern. Danach standen die Leute in der Hotelhalle und warfen Münzen in den großen eckigen Apparat. Der letzte Münzautomat in der Stadt. Eines Tages sah ich, wie sie die Kassette leerte. Sie kippte das Kleingeld einfach in eine Plastiktüte, steckte die Box wieder an ihren Platz, knallte sie zu und ging hinter die Theke zurück. Aber damals, am ersten Tag, sah ich nur ältere Leute am schwarzen Brett stehen, die bekannte Namen suchten. Ich stellte mich zu ihnen, ein bißchen weiter hinten, und schaute ebenfalls. Die Frauen kannten alle möglichen Krankheitsgeschichten: Mit dem und dem fing es an, vielleicht wäre es ja gutgegangen, aber zwischendurch, meine Liebe, kam noch das und das dazu ... Keine Chance. Da denkt man anfangs – ein Geschwür, alle sind froh, und dann stellt sich heraus, wissen Sie, ein Tumor, ein Tumor mit Metastasen, man hat ihn zum Professor gebracht, in die Klinik, aber was kann der Professor gegen Krebs machen ... Ich lauschte und wußte, wenn ich hierbliebe, würde ich nicht einsam sterben. Dieser Chor würde mich begleiten, er würde eine Vergangenheit, ein ganzes Leben für mich erfinden, bevor er mich zu Grabe trug.

So stand ich also mitten unter ihnen und hielt zwischen den Todesanzeigen Ausschau nach Mietwohnungen. Ich notierte mir die Nummern und telefonierte von demselben Automaten in der Halle. Aber sie wollten immer zuviel, boten mir ein Zimmer in der Familie an oder hatten gar keine Lust, mit mir zu sprechen, weil sie es sich anders überlegt hatten. Eines Tages rief die Empfangsdame an der Theke: »Kommen Sie her.« Sie gab mir ein Stück Papier, auf das eine Nummer gekritzelt war. »Rufen Sie an.«

Auf diese Weise habe ich das Haus am Fluß gefunden, in dem ich jetzt Ordnung mache. Ich räume auf und erinnere mich an warme Tage. Heute hatte es wieder null Grad und nieselte. Kaum zu unterscheiden, ob das schon Regen oder noch Nebel ist. Man weiß nicht, ob es vor Feuchtigkeit glatt ist oder zu frieren angefangen hat. Ich habe die letzten Säcke ins Auto geladen. Alles Müll, ich werde ihn loswerden müssen. Flaschen, Lumpen, Staub. Das Zimmer war jetzt völlig leer, ausgefegt, riesig. Eine Stunde lang ging ich von einer Wand zur anderen und horchte, wie der Boden knarrte. Ich drückte die Klinke der niedrigen Tür, als hoffte ich, daß sie eines Tages nachgeben könnte. Dies würde nicht geschehen, das wußte ich. Sie war mit dem Schlüssel abgeschlossen, den ich in der Tasche trug. Ich hatte ihn beim Fegen des Fußbodens gefunden, zwischen Glasscherben, Lappen und Fetzen. Ich mußte es nicht überprüfen. Vor vierzig oder fünfzig Jahren wird er jemandem heruntergefallen sein. Ich spazierte von Wand zu Wand, horchte, wie der Boden knarrte, und spürte das Gewicht des Schlüssels in der Tasche. Es gab nichts mehr zu tun. Der Mittag war vorbei, die Dämmerung setzte ein. Ich machte kein Licht an, ich ging nur hin und her.

Da drinnen war nichts. Im Zwielicht sah ich das Rechteck des Fußbodens zwei auf drei Meter und vier dunkle Wände. Innen hatte die Tür einen Eisenriegel. Ich machte einige Schritte. Da war nichts, nur ein bißchen Staub. An einer Stelle gab der Boden einen dumpfen Ton von sich. Ich ging die Taschenlampe holen. Die Ritzen zwischen den Brettern waren mit Schmutz verstopft. Doch direkt an der Wand klang es hohl. Noch einmal ging ich und holte einen dicken Schraubenzieher. Ich steckte ihn in den Spalt neben einem Brett, das kürzer und angestückelt war. Ich drückte, das Brett ging fast widerstandslos nach oben, zusammen mit den Nägeln, die es halten sollten, und dem ebenfalls kurzen Zwillingsbrett daneben. Muffige Luft und Kälte schlugen mir entgegen. Mit der Lampe leuchtete ich in die Luke. Der Raum hatte die Größe eines Grabes, Wände aus Backstein und einen Zementboden. In der Ecke lagen verrostete Reste eines Eimers.

»MAN HAT IMMER was zu meckern, aber was sein muß, muß sein.« Das sagte er, sooft wir unsere Ware zusammenpackten, die Tür zuschlugen und verstohlen, beschämt das Dorf verließen. Egal auf welcher Seite der Berge. Wir fuhren zehn Kilometer, stellten uns wieder hin, eine Zigarette nach der anderen, entweder kam niemand, oder jemand schaute für einen Moment vorbei, um sicherzugehen, daß nur wir es waren, die Lumpensammler mit der Spaghettikarre. Sie lugten hinter den Zäunen hervor und versteckten sich gleich wieder. So war es meistens. »Was sein muß, muß sein«, wiederholte er und steckte die Geldscheine von einer Tasche in die andere. Er befeuchtete die Finger mit Spucke und zählte. Das ging so schnell, als würde er Karten mischen. Damit ich um Gottes willen nicht auf die Idee käme, er würde tricksen, das Geld würde eher weniger als mehr oder das sei eher eine Art Zeitvertreib als ein Geschäft. Im Sommer sind die Tage lang. Manchmal kam er ganz früh. Er trat ein, ohne zu klopfen, machte wortlos Kaffee, stellte sich ans Bett und wartete, bis ich aufwachte. Wir sprachen kaum. Schweigend fuhren wir zur Tankstelle, er nahm das Geld heraus, machte seinen Hokuspokus und finanzierte einen Viertel Tank. Wir fuhren nach Südosten. Es war die reine Reflexbewegung, dieses nach Osten und Süden. Unser Elend und unser Wahnsinn schienen dort etwas weniger sichtbar zu sein. Um halb sieben warfen die Bäume, Masten und Heuhaufen lange, schwarze Schatten. Die Luft war kalt und durchsichtig. Die Zigaretten schmeckten, als wären wir beide siebzehn. Später sahen wir Kinder in Sonntagskleidern und ohne Ranzen, das heißt, der Juni und die Schule waren zu Ende. An einem dieser Tage sagte ich:

»Wir sollten auch Ferien haben.«

»Ja, das sollten wir …«, sagte er nach einer Pause, als wäre er gerade aufgewacht.

»Hast du irgendwann Ferien gemacht? Bist du in Urlaub gefahren?« fragte ich weiter.

Er starrte auf die Frontscheibe und runzelte die Stirn, als versuchte er sich an etwas unendlich Fernes zu erinnern, an einen einzigen Augenblick in seinem Leben.

»Ja …«, sagte er schließlich. »Ich bin weggefahren, ganz normal, zu den Großeltern aufs Land. Fast jeder hatte jemand auf dem Land und ist hingefahren. Die Ernte, weißt du noch, Ackerbau und Viehzucht, kurzum, das tiefste Unterbewußtsein des Volkes. Hat mir sehr gefallen dort. In der Tiefe meiner Seele bin ich ein Fronbauer, der nie arbeiten wollte. Nach jahrhundertelanger Leibeigenschaft will niemand mehr arbeiten, das ist verständlich. Deshalb habe ich mich auf den Handel eingelassen. Die Fronbauern haben immer die Juden beneidet. Sie haßten sie, verachteten sie, bewunderten und beneideten sie. Vor allem weil sie nicht viel tranken und alle lesen konnten. Das war für einen Bauern ein jüdisches Wunder, das alle katholischen Wunder übertraf. Das ist meine ganz private Meinung. Ja, das Leben auf dem Land im Sommer habe ich sehr gemocht. Egal welche Arbeit sie mir gaben, ich hab's geschafft, sie zu vermasseln. Schließlich haben sie mich lebenslänglich zum Weiden der Kühe verdonnert. Das ist auf dem Land die Beschäftigung der Kinder und der Dorftrottel, und ich habe mich sehr darüber gefreut. Den ganzen Tag ohne Aufsicht, ohne Gemecker, das Vieh hört auf dich und respektiert dich, und du schlägst einfach die Zeit tot mit Nachdenken, mit Erinnerungen an verschiedene Geschichten, mit all dem, wofür die Fronarbeiter nie die Kraft, Zeit und Begabung hatten.«

Er war richtig ins Schwärmen gekommen und starrte auf die Scheibe, als sähe er dort seine Kühe, seine Kindheit und all die Gedanken, die ihn auf so liebliche Art heimsuchten.

»Ich bin ein Abtrünniger«, sagte er zu sich selbst und lachte lautlos.

»Ja, das bist du«, bestätigte ich. »Und was war später?«

»Nichts. Sie sind allmählich weggestorben.«

»Und dann bist du nicht mehr weggefahren?«

»Nein. Im Sommer war ich auf dem Bau. Schubkarre, Betonmischer, weißt du. Damals haben sie gut gezahlt, und Essen bekam man auch. Schlecht war's nur beim Pfarrer. Da wurde eine neue Kirche gebaut, die auf dem Hügel. Einer saß den ganzen Tag auf dem Platz unter einem Dach und glotzte. Hat sich nicht gerührt, der Typ, verstehst du. Er hatte eine Uhr und notierte die Minuten. Man mußte ständig in Bewegung sein. Die wußten damals schon, woher der Wind weht.«

»Und was hast du mit dem Geld gemacht?«

»Ein bißchen hab ich meiner Mutter gegeben.«

»Und der Rest?«

»Ich hab mir ein Fahrrad gekauft. Danach ein Mofa. Ein gebrauchtes, tschechisches. Und dann ein Motorrad aus der DDR.«

»Na, dann mußt du doch irgendwo hingefahren sein?«

»Klar, aber das zählt nicht. Das waren keine Ferien. Ich bin einfach aufgestiegen, hundert Kilometer gefahren und wieder zurückgekommen. Oder zweihundert. Nur gefahren. Manchmal hab ich an einem Feld angehalten und die Nacht in einem Heuhaufen verbracht. Ich mochte einfach das Fahren. Wo ich gewesen bin, weiß ich gar nicht mehr so recht. Ich mochte die leeren Nebenstraßen. Am Dorfladen hielt ich an und kaufte mir Brötchen und Limonade. Manchmal fragte jemand, zu wem ich gekommen sei, dann hab ich mir irgendwelche Geschichten ausgedacht. Ein fremdes Motorrad im Dorf war damals ein Ereignis. Damals ist ja fast nichts passiert. Ich hab mir Geschichten ausgedacht, und sie haben zugehört. Und nachher hatten sie was, woran sie sich erinnern und was sie erzählen konnten. Und wenn später in der Gegend etwas gestohlen oder jemand umgebracht wurde, erinnerten sie sich an den unbekannten Motorradfahrer. So muß das gewesen sein.«

»Und keine Ferien?«

»Nein.«

»Hat dich das nie gereizt?«

»An so etwas hab ich gar nicht gedacht. Ich hatte kein Bedürfnis nach Erholung, weil ich mich nicht müde fühlte. So könnte man es ausdrücken.«

Was hätte ihn reizen sollen? Ausgestreckt saß er auf dem fleckigen Sessel, aus dem der Schaumstoff quoll, rauchte und kniff die Augen zusammen. Er schaute unter den halb geschlossenen Lidern hervor, als fürchtete er, sein Geist wäre überfordert, wenn er mehr Licht hereinließe, mehr Bilder. Manchmal hatte ich den Verdacht, daß seine Haut unter diesen Hemden aus dritter Hand, unter diesen Oberteilen mit ausgebrannten Löchern elektrische Impulse empfing, daß sich auf ihrer Oberfläche Ahnungen, Erinnerungen und Signale materialisierten, über die sich der Rest der Menschheit Tag und Nacht den Kopf zerbricht, um schließlich in einen unheilbaren, zerstörerischen Alltagstrott zu verfallen.

Und so wie er damals, in seiner Motorradzeit, so hielten jetzt wir vor den Dorfläden an, um etwas zu essen. Aber keiner wunderte sich über uns. Alle waren schon irgendwo gewesen, waren weggefahren und wiedergekommen. Im allerletzten Kaff sah man Kutschen mit dem Lenkrad auf der rechten Seite.

Typen mit enganliegender Kleidung und Sonnenbrille stiegen aus und sahen ihre Elternhäuser an wie irgendein Bantustan. So war es auch eines Tages in der Nähe von Żłobiska. Ein getunter roter Golf parkte Schnauze an Schnauze mit einem silbernen Geländewagen, der mit Rohren bepackt war, beide mit englischem Nummernschild. Die Besitzer standen daneben, rauchten, redeten und spuckten auf den Boden. Manchmal kam jemand vorbei und beäugte schüchtern die Kutschen. Manchmal gaben sie ihm die Hand, manchmal scherten sie sich einen Dreck, ganz in Anspruch genommen vom Austausch ihrer Erfahrungen. Der eine hatte seitlich am Kopf abrasierte Streifen, der andere eine präzise ausgefranste Frisur. Wir aßen unsere Wurstbrötchen und sahen neben ihnen aus wie die letzten Dorftrottel. In beiden Autos wummerten die Bässe. Es muß Mittag gewesen sein, die Kühe wurden zum Melken getrieben. Sie gingen über den Asphalt und schissen. Eine ließ ihren Fladen direkt neben dem Golf fallen, und es spritzte an die Tür. Der mit den rasierten Streifen schrie und machte eine drohende Bewegung in Richtung des Tiers. Er trug weiße Adidas. Die Kuh lief unbeirrt weiter. Die Frau mit dem Stock verstand nicht, was der Mann wollte. Drei Häuser weiter, auf der anderen Straßenseite, stand im Garten der Papst: drei Meter hoch, innen hohl und aus Plastik. Sein Kopf wuchs direkt aus den Schultern, die Hand hatte er zu einem segnenden Hitlergruß erhoben. Angepinselt war er in Gelb-Rot. Der mit den Streifen holte im Laden eine Plastikflasche Mineralwasser und leerte sie über die Scheiße an der Tür. Aus dem Kofferraum nahm er Papierhandtücher und machte den Rest sauber.

»Warst du mal im Westen?« fragte ich.

Władek biß ab und schnippte die Krümel vom Ärmel seiner grauen Jacke. Er hatte noch nicht geschluckt, da steckte er sich schon eine Zigarette in den Mund und zündete sie an. Er schüttelte den Kopf.

»In Wien ein paar Mal. Aber das zählt nicht.«

»Warum zählt das nicht? Wien ist Wien.«

»Vielleicht vier Mal, je drei Stunden. Ohne Übernachtung. Nur zum Einkaufen.«

»Was denn?«

»Kaffee. Das erzähl ich dir mal.«

»Länger wolltest du nicht?«

Er nickte zu dem roten Auto hinüber und begann zu lachen.

»Das ist nichts für mich, Mann. Siehst du doch selbst.«

Da drehte sich der mit den rasierten Streifen plötzlich um, als hätte er hinten Augen, und kam auf uns zu.

»Scheiße, warum lachst du, ey? Was gibt's da zu lachen, ey?«

Er stellte sich vor uns und wiederholte seine Frage, aber Władek sah nicht einmal auf, sondern rauchte ungeniert weiter. Zog den Rauch ein, blies ihn aus und schnippte die Asche auf die Erde.

»Du siehst ja, was das mit den Leuten macht. Es ruiniert die Nerven.«

Der andere wollte stehenbleiben, aber er brachte es nicht fertig. Er machte einen Schritt nach vorn, einen nach hinten, tänzelte auf der Stelle.

»Ist das so lustig, ey? Du findest das lustig? Du bist mit diesem Scheißauto hierhergekommen, mit dieser Schrottkarre, und findest es lustig hier, ey?«

Wir saßen fast auf der Erde, auf einer Art Bank, einem Brett, das auf zwei Hohlblöcken lag, und dieser Typ stand über uns. Er verdeckte die Sonne. Ich sah nur seinen dunklen Umriß. Władek machte die Zigarette aus, indem er sie aufs Holz drückte, und schnippte die Kippe ganz in die Nähe des Rasierten.

»Okay, okay«, sagte Władek beruhigend und hob die Hände

zu einer versöhnenden Geste. »Schon gut. Tatsache ist, daß die Kuh auf dein Auto geschissen hat. Das ist immer witzig, wenn jemand irgendwo draufscheißt. Ich glaub dir nicht, daß du das nicht lustig findest. Du bist schließlich kein Trottel, du warst im Ausland und weißt, was Humor ist. Dein Auto ist verschissen, das ist witzig, also lach einfach mit.«

Er redete so schnell und leicht, als erklärte er ganz offensichtliche Dinge, und als er seine Hände wieder hob, dachte ich noch, es solle eine weitere witzig-versöhnliche Geste sein. Aber es ging blitzartig, und er griff nach dem Fuß im weißen Adidas, der soeben im Anflug war. Gleichzeitig drehte er sich um die eigene Achse und zog den Kollegen hinter sich her. Sie stürzten neben die Bank, aber Władek ließ den Fuß nicht los, sondern sprang fast augenblicklich auf. Der Typ zappelte zwar herum und spannte sich an, aber mit dem unbeweglichen Bein hatte er keine Chance, sich auf den Rücken zu drehen und Władek mit dem anderen Fuß zu treten. Und der schleifte ihn einfach über den lehmigen Platz. Der Ausgefranste stand perplex da und schien sich zu freuen, daß es nicht ihn erwischt hatte. Vielleicht mochte er den Gestreiften auch einfach nicht. Władek keuchte und sah sich um. Schließlich entdeckte er die Stelle, wo am meisten Kuhscheiße war, und zog den Typ in dem engen weißen T-Shirt dorthin.

Es ging uns ganz gut. So gut war es uns noch nie gegangen. An Samstagen und Sonntagen lockte der Vergnügungspark Besucher aus den entferntesten Winkeln an. Überall standen Autos. Sie stritten sich um die Plätze. Weiße und Dunkelhäutige. Sie fielen regelrecht ein. Karneval. Aus den Lautsprechern tönte Musik. Markus spielte Sampler von rumänischen Zigeunern. Bier, Weißwein aus Zemplén, Rotwein aus Transkarpatien und

Sliwowitz aus Maramureş. Alles in Flaschen ohne Banderolen. Eis und Zuckerwatte wurden verkauft. Fleisch brutzelte. Man kam kaum durch. Feststeckende Autos hupten. Und mitten in diesem Trubel unser Stand. Es war das Las Vegas von Medziborie. Als wäre im Umkreis von hundert Kilometern Wüste. Unter einem gestreiften Zelt standen fünf Spielautomaten. Das elektronische Klirren und Gluckern übertönte hin und wieder die Musik. In der Schlange wartete gut ein Dutzend Typen. Sie mußten zum Vergnügungspark gehören, denn ab und zu ging Fero hin und sah nach den Schaulustigen, und sie wurden bei seinem Anblick leiser, zeigten instinktiv Respekt. Irgendwo wurden Fische geräuchert. Vor dem Museum, auf einer aus Brettern gezimmerten Bühne, tummelte sich eine Schar Kinder. Das Tanzparkett war aus ungehobelten Bohlen. Es war früher Samstag nachmittag, und ich hatte schon etwa hundert Euro in verschiedenen Währungen in der Tasche. Zwei Jugendliche nahmen eine Motorradjacke. Sie war an den Ellbogen und am Rücken aufgeriffelt, als hätte der vorherige Besitzer einen Sturz auf dem Asphalt hingelegt. Aber Blut war nicht zu sehen. Die beiden tuschelten und betasteten das schwarze Leder mit ihren kurzen, dicken Fingern. Sicher kamen sie aus den Bergen. Sie waren untersetzt und kräftig, als hätten sie von Kind auf Bäume gefällt. Abwechselnd probierten sie die Jacke an und murmelten dann wieder irgendwas. Es war schwer zu sagen, ob sie ihnen gefiel oder nicht. Sie sahen mich kein einziges Mal an. Ich verstand sie kaum, als sie nach dem Preis fragten. Der Dunklere, wahrscheinlich der Ältere, zückte das Geld. Die aufgedunsenen Hände schauten aus zu kurzen Ärmeln heraus. Er gab mir einfach ein Papierknäuel. Alles, was er hatte. Fünf Geldscheine. Einer fehlte. Ich nickte, er solle die Jacke einpacken. Da erschien ein Lächeln auf seinem Gesicht. Er begann seine Taschen zu durchsuchen, holte ein kaum angefangenes Päckchen Zigaretten heraus und legte es neben das Geld. Auf der Packung prangte ein zweihöckriges Kamel und in kyrillischen Buchstaben die Aufschrift »Carmel«. Direkt an der Straße wurde Schrott aus dem Reich der Mitte verkauft. Gewalt und Geschwindigkeit. Ein Arsenal aus Plastik und Motorisierung. Karabiner, Pistolen, Handschellen, Helme, Macheten, Schwerter, Panzer, Panzerfäuste, Beile und Raketen auf der einen Seite, auf der anderen amerikanische Funkstreifenwagen, Cabriolets in schwulem Rosa und große Geländewagen für Vollidioten mit Muckis. Fahren und morden, hetzen und schlachten – so stellten sich die Gelben die Weißen vor. Vermutlich zu Recht. Für Frauen gab es nicht soviel Auswahl. Eigentlich nur Barbie-Imitationen. Manche splitternackt, eingeschweißt, in Naturgröße. Aufeinandergestapelt wie nach einem Massaker. Eigentlich müßten wir auch etwas für Frauen anbieten, dachte ich. Lederröcke, Schuhe mit hohen Absätzen, Peitschen, was auch immer.

Aber ich hatte niemanden, mit dem ich diese Idee diskutieren konnte, weil ich von morgens an allein den Stand bewachte. Władek verbrachte die ganze Zeit mit Eva. Wenn die Menge sich lichtete, sah ich, wie er an dem Kassenhäuschen stand. Er wartete ab, bis die Schlange sich für einen Moment auflöste, dann beugte er sich über den Schalter und sagte etwas. Wenn wieder Kundschaft kam, mußte er verschwinden, er drehte dann seine Kreise, trippelte hin und her, sauer, genervt und unsicher. Ins Häuschen durfte er nicht. Das war verboten, und selbst Markus, sein alter Freund Markus, zuckte ratlos die Achseln, obwohl er es war, der den Schlüssel hatte und die Tür öffnete und schloß. Eva saß mutterseelenallein da, in Gesellschaft der Geldkassette und der Papierröllchen mit den Eintrittskarten. Wenn sie mal rausmußte, vertrat Markus sie. Samstags drehte sich das Karussell bis Mitternacht. Fero zündete ab und zu ein Feuerwerk. Aus der Dunkelheit war ein Winseln und Röcheln zu hören. In einem Gehege mit Stahlumzäunung kämpften Hunde. Das Gehege hatte Räder wie ein normaler Anhänger. Ein Kleinlastwagen mit Belgrader Nummer hatte es hertransportiert.

Mittags konnte ich ihn von weitem sehen, wie er am Kassenhäuschen stand und den Hintern ausstreckte. Wenn die Schlange zu lang war, verschwand er in der Menge, schmiedete Pläne, organisierte, rechnete sich Chancen aus, sammelte Informationen. Doch seit einer Woche kam er an die wichtigste Information nicht heran, denn der schwarze Geländewagen war kein einziges Mal aufgetaucht. Im Innern unseres Lieferwagens hing immer noch der Geruch der dunkelhäutigen Körper, aber mir kam es allmählich vor, als hätten wir uns jene Nacht, jenen Morgen, jenen Tag und die Rückkehr von der Schweinefarm nur eingebildet, als wäre es eine Halluzination gewesen, die nur wir beide teilten. Deshalb versuchte er seit ein paar Tagen, die Bestätigung zu kriegen, daß wir überhaupt dort gewesen waren. Mit anderen Worten, er wollte Gewißheit, daß Eva jetzt frei war.

»Was heißt, keiner weiß das?« fragte ich ihn an einem Sonntag nachmittag, als das Vergnügen allmählich dem Ende zuging, er einen Moment Zeit fand und bei mir stehenblieb.

»Niemand. Nicht einmal Markus weiß es. Er kommt, wann er will.«

»Und seine Telefonnummer?«

»Kennt niemand.«

»Markus auch nicht?«

»Markus auch nicht.«

»Aber er muß doch irgendwo wohnen.«

»Muß er nicht. Er kann durch die Gegend fahren, kann ununterbrochen durch die Gegend fahren. Er hat überall Geschäfte laufen, die er verfolgt. Er kann auch gar kein Zuhause haben oder Häuser bis zum Abwinken. Hier zu Hause, da zu Hause. Im Vergnügungspark, in der Schweinefarm, im Zirkus, im Auto, die ganze Zeit unterwegs, verstehst du. Er fährt herum und sammelt Geld ein. So wie hier: Er taucht ab und zu auf und nimmt die ganzen Einnahmen mit. Ganz egal, ob Hartgeld, Kleingeld oder Banknoten. Markus gibt ihm einen vollen Koffer, und er läßt ihm einen leeren da.«

»Einen Koffer?« fragte ich.

»So einen kleinen, ein Köfferchen aus schwarzem Plastik zum Abschließen. Solche gab es früher, erinnerst du dich?«

»Ja«, sagte ich, »so einen hatte ich mal. Vor dreißig Jahren. Woher hat er die?«

»Was geht mich das an«, erwiderte er und ging.

Und so mußte ich unseren Stand an diesem Abend allein dichtmachen. Wenn es dunkel wurde, war unser Geschäft ohnehin vorbei. Die Säufer kauften nichts. Sie fuhren auf dem Karussell und kotzten. Auf dem Riesenrad kreischten die Damen, wenn die Gondeln im himmlischen Dunkel verschwanden. Es roch nach Parfüm, Schweiß und Zigaretten. Ich war müde und warf die Sachen aufs Geratewohl in den Lieferwagen. Feuerspinnen erhellten den nächtlichen Himmel. In Gedanken rechnete ich. Würde unsere Reise bis Ende Oktober dauern und alles laufen wie bisher, könnten wir locker so viel verdienen, daß wir unsere Schulden zurückzahlen und bescheiden über den Winter kommen könnten. Geplant waren noch vier Städte. Das sagte Markus. Mitte der Woche sollten wir Medziborie verlassen und nach Süden aufbrechen, Richtung Ungarische Tiefebene. Wir würden die Berge verlassen, ohne sie aus den Augen zu verlieren. Ich dachte an Summen, Preise und Geldscheine. Stellte mir vor, ich würde den Winter mit nichts anderem verbringen, als Zigaretten zu rauchen, gefälsch-

ten Whisky zu trinken, durch die Stadt zu spazieren und im
»Fäßchen« fernzusehen. Es waren lächerliche Summen, aber sie
garantierten eine gewisse Freiheit. Eine neue Batterie, runder-
neuerte Winterreifen – solche Dinge kamen mir in den Sinn,
als ich vorsichtig durch die Menschenmenge manövrierte. Aber
irgendwo hier war Władek. Ich spürte seine fiebrige Anwesenheit. Ich wollte jene Nacht und den Morgen auf der Schweinefarm wenigstens für einen Moment vergessen. Doch ich wußte,
daß Władek irgendwo in der Nähe war, daß er in die dunklen
Wogen der Vorsehung tauchte. Ich hätte ihn zurücklassen und
wegfahren sollen. Mich verpissen. So schnell wie möglich. Hätte ihm was dalassen sollen, damit er sich nicht verarscht fühlte.
Die Hälfte der Klamotten, die Hälfte des Geldes. Ich war ihm
nichts schuldig. Das sagte mir meine Angst. Aber ich wollte
schlafen, und so fuhr ich nur bis zur Bahnstation. Unterwegs
kam es mir so vor, als hätte ich die beiden gesehen, wie sie Arm
in Arm gingen, wie er sie vor dem betrunkenen Pöbel schützte
und seine schäbige alte Jacke um sie legte. Aber es war nur ein
Paar aus dem Dorf, und es war eher die Frau, die den Mann
davor bewahrte, auf dem Bürgersteig umzukippen.

Um zwei Uhr nachts weckte er mich. Er zerrte an meinem
Schlafsack. Ich war sauer und versuchte im Schlaf, ihm einen
Tritt zu geben. Aber das störte ihn nicht, er machte weiter, und
plötzlich spürte ich Kälte.

»Hast du den Arsch offen?« fragte ich. »Hast du jetzt total den Arsch offen? Ich will schlafen. Ich hab den ganzen Tag
dagestanden, und du hast dich rumgetrieben. Dein Herzens-
drama geht mich einen Scheißdreck an, verdammt! Deine große Liebe zu diesem abgedrehten Fräulein. Verpiß dich! Mach,
daß du wegkommst! Das Geschäft läuft, und du fängst wieder
irgendwelche schrägen Geschichten an. Ich sag dir, wenn du
nicht da bist, geht alles viel besser …«

Kassen müssen ihnen mit Respekt begegnen. Bald wird es in der Stadt nur noch Alte geben, und ich werde einer davon sein.

Heute bin ich trotz des Regens durch die Stadt gegangen. Die Kapuze der Jacke schützte mich vor Feuchtigkeit und vor Blicken. Auf dem Marktplatz verkaufte ein Mann in einem Hauseingang Christbaumkugeln. Ich habe ihn dort schon immer gesehen. Im Sommer verkauft er Sonnenbrillen, bei Regenwetter Schirme, und im Frühherbst erweitert er seinen Stand ein wenig und bietet Weckgläser, Gummis, Schraubverschlußgläser und andere Dinge an, die man zum Einmachen braucht. Ich sah mir die glitzernden Kugeln an, nahm einige in die Hand. Sie waren hart, matt und geräuschlos. Sie hatten kein bißchen Ähnlichkeit mit denen, die ich von früher kannte.

»Die sind seltsam«, sagte ich.

Er sah mich an und zuckte die Achseln. Er war um die sechzig, trug eine Brille mit dickem schwarzem Plastikgestell und rauchte.

»Ganz normal.«

»Früher waren sie anders«, insistierte ich.

»Quatsch. Die sind in Ordnung. Du schmeißt sie auf den Boden, und nichts passiert.«

»Die wirft man nicht, die hängt man auf«, erwiderte ich.

»Aber es kann mal eine runterfallen, oder?«

»Aus China.«

»Plastik. Nicht kaputtzukriegen.«

»Früher sind sie sofort zerbrochen und waren innen silbern. Erinnern Sie sich nicht?«

»Mensch! Früher mußte ich nicht hier rumstehen und irgendwelche Kinkerlitzchen verkaufen.«

Ich drehte eine Runde um den Marktplatz, bog Richtung Friedhof ab, dann nach rechts, und ging an der Bank vorbei abwärts. Auf dem Karussellplatz stand Wasser. Rundum ragten trockene Stengel heraus. Ein paar Typen in wasserdichten gelben Jacken nahmen Vermessungen vor. Sie stellten Stative auf, versetzten weiß-rote Meßlatten, spannten ein Stahlband. In der Stadt ging schon das Gerücht, daß hier ein Einkaufszentrum gebaut werden sollte. Hier, in diesem Sumpf, mitten im Röhricht. Eingeweihte sagten, im Magistrat stünde schon ein Modell. Es sollte das größte Gebäude in der Stadt werden. Natürlich aus Glas, mehrere Stockwerke, mit allen möglichen Schikanen und so weiter. Auf diesem Feuchtgebiet mit dem schwarzen, fetten Wasser sollte es hochgezogen werden, wie auch der strahlende Vergnügungspark hier entstanden war. Trotz des Regens blieben Leute stehen und schauten den Vermessungstechnikern zu. Vielleicht waren es auch keine Vermessungstechniker mehr, sondern Bauingenieure, die die Umrisse für die Fundamente absteckten? Ich weiß nicht. Sie trugen grüne Gummistiefel. Neben ihnen stand ein gelber Lieferwagen mit einer kleinen Satellitenantenne auf dem Dach. An der Seite des Autos war eine Plane befestigt, die über ein Metallgestell gespannt war. Unter diesem improvisierten Zelt standen ein Tisch und ein paar Klappstühle. Zwei Männer tranken aus dampfenden Bechern. Sogar aus dieser Entfernung und mit den Kapuzen sahen sie aus wie Chinesen. Sie nahmen den Platz der Zigeuner mit ihrer Halwa und dem süßen Brandy ein. Sie nahmen den Platz der Moldawier mit ihren Wassermelonen im Frühherbst ein. Das sollte er sich ansehen, dachte ich. Dieser Anblick war wie für ihn gemacht. Ich betrachtete den aufgeweichten Platz und versuchte mich zu erinnern, wo die Bude mit den Eintrittskarten gestanden hatte. Manchmal waren wir am Abend gekommen, und Markus hatte Eva an der Kasse abgelöst. Verlegen, mit unsicheren Bewegungen und Gesten war sie herausgekommen, als wäre sie sich ihrer eigenen Existenz nicht sicher. Flüchtig sah sie mich an und senkte gleich wieder den Blick. Jetzt erinnere ich mich, daß ich nie ihre Stimme gehört habe. Sprach sie mit den Kunden? Ich kann mir vorstellen, daß sie tagelang nur lächelte und ihre schlanken Finger mit den kurz geschnittenen Nägeln in schwindelerregendem Tempo rechneten, den Rest herausgaben und die Fahrkarten von den bunten Rollen abtrennten. Die teuersten, die roten, waren für die Autoskooter. Und wenn sie kein Restgeld zum Rausgeben hatte? So wie alle Verkäuferinnen in Polen? Wie kam sie zurecht mit diesem »Jetzt schulde ich Ihnen …« oder »Leider kann ich nicht herausgeben …«? Aber wahrscheinlich konnte sie, denn es waren runde Preise. Jedenfalls war es immer so, daß wir eine Weile zu dritt dastanden, verlegen, ohne etwas zu sagen, bis er schließlich irgendwas murmelte, was mehr oder weniger besagte, sie wollten jetzt ein bißchen spazierengehen, es sei so schönes Wetter, und das hieß, daß ich mich verpissen sollte. »Na, dann amüsiert euch gut«, antwortete ich, den Blick auf den Boden geheftet. Ihre kleinen Füße steckten in flachen Pumps aus einer vergangenen Epoche. Schuhe, bunte Pullis, alles secondhand, ich habe ihn nie gefragt, ob er sie ihr geschenkt hatte. Sogar der Schmuck – irgendwelche Halskettchen, ein Armband aus Plastik, Silberimitat, Ohrringe mit farbigen, ausgefransten Federn – sah weniger gebraucht als vielmehr gefunden aus. Aber all das störte nicht, denn Evas Schönheit war nicht von dieser Welt. Vielleicht rührte diese Schönheit daher, daß Eva sich ihrer eigenen Existenz nicht so ganz bewußt war. Und zugleich bewirkte ihre bloße Anwesenheit, daß die Leute verstummten und ihre Blicke sanfter wurden. Fero lächelte unwillkürlich, wenn er sie sah, und die Penner aus seiner Truppe hörten auf zu fluchen. Ich sah ihnen nach, wie sie Richtung Stadt verschwanden, auf der Suche nach einem Ort, wo sie sich verbergen konnten. Ich habe nie gesehen, daß er sie zu sich mitgenommen hätte. Ich zerbrach mir den Kopf darüber, ob er sie wohl jemals angerührt hat.

DARÜBER mußte ich nachdenken, weil Frauen in unserem Leben nicht besonders viel Raum einnahmen. Ehrlich gesagt, überhaupt keinen. Wir lebten wie Mönche. Ich hatte ab und zu ein Mädchen im Hotel besucht. Sie hatte in einer Nähwerkstatt außerhalb der Stadt gearbeitet. Zwölf Stunden lang nähte sie Kinderhausschuhe. Sie hatte graues Haar und graue Augen. Genau wie ihre Vorgängerin, scheint es. Mehr brauchte ich nicht. Ich ging sonntags zu ihr, aber selbst da war sie müde. Sie paßte zu dem Leben, das ich führte. Ich denke, wir bildeten eine Art seltsame Sonntagsfamilie. Sie hatte immer eine Suppe auf einer Elektroplatte und stellte sie mir schweigend hin, wie einem nahen Angehörigen. Ich brachte süßen Likör mit, weil ich mit ihr zusammen keine harten Sachen trinken wollte. Trinken könnte etwas kaputtmachen, dachte ich. Irgendwann fuhr sie weg, weil niemand mehr rot karierte Hausschuhe brauchte. Ihren Namen habe ich mir nicht gemerkt. Nicht ausgeschlossen, daß sie ihn nie gesagt hat, sondern mir einen erfundenen nannte, um sich zumindest eine Spur von Unschuld zu bewahren.

Eines Tages hielten wir bei einer Kneipe unweit des großen Übergangs etwa fünfzig Kilometer östlich von hier. Dort verlief die Hauptader nach Süden. Die Kneipe war noch auf unserer Seite, und Władek sagte, man könne dort gut und billig essen. Sie befand sich im Parterre eines dreistöckigen Betonhauses. Am frühen Nachmittag waren dort noch keine Gäste anzutreffen, aber die Chefin bot uns ein Fleischgericht an oder Kartoffelpuffer auf ungarische Art, ein berühmtes Gericht in unserer Gegend, in Ungarn völlig unbekannt. Alles ringsum war aus Plastik. Aus etwas klebrigem Plastik. Die Tischdekken, die Teehalter, die Brotkörbchen, der Wandschmuck, die Tischplatten und die Stühle. Braunes, verbogenes Plastik, das wie Holz aussehen sollte. Ich dachte an einen Brand, an Gestank und schwarzen Rauch, und er trank Wodka und Bier und hatte bestimmt irgendeine Geschichte im Sinn, als uns in einem bestimmten Moment in einer Ecke des Saales ein halb durchsichtiger Vorhang auffiel. Władek erhob sich und zog ihn auf. Dahinter befand sich eine Art größerer Duschkabine mit einem vergoldeten Rohr in der Mitte, und unten, am Boden, waren drei kleine Scheinwerfer angebracht.

»Das gab's vor kurzem noch nicht«, sagte er.

»Richtig«, stimmte die Chefin zu und stellte die Teller hin. »Aber jetzt schon, wir sind ja fortschrittlich.«

»Und wie sieht das aus?« fragte er weiter.

»Die Leute kommen, schauen sich das an und zahlen. Ich nehme meinen Teil, die Artistin nimmt ihren – und tschüs.«

»Und wer kommt?« Er ließ nicht locker.

»Sie sind ja nicht von hier, Ihnen kann ich ja sagen, daß ein- oder zweimal sogar der Pfarrer da war. Spät, ganz diskret, versteht sich, in Zivil.«

»Nicht schlecht. So sollte es sein, denke ich, der Hirte sollte schließlich am Leben seiner Schäfchen teilhaben.«

»Ich denke auch so, aber ich posaune meine Meinung nicht groß herum. Er muß ja nicht in der Soutane kommen. Es ist gut so, wie es ist.«

Der Nachmittag fing gerade erst an, aber an diesem Tag hatten weder er noch ich Lust, irgendwohin zu fahren. Graue Hitze hing über der Gegend. Wir waren schweißgebadet. Im Auto hatten wir zwar Durchzug, aber wir schwitzten schneller, als wir in diesem erzwungenen Wind trocknen konnten. Wir wollten beide nicht fahren, aber einer mußte es aussprechen. Und Władek verlangte es plötzlich nach einer Tanzvorführung.

Die Chefin schaute uns an wie zwei Trottel aus der ersten Gymnasialklasse, aber die Geschäftsfrau in ihr gewann die Oberhand, und sie versprach, sich umzuhören. Das heißt, sie ging telefonieren.

Nach einer halben Stunde kam sie zurück.

»Es ist noch früh. Die Artistinnen schlafen. Dafür muß man Verständnis haben. Sie arbeiten bis zum Morgen. Sie treten in vier Lokalen auf. Da muß man ein Herz haben.«

»Chefin, Königin …« Er rutschte vom Stuhl und kniete fast nieder. »Und Extras gibt's nicht? Wir sind Wanderarbeiter, Geschäftsleute der Kleider- und Strickwarenbranche, wir haben ein ähnliches Schicksal wie die Matrosen, das heißt Einsamkeit, Einsamkeit und noch mal Einsamkeit …«

Irgendwas in dem Stil, und ich überlegte, an was für Extras er denken mochte, da wir gerade noch Geld für zwei Mittagessen und ein Päckchen billige Zigaretten hatten.

»Frühvorstellungen organisieren wir nicht«, erwiderte die Chefin und zog an ihrer roten Marlboro, die sie zwischen den roten Fingernägeln hielt. »Die Künstlerinnen schlafen. Nach einundzwanzig Uhr stehen wir zur Verfügung.«

Da kniete er richtig nieder, und ich sah eine Eingebung in seinen Augen.

»Gut, sollen sie schlafen. Aber du, Königin, könntest für uns tanzen!«

Da zerdrückte sie die Zigarette in unserem Aschenbecher und begann zu lachen. Sie stemmte die Hände in die Hüften und lachte aufrichtig, aus voller Kehle. Sie sah uns an, sah uns direkt in die Augen und lachte so, daß ihre große Brust in dem glitzernden Teil, das ein roter Gürtel zusammenhielt, zu hüpfen begann. Aber wie durch ein Wunder konnte sie atmen und dieses perlende Lachen von sich geben.

»Polonaise oder wie«, brachte sie schließlich hervor und rieb sich mit dem Daumen die tränenden Augen. Dann setzte sie sich an unseren Tisch und sagte, sie könne Maryśka anrufen, die zwar keine professionelle Künstlerin sei, aber dafür in der Nähe wohne, Geld brauche und ein angeborenes Talent und Temperament habe.

»Die hilft manchmal aus«, sagte sie.

Wir waren einverstanden, denn es war schwül, und wir wußten nicht, was wir mit uns anfangen sollten.

MARYŚKA erschien eine halbe Stunde später. Sie trug Jeans, ein orangerotes T-Shirt und hatte eine schäbige alte Plastiktüte in der Hand. Sie würdigte uns keines Blickes, sondern ging sofort in den Hinterraum. Mit Sicherheit war sie jünger als wir, und sie hatte langes, rotbraunes Haar. Aber das Gesicht sah ich erst später. Die Chefin kam herein, zog die Plastikvorhänge an den Fenstern zu und machte das Licht aus. Es brannte nur noch in dieser Pseudokabine mit dem goldenen Rohr. Während die Chefin etwas zu uns sagte, huschte das Mädchen dicht an uns vorbei und verschwand in der Tanzeinrichtung. Ich roch den nackten Körper. Es war nicht der Geruch von Parfüm, Schweiß, Deo, nichts dergleichen. Es war einfach der Geruch nackter Haut. Wir sahen den Umriß ihres Körpers. Eine tote, dröhnende Musik ertönte. Als Tanz konnte man kaum bezeichnen, was sie machte. Sie bewegte sich rhythmisch. Das heißt, ihr Schatten bewegte sich, gebrochen durch den gewellten Stoff. Ich versuchte zu erraten, ob sie etwas anhatte. Ich ging davon aus, daß es so war, daß wir trotz der Nachmittagsstunde, der Hitze und des bescheidenen Publikums eine Art Vorstellung zu sehen bekommen würden.

Władek schenkte sich ein, kippte das Gläschen und nahm einen ordentlichen Schluck Bier. Unser Essen war kalt geworden.

Die Musik wurde schneller. Wir sahen den Schatten der wehenden Haare. Ich spürte, wie mir der Schweiß in die Schuhe rann. Ich dachte, es müsse ihr hinter diesem Vorhang furchtbar heiß sein, sie müsse fast ersticken vor Hitze. Mit Sex hatte das nichts zu tun. Ich hatte einfach Angst, ihr könnte etwas passieren. Die Musik wurde noch schneller, und es begann farbig zu blinken. Die Chefin setzte sich neben uns. Sie steckte sich eine an, mit der anderen Hand klopfte sie leise den Rhythmus. Wie aus dem Nichts tauchte in ihrer Hand eine Fernbedienung auf. Sie hielt sie in Richtung der Dusche, und der Vorhang ging langsam auf.

Maryśka hatte einen weißen Bikini an. Nichts Besonderes. Irgendein Kettchen am Hals. Als wäre sie am Strand und nicht auf dem kommunalen Go-go. Ihr Körper war jünger als ihr Gesicht. Sie warf das Haar zurück, und für einen Sekundenbruchteil sah ich einen Goldzahn blitzen. Übrigens war ihr Gesicht an der ganzen Sache nicht beteiligt. Der Körper bewegte sich fließend, vielleicht sogar verführerisch, aber das Gesicht, vollkommen gleichgültig, wollte davon nichts wissen. Manchmal begegneten sich unsere Blicke, aber es war, als würde ich nasses Glas anschauen. Die Chefin knipste mit der Fernbedienung, und Maryśka wurde von Purpurglanz oder leichengrünem Licht überschüttet, oder sie verschwand in goldenem Nebel. So war das. Drei Farben, jeweils zehn Sekunden.

Nach zehn Minuten ging das Licht aus, und die Musik hörte auf.

»Ist das alles?« fragte er.

»Und was hätten Sie noch gern?« gab die Chefin zurück.

»Na, irgendwas noch, denn das hier hätte ich mir auch im Stadtbad Blaue Welle anschauen können.«

»Ja, ich kann mir vorstellen, wie sie alle dort hinrennen, um eine individuelle Vorstellung zu geben, Herr Verkäufer.«

»Aber da war nichts zu sehen, Chefin. Und zu so etwas kommt der Pfarrer?«

»Hochwürden hat sein Spezialprogramm, aber dafür entrichtet er auch eine Spezialgebühr, davon gehe ich bei euch nicht aus.«

Maryśka entschlüpfte fast lautlos. Zu diesem Bikini trug sie eine Art Turnschuhe oder Adidas. Ohne den Blick zu heben, ging sie am Tisch vorbei. Jetzt roch ihr Körper etwas stärker, schien mir.

»Hundert«, sagte die Chefin.

Es wurde still. In der Tür, an den Rahmen gelehnt, stand unsere Tänzerin mit ihrer Plastiktüte. Sie hatte sich blitzschnell umgezogen und wartete jetzt.

»Für diese Gymnastik? Sie hat ja nicht mal die Titten gezeigt«, sagte Władek und schaute mich Unterstützung suchend an.

»Titten hatten wir nicht abgemacht, nur künstlerischen Tanz«, gab die Chefin zurück. »Musik, Licht, Ton.«

»Chefin, das war Leibeserziehung und nicht Licht und Ton.« Er sagte es mit beleidigter Stimme und trommelte mit den Fingern auf den Tisch, als erwartete er eine Entschuldigung.

»Hundert, oder ich rufe jemanden«, antwortete sie.

»Für hundert mach ich den halben Tank voll und schau mir keine Leibwäsche an, gute Frau, verstehst du?«

Da trat Maryśka an den Tisch. Sie legte die Tüte neben den zerstocherten Teller und beugte sich über Władek. Er sah hoch. Ich sah, wie er gegen den Stuhl drückte, um zurückzuweichen. Aber sie zog einfach das orangerote Hemdchen hoch und schob sich so nah an ihn heran, daß er die Brustwarzen hätte berühren können, wenn er gewollt hätte. Einen Moment lang war ich sicher, daß er das machen würde, denn seine Lippen bewegten sich lautlos, und er reckte den Kopf. Doch gleichzeitig schob sich der Stuhl Millimeter um Millimeter nach hinten.

Nach einem unendlich langen Augenblick, in dem keiner von uns einen Mucks machte, fragte sie, ob es jetzt genug sei, aber sie wartete die Antwort nicht ab, sondern zog den orangeroten Stoff wieder herunter, nahm die Plastiktüte und stellte sich wieder in die Tür.

Später sah ich durchs Fenster, wie sie in einen weißen Golf stieg. Das Auto hatte die ganze Zeit dagestanden, und hinter dem Steuer saß ein Typ mit schütterem Haar und rauchte eine Zigarette nach der anderen.

»Haben Sie uns mit dem gedroht, Chefin?« fragte Władek, als alles vorbei war und die beiden wegfuhren.

»Das ist Gacek, du würdest dich wundern«, erwiderte sie.

»Kannst du sie nicht einfach mitnehmen?« fragte ich ihn, als wir zusahen, wie der Vergnügungspark zusammengepackt wurde.

Die großen roten Zetor-Traktoren waren vor die Anhänger gespannt, auf denen sich die Träger und Gitterkonstruktionen türmten. Nur noch der Müll, der sich in all den Wochen unter den Podesten der Karussells gesammelt hatte, war übrig. Dosen, Flaschen, Plastik. Das juckte niemanden. Fero zog die Leinenbänder fest, die die Geräte zusammenhielten. Zwei hintereinander angebrachte Wohnanhänger standen schon auf dem Asphalt. Bei einem von ihnen rauchte der Blechschornstein. Ich stellte mir vor, man fährt, und unterwegs kann man den Ofen heizen. Das war wie in einem Kinderspiel mit einem wandernden Haus. Zwischen Eisenteilen, Kabelrollen und Neonschildern stand auf einem der Transportanhänger das gelbe Kassenhäuschen. Auch wir wollten los. Im Morgengrauen hat-

ten wir gepackt und hätten eigentlich gleich aufbrechen können, aber er wollte vor der Abfahrt Eva noch einmal sehen.
Jetzt kam er von ihr, eben aus dem Wohnwagen, aus dem der
Rauch aufstieg. Er setzte sich ins Auto, schlug die Tür zu, und
wir starrten vor uns hin.

»Sie könnte jetzt einfach einsteigen und mit uns fahren ...«

»Wohin denn? Wir haben schließlich noch Ware zu verkaufen«, sagte er, ohne den Blick von der Scheibe zu wenden.

»Na dann eben, wenn wir die Sachen verkauft haben, in ein,
zwei Wochen. Wir nehmen sie mit und fahren zurück oder
wohin ihr wollt, ich kann euch fahren.«

Ich ließ das Auto an und fuhr rückwärts auf die Landstraße. Ich hörte das Knirschen von Plastikflaschen. Das Museum war immer noch geschlossen. Regen und Sonne hatten
die Schrift von den großen Plastikzylindern gewischt, und es
war schwer zu erkennen, daß sie Tomatensuppendosen dar-
stellen sollten. Langsam fuhr ich an dem Wagen mit dem
Schornstein vorbei. Władek wandte sich ab, aber an dem
Fensterchen war der Vorhang vorgezogen. Vielleicht bewegte
er sich sogar, aber ich beschleunigte, und schon erschien zur
Rechten unsere Bahnstation. Władek öffnete das Fenster und
hob die Hand zum Abschied. Zwei Eisenbahner, mit denen
wir am Abend zuvor Bier getrunken hatten, erwiderten seinen Gruß.

»Macht's gut!« rief er auf slowakisch.

Danach kam eine Abzweigung nach rechts auf die Brücke
über den Fluß und die Gleise, zu der Straße, auf der wir hergekommen waren. Aber wir fuhren geradeaus. Geradeaus nach
Süden. Ein Baumspalier zog sich die Straße entlang. Die Blätter wurden schon gelb. Die Sonne schien. Rechts in der Ferne war ein langer Bergrücken, der mit jedem Kilometer abfiel
und nach einem halben Kilometer spurlos verschwunden war.

Genau wie die kyrillischen Wegweiser. Links stand die letzte orthodoxe Kirche, sie war neu und erinnerte an eine runde afrikanische Hütte mit Türmchen und Kreuz.

»Sie wird nicht einverstanden sein«, sagte er plötzlich. »Um nichts in der Welt. Denkst du, ich hab sie nicht gefragt?«

Wir kamen durch das nächste Dorf. Bei den letzten Häusern mußte ich langsamer fahren, weil dunkelhäutige Kinder sich auf dem Asphalt einen Spielplatz eingerichtet hatten. Sportplatz und Promenade in einem, ein Fahrrad auf Felgen und ein Welpen mit roter Schleife um den Hals, an einer Schnur. Sie hätten ein Stück entfernt spielen können, aber auf der Straße war was los, Autos und so weiter, und es zog sie zum Leben. Die Kinder winkten uns, als wären wir mindestens der Nikolaus, wir fuhren langsam zwischen ihnen durch, und das reichte ihnen zu ihrem Glück. Władek öffnete das Fenster und warf eine angebrochene Zigarettenschachtel hinaus, die sofort von irgendwelchen Händen aufgefangen wurde. Rechter Hand hinter dem Dorf, ein Stück von der Straße entfernt, lag ihre Siedlung. Alles zerbrochen, zerbröckelt, erbärmliche Ruinen, man konnte den Blick nicht abwenden. Verrostetes Blech, rohes Holz, Abrißziegel, Lehm und Steine aus dem Fluß. Als hätte all das der Wind entführt und hergetragen, eine Kulisse des Jüngsten Gerichts.

»In der Slowakei ist die einzig interessante Architektur die der Zigeuner«, sagte er.

»Hast du gesehen? Die waren nicht in der Schule«, antwortete ich.

»Wenn alles den Bach runtergeht, werden nur sie überleben«, sagte er.

Wir passierten noch zwei kantige, entvölkerte Betondörfer. Aufgeräumt wie vor der endgültigen Abreise. Ich wollte wissen, wohin wir eigentlich fuhren, denn er hatte mir nichts Konkretes gesagt. »Ein bißchen mehr als hundert Kilometer«, das war alles. Aber er redete zuerst:

»Sie hat Angst. Sie hat Angst vor ihm, Angst um ihren Vater, Angst, den Vergnügungspark zu verlassen, Markus, ihre Bude, Angst vor allem. Aber im Grunde genommen hat sie nur Angst vor ihm. Und sicher hat sie recht, denn wenn er will, findet er sie überall. Also läuft sie nicht weg. Und ich kann sie nicht mitnehmen, weil sie sonst vor Angst stirbt. Ja. Sie wird mir wegsterben.«

Ich erinnerte mich an die Peitsche mit dem kurzen Griff, an die Schweinefarm und die winterliche Fahrt zu der LPG. Sie hatte recht: Er hätte sie überall gefunden. Auf Menschen war er spezialisiert. Darauf, sie ausfindig zu machen, zu verladen und zu verteilen. Und jetzt fuhren wir, um uns mit ihm zu treffen und um Gnade zu bitten, um Stundung oder Befreiung, und er würde entscheiden, worum wir bitten sollten. Der Geruch der Lederjacken konnte den Gestank der dunkelhäutigen Körper nicht vergessen machen. Ich hatte sie nicht einmal gezählt. Zehn, fünfzehn? Frauen? Männer? Eigentlich hätte man sie legen oder auf Bügel hängen können, dann wäre mehr reingegangen und nichts zerdrückt worden, und das Ausladen wäre leichter gewesen. Lieferwagen für Lieferwagen, Auto für Auto, Waggon für Waggon, zu Wasser, zu Lande und in der Luft. Das war die Zukunft und nicht gebrauchte Klamotten.

»Wohin fahren wir eigentlich?« fragte ich schließlich.

Er rauchte und ließ den Rauch ganz langsam, wie von selbst aus dem Mund, bis ihn der vom offenen Fenster kommende Luftzug verwehte. Seit einigen Tagen rauchte er ununterbrochen.

»Ich weiß noch nicht, wir werden es unterwegs erfahren.«

»Weiß man jetzt eigentlich, wo er ist, oder nicht?«

»Man weiß, wer es wissen könnte.«

»Und das hast du durch ein Wunder erfahren, ja?«

»Markus hat es mir dann schließlich doch gesagt«, brummte er, als wollte er die Fragerei endlich loswerden.

»Wie bitte? Zuerst wußte er es nicht, und dann hatte er plötzlich die Erleuchtung?«

Er warf die Kippe weg. Er griff ins Handschuhfach, holte die Flasche heraus und nahm einen Schluck. Allzu viele Gesten hatte er nicht zur Auswahl, wenn er auf dem Beifahrersitz saß. Er muß sich manchmal wie im Knast gefühlt haben. Die Fahrt verdammte ihn zur Bewegungslosigkeit. Ich spürte dann eine Art Überlegenheit, und das war mir angenehm. Er nahm noch einen Schluck.

»Ich hab ihn bezahlt.«

»Du hast Markus bezahlt? Deinen Kumpel? Deinen besten Freund?«

Jetzt konnte er nur rauchen, und das tat er auch. Er tat mir leid, aber ich hatte nicht die Absicht, ihm das zu zeigen. In gewisser Weise verdiente er all das, was ihm zustieß. Aber ich war sauer, denn es betraf auch mich. Dabei war es sein Schicksal, und er hatte mich mit List da reingezogen.

»Wieviel?« fragte ich, um ihm den Rest zu geben.

»Viel«, sagte er so leise, daß ich es im Lärm des Motors kaum hörte.

»Das heißt – wieviel?« Ich schrie fast.

»Mein ganzes Geld und die Hälfte von deinem.«

Die Landschaft wurde flach, die Straße führte geradeaus. Wir fuhren durch die feuchte Ebene. Die blauen Fäden der Kanäle liefen auf grüne Deiche zu, die mit Pappeln bewachsen waren. Manchmal flog ein Reiher auf. Ich fuhr, fast ohne das Lenkrad zu berühren. Es schien, als wäre alles Spiel in der Federung verschwunden. Mit zwei Fingern hielt ich das Rad, trat aufs Pedal und lauschte dem Klappern des Motors. Bisweilen hatte ich den Eindruck, daß die Reifen die Straße gar nicht berührten. So eben war sie. Eben, schnurgerade und leer, als hätten sie in dieser Einöde keine Autos. So werde ich fahren und fahren und fahren, bis nichts mehr im Tank ist, dachte ich. Mit Schwung werde ich auf den Seitenstreifen fahren, werde aussteigen, die Tür offenlassen und einfach weggehen. Ich werde so lange gehen, bis ich vor Müdigkeit umfalle und einschlafe. Später werde ich aufwachen, die Dokumente herausholen, Führerschein, Paß, werde sie zerreißen, auf ein Häufchen legen, mit Hölzchen und trockenem Gras unterfüttern und anzünden. Danach finde ich heraus, in welchem Land ich bin, versuche die Sprache zu lernen und fange von vorn an. Ich mußte an etwas denken, an etwas Absurdes und zugleich Sinnvolles, um seine Anwesenheit zu ertragen. Er saß in den Sitz gepreßt, verkrampft und reglos. Die Zigaretten und die Flasche hatte er vergessen. Irgendwie war er kleiner geworden. Als wäre er schlagartig gealtert. Oder waren es vielleicht die Kraniche? Jedenfalls stiegen sie aus den Sümpfen auf und flogen ins Innere dieses Landstrichs, der einem grünen Schwamm glich. Von Zeit zu Zeit sah man auf dem Asphalt Reste eines rötlichen oder grauen Pelzes. Es wurde also doch gefahren hier, nur heute war es so leer. Vielleicht war irgendein Feiertag.

»Ich geb's dir zurück, verdammt noch mal«, sagte er in erbärmlichem, vorwurfsvollem Ton.

Ich sah, wie aus einer Seitenstraße ein alter weißer Škoda herausfuhr, mit einem Anhänger voller Schrott. Er wurde etwas langsamer, aber nur, um dann die Kurve zu schaffen. Das Auto schleppte seinen Hintern über den Boden, und der Anhänger hatte kein Licht. Rippen von Heizkörpern, verrostete Rohre, ein eiserner Fensterrahmen, sie mußten eine Ruine geplündert haben, und jetzt schleppten sie den Kram zur Sammelstelle. Ich hupte und bremste. Die linke Spur war frei, also konnte ich ihnen irgendwie ausweichen. Sie waren zu fünf oder noch mehr, saßen da, nackt bis zum Gürtel, und anscheinend qualmten sie alle, denn aus den Fenstern flatterten Schwaden von Rauch. Sie lachten, einer hob die Hand in einer teils beschwichtigenden, teils entschuldigenden Geste, und sie hupten ebenfalls.

»Sag mir lieber, wo wir hinfahren, verdammt. Es sei denn, du willst, daß ich für die Information bezahle, was? Willst du? Ich hab noch ein bißchen Geld übrig, ich bin einverstanden mit dem Geschäft. Ich kauf dir deine beschissenen Geheimnisse ab, mit denen du, verdammt noch mal, gar nichts anfangen könntest, wenn ich nicht wäre.« Ich sagte das, während ich in den Rückspiegel schaute, denn der Škoda hatte vorne wohl acht Scheinwerfer und einen großen schwarzen Adler auf der Kühlerhaube.

»Zur rumänischen Grenze«, sagte er.

Aus der Gegenrichtung kam ein dunkelhäutiger Junge mit Inlinescatern. Bei ihm ging es bergab, also glitt er beschwingt und glücklich dahin. Ganz gut lief es aber nicht, denn er hielt in beiden Händen weiße Sportschuhe.

»Das heißt über die Grenze«, korrigierte er sich.

DAS WASSER versickert seit langem nicht mehr. Statt einer Katze könnte ich eine Ente gebrauchen. Dann könnte ich zusehen, wie sie in den Pfützen draußen planscht. Nachts höre ich die Mäuse rascheln, aber die Katze ist vorläufig mit ihrem eigenen Schwanz und den Papierkügelchen beschäftigt, die ich ihr hinwerfe. Seit drei Tagen regnet es. Der Fluß ist gestiegen und rauscht so laut, daß er fast alle Geräusche der Stadt übertönt. Es ist so dunkel, als würde unaufhörlich die Dämmerung hereinbrechen. Wasser, Licht und Erde haben die gleiche Farbe. So wird es vier Monate lang sein. Kurze, nasse Tage. Manchmal habe ich den Eindruck, das sei der eigentliche Fluch dieser Gegend: die Unbestimmtheit. Dreck und Grau. Rußland gefriert wenigstens. Die Jacke, die ich im Flur gelassen hatte, begann zu schimmeln. Ich habe sie an den Ofen gehängt. Von Zeit zu Zeit heize ich auch in dem anderen Zimmer. Ich hole mir einen Stuhl, setze mich hin und betrachte das Feuer. Immerhin eine Abwechslung. Dieses Zimmer riecht anders. Vielleicht ist es der Geruch des früheren Lebens, das sich hier abgespielt hat. Mein Teil des Hauses ist durchdrungen von Zigaretten, Gebratenem und jetzt auch noch von der Katze, die nicht immer in ihr Backblech trifft. Als ich noch jünger war, dachte ich, so stinken die Wohnungen von alten, einsamen Menschen. Katzenpisse, Bratöl und geschmuggelte Zigaretten. Man kann putzen, wie man will, der Geruch bleibt. Er verschwindet höchstens für eine Weile, kommt aber schnell wieder. Und Kohle, Kohlenrauch mit seinem fettigen, teerigen Geruch, der sogar in Metall, sogar in Glas eindringt. Vielleicht saß ich deshalb gern in diesem anderen Zimmer. Unter der Morschheit war der Geruch des alten Hauses zu spüren. Das war natürlich eine Illusion, aber das störte mich keineswegs. Es kam mir vor, als wäre ich bei jemandem zu Besuch.

In den Bergen muß es schütten, denn das Wasser im Fluß ist gelb. Die Leute stehen auf der Brücke und schauen zu, wie es steigt. Außer Schlamm trägt es Holzstückchen und Abfall von den am Ufer gelegenen Müllkippen mit sich. Manche fürchten wahrscheinlich um ihre Häuser. Vor allem diejenigen am anderen Ufer, das tiefer liegt und flacher ist. Heute habe ich gesehen, wie Kipper zur Tankstelle kamen und Sand abluden. Wenn es ganz schlimm kommt, werden damit Säcke gefüllt. Das lehmige Wasser dringt in die unterirdischen Behälter ein und drückt das Benzin an die Oberfläche. Jemand wirft ein Streichholz, und die graue Stadt steht in dunkelroten Flammen. Das wird Weihnachten sein. Nie mehr wird Schnee fallen, nie mehr die Sonne herauskommen. Mir scheint, im Laufe der Zeit verdichten sich Dunkel und Schlamm. Buchstäblich. Es gibt immer weniger Licht und regnet immer mehr.

Gestern konnte ich dieses Dämmerlicht nicht mehr ertragen und brach zu einem Ausflug auf. Der Boß gab mir ein paar Groschen, und so tankte ich und fuhr geradewegs nach Süden. Nach zwanzig Kilometern wurde mir bewußt, daß ich diese Strecke noch nie allein gefahren war. Links kam ich an der Kneipe vorbei. Der Platz hatte sich in einen Sumpf verwandelt. Ich begann mich auf den Paß hochzuschrauben, aber die Berge waren bei dem Wetter gar nicht zu sehen. Dreißig, vierzig Meter – danach Nebel. Oder vielleicht war es gar kein Nebel, sondern Wolken, die dicht über die Erde zogen. Auf dem Paß war es dunkel wie in der Abenddämmerung. Nach zwanzig Minuten erreichte ich den Übergang. Keine Menschenseele. Aus dem löchrigen Dach floß Wasser. Die Scheiben der Wechselstuben waren eingeschlagen. Auf dem Beton schimmerten die schwarzen Reste eines Lagerfeuers, ein Stück weiter lag der Drahtwulst eines verbrannten Reifens. Der Wind drückte Nebelfetzen unter die Überdachung.

Jenseits der Berge goß es genauso, aber es schien mir etwas heller zu sein. Schließlich fährt man deshalb in den Süden: damit es etwas wärmer und heller wird. Aber ich fuhr nach Bandrov, um anderen Regen und andere Dunkelheit zu sehen. Die Stadt lag zwanzig Kilometer von der Grenze entfernt. Sie hatte Verteidigungsmauern, einige runde Türme und einen Marktplatz mit gotischer Kirche und Häusern, die seit mindestens vierhundert Jahren auf ihrem Platz standen. Doch ich fuhr an diesem Zentrum vorbei zum Hypermarkt an der Peripherie. Solche gab es bei uns nicht. Groß wie Fußballfelder, mit Parkplätzen für fünfhundert Autos. Es war Samstag und daher schwer, eine Lücke zu finden. Die Leute schoben vollbeladene Einkaufswagen, die sie mit Planen, Jacken und Regenschirmen schützten. Die kleinen Räder versanken in Pfützen und blieben in Betonritzen stecken. Es sah aus wie eine Evakuierung, wie die Flucht der Zivilbevölkerung. Manche hatten unglaublich viel. Die Familienangehörigen mußten die Sachen festhalten, damit nichts herausfiel. Vielleicht kamen sie von weit her. Die Kartons weichten sofort auf. Durch einen heißen Luftvorhang ging ich hinein. Vor den Geldautomaten standen Schlangen. Wachmänner mit Kopfhörern im Ohr beobachteten die Menge. Ich hatte nicht die Absicht, etwas zu kaufen. Ich wollte nur die Waren und die Menschen betrachten, wie sie sich vermischen, wie sie sich gegenseitig durchdringen und ununterscheidbar werden, alle in den gleichen Farben, glänzend, synthetisch, Jacken, Schuhe, Verpackungen, und nur der Stand mit dem Fleisch, die roten Lappen, die Leber in Behältern, die abgehackten Stücke und das weiße Fett erinnerten an frühere Zeiten. Ich ging einfach umher und sah sie mir an, Menschen aus einem anderen Land, und suchte nach Unterschieden in den Gesichtern und Gesten. Aber ich bemerkte keine. Sie waren genau wie wir. Alles war ähnlich. Nur die Aufschriften unterschieden sich ein wenig. Es gab dickeren Speck als bei uns, scharfe ungarische Wurst, und sie hatten ihren eigenen Wein und ihre eigene Musik in den Regalen mit den CDs.

Die Zigeuner mußten vor kurzem ihre Stütze gekriegt haben, denn sie waren überall. Die Kinder schoben die Wagen, und die Mütter steuerten auf die gewünschten Abteilungen zu. Ihre Wagen waren am buntesten und mit einer Unmenge Kleinscheiß gefüllt, Riegel, Kekse, Chips, Knusperzeug, farbige Kügelchen, dieser ganze süße Siff. Die Zigeuner waren ideale Konsumenten. Sie gaben alles sofort aus. Ihre Wagen knirschten, raschelten und leuchteten wie Regenbogen. Ich ging mal hinter den einen, mal hinter den anderen her und schnupperte die Luft. Bei den Zigeunern roch es nach dem Schimmel ihrer armseligen Hütten und nach Rauch. Manche bogen am Eingang links ab. Im gleichen Gebäude, nebenan, war der *Čínsky Market*. Fast genauso groß wie der Hypermarkt. Im Innern roch es nach Gummi. So haben vor vierzig Jahren neue Turnschuhe gerochen. Jetzt stank jedes zweite Kleidungsstück auf der Welt so. Sie hatten alles dort, von Kopf bis Fuß. Von Büstenhaltern bis zu großen Rollkoffern. Die Sachen hingen auf langen Eisengestellen und lagen in flachen Kisten. An den Wänden hatten sie Regale mit Schuhen und diese Koffer. Und dann dieser Geruch, der Geruch Chinas. Am Eingang war die Kasse, da standen zwei Slowakinnen. Zwischen den Gestellen kam ich an einigen Asiaten vorbei. Ihre Gesichter waren ausdruckslos. Unter gesenkten Lidern beobachteten sie, wie die Zigeunerfamilien in den Waren herumwühlten und anprobierten. Sie mußten sich schwer anstrengen, um überhaupt etwas mitzukriegen, denn wenn vier Tanten und Schwestern sowie zwei Brüder einen Knirps einkleiden, sich beraten, gucken, ihn im Kreis drehen und permanent ihre Meinung ändern, ist das eine recht schwierige Wahrnehmungsübung. Sie nahmen immer wieder neue Sachen, sie wühlten herum, wählerisch, weil alles unglaublich billig war. Manche Dinge kosteten so gut wie gar nichts. Der ärmste Zigeuner konnte sich hier herausputzen wie für einen Videoclip. Die Chinesen kleideten wie ein barmherziger Christenmensch die Nackten ein. Sie schauten unter gesenkten Lidern hervor, aber sie lieferten Kleider. Es brauchte das große China, um die europäischen Parias einzukleiden. Ich wollte mir auch etwas kaufen, aber alles war künstlich und fühlte sich eisig an. Schuhe, Hosen, Jacken, Mützen, Handschuhe, alles. Ich stellte mir vor, in einer Zigeunerhütte aus Sperrholz, Blech und Kiefernpfählen bricht Feuer aus. Aus dem eisernen Ofen fällt ein Stückchen Kohle, der Fußboden beginnt zu glimmen, der Plastikbelag entzündet sich, das Feuer greift um sich, und alles in dem Häuschen ist chinesisch, alles leicht entzündlich, und wenn sie Pech haben, dann ergreift das Feuer auch sie, und sie laufen weg wie lebende Fackeln, und in den Himmel steigt der schwarze Rauch von brennenden Polymeren.

Ich kaufte nichts. Ich ging auf den Parkplatz hinaus, um zu schauen, wie es regnete. Als ich hierherkam, wurde die Grenze von Militär bewacht, auf Geländemotorrädern, einen Übergang gab es nicht, und niemand hatte je von Chinesen gehört. Die Länder waren durch Berge und Wälder getrennt. Jetzt waren alle irgendwohin unterwegs oder kamen von irgendwo zurück. Ich betrachtete durch die Scheibe den Regen, rauchte und dachte an Władek. An seine permanente Unruhe, an seine Umtriebigkeit. Er war gleichsam wie geschaffen für diese Zeit, aber jetzt, wo sie da war, stellte sich heraus, daß er schon zu alt und zu müde war. Er lebte in der Gegenwart, aber sein Herz schlug im Rhythmus früherer Tage.

Als ich zurückfuhr, war es auf dem Paß schon dunkel. Jemand stand im Regen und winkte. Ich hielt an. Die Person stieg ein, mit einer Kapuzenjacke, triefend.

»Jesus, ich hab schon gedacht, hier wird nie einer halten.«

Sie schob die Kapuze zurück. Ich erkannte sie sofort. Selbst wenn ich sie nicht gesehen hätte, an der Stimme hätte ich sie erkannt.

»Darf ich rauchen? Ich hab eine Stunde gestanden, ohne Zigarette, geht ja nicht, wenn es so schüttet. Etwa zehn Autos sind vorbeigefahren, keiner hat auch nur langsamer gemacht.«

»Es ist dunkel, alles ausgestorben, die Leute haben Angst«, antwortete ich und gab ihr ein Päckchen von meinen.

»Ich bitt Sie, die Leute! *Ich* hatte Angst! Da hinten ist gleich der Friedhof.«

»Aber ein Soldatenfriedhof. Hundert Jahre alt.«

»Denken Sie, die Leichen sind alt geworden?«

»Ich weiß nicht«, sagte ich wahrheitsgemäß.

»Mann, eine auferstandene Leiche, ein Gespenst, ein Untoter, die sind ewig«, sagte sie kategorisch und fügte hinzu: »Danke, aber ich nehme meine. Die hier sind mir zu leicht.«

Mit dieser männlichen Geste, die Hand über das Streichholz haltend, steckte sie sich eine an. Das kurze graue Haar, der dunkle Rollkragenpulli und die Hose im Military-Look verliehen ihr Ähnlichkeit mit einem hageren Jungen, der plötzlich alt geworden ist.

»Erinnern Sie sich nicht an mich?« fragte ich.

Sie wandte den Blick von der Scheibe ab:

»Nein.«

»Ich war damals mit Władek zusammen. Als wir steckengeblieben sind.«

Jetzt sah sie mich an wie einen interessanten Gegenstand, der sich unverhofft in Reichweite befindet.

»Ja, richtig ... Aber Sie hatten kürzere Haare, oder?«

»Stimmt«, erwiderte ich.

Die Scheibenwischer hinterließen nasse Streifen. Wenn mir einer entgegenkam, konnte ich fast nichts sehen. Ich hätte schon lange neue kaufen sollen, aber in letzter Zeit bin ich fast nie nachts gefahren. Sie sagte, ihr Auto sei kaputtgegangen, sie hätte es unterwegs stehenlassen müssen.

»Wissen Sie, es ist ein kleiner Fiat, ein Maluch, das ist eine Krankheit, kein Auto.«

Und dann nahm sie doch eine Zigarette von mir, denn ihre waren so feucht, daß sie ausgingen. Ich mußte nichts sagen, mußte nichts fragen.

»Schon im Kommunismus ist er in die LPG gekommen und hat irgendwas verkauft. Vor Palmsonntag brachte er Palmwedel, für den Herbst Weckgläser, vor Allerseelen Grablichter und Plastikblumen, vor Weihnachten Glaskugeln und Kuchenbleche. Er fuhr mit einem gelben Syrena Bosto, da war alles drin. Was das Herz begehrte. Und wenn er es nicht dabeihatte, brachte er es beim nächsten Mal mit. Damals gab es so gut wie nichts, aber er kam immer mit irgendwas an.«

»Typisch Władek«, dachte ich, aber ich sagte nichts.

»Aber er kam auch zu seinem Mädchen, wissen Sie, zwei Häuser weiter. Sie war jung, viel jünger als er, sie war mit meinen befreundet und kann damals nicht mehr als sechzehn gewesen sein, und er war weit über zwanzig.«

»Ist er allein gefahren?« fragte ich.

»Ja«, antwortete sie, »ganz allein.«

Irgendein Depp mit Fernlicht und Nebelscheinwerfern kam uns entgegen.

»Und wissen Sie, daß er es war, der den Grauen überhaupt hierhergebracht hat?«

»Wen?«

»Den Grauen. Den, der dann Leute von uns mitgenommen hat.«

VERDAMMT, NACH RUMÄNIEN, dachte ich damals. Denn damals glaubte ich, das sei weit. Kein Mensch fuhr dorthin. Von dort kamen Halwa, Brandy, Zarea und Bettler. Wenn jemand hier etwas von dort erwartete, dann den Aussatz. Deshalb dachte ich, es sei weit. Und jetzt ließ er mich dorthin fahren auf der Suche nach diesem Scheiß-Dracula, der sich von menschlichen Körpern nährte.

»Wie denn? Ist er Rumäne?« fragte ich.

»Ich sagte doch, keiner weiß, woher er ist«, erwiderte er.

»Kein Mensch weiß was, man weiß nicht, wo er ist, man weiß nicht, woher er ist, nichts weiß man, und wenn doch, dann für Geld. Mach dich nicht lächerlich.«

Er saß da und starrte vor sich hin. Starrte auf die Straße, als würde sich dort die Antwort offenbaren. Es ging jetzt ganz geradeaus, und man spürte, daß hier allmählich ein Land endete und bald ein neues beginnen würde. Zur Rechten lag eine Weide, die hinten von einem Lattenzaun und an der Straße von Maschendraht begrenzt wurde, wahrscheinlich speziell deshalb, damit man etwas sehen konnte. Zwischen sumpfigen Pfützen und verstreutem Stroh standen dunkelbraune und graue Esel mit gesenkten Schädeln. Ich ging so weit mit dem Tempo runter, daß ich die Mückenschwärme sehen konnte. Von drei Lamas aus den Anden fiel in großen Stücken die Wolle ab. Daneben trippelten zwei Strauße. Die Bretter des Zauns, der Sumpf und die Tiere hatten mehr oder weniger die gleiche Farbe. Keine Ahnung, warum das alles so offen und direkt an der Straße lag. Es sei denn, jemand hätte mal zuviel geglotzt und wäre frontal mit einem türkischen Fernlaster zusammengestoßen. Als das graubraune Gelände zu Ende war, begannen auf beiden Seiten große, verwilderte Obstgärten. Schwarze, vertrocknete Bäume und hohes, gelbes Gras. Eine Art Savanne. Auch die war von Maschendraht umzäunt. Dutzende, vielleicht Hunderte von Hektar, denn diese Savanne war wellenförmig, und ihre Fortsetzung verschwand hinter den Erhebungen. In der Ferne sah ich weitere Strauße. Sie spazierten zwischen abgestorbenen Apfelbäumen herum. Über alldem ragte ein hölzerner Turm empor. Er war gut über zehn Meter hoch und hatte ganz oben eine offene Galerie. Vielleicht beobachtete man von dort aus die Tiere, vielleicht schoß man auf sie. Schwer zu sagen. Am Horizont erhoben sich die grünen vulkanischen Kegel der ungarischen Berge.

Der frühere Übergang bestand aus ein paar kaputten Betonstreifen, ein paar zementierten Buden und schmutzigem Glas. Tot und versifft. Aber einen Kilometer weiter begann ein Städtchen. Entlang der Hauptstraße standen Platanen. Sie warfen Schatten auf die Stuckfassaden der Villen und Bürgerhäuser. Die Häuser waren alt, abgenutzt und schön. Ich überlegte, ob ich schon jemals Platanen gesehen hatte. Einige Gebäude sahen aus wie Schlösser. Kuppeln, Säulen und so weiter. Auf einem Sockel vor einer gelben Kirche stand Kossuth mit einem Säbel. Direkt hinter den Häusern ragte rechter Hand ein steiler Hang mit Weinbergen auf. Die Stadt lebte im Schatten dieses Berges. Hier könnten wir haltmachen, dachte ich, unseren Stand ausbreiten, ein paar Tage bleiben und hören, wie sie in ihrer seltsamen Sprache sprechen, die keiner anderen auf der ganzen Welt ähnlich ist. Eigentlich war das nichts weiter als ein normales ungarisches Kaff am Rande der Großen Tiefebene. Man brauchte nur ein paar hundert Meter gehen, und alles war zu Ende. Aber wir hätten sicher einen Platz gefunden, irgendein Fleckchen, nicht weit vom städtischen Markt. Wer weiß, ob unser Vergnügungspark nicht die Absicht hatte, sich gerade hier niederzulassen.

Władek wußte es bestimmt, aber ich wollte ihn nicht fragen. Er hatte sich völlig in sich zurückgezogen. Ihm fiel einfach nichts mehr ein. Ich dagegen dachte an das Licht des Südens, an den Wein, an den roten, mit Paprika gewürzten Speck und fuhr nach Rumänien, um zu schauen, ob sie dort Aussatz hatten. Er war total verschlossen, trotzig, er rauchte und rauchte. An der Ausfahrt aus der Stadt stand ein weißer Streifenwagen, an den Türen ein unaussprechliches Wort, das Polizei bedeutete. Ihr Blick verfolgte uns. Sie hätten uns anhalten sollen, uns untersuchen, herausfinden, daß bei uns nichts funktionierte, wie es sollte, und uns die Papiere abnehmen. Oder uns zumindest zur Umkehr veranlassen, diese Schrottkarre aus ihrem Land jagen. Das wäre eine Lösung gewesen. Er hätte sich zu Fuß durchschlagen müssen. Ich war schließlich nur der Fahrer. Ich konnte nur eines: fahren und zuhören, wie er quatschte. Er hätte in diesen ausgelatschten Adidas nach Süden gehen müssen. Er hätte mit sich selbst gequatscht und sich seine Heldentaten in Erinnerung gerufen. Null Zuhörer. In der Slowakei konnte er noch hoffen, man würde ihn verstehen und bewundern. Aber hier nicht. Hier wäre er mit seinem Geschwätz ganz allein gewesen, wäre marschiert und hätte vor sich hin gebrummt. Etwas Schlimmeres hätte ihm nicht passieren können. Er war ja tot, wenn er nicht quatschte. Manchmal hatte ich den Eindruck, daß er nur lebte, um dann sein Leben irgend jemandem erzählen zu können. Er hatte mich gefunden, wie ein blindes Huhn ein Korn findet, als ihm niemand mehr zuhören wollte. Alle kannten ihn, und er ging ihnen am Arsch vorbei, weil sie mit ihren eigenen Dingen beschäftigt waren in einer Zeit, die den Leuten an die Gurgel sprang. Er konnte höchstens noch in die Kneipe gehen und es dort mit seinen Märchen versuchen, aber in den Kneipen gab es schon überall Fernsehgeräte, und die alten Kumpel schauten sich lieber diesen ganzen Plastikscheiß an, weil der sie wenigstens für einen Moment ihr eigenes Leben vergessen ließ. Ja, Ungarn wäre für ihn schlimmer gewesen als das Fegefeuer. Keiner versteht ihn. Also probiert er es mit Zeichensprache. Zieht eine Pantomime ab in seinen gestreiften T-Shirts, in seinen Trainingsanzughosen mit den ewigen Bügelfalten. In seinen gefälschten Adidas.

Jetzt schwieg er. Dachte darüber nach, was sein würde. Er hatte Angst und war wütend. Schwitzte und rauchte. Die

Stadt blieb zurück. Linker Hand erstreckte sich unten die sumpfige Ebene mit Gruppen von Pappeln und Weiden. Rechts zogen sich Weinberge über die Hügel. Jemand war da zugange. Vielleicht begannen sie schon mit der Lese. Aber die Hügel und Weinberge waren bald zu Ende. Es wurde wieder flach. An den Kreuzungen mußte er etwas sagen, ob nach links oder nach rechts. Grüne Schilder, weiße Buchstaben. Ich gab mir nicht einmal Mühe, sie zu lesen. Wie damals begannen die Namen mit »Tisza«. Tiszadies, Tiszajenes, Tiszanochwas. In den Dörfern roch es nach Schweinemist. Flache, gelbe Häuser, mit roten Ziegeln gedeckt, und Hitze. In den Gärten saßen sie im Schatten der Bäume, mit nacktem Oberkörper, braungebrannte Männer. Auf dieser Seite der Berge war es heißer. Vielleicht kam die Luft aus der Sahara hierher. In dieser erhitzten Ebene konnte es sogar eine Fata Morgana geben. Eine alte Frau ging am Wegrand, eine Hacke über der Schulter. Ganz in Schwarz, hager, mit Kopftuch, sie sah aus wie der ungarische Tod. Ich versuchte mich zu erinnern, ob wir die gleiche Strecke fuhren wie damals, aber es war ein fremdes Land, und selbst ein ganz gewöhnlicher Wagen auf Gummirädern machte auf mich einen eigenartigen Eindruck. Alles war ziemlich ähnlich und zugleich vollkommen anders. Deshalb fuhr ich geradeaus und wartete in aller Ruhe auf eine Fata Morgana.

SIE KAM in grünen Gummistiefeln, die sie am Eingang abstellte. Ich versuchte irgendwelche Hausschuhe zu finden, aber ich wußte, daß es im ganzen Haus nichts dergleichen gab. Nichts, was ich ihr hätte anbieten können.

»Machen Sie sich keine Umstände. Ich habe warme Socken«, sagte sie.

Sie waren dick und rot. Rasch ging sie durch den kühlen

Flur. In der Küche setzte sie sich an den Tisch, an ihren Stammplatz. Schließlich war es ihr Haus. Sie nahm ein Bäumchen aus einer Plastiktüte und stellte es hin. Es war etwa dreißig Zentimeter hoch, steckte in einem Topf und hatte vier Glaskugeln.

»Es ist echt. Man muß es nur gießen. Im Frühjahr können Sie es in den Garten setzen. Nur wenn Sie wollen, natürlich.«

»Warum nicht? Vielen Dank«, erwiderte ich. »Es ist sehr klein, sieht aber ganz normal aus.«

»Ein chinesisches«, sagte sie. »Die Glaskugeln und die Erde auch. Ist es nicht seltsam, daß sie sogar Erde mitschicken?«

»Anders würde es den Transport nicht überstehen. Aber es ist wirklich seltsam. Erde aus China«, stimmte ich zu.

»Billiger als Erde ist nur Luft, nicht wahr?«

Ich sagte, ja, so sei es wohl, und fragte, ob sie einen Tee trinken wolle. Gern ging sie auf den Vorschlag ein. Der Teekessel stand auf der heißen Platte. Ich machte den Tee in Bechern, gab ihr einen davon und setzte mich auf die andere Tischseite. Sie nahm einen Löffel Zucker.

»Oder Wasser«, fügte ich hinzu.

»Wasser ist teurer. Zumindest das in Flaschen. Gartenerde wird auch nach Litern verkauft, und sie ist viel billiger als ein Liter Wasser. Mit Wasser aus der Leitung ist es sicher anders, aber es ist allemal teurer als normale Erde, die man sich einfach holen kann.«

Sie saß vor dem Fenster, und ich sah nur ihren Umriß. Es war kurz vor drei Uhr nachmittags. Ich fragte, ob ich Licht machen solle. Sie schüttelte den Kopf. Es war warm und roch nach den Kartoffeln, die gerade fertig geworden waren, bevor sie kam. Ich hatte Hunger. Ich dachte an die Kartoffeln, an die Grieben in der Pfanne und den Kefir. Seit langem aß ich allein. Mir wurde bewußt, daß die letzte Person, mit der ich gegessen hatte, Władek gewesen war. Jetzt wartete ich darauf, daß sie austrinken und gehen würde. Darin lag keine Abneigung. Ich genierte mich einfach.

»Den Schlüssel habe ich doch nicht gefunden«, sagte sie. »Und der wird sich wohl auch nicht finden. Ich bin mir nicht sicher, ob ich ihn wirklich irgendwo gesehen habe, ob es überhaupt einen gab. Und ich weiß jetzt gar nicht mehr, ob ich diese Tür öffnen möchte.«

»Wenn Sie sich trotzdem entschließen, dürfte das kein Problem sein.«

Sie nahm den Becher in beide Hände, als wollte sie sich wärmen, und trank langsam einen Schluck. Ohne ihn abzustellen, sagte sie:

»Nein, lieber nicht, vorläufig.«

Ich hörte das Rauschen des Flusses und das Dröhnen von der Brücke. Das Kätzchen wachte auf und sprang vom Bett auf den Boden. Es war fast unsichtbar im Halbdunkel. Sie stellte den Becher weg und beugte sich mit ausgestreckter Hand nach vorn, aber das Tierchen rannte weg.

»Was war denn dort«, fragte ich.

Sie richtete sich auf und verschränkte die Hände. Nach einer längeren Pause sagte sie:

»Ein Kinderzimmer. Eine Art Kinderzimmer.«

»Anscheinend nicht besonders groß.«

Sie schüttelte den Kopf. Ihre Gestalt, mit dem Fenster im Hintergrund, sah jetzt ganz schwarz aus.

»Und es hatte kein Fenster«, fügte ich hinzu.

»Nein. Wissen Sie, in manchen Situationen ist es besser, kein Fenster zu haben.«

Sie sagte es langsam und leise und gar nicht zu mir. Das wisse ich, erwiderte ich, und manchmal sei es sogar besser, keine Tür zu haben, nur vier Wände, einen Boden und eine Decke.

»Ja«, antwortete sie. »Damit es überhaupt nicht aussieht, als würde da jemand wohnen.«

Wir schwiegen eine Weile, und es war zu hören, wie die Katze spielte. Wie sie hochsprang und mit leisem, weichem Aufprall über die Bretter des Fußbodens kullerte. Wir lauschten diesem Geräusch ohne die geringste Bewegung. Schließlich ging mir die Luft aus, und ich sagte, ich hätte Salzkartoffeln gekocht und würde ihr gern etwas anbieten, sie zum Essen einladen. Sie war sofort einverstanden, also stand ich auf, machte die Lampe an, die über dem Tisch hing und nahm Teller aus dem Schrank.

»Wissen Sie, der Krieg – das waren Kartoffeln. Das heißt der Mangel an Kartoffeln. Deshalb – auch wenn es alle möglichen Dinge gibt, lecker, schmackhaft, jetzt, da man alles kaufen kann – das wirkliche Essen sind die Kartoffeln. Ich habe es gerochen, sobald ich hereinkam. Und, Sie werden lachen, aber ich habe mir sehr gewünscht, daß ich etwas mitessen kann.«

Ich gab den zerlassenen Speck und die Zwiebeln in den Topf und zerdrückte die Kartoffeln. Lange, sorgfältig, bis sie sich in eine einheitliche kremige Masse verwandelten, durchsetzt von den hellbraunen Grieben. So hatte das meine Mutter gemacht. Ich wiederholte ihre Tätigkeit. Dann verteilte ich das Essen auf die Teller und stellte sie auf den Tisch. Ich spülte die Teebecher und goß Kefir ein. Sie aß langsam, schweigend. Wie ein Kind neigte sie sich über den Teller. Gleich wird sie die Beine anziehen und in der Hocke auf dem Stuhl sitzen, dachte ich. Es wäre nichts passiert, denn sie war klein und zierlich. Von Zeit zu Zeit hob sie den Kopf und lächelte mich fast unmerklich an, vielleicht auch die Kartoffeln oder ihre Erinnerung. Aus einer Ecke kam die Katze und sprang ihr auf den Schoß. Sie streichelte sie mit der linken Hand, ohne das Essen zu unterbrechen. Das Tier blieb sitzen, plötzlich ganz unbewegt, und schnurrte.

»Woran erinnern Sie sich denn noch aus dem Krieg?« fragte ich.

Sie hörte auf zu essen, legte die Gabel weg und die rechte Hand auf das graubraune Knäuel.

»An nichts, wissen Sie, nichts, was man normalerweise mit dem Krieg verbindet. Ich habe keinen einzigen Deutschen gesehen. Und keinen einzigen Schuß gehört. Vielleicht in der Ferne, und ich wußte gar nicht, daß es ein Schuß war. Erst als die Russen einmarschierten. Aber da war der Krieg ja sozusagen schon vorbei, nicht wahr?«

»Sie haben keinen einzigen Deutschen gesehen?«

»Nein, ich glaube nicht. Aber ich habe ständig von ihnen gehört. Ihr Anblick blieb mir erspart. Kaum zu glauben, nicht wahr?«

»Ja«, antwortete ich. »Sie waren unsichtbar.«

»Sie waren wie Geister. Wie Geister, die nur von den Erwachsenen gesehen wurden. Und die redeten dann ständig darüber.«

Sie verstummte, und wir aßen schweigend zu Ende.

Zum Abschied gab sie mir die Hand. Sie war klein, trocken und warm. Ich spürte einen Druck, den ich nicht erwartet hätte. Dann schaute ich zu, wie sie in ihren Gummistiefeln behutsam durch den Hof ging, im dichter werdenden Abend kaum noch zu sehen. Am Gartentor blieb sie stehen und blickte sich um. Unwillkürlich hob ich die Hand, aber diese Geste konnte sie nicht sehen, denn ich stand ein Stück im Zimmer, durch den Vorhang getrennt.

WARME TAGE. Wann ist das gewesen? Ich erinnere mich, wie an dem Platz, wo jetzt die Tankstelle ist, die Bauern ihre Fuhrwerke abstellten. Sie banden die Zügel an die Runge und gingen in das einstöckige Gebäude mit der Neonlampe in Form einer Ähre. Die Lampe war seit Jahren tot, aber man konnte dort Dinge kaufen, die man für die Landwirtschaft brauchte. Stricke, Ketten, Sensen, Maschinenteile, Schnüre für Mähbinder, irgendwelches Gift gegen Ungeziefer. Die Pferde schissen auf den staubigen Platz. Die Fuhrleute tranken sich heimlich zu. Der Markt war nur ein paar Schritte entfernt, und an Dienstagen drang von dort das Quieken der Schweine herüber. Ja. Diese Stadt war halb Dorf, wie die meisten Städte in Polen. Herausgeputzte junge Damen trippelten die steile Straße hinunter, überquerten die Brücke und näherten sich mit gerümpfter Nase den Ständen, um das bündelweise aufgehängte Geflügel abzutasten. Sie verbreiteten einen intensiven Parfümgeruch, der sie vor dem Schweinegestank schützen sollte, weil sie dachten, dieser Gestank sei gegen sie, gegen ihre Urbanität gerichtet. Sie dachten, dieser Gestank sei eine persönliche Beleidigung. Dieser Gestank verfolgte sie und erinnerte an ihre Vergangenheit. Alle waren vom Land und konnten sich nicht damit abfinden. Also überschütteten sie sich mit Parfüm und spazierten verächtlich zwischen dem zusammengebundenen Geflügel und den Strohwischen herum. Mit Kot beschmierte Kälber standen auf Zweiradwagen und starrten ins Nichts. Armut und Unfreiheit. Keine schönen Erinnerungen. Deshalb parfümierten sie sich oder soffen sich zu Tode. Die Neurose der Fron. »Ich hab das im Blut«, sagte er eines Tages, als wir zusahen, wie Bulldozer die Reste des Landwirtschaftsgebäudes aus der Erde rissen. Der Platz hatte sich in ein Trümmerfeld verwandelt.

»Ich hab das im Blut. Sie sind noch vor meiner Geburt umgezogen, aber ich hab das im Blut. Vater hat Arbeit gefunden, und Mutter wollte aus der Armut raus, weg von den Kuhschwänzen und der Rückständigkeit, wie man damals sagte. Sie zogen in ein Holzhaus, das aus zerlegten ruthenischen Hütten gezimmert war. Es stand in Załeże, am Fluß. Hauptsache Stadt. Die Straße asphaltiert, gleich hinter der Ecke hielt der Bus, Läden, fließendes Wasser, das Scheißhaus in einer Ecke im Hof, aber in der Stadt. Ich weiß noch, daß wir aus einer Schüssel aßen, da standen Kartoffeln, da stand saure Mehlsuppe, jeder nahm sich. Meine Mutter hatte ihr ganzes Leben Angst. Vor den Leuten, vor den Nachbarn, den Verkäuferinnen, den Schaffnern, den Briefträgern, den Schornsteinfegern, den Milizionären, daß sie sie erkennen könnten: Ah, Sie sind vom Land … An der Sprache, am Blick, am Gang, an der Angst, und sie putzte sich ganz seltsam heraus und ging zum Frisör, der sie gnadenlos schnitt und eine Reihe kosmischer Frisuren in petto hatte, extra für Frauen vom Land, die in der städtischen Menschenmenge nicht auffallen wollten. Am anderen Ende der Stadt, hinter dem Friedhof, da wo die alten Schächte standen, fand sie eine Freundin aus ihrem Nachbardorf, und sie lief in jeder freien Minute zu ihr. Zwei Kilometer bergauf. Sie zog mich an der Hand mit. Sie plauderten stundenlang. Ich verstand kein Wort. Ich döste ein, irgendwo in der Ecke dieses Holzhauses, das aussah wie unseres. Der gleiche Geruch nach Petroleum, das gleiche braun gewordene Holz, aus dem Süden hergeschleppt und hier zusammengebaut – nur kleiner die Balken, weil sie dort die kaputten Ecken abschnitten und neue zuschnitten. Sie quasselten wie verrückt, einsam und eingeschüchtert wie sie waren, die Männer bei der Arbeit. Dann wieder zwei Kilometer bergab, und sie schaffte es kaum mit dem Mittagessen, bis Vater heimkam. Niemand besuchte uns, jahrelang nur Familie. Wir lebten wie in der Wüste. Ringsum standen Häuser, aber sie waren wie leer. Nur diese Familie tauchte manchmal auf. Sie flehten sie an, sie sollten nicht mit dem Fuhrwerk kommen, mit den Früchten des Feldes und

Schweinehälften zu den Feiertagen. Ich weiß nicht, vielleicht sind sie mit dem Bus gekommen? Vielleicht haben sie das Gespann irgendwo in den Weiden versteckt, wie Budjonny seine Tatschankas. Ganz verschwommen erinnere ich mich, daß wir in einer Kammer ein Schwein hatten. Ein armes, blasses Tier. Es hat sein ganzes Leben keine Sonne, keinen Himmel und keine Erde gesehen. Dunkelheit, Mist, Tod. Später gaben sie es auf, weil der Streß sie fast umbrachte, vor allem meine Mutter. Vater ging zur Arbeit, wenn er heimkam, stank er nach Erdöl. Alle Männer in der Stadt rochen damals so. Emirate und Texas. Er hatte es besser als sie. Wenn ein Mann Arbeit hat, geht ihn der Rest nichts mehr an, der Rest ist Freizeit. Mutter sollte es uns gemütlich machen, aber sie wußte nicht wie, weil sie von zu Hause nur Handtücher mit eingestickten Sprüchen, die Muttergottes, das brennende Herz Jesu, Fliegen, den Gestank des Kuhstalls und den Hahn kannte, der permanent seine zehn Hühner fickte. Und hier alles elegant und vornehm, Schuhe aus Schlangenleder und dreimal am Tag Körperpflege. Scheiße, verstehst du, kein Mensch kam zu uns, es gab keine Fremden. Nur die von den Schächten manchmal. Jetzt sehe ich das alles, die vielen Stunden, die Mutter vor dem Spiegel stand, ihre Hilflosigkeit, dieses Sich-was-Anstecken, Dranhalten, Anprobieren, bevor sie sich zum Laden aufmachte, weiter ging sie ja sowieso nicht, keinen Schritt, höchstens sonntags mit dem Bus ins Dorf. Weißt du, sie ging nie einfach so raus, wie man für einen Moment rausgeht, in Hausschlappen, Zucker borgen, Streichhölzer, wenn man mit sich im Einklang ist und nicht in den Spiegel schauen muß, wie man aussieht, weil da draußen kein Armageddon ist, sondern Leute wie du und ich. Aber das war nicht der Fall. Das ist überhaupt nicht der Fall, weil hier niemand mit sich im Einklang ist, weil alle das Gefühl haben, daß sie jemandem was geklaut haben oder daß ihnen gleich jemand was klauen wird. Egal was, die Ware, den guten Namen, den Platz in der Schlange, die Luft zum Atmen, die Achtung, die sie schon vor sich selbst nicht haben, na ja, alles eben, denn das ist ein Land der Schieberei und des Aufstiegs, ein Land des Aufstiegs durch Schieberei, könnte man sagen. Und meine Mutter, der Herr lasse sein Antlitz leuchten über ihrer gequälten Seele, meine Mutter ahnte das, weil sie sensibel war, aber sie war eine einfache Frau, deshalb hat sie es nicht begriffen, sondern nur gespürt, sie hat gespürt, daß sie so tat, als wäre sie jemand anders, daß ihr Leben sinnlos war, gespalten, und sie mußte leiden, obwohl sie sich keiner Schuld bewußt war … Sie hat ja nur getan, was alle tun, nicht wahr? Alle versuchen sie, vor ihrem Schicksal zu fliehen, in die Stadt, nach Deutschland, nach Chicago, auf den Mond oder zum Teufel. Das ist das Land der ewigen Wanderer, mein Freund, nicht die Juden, sondern wir. Du mußt gar nicht weggehen, verdammt, du sitzt in deinen vier Wänden und bist ein Vertriebener. Wie meine Mutter. Wie ich oder auch du. Oder vielleicht nicht?«

Bulldozer schaufelten den Schutt auf einen großen Haufen. Eine gelbe Lademaschine schüttete ihn später auf bereitstehende Kipper. Ja, es war warm. Władek schwitzte. Ich sah einen Fleck unter seinem rechten Arm. Er schwitzte immer, wenn er so quasselte, wenn er in den Ton des Stadt- und Landkreispropheten verfiel. Eines Tages wird sein Instinkt versagen, und er wird auf dem Marktplatz zum Volk sprechen, dachte ich. Und das Volk wird ihm einfach eine Tracht Prügel verpassen, denn das Volk verliert den Instinkt höchst selten. Aber vorläufig hatte er mich, und ich hörte mir seine Ansprachen an. Anfangs konnte ich kaum glauben, daß jemand mit solcher Leichtigkeit Wörter von sich geben kann. Daß er eigentlich bei jeder Gelegenheit etwas zu sagen hat. Ich bewunderte ihn, denn ich selbst war schweigsam. Ich hatte nicht viel zu sagen, und ich hatte

keinen, der zuhörte. Aber er mußte nur etwas sehen, und schon
fing er an. Er erinnerte sich und prophezeite. Sicher redete er
auch, wenn er allein war. Oder er übte in Gedanken. Murmelte
vor sich hin. Es gab keine Gnade für die Welt und die Menschen. Hätte er eine Familie gehabt, sie wäre übergeschnappt.
Vorläufig war ich seine Familie.

ALSO GUT, meinetwegen Rumänien. Aber irgendwie wollte es
nicht so recht näher kommen. Die Landschaft war inzwischen
öde und flach. Die Städtchen waren verschwunden, die Dörfer
zu Ende – nur noch Ebene und darüber der Staub von den
Feldern. Als hätte man zu Zeiten der Grenzen alle ausgesiedelt
und keiner wäre zurückgekommen. Władek hob schließlich
die Hand und zeigte auf den Horizont. Links der Landstraße
sah ich in der Ferne einen Wachturm. Und auf der anderen
Seite der Straße einen zweiten. Sie mußten hoch sein, da einige
Kilometer uns von ihnen trennten. Dort Türme und hier Türme. Dort bewachten sie die Strauße und hier die endlose staubige Ebene. Er zeigte mir also gnädigerweise diese Wachtürme,
und ich fragte, ob es ungarische oder rumänische seien, aber er
war sich nicht sicher. Eher rumänische, meinte er, weil dieser
Schustergeselle die gleiche Paranoia hatte wie die Russen mit
ihrem Spezialsystem an der Grenze. Aber jetzt waren es Ruinen
und eventuell zukünftige Ausgrabungen. Die Landstraße hatte
sich in eine vierspurige Autobahn verwandelt, nur löchrig war
sie, und an den Rändern abgebröckelt. In die Spuren, auf denen die Lastwagen unterwegs waren, hatten sich tiefe Rillen
eingegraben. Das niedrige Gebüsch war immer noch voll von
dem über Jahre abgeladenen Abfall der Fahrer. Danach kamen
die verlassenen Buden der Wechselstuben, der Versicherungen
und der Kebab-Stände. Und dann der eigentliche Übergang,

groß wie ein Flughafen, mit Hangars, Überdachungen, Blechdächern gegen Regen und Sonne, wo man stundenlang zwischen Hunderten von Autos stand, die schrittweise weitergeschoben wurden, um Benzin und Batterie zu sparen. Von alldem waren nur Ölflecken geblieben. Im Schatten standen zwei Esel. Eine schwarze Ziege zupfte irgendwelche Stengel ab. Menschen gab es überhaupt keine, nur diese Tiere, von denen man nicht wußte, woher sie kamen. Ein bißchen ging er jetzt aus sich heraus, wurde etwas lockerer und begann zu kommentieren. Daß es höchstwahrscheinlich doch rumänische seien, weil es dort immer mehr Tiere gegeben habe, mit größerer Bewegungsfreiheit als anderswo. Sogar auf den Hauptstraßen seien sie frei herumgelaufen. Und jetzt nützten sie die Gelegenheit, daß die Grenzen offen seien und alles zugänglich.

»Es sind rumänische, denn sie sind ein bißchen magerer, nicht? Außerdem ist in Ungarn die Zahl der Esel verschwindend gering.«

Wir rollten im sogenannten Niemandsland über die ehemalige Fahrspur und kamen in den Schatten der rumänischen Gebäude. Ein bißchen heruntergekommener war es hier schon, aber es hielt sich in Grenzen. Ein alter Dacia Pick-up hatte die Ladefläche voller Säcke mit Wolle. Der drei Meter hohe Stapel war mit Stricken zusammengebunden wie ein Rollschinken. Und wieder Tiere: Ein kleines, rotbraunes Pferd schnupperte an der Schafsladung. Und Hunde. Ein Rudel von Kötern trabte träge über den Beton. Alles herrenlose Tiere. Und dahinter begann dieses Land. Auch hier Ebene, aber ausgetrockneter, staubiger als vorher. Vielleicht hatten sie weniger Wasser. Dafür wimmelte es hier geradezu im Vergleich zu der Leere von vor einer Viertelstunde. Dacias, Fuhrwerke, zweirädrige Wagen mit Eseln, Kinder, Erwachsene, Häuschen direkt an der Asphaltstraße und die Leute von einem Haus zum anderen, quer über die Straße, mit Fahrrädern und Säcken, halbnackt, braungebrannt.

»Das reinste Kalkutta, verdammt«, sagte ich.

»Tjaaa«, meinte er mit Bewunderung in der Stimme.

Ich fuhr langsamer, weil ich einfach Angst hatte, daß ich einen von diesen Dunkelhäutigen ummähen könnte und sie uns lynchen würden. Aber sie waren clever und flink, streiften uns fast. Auch Mercedes und BMW fuhren hier herum. Es gab alles. Ein Disco-Wagen zog einen Anhänger mit einem großen verschissenen Eber.

»Mann o Mann«, sagte ich.

»Ja, Mensch, das Land der unbegrenzten Möglichkeiten.«

»Hast du hier Sachen verkauft?«

»Hier nicht, weiter im Süden. Da sieht's erst aus. Kalkutta beginnt jenseits der Donau.«

»Haben sie Kamele?« fragte ich.

»Ich weiß nicht. Könnte sein«, antwortete er.

In der Ferne glänzten silberne Kuppeln, und die Stadt begann. Dort war er noch nie gewesen, und so irrten wir eine Weile umher. Hier gab es Büffel, aber Schilder gab es nicht. Jedenfalls nicht gerade viele. Und manche verrostet. Irgendwoher zauberte er einen alten slowakischen Autoatlas. Wir suchten die Straße Nummer 19. Auch hier wuchsen Platanen, und das Silberne war eine große orthodoxe Kirche mit grauen Zementwänden. Ich fuhr dreimal um den Hauptplatz, um schließlich mitten im Grün ein kleines, verrostetes Schild mit Nummer und einem Pfeil zu entdecken. Die Ausfallstraße sah aus wie ein Basar. Zigeuner versuchten vergoldete Gläser an den Mann zu bringen. Die Leute standen mit Bündeln da, es war schwer zu sagen, ob sie etwas verkaufen oder in die Stadt fahren wollten. Und dann der Staub, vermischt mit den Abgasen aus den großen Diesel-Lastwagen. Ich dachte, sie zerquetschen uns. Es war, als würden uns verrostete Schiffe überholen. Ich fluchte und schwitzte. Sie hatten Sand und Steine geladen. Dann wurde es ruhiger, und es kam wieder die Ebene mit den geduckten Häuschen aus verputztem Schilf. Hin und wieder standen dazwischen neue Häuser. Locker zehnmal so groß, mehrstöckig, verglast wie Geschäfte, mit verchromten Geländern, mit runden Fenstern, mit unmöglich gebogenen Dächern, in chemischen Farben. Daneben standen Kutschen mit spanischen Kennzeichen. Romanischsprachige Gastarbeiterschaft. Aber dann ging auch das zu Ende, und es gab nur noch die staubige Ödnis.

Nach einer halben Stunde sahen wir wieder Berge. Sie wuchsen am Horizont direkt aus dieser trockenen Ebene empor und schimmerten bläulich.

»Die Karpaten«, sagte er.

Ich konnte mich nicht erinnern, wie das auf der Karte aussah. Ich hatte die Orientierung verloren. Es kam mir vor, als würden wir seit Tagen fahren, dabei waren es drei oder vier Stunden.

»Die Karpaten«, wiederholte er. »Wenn du dich nicht umdrehst, ist der Arsch immer hinten«, fügte er nach einer Pause hinzu.

»Dort fahren wir hin«, sagte ich.

»Ja.«

»Wird er auf uns warten?« fragte ich.

»Ich weiß nicht. Wir sollen vorher fragen.«

»Wen?«

»Unterwegs sollen wir fragen.«

»Aber wen?«

»Ich weiß nicht. Ich weiß nur wo.«

Er redete, aber nicht viel. Er war ein Dummkopf, aber ich wollte ihm zuhören. Ich hatte mich daran gewöhnt. Er war wie der Sprecher im Kino. Er befreite mich vom Lernen der Sprachen und vom Lesen der Schilder. Ich fuhr, als hätte ich die Sehkraft ein wenig eingebüßt. Ohne GPS. Da blinkte etwas vor der Scheibe auf, und ich wußte nicht so recht was. Wie in Afrika – Vieh, schokofarbene, nackte Kinder, Stangen, Brunnen mit Schwengel in der Steppe, mitten in der Pampa mußte ich anhalten, weil ein Eingeborener in Schafspelz mit dem Fell nach außen ein paar hundert Schafe über den Asphalt trieb. Sie waren grau vor Staub, zogen eine Wolke hinter sich her und trabten in die Stoppelfelder hinein.

»Wie weit sind wir von daheim weg?« fragte ich.

»Etwa dreihundert, vierhundert Kilometer«, antwortete er.

Hinter uns standen zwei Autos, beide tuteten schon. Eines fuhr an uns vorbei, trieb mit der Hupe die Nachzüglerschafe auseinander und jagte in die weite Ferne.

»Das war bei mir auch so, als ich das erste Mal hier war.«

»Was meinst du?«

»Na, daß ich das Gefühl hatte, ich bin viertausend Kilometer gefahren und nicht dreihundert.«

Alle überholten uns, und die Berge kamen einfach nicht näher. Wir schienen auf der Stelle zu stehen. Vor allem im Vergleich zu den anderen. Fast jeder transportierte etwas. Fässer, Bündel, gefesselte Hammel auf Anhängern. Ich überholte ein Fuhrwerk. Das Gespann jagte in scharfem Trab dahin, gelenkt von einem dunkelhäutigen Mann. Auf dem Wagen saßen drei Kinder, die den Arm um den Hals eines braunen Fohlens gelegt hatten. Sie winkten uns zu.

»Der Mensch gewöhnt sich schnell. Was denkst du – wenn ein Österreicher oder Deutscher zu uns kommt? Der scheißt sich in die Hose, und basta.«

Ich schiß mir nicht in die Hose, aber ich kriegte die Schärfe nicht geregelt. Vielleicht wegen diesem Staub. Denn im Grunde war es wie überall. Nur mit mehr Eseln, kleineren Pferden, und die Fuhrwerke waren auch eher Miniaturausgaben. Sie trugen hinten Nummernschilder. Aber manche waren zum Beispiel gelb – englische. An der Ausfallstraße trieben die Kinder damit Handel – ein internationales Sortiment. Sie hatten auch amerikanische und arabische.

In der Ferne, mitten in den Feldern zur Rechten, stand eine riesige Halle. Eine Art Terminal für Lastwagen. Sie war schwarz, Dutzende von Metern lang, und über die ganze Länge zog sich die riesige rote Aufschrift »dargesiv«. Ringsum war nichts. Auf dem Weg, der zu der Halle führte, lagen Hunde. Ebenfalls schwarz. So schien es mir. Unbewegt und riesig, sahen sie aus wie Schweine.

Ich wollte, daß er etwas sagte, aber ich hatte Angst zu fragen.

Wir kamen an eine Kreuzung. Er zeigte auf eine direkt zu den blauen Bergen führende Seitenstraße, in die ich einbiegen sollte. Die Hauptstraße schien an der Bergkette entlangzulaufen. Schlaglöcher begannen, ich ging mit dem Tempo runter. Ein kleiner Militärlastwagen mit offener Ladefläche kam uns entgegen. Darin saß ein gutes Dutzend Soldaten. Sie hatten die gleichen Uniformen wie die in Medziborie. Ich schloß das Fenster, denn der Wagen zog gelbe Staubschwaden hinter sich her, die vom Seitenstreifen aufstiegen.

»Dort ist gleich die Grenze«, sagte er. »Die Russen drehen allerhand Dinger, also sind sie auf dieser Seite immer einsatzbereit.«

»Wie, die Russen?« fragte ich. »Hier?«

»Die Russen sind überall. Hier machen sie Geschäfte mit dem separatistischen Transkarpatien.«

»Mit wem?«

»Transnistrien, Ossetien, Krim, Transkarpatien. Liest du keine Zeitung?«

Er sagte es in einem Ton, als würde er jeden Tag mit der Lektüre des Pressespiegels beginnen. Ich hatte ihn noch nie lesen sehen. Ich wußte nicht einmal, ob er in seinem Wohnblock einen Fernseher besaß. Vielleicht hatte er ja einen, aber mir kam es so vor, als schöpfe er sein ganzes Wissen aus dem, was er auf der Straße sah und hörte, aus Klatsch, Gerüchten und Erinnerungen. Das schien ihm zu genügen. Ich machte mir bewußt, daß er immer, wenn wir uns trennten, in sein Leben zurückkehrte, ein Leben, das mir völlig unbekannt war. Vielleicht verbrachte er die Nächte im Internet? Vielleicht lernte er all seine Geschichten auswendig? Zeichnete sie auf und spielte sie dann unendlich oft ab, um kein Wort zu verwechseln, kein Detail auszulassen? Vielleicht hatte er das alles aufgeschrieben, aufgenommen und archiviert, Tag für Tag, Stunde um Stunde?

»DAS HEISST — WIE?« fragte ich damals die Józkowa, an dem Abend, als wir den Paß hinunterfuhren.

»Einfach so. Sie kamen und fingen an zu trinken. Mit einem großen schwarzen Auto kamen sie, holten den Schlüssel von diesem Pseudo-Gemeinschaftsraum, wo in der LPG immer Filme gezeigt wurden und Veranstaltungen waren, und dort fingen sie an zu trinken. Da war nur noch ein Tisch, an dem saßen sie und tranken drei Tage und drei Nächte, und wer dorthin kam, trank mit. Sie hatten das ganze Auto voll, Wurst, Wodka, Bier, und Musik hatten sie auch, weithin zu hören, und in der Nacht konnte man nicht schlafen. Ich sag Ihnen, der reinste Ball. Wer wollte, konnte hingehen, essen und trinken. Und sie saßen an diesem Tisch und schauten und lachten, was da für eine Party abging. Manchmal riefen sie den einen oder anderen, setzten ihn hin, schenkten ihm ein, zwangen ihn zu trinken, tuschelten miteinander und schickten ihn wieder weg. Drei

Nächte und drei Tage haben sie sich überhaupt nicht hingelegt. Musik, daß die Scheiben klirrten, und es wurde getanzt. Das war es, was sie wollten. Daß die Mädchen kamen und tanzten. Wenn eine keinen Wodka wollte, hatten sie Wein. Aber nichts passierte, sie saßen nur da und guckten.«

»Waren Sie auch da?«

»Natürlich, klar war ich da. Ich mußte doch auf die Meinen aufpassen. Letzten Endes sind alle gekommen, so etwas hat es bei uns ja vorher nie gegeben. Alles im Überfluß und umsonst, wie bei einer Hochzeit. Der Graue saß am Tisch, und man sah, daß er das Sagen hatte. Er zeigte nur mit der Hand – daß er dies oder das wollte. Daß zum Beispiel diese oder jene für ihn tanzen sollte. Aber denken Sie nicht, daß da gleich irgendwelche Schweinereien liefen. Nein. Sie tanzten vor ihm wie im Film, und er steckte der einen oder anderen etwas zu, in die Hand oder in die Tasche. Wie ein großer Herr saß er an diesem Tisch und guckte, wie sie für ihn tanzten. Unser Władek war eine halbe Portion gegen ihn.«

»Woher kannten sie sich?«

»Ich weiß nicht. Aber sicher von früher. Als sie durch die Gegend fuhren und Geschäfte machten.«

»Mit diesen Bratpfannen?«

»Ach was! Als sie ins Ausland fuhren. Der Graue nahm ihn als Helfer mit. Rußland, Rumänien, Türkei.«

»Türkei?«

»Ja, Türkei, mein Goldschatz.«

»Und?«

»Tücher mit Silberfäden.«

»Und für die Männer?«

»Pullover, ich glaube, Pullover. Aber die gingen hier nicht. Zu teuer. Die Tücher schon. Ich hatte selbst eins. Geschenkt bekommen.«

An der Kreuzung mit der Kneipe, wo die Serpentinen endeten, bedankte sie sich und sagte, sie wolle aussteigen und schauen, ob sie irgendeine Fahrgelegenheit erwischt. Ich sagte, ich würde sie bringen.

»Aber ich hab keinen Groschen, mein Lieber.«

»Macht nichts, erzählen Sie weiter, wie das mit dieser Hochzeit war.«

»Aber erst rauche ich noch eine«, sagte sie. »Mensch, die ziehen nicht bei dem Regen. Und dieses Fest – na ja, wie eine Hochzeit eben. Sie haben sich sogar geprügelt, der Wodka war ja umsonst. Aber nicht drinnen. Er sagte, sie sollen rausgehen. Drinnen haben sie ein Tischchen aufgestellt und zwei Stühle, und die Jungs konnten sich im Armdrücken messen. Er hat bezahlt, den Sieger bezahlt. Und die anderen haben gewettet, sie haben auf diesen oder jenen gesetzt, Wetten halt, wissen Sie. Er bezahlte sie, und sie setzten das Geld gleich um. Von der Sauferei und der Anstrengung klappten einige zusammen, sie wurden ohnmächtig, und Blut lief ihnen aus der Nase. Sie trugen sie ins Gras, am Bach, hinter dem Gemeinschaftsraum. Und der Graue freute sich an seinem Tisch und wettete selbst, auf die, die ihm am stärksten vorkamen. Er wettete mit Władek, denn keiner von den Einheimischen hatte genug Geld, um zu wetten. Geschlafen haben sie höchstens abwechselnd, sie konnten ja schließlich nicht vierzig betrunkene Weiber, Kerle, Mädchen und Jungs allein lassen. Im Gebüsch am Bach ging es sowieso heiß her. Es war Juni, um Johannis herum, und im Frühjahr drauf eine Taufe nach der anderen. Er saß am Tisch und verteilte Geld. Das heißt, er zeigte es, und Władek verteilte es. Er hatte ein ganzes Päckchen, drei Finger dick, und steckte es ihnen zu, der einen für den Tanz, dem anderen fürs Armdrücken. Randalierer schmiß er raus. Faktotum oder Brautführer, kann man sagen. Er brachte Wodka und sagte den Jungs, sie sollen aufmachen und einschenken. Er brachte Wurst, und die Frauen schnitten sie. Ein ganzes Lager hatten sie im Auto. Am zweiten Tag, gegen Abend, kam die Miliz ...«

»Die Polizei.«

»Kommt aufs gleiche raus. Jedenfalls rückten sie an. Auf dem Asphalt war schon überall Blut. Hinter dem alten Lager, da wo die Kurve ist und die Böschung, lagen zwei zerschellte Autos im Graben, der Krankenwagen fuhr die ganze Zeit hin und her. Die Mütter riefen an. Die Polizisten standen an unserem Schuppen, das Blaulicht blinkte. Da stand der Graue von seinem Tisch auf und ging zu ihnen hinaus. Sie gingen ein Stück, er in der Mitte, die anderen rechts und links von ihm. Das dauerte etwa fünf Minuten, und als sie zurückkamen, stiegen die Bullen sofort ein, machten das Blaulicht aus und fuhren weg. Und er ging an seinen Platz zurück, ließ die Musik noch weiter aufdrehen und einschenken, einschenken und noch mal einschenken. In diesem Gedränge schlichen sich auch immer wieder die Kinder herein, und außer Kuchen und Schokolade nahmen sie auch angebrochene Weinflaschen mit oder vielleicht auch volle, es war ja so viel da, daß keiner zählte. Sie schliefen ein, wo sie gerade waren, im Graben, auf der Straße, und man mußte sie einsammeln, denn da war ja Tag und Nacht Verkehr, Motorräder und Autos, immer hin und her ... Die Mütter versuchten wieder, anzurufen, aber da nahm nicht mal mehr einer ab. In der Nacht machte jemand ein großes Feuer am Bach. Die einen tanzten noch im Haus, sie bewegten sich schon ganz halblebig, standen da und schwankten, und die übrigen lagen oder saßen an diesem Feuer. Um Mitternacht wurde verbreitet, die beiden würden Geld leihen beziehungsweise verteilen. So richtig wußte es keiner. Aber Władek ging herum und erzählte das. Umsonst, schrie er, zinslose Darlehen, man kann sie abzahlen, wie man will, er redete und redete.

Die haben sowieso nichts verstanden, die zweite Nacht im Delirium, aber wie er halt so ist, er quatschte und quatschte, und dann schob einer den anderen vor diesen Tisch, wo die zwei wie ein Präsidium saßen. Und dort wurde ausgezahlt. Das heißt, Władek zahlte aus. Sie kamen, er fragte: Wieviel willst du? Und sie sagten etwas. Dann zählte er ab, aus so einem Plastikkoffer, händigte das Geld aus, notierte den Namen und stempelte die Hand …«

»Was stempelte er?« fragte ich, weil ich nicht sicher war, ob ich richtig gehört hatte.

»Die Hand. Hier. Mit etwas, was im Dunkeln leuchtet.«

»Wozu?«

»Das ging nicht mehr ab.«

»Überhaupt nicht?«

»Nein. Als wäre es reingebrannt.«

»Und wieviel haben sie ausgezahlt?«

»Soviel wie jeder wollte.«

»Das heißt wieviel?«

»Na, wieviel haben die Leute hier wollen können?«

Wir fuhren in Regen und Nebel zehn Kilometer, und man sah kein einziges Licht. Schwarze Straße und schwarze Finsternis. Vierzig Stundenkilometer. Ich erinnerte mich, daß wir damals an einem Kreuz oder Bildstock auf freiem Feld vorbeigekommen waren.

»Gleich sind wir da«, sagte sie. »Der Allmächtige möge es dir lohnen, mein Goldschatz.«

Tatsächlich, da blinkte links etwas auf, und sie sagte, ich solle halten. Während sie ausstieg, sagte sie noch, nach etwa fünfzig Metern könne ich gut wenden, und sie verschwand.

ICH BIN HIERHERGEKOMMEN, weil ich wollte, daß nichts mehr geschieht. So habe ich mir das vorgestellt: Je weiter im Süden, desto weniger wird geschehen. Ich hatte Angst und suchte einen Ort, wo diese Angst vergehen oder zumindest gedämpft werden könnte. Vor vielen Jahren habe ich gesehen, wie vom Dach eines sechsstöckigen Gebäudes ein Mann gestoßen wurde, der damals eine Art Freund für mich war. Die Typen faßten ihn nicht einmal an. Sie gingen einfach zu dritt auf ihn zu, und er wich zurück, bis er ins Leere trat. Aber sie hätten ihn ohnehin hinuntergeworfen. Ich tat nichts. Ich rührte mich nicht. Es regnete und wurde schon dunkel. Sie sahen mich nicht, und ich machte keinen Mucks. Das war vor vielen Jahren, aber ich kann mich sehr gut daran erinnern. Ich kann mich immer besser daran erinnern. Durchnäßt lag ich auf der Lauer. Es ging auf Ostern zu und war kalt. Die Typen verschwanden sofort. Ich wartete eine Weile und folgte ihnen. Unten stand eine Menschenmenge, Blaulicht blinkte. Ich wußte, daß sie früher oder später auch mich erwischen würden. Deshalb kam ich eine Woche später hierher. Ich dachte, es wäre wie in einem anderen Land, wo mich niemand finden und erkennen würde.

Harz und Petroleum. So roch es hier, als nach dem kalten Ostern der Frühling kam. Anfangs kam es mir vor, als wäre diese Stadt erstarrt, völlig reglos, resistent gegen jede Veränderung. Wie zwanzig, dreißig Jahre zuvor. Unbewegt, schläfrig, sicher. Irgendwo in der Welt werden Menschen von Dächern geworfen, blinken die blauen Lichter von Polizeiautos und Krankenwagen, und hier scharren ein paar Schritte vom Marktplatz die Hühner in der Erde, und du riechst die Kaninchenställe. Weder richtig Stadt noch richtig Land. Ich wollte, daß es ewig so bleibt. Ich denke, die meisten Leute wollten das. Sie wollten ihre Ruhe haben. Vielleicht ein besseres Auto, einen größeren

Fernseher, aber ansonsten wollten sie einfach ihre Ruhe, alles sollte bleiben, wie es war. Ein bißchen besser hätte es vielleicht schon werden dürfen. Aber Gott behüte – anders. Ich konnte sie gut verstehen. Sie wollten nicht für etwas bezahlen, was sie nicht bestellt hatten. Sie rochen den Braten, und statt Freiheit hätten sie lieber Gleichheit gehabt.

»Leck die Katz am Arsch«, sagte er eines Tages und ging los, um Hilfe zu suchen.

Der Ducato stand schief da, das linke Vorderrad drehte sich hilflos in dem lehmigen Graben. Wir waren nach Norden aufgebrochen, weil er bei jemandem etwas abholen sollte, billiges Wachs, Bienen, wasserfeste Felle von Merinoschafen, ein weiteres Geschäft seines Lebens, das später in meinem Schuppen liegen und das Ungeziefer nähren würde. Jemand hatte ihm einen Tip gegeben.

»Hast du angerufen?« hatte ich gefragt, als wir losfahren wollten.

»Ich hab die Nummer nicht. Es ist nur ein Stückchen.«

Und wir waren losgefahren. Nach Norden. Kurz hinter der in einem breiten Tal gelegenen Stadt begannen die Hügel. Die sanften Anhöhen bedeckte ein Schachbrett aus Feldern und Wiesen, und nur hier und da hatten sich ein paar Büsche, ein Wäldchen oder ein Hain gehalten. Ansonsten nur kahles Agrarland und über die Hügel verstreute Häuser. Und ein ganzes Geflecht von kleinen Grundstücken, die von der Asphaltstraße bis zu den Anwesen reichten. Unterwegs erklärten uns Leute den Weg, zählten ab, wann es nach rechts oder nach links ging, und deuteten in die weite, blaue Ferne. Wir hatten uns etwa einen Kilometer von der Landstraße entfernt. Wie ein dünnes, graues Band zog sie sich dort unten hin.

Unser Weg war breit genug für ein Pferdefuhrwerk, aber nicht für diese Kutsche. Ich schaffte die nächste Kurve nicht auf Anhieb, wollte zurücksetzen, es zwei-, dreimal probieren, da sackte ich nach unten ab. Am Abend zuvor hatte es geregnet, ich hatte keine Chance. Władek ging also los, ich schaltete den Motor ab, steckte mir eine Zigarette an und schaute mich um. Man konnte in jede Richtung einige Kilometer weit sehen. Und in jeder Richtung, auf allen Hügeln, auf allen Feldern war jemand am Werkeln. Vielleicht Ernte, vielleicht Heumahd, ich weiß es nicht mehr. Aber überall diese Miniaturbewegung auf den kindlich schmalen Fleckchen. Pferde, Wagen, kleine Traktoren, Anhänger, selbstgebastelte Dreiradgefährte, umgebaut aus Motorrädern. Ameisenhaftes Gewimmel und doch nicht ernst zu nehmen. Als wäre alles nur Spiel. Wie in einem Puppentheater. Sie schwitzten, sie strengten sich an wie vor hundert, vor zweihundert Jahren, aber es war das Ende. Sie würden verschwinden. Niemand fragte sie nach ihrer Meinung. Also standen sie jeden Morgen auf, gingen in den Hof, zu den Tieren, und versuchten zu glauben, daß es ewig so bleiben würde. Daß sie wie vor hundert, vor zweihundert, vor dreihundert Jahren ihr Vieh auf die Weiden treiben würden. Ich stand da und zählte: hier zwei, dort drei, dort vielleicht fünf Kühe. Und jedes Haus, jedes Anwesen wie eine kleine Arche Noah, die abdriftete. Autark mit all ihren Hühnern, Schweinen, Kartoffel- und Roggenfeldern, Hügel für Hügel, Rücken für Rücken Wind, Regen und Schnee ausgesetzt, wie ein Krümel an der Erde klebend, wie ein Schwalbennest. All das würde für immer untergehen, an Altersschwäche sterben.

Sie tauchten hinter dem Hang auf. Władek und ein Mann mit Pferd. Ich wickelte die Kette um den Abschlepphaken, stieg ein, startete, und der Alte peitschte den großen, braunen

Wallach. Das Vorderteil sprang aus dem Graben, aber ich stand schräg.

»Wenn wir den Hintern anheben, denkst du, dann geht's?« fragte der Alte.

»Kaum«, erwiderte ich. »Nach vorn schaffe ich es nicht, und einen halben Kilometer im Rückwärtsgang schaffe ich auf diesem Weg auch kaum.«

»Dann drehen wir ihn um.«

»Wie?«

»Ganz einfach. Rechts ist der Graben flacher, der Hintern ist leichter, wir drehen ihn langsam. Setzen Sie sich, Herr Chauffeur, und treten Sie auf die Bremse, daß das Vorderteil nicht in den Graben rutscht.«

Ich tat, was er sagte. Ich hörte, wie er den Braunen anschrie, und spürte ein Reißen. Das Pferd, Lehm verspritzend, zog am Hinterleib des Autos. Nach zwei Minuten stand ich mit der Schnauze nach vorn. Als ich ausstieg, war die Kette schon ab, und der Alte schickte sich an zu gehen. Władek sagte, da sei wohl ein bißchen was fällig, aber er winkte nur ab. Sie gingen bergauf, eine Abkürzung durch die Wiesen. Der Alte und das Pferd. Im gleichen Rhythmus. Schwer, mit sparsamen, aufs notwendige Minimum reduzierten Bewegungen. Als sie den Gipfel der Erhebung erreichten, hoben sich ihre Konturen dunkel vom blauen Himmel ab. Einen Moment lang sahen sie aus wie zwei schwarze Schatten, und schließlich waren sie verschwunden.

ALLEIN SASS ICH DA und rauchte. Ich hatte beide Scheiben heruntergelassen, aber ich schwitzte trotzdem. Seit einiger Zeit schwitzte ich immer mehr. Es konnte das Alter sein. Vielleicht schwitzte ich vom Alkohol, von den Zigaretten und vom Alter.

Auf etwas hätte ich verzichten sollen. Darüber dachte ich bisweilen nach. Er schwitzte auch, aber er war einfach dick. Kaum waren wir in den Hof gefahren, stieg er aus und ging, zwei Stufen auf einmal nehmend, über die breite Treppe hinein. Aber ich wollte nicht aussteigen. Ich machte die Fenster auf, rauchte und wartete, was passieren würde. Wir hatten nur einen Moment an dem eisernen Tor gestanden, sie hatten uns sofort hineingelassen. Ein Typ mit Trainingsanzug kam, öffnete, ohne uns anzusehen, und schloß gleich wieder zu. Sein Bauch stand heraus. Er trug graublaue Plastikschlappen. Wenn er ging, wirbelte er Staub auf, denn der Hof war zwar mit Betonplatten ausgelegt, aber alles war sandig, mit Lehmstaub, getrocknetem Dreck bedeckt. Hier konnte bequem ein Fernlaster wenden. Es war später Nachmittag. Die Fahrt von Medzciborie hatte fünf Stunden gedauert. Fünf Stunden und drei Länder. Holland, Belgien, Luxemburg. Das letzte Stück war voller Schlaglöcher gewesen, der Lieferwagen hatte wie ein Schiff geschaukelt. Ich saß da, rauchte und betrachtete das große Haus, das aussah wie aus einem Traum. Schon von weitem war zu sehen, wie das silberne Blech glänzte. Firlefanz, Erker, Türmchen, Wasserspeier, die komplette Karosserie- und Dachdeckerpalette und außerdem leuchtend wie Halogen. Nagelneu. Säulen, Gesimse, Gips oder irgendein weißer Stein, drei Stockwerke mit Dachgeschoß und zwei niedrigere Gebäude, alles im Halbkreis auf diesem Palasthof aufgestellt, auf dem sich Hühner und Enten herumtrieben, die nach Pfützen suchten. Sie kamen wohl aus diesen Nebengebäuden, aus denen mir ein tierischer Gestank entgegenschlug. Es sah aus, als sei das die Schweinezucht des Palastes oder ähnliches, als wollte derjenige, der hier wohnte, alles in Reichweite haben. Oder als sei er an ein Leben mit Vieh in der Nähe gewöhnt und könne nicht einschlafen, wenn es nicht grunzte und stank. Die Fenster im Parterre des Hauptgebäudes waren drei Meter hoch und bestanden wohl jedes aus zwanzig Rechtecken. Im ersten Stock, über dem Eingang, war ein großer, halbrunder Balkon mit einer steinernen Balustrade und drei steinernen Vasen in antikem Stil. Rechts vom Eingang saß neben einer kleinen Tür eine alte Frau. Sie rauchte eine Zigarette in einer goldenen Spitze und schälte Kartoffeln. Sie trug ein schwarzes, bis zum Boden reichendes Kleid. Sie schälte und warf die Kartoffeln in einen roten Plastikeimer. Sinnloserweise dachte ich, daß ich in diesem Jahr gar keine jungen Kartoffeln probiert hatte. Dann dachte ich, ich sollte wegfahren. Sie hatten das Tor nur mit dem Riegel zugemacht. Der Typ mit den Plastikschlappen war irgendwo verschwunden. Ich hätte wenden und auf diese löchrige Straße fahren sollen, in fünf Stunden wäre ich in Medziborie gewesen und in acht zu Hause. Ich hätte den türkischen Whisky aus dem Schrank genommen und mich einfach besoffen, wäre eingeschlafen, und am Morgen hätte ich überlegt, wie es weitergehen soll. Aber ich saß nur da und rauchte im Hof dieses rumänischen Louvre. Ich wußte, daß ich das Falsche tat, aber ich hatte keine Kraft, etwas anderes zu tun. Ich saß da und schwitzte. Vielleicht hatte ich einfach Angst, allein zurückzufahren. Allein war ich noch nie so weit gefahren. Der ganze Vorkarpaten-Benelux, verdammt. Da sah ich, wie er langsam die Treppe herunterkam, sich auf die letzte Stufe setzte und sich eine ansteckte. Ich überlegte lange, ob ich aussteigen sollte, schließlich tat ich es.

»Der Arsch ist nicht da«, sagte er.

Weiter innen im Hof, unter der Dachrinne des Nebengebäudes, standen Spielautomaten. Einer auf dem anderen, kaputt, mit herausgerissenen Eingeweiden.

»Wer hat dir das gesagt?«

»Da sitzen ein paar.«

»Und was haben sie noch gesagt?«

»Ich soll warten.«

»Und in welcher Sprache haben sie das gesagt?«

»Auf rumänisch.«

»Das heißt wie? Was heißt ›warten‹ auf rumänisch?«

»Es heißt ›aşteptaţi‹, verdammt!«

»Na, geht doch.«

Ich stand über ihm und schaute, wie er an der Zigarette zog, bis das Papier gelb wurde. Ich wollte ihn treten. Ihm die Kippe aus der dreckigen Pfote treten, damit er endlich kapierte, daß er mit seinen Zigaretten, mit diesem abgemessenen Schluck aus der Flasche und mit seinem ungereimten Geschwätz nur die Niederlage aufschob. Je weiter er sie hinauszögerte, desto unausweichlicher wurde sie. Aber das wußte er sicher, also hätte ich ihm diesen Tritt nur aus Wut und nicht als Lehre verpassen können. Er war mir immer einen Schritt voraus, und ich trottete hinter ihm her.

»Wenn du dir Mühe gibst, kannst du's. Scheptazi. Ganz hübsch.«

»Wie bei Mickiewicz, verdammt«, antwortete er und schnippte die Kippe zwischen das Geflügel. Eines der Hühner schnappte die Kippe, ließ sie aber sofort wieder fallen. Ich sah einen schwarzen Schatten auf dem Sand und drehte mich um. Die Alte war mit den Kartoffeln fertig und kam näher. Um etwas zu tun, setzte ich mich neben ihn. Sie sagte etwas in der schönen, aber unverständlichen Sprache dieses gastfreundlichen Landes. Redete und streckte die Hand aus.

»Sag ihr, daß wir kein Geld haben«, brummte ich leise.

Die Alte hörte nicht auf. Sie wandte sich bald an mich, bald an ihn und hielt immer noch die faltige, dunkle Hand hin, deren Innenfläche rosa war.

»Sag ihr, verdammt, daß wir arme Polen sind und nicht Rumänisch sprechen.«

Sie verstummte keinen Moment. Ihre Stimme hob und senkte sich, als hielte sie diese Ansprache schon das tausendste Mal. Eine Art Litanei.

»Das sieht sie doch«, erwiderte er.

»Dann soll sie sich verpissen und anderswo betteln gehen«, sagte ich laut.

»Sie bettelt nicht. Sie will dir wahrsagen.«

»Warum mir?«

Aber das war offensichtlich schon beschlossene Sache, denn die Alte kauerte nieder und ergriff meine Hand. Ihre war trokken und hart. Sie drehte mir das Handgelenk um und begann mit ihrer eintönigen Gebetsstimme zu sprechen. Eine halbe Minute, eine Minute. Die Hühner kamen herbei, drehten ihre Köpfchen und spitzten ihre Hühnerohren. Auch die Enten unterbrachen ihre Suche nach Pfützen und stellten sich lose im Kreis auf. Es wurde vollkommen still, und die Litanei hallte an den Mauern des Palastes wider. Ich spürte, wie ihr Fingernagel mich in der Hand kitzelte, aber ich hatte Angst hinzusehen und starrte nur über ihren Kopf hinweg auf die Nebengebäude, aus denen der Gestank kam. Schließlich fragte ich, was sie sagte.

»Nichts«, antwortete er. »Sie sagt dir wahr.«

»Was sagt sie mir wahr?« fragte ich weiter, ohne den Blick von der nicht ganz geschlossenen Holztür des Stalls zu wenden.

»Willst du vielleicht an Prophezeiungen glauben?« sagte er genervt und begann wie immer, wenn er Zeit gewinnen wollte, seine Taschen zu durchsuchen. Die Alte wartete, bis er ein Päckchen herausnahm, und streckte die Hand aus. Er bot ihr eine an, sie brach die Hälfte ab und steckte den Teil ohne Filter in die goldene Zigarettenspitze, die sie – im Gegensatz zu diesem Trottel – mit einer einzigen raschen Bewegung aus den Tiefen ihres Gewandes zauberte. Sie rauchte und redete. Blies

mir Rauch ins Gesicht. Ich konnte sie immer noch nicht ansehen. Noch nie hatte mir jemand wahrgesagt. Ich brauchte
keine Prophezeiungen. Er war es, der auf Prophezeiungen hätte
hören sollen.

»Es geht zu schnell. Ich verstehe fast nichts, irgendwie spricht
sie seltsam, sie hat so einen Akzent ...«

»Aber was sagt sie?«

»Immer wieder alb corb, negru porc. Weißer Rabe und
schwarzes Schwein. Schwarzes Schwein und weißer Rabe. Immer wieder von vorn.«

Jetzt hörte auch ich die vier Wörter. Sie wiederholten sich.
Immer nach zehn, fünfzehn anderen Wörtern. Negru und alb,
porc und corb. Wahrscheinlich war es das, was die Hühner und
Enten so aufmerksam zuhören ließ. Sie kamen immer näher
heran.

»Was für ein Schwein?«

»Allgemein. Ein schwarzes Schwein eben.«

»Und? Muß ich mich davor fürchten, oder bringt es mir
Glück?«

»Frag doch die Wahrsagerin und nicht mich«, sagte er, stand
plötzlich auf und ging Richtung Tor. Jetzt hatte ich keine Wahl
mehr, jetzt mußte ich sie anschauen. Sie sah aus wie der lä-
chelnde Tod. Sie paffte aus der Zigarettenspitze wie aus einer
Pfeife und sah mir in die Augen. Ein Schauer durchfuhr mich,
aber sie schloß mir nur die Hand, als hätte sie darin etwas auf-
bewahrt. Als solle ich etwas nehmen und nicht loslassen. Dann
stand sie auf, im Gehen blies sie die letzten Reste der Zigarette
aus der Spitze. Ein rauchender Krümel fiel zwischen die Hühner und erlosch, und das Geflügel trippelte ihr hinterher.

Ich wollte wegfahren. Ich betrachtete seine Gestalt am Tor
und wartete, daß er verschwinden, daß er Lust auf eine Be-
sichtigung bekommen würde. Ja, das wollte ich ihm antun –

daß er wiederkommen und auf diesem verschissenen Hof nur Staub vorfinden würde. An jenem Tag haßte ich ihn wirklich. Er stand da und starrte durch die Eisengitter. Ich setzte mich ins Fahrerhaus, um weiter von ihm weg zu sein. Ich machte das Radio an und suchte gedankenlos irgendwelche Sender. Rumänische, ungarische, ukrainische. Der schlimmste Schrott lief in der Ukraine. Hoffnungslose russische Disco und Werbung. Ununterbrochen. Krach, schrille Weiberstimmen und die Aufzählung von irgendwelchem Scheiß, den man sich unbedingt kaufen muß. Das war das Dümmste, also drehte ich lauter und hörte zu. Rauchte und hörte zu. Dann schaute ich im Fach nach. Er hatte dort noch mehr als eine halbe Flasche. Ich wußte nicht mehr, ob er an diesem Tag überhaupt schon getrunken hatte. Er war so aufgedreht, als wäre in ihm selbst etwas destilliert worden. Als hätte er einen kleinen Chemiker im Hirn sitzen. Aber vielleicht hatte er getrunken, und ich hatte es nur nicht bemerkt, weil ich während der ganzen Fahrt den Blick von ihm abgewandt hatte. Jetzt tigerte er vor dem Tor herum. Ein paar Schritte in die eine, ein paar Schritte in die andere Richtung. Einsam, eingeschüchtert und böse. Jetzt hatte er niemanden mehr. Ich hatte auch niemanden, aber ich hatte eine Weissagung, und ich wollte verschwinden. Was auch immer diese Prophezeiung bedeutete. Ich wartete, daß er gehen würde, und schließlich war es soweit. Er trippelte und trippelte und hielt es schließlich nicht mehr aus. Er ging zu seinen Scheptazi-Kollegen. Er sagte etwas, das ich nicht hörte, und lief wieder die Treppe hinauf. Ich wartete einen Moment und schaltete den ukrainischen Sender ab. Ich stellte mir vor, wie er weit in den Palast hineinging, sich immer weiter vom Eingang entfernte, in immer größere Stille und Dunkelheit hinein, ich hielt den Atem an und drehte den Schlüssel um. Drei, vier, fünf Umdrehungen, und der Diesel ratterte. Die Wände warfen das

Echo zurück. Langsam fuhr ich Richtung Tor. Niemand kam, niemand schaute heraus. Im Rückspiegel sah ich die Hühner. Sie hoben nicht einmal die Köpfe. Zehn, fünfzehn, zwanzig Meter, und ich war am Tor. Ich hatte den Eindruck, Erde und Wände bebten, die Bewegung von Steuer und Motor übertrage sich und die Resonanz sei so groß, daß gleich der Stuck von den Simsen fallen würde. Aber ich stieg aus und trat an das Eisentor heran. Der Riegel war ganz glatt vom vielen Anfassen und sah wesentlich älter aus als das Tor und alles andere. Vielleicht war er aus dem Recycling. Jedenfalls ließ er sich leicht und ohne Knirschen verschieben. Die Flügel des Tores öffneten sich durch ihr Eigengewicht. Ich kehrte zum Auto zurück und fuhr los. Ohne besondere Eile, aber plötzlich bemerkte ich, daß ich den rechten Fuß in den Boden stemmte und der Zeiger des Drehzahlmessers auf über vier stand. Ich wechselte den Gang und ließ die Luft aus den Lungen. Da sah ich, wie etwa einen Kilometer vor mir eine gelbe Wolke aufstieg. Und dann entdeckte ich zwei Geländewagen. Sie fuhren nebeneinander, über die ganze Breite der Straße, mit mindestens hundert. Die Farbe war nicht zu erkennen. Nur die Scheiben, von der Wischanlage naßgespritzt und abgerieben, blitzten in der Sonne auf. Ich hielt an und schloß die Fenster.

HEUTE, IN DER NACHT zum Zweiundzwanzigsten, setzte richtiger Frost ein, und es schneite. Ich erwachte ausgekühlt. Der Herd in der Küche war erloschen. Durch das Fenster fiel helles, kaltes Licht. Die Geräusche der Stadt drangen nur gedämpft heran. In gewisser Weise erinnerte mich das an meine Kindheit. Aber auch an einen Tag vor vielen Jahren, an dem sich herausstellte, daß mein bisheriges Leben zu Ende war. Auch damals war es weiß und hell gewesen, und ich hatte das

Aufstehen hinausgezögert. Aber all das war längst von der Vergangenheit verschlungen; jetzt schaffte ich mich aus dem Bett, kniete vor dem Herd und richtete die Scheite zum Anfeuern. Ich spürte die Kälte, aber ich freute mich über den Wetterwechsel, die Dinge schienen endlich ins Lot zu kommen. Und so ging ich, als das Feuer vom Holz auf die Kohle übergesprungen war, durch die eisige Diele in das andere Zimmer. Ich hatte beschlossen, auch dort zu heizen. Um insgesamt mehr Wärme zu haben, damit ich von einem Raum in den anderen gehen konnte und bei Frost nicht in der Küche sitzen mußte wie ein Gefangener. Von der ganzen Einrichtung war nur die Uhr übrig. Sie schien mir zu wertvoll oder auch zu empfindlich, als daß ich sie einfach hätte einladen und mit all den anderen Dingen wegfahren können. Sie stand zwischen zwei Fenstern an der Wand. Neben dem Ofen lag schon Holz bereit, und nach zehn Minuten brannte das Feuer. Ich öffnete die verglaste Tür. Auf dem Brett unter dem Zifferblatt fand ich einen Schlüssel. Ich schob einfach die Hand hinein, und da lag er. Ich steckte ihn in die runde Öffnung mit dem viereckigen Schaft. Er paßte. Ich spürte einen federnden Widerstand und begann zu drehen. Nach einigen Umdrehungen stieß ich sanft das Pendel an. Der Mechanismus kam in Gang. Der dunkle, hölzerne Kasten resonierte leise. Der Sekundenzeiger lief ums Zifferblatt. Alles funktionierte. Ich setzte mich an den Ofen, zündete eine Zigarette an und lauschte den Geräuschen: dem Ticken der Uhr und dem Knistern des Feuers im Ofen. Die Wärme begann sich im Zimmer zu verteilen. Ich dachte an die alte Frau, die während des ganzen Krieges keinen Deutschen gesehen und keinen Schuß gehört hatte. Sie war damals ein kleines Mädchen, das man schützte. Seit einiger Zeit wartete ich wohl auf ihre Besuche. Ich behielt die Gartentür im Auge. Jetzt wünschte ich mir, sie möge kommen und mir sagen, was ich mit der

Uhr machen sollte. Es war ohnehin ein Wunder, daß sie sich nach all den Jahren in Kälte und Feuchtigkeit wieder in Gang setzen ließ. Sie war mehr wert als das ganze Gerümpel, das ich hinausgeschafft hatte. So kam es mir vor. Schwer, mannshoch, massiv, kein Furnier, in das dunkle Holz waren Löwen und Greife geschnitzt. Auf dem Porzellan des Zifferblatts waren Zahlen aus Messing angebracht. Auch der Schlüssel war aus Messing.

Ich legte im Ofen nach, schloß das Türchen und kehrte in die Küche zurück. Dort schüttete ich auch zwei Schaufeln nach, dann zog ich mich an und ging.

Ich erinnerte mich an alles. Das wollte ich gar nicht, aber plötzlich kehrte die Erinnerung zurück. Aus fernster Zeit. Ganz von selbst. Als wäre sie wichtiger als die Gegenwart. Warum wußte ich nicht. Es war einfach so. Ich schaute den Grauen an, und ich sah die anderen Typen, die mir früher begegnet waren und vor denen ich Angst gehabt hatte. Sie waren in der Regel dumm und selbstsicher, aber diese Selbstsicherheit ersetzte ihnen alle anderen Charakterzüge, die man früher zum Leben brauchte. Jetzt betrachtete ich den Grauen und beneidete ihn um diese tierische Ruhe. Er saß da, im Hintergrund das Fenster, und ich sah nur seinen mächtigen, dunklen Umriß. Er bewegte sich nicht. Das Zimmer war sehr groß. Zehn, fünfzehn Schritte trennten uns. Seine zwei Diener drückten sich irgendwo an der Tür herum. Bis zur Decke mit dem gipsernen Firlefanz waren es an die fünf Meter. Auf dem Zementboden lag ein dicker Teppich. Er dämpfte das Echo. Aber ich konnte seine Worte trotzdem nicht verstehen. Es war, als spreche er gleichzeitig mehrere Sprachen. Manche Wörter verstand ich, manche halbwegs, wieder andere gar nicht. Als spreche er türkisch. Warum auch nicht. Władek saß neben mir auf einem ebenso weißen, verschlungenen Stuhl, der irgendwie antik oder elegant aussehen sollte. Er verstand ihn, und er redete auch selbst, fiel dem Grauen ins Wort. Auch er benutzte diesen Mischmasch, aber einen einfacheren, jedenfalls kam etwas mehr bei mir an. Sie redeten über Belanglosigkeiten, über das Wetter, über irgendwelche Neuigkeiten. Wie zwei alte Bekannte. Der Graue redete im Sitzen, groß und massiv, und seine Worte schienen lange zu brauchen, bis sie durch dieses Zimmer zu uns drangen. So schwer und langsam waren sie. Er sprach gnädigerweise mit uns. Wir nervten ihn, aber er ließ es sich nicht anmerken. Einer der Diener brachte eine Anderthalbliter-Plastikflasche Ursus-Bier und zwei Gläser. Er stellte sie auf den Tisch, öffnete sie und schenkte ein. Ich hörte, wie Władek murmelte: »Du sollst trinken, verdammt …« Ich zuckte die Achseln. Ja, wir waren schließlich Gäste. Ich trank auf zweimal aus und goß mir sofort nach. Das Bier war kalt und schmeckte gut. Wieder trank ich aus. Irgendwie ging mich das alles gar nichts an. Die Dämmerung setzte ein, aber niemand machte Licht. Ich nahm die Zigaretten heraus. Von mir wollte niemand etwas. Als ich auf den Hof gefahren war, hinter mir die schwarzen Geländewagen, schob der in den Plastikschlappen hinter uns das Tor zu, aber diesmal schloß er ab und steckte den Schlüssel ein. Niemand sagte auch nur ein Wort zu mir. Ich ging Władek nach und tat das gleiche wie er. Jetzt rauchte ich und hörte zu, wie sie über den Handel mit Secondhandkleidern redeten. Ja. Darüber redeten sie. Der Graue lachte und fragte, welche Perspektiven es gebe und wie die Bilanz aussehe. Und dieser Vollidiot antwortete ihm tatsächlich. Innerlich kochte er, und hier tralala, die Beine übereinandergeschlagen, ein Zigarettchen, und im Prinzip sei das kein großes Geschäft, aber mit entsprechenden Investitionen könne man heute mit allem Geld machen, und gleich preschte er mit seiner Donauflotte vor, mit den fahrenden Läden, und der andere hörte sogar eine Weile zu und unterbrach ihn nicht. Er spekulierte schon, was man aus dieser Idee machen könne. Denn er war der Typ Mensch, für den die Welt aus Gelegenheiten besteht. Seine Mutter, wenn es überhaupt eine gab, hatte ihn geboren, damit er keine Gelegenheit verpaßte. Schließlich machte einer der Lakaien Licht. Ein Leuchter aus vergoldetem Blech mit Ventilator. Jetzt konnte ich den Grauen sehen. Er hatte ein riesiges Gesicht. Auseinandergegangen auf seine alten Tage. Ein Bein übers andere geschlagen. Unter dem Hosenbein schaute ein geiler Schuh mit ellenlanger Spitze hervor, so ein Schnabelschuh, wie ihn in letzter Zeit alle Erfolgsmenschen trugen. Er glänzte wie verrückt und kostete ein halbes Durchschnittsgehalt. Der Graue gab den Lakaien einen Wink, und einer verschwand. Dann begann er im Zimmer auf und ab zu gehen. Er ging und redete. Ob jemand zuhörte, interessierte ihn nicht. Er marschierte und quatschte. In die eigenen Worte vertieft. Den Blick auf die eigenen Schuhe geheftet. Er schaute, ob sie auch ordentlich glänzten. Er nutzte die Gelegenheit, hier am Arsch der Welt ein wenig zu defilieren. Er stemmte die Hände in die Seiten, machte zehn Schritte, dann kehrt, wieder zehn Schritte, kehrt, und die ganze Zeit schwang er seine Reden. Władek versuchte etwas zu sagen, aber er hielt ihn mit einer Bewegung der ausgestreckten Hand ab. Mit einem »Bleib sitzen und warte«. Und Władek fiel tatsächlich auf den Stuhl zurück, wie von unsichtbarer Hand berührt. Zum ersten Mal sah ich, daß ihn jemand nicht zu Wort kommen ließ. Zum ersten Mal sah ich, wie er auf seinem Gebiet verlor. Durch einen ganz gemeinen K.o.

Nach einer halben Stunde verstand ich ihre eigenartige Mundart. Allzuviel Türkisch gab es darin nicht. Es war eher ein ukrainisch-slowakischer Mischmasch. Mit ein bißchen Rumänisch und Ungarisch. Einzelne Wörter eher zum Angeben, als daß es Sinn ergab. Der Lakai kam wieder, zwei Frauen in langen Gewändern und Kopftüchern folgten ihm. Sie hielten den Kopf gesenkt, das Gesicht konnte ich nicht sehen. Sie brachten Essen, stellten es hin und verschwanden so lautlos, wie sie gekommen waren. Zurück blieb der Geruch, den ich aus jener Nacht kannte. Er war nur noch schwach, offenbar waren sie jetzt gewaschen, aber ich spürte ihn. In einem Topf aus verchromtem Stahl dampften Fleisch und Kartoffeln. Der Graue gab den Gorillas einen Wink, sie sollten gehen, und uns gab er zu verstehen, wir könnten uns bedienen. Wir bekamen auch Wodka und weiteres Bier. Ich schenkte mir Wodka ein, kippte ihn runter und spülte mit Bier nach, nahm mir von dem Essen und aß. Es war lecker. Fett und gut gewürzt. Władek trank ein Glas Wodka, aber das Essen rührte er nicht an.

»Sag ihm, er soll dir für das erste Schiff was leihen«, sagte ich leise, als der Graue am anderen Ende des Zimmers war.

»Iß«, antwortete er. »Sei still und iß.«

Ich goß mir den nächsten Wodka ein und trank. Es wurde alles immer unwirklicher. Der Graue blieb in der Ecke am Schreibtisch stehen und schaltete den Computer ein. Er tippte etwas in die Tasten, auf seinem Gesicht war der Widerschein des Monitors zu sehen. Am entgegengesetzten Ende des Saales standen ein großer Fernseher mit Flachbildschirm und tolle Lautsprecher eines Heimkinos. Der Bildschirm leuchtete einen Moment lang auf und erlosch wieder. Der Graue verließ den Computer und begann wieder, hin- und herzumarschieren und zu reden. Ich verstand, daß er Władek eine Arbeit anbot. Er sagte ihm, er solle für ihn fahren, denn Menschen, egal ob neu oder gebraucht, seien das Geschäft der Zukunft, während der Handel mit Kleidern bald unwiederbringlich der Vergangenheit angehören werde. Das sagte er, oder ich hörte es, nachdem ich das vierte Hundertgrammglas getrunken hatte. Etwas in der Art muß er jedenfalls gesagt haben, von ungefähr kann mir das nicht in den Sinn gekommen sein. »Menschen sind die Zukunft. Ludy eto buduschtschnost.« Das kann ich mir ja nicht ausgedacht haben. Władek antwortete, so schnell gehe es nicht, das werde noch etwas dauern. Da sagte der Graue, es sei besser, der erste als der letzte zu sein, darauf Władek, das sei kein Wettrennen und er werde tun, was er tun müsse, und sich nicht nach irgendwelchen Prophezeiungen richten. Worauf der andere etwa Folgendes sagte:

»Mit euch ist es immer das gleiche, ihr fangt etwas an und bringt es nicht zu Ende. Wie sagt man bei euch? Gut gefressen und plötzlich verreckt? Richtig? Ihr habt Talent, aber jemand muß euch in den Arsch treten.«

»Was heißt hier ›euch‹, verdammt?« fragte Władek mit erhobener Stimme und wollte schon aufstehen, aber der andere lächelte und machte wieder diese Handbewegung nach dem Motto »sei still«.

»Schau dich doch selbst an, dann weißt du, was ich meine. Wir haben doch zusammen angefangen, oder? Na, dann schau, wo jetzt du stehst und wo ich stehe.«

Darauf Władek, wieder halb im Sitzen und halb auf dem Sprung:

»Was bist du denn so sicher, daß mir das in den Kram gepaßt hat mit dir? Vielleicht ist das für mich der letzte Scheißdreck? Auf die Idee bist du nicht gekommen, wie?«

Da ging der Graue ganz ans Ende des Raums, hinter den Schreibtisch, so daß wir ihn fast aus den Augen verloren, doch dann kam er langsam, die Hände in den Taschen, wieder auf uns zu, ohne ein Wort zu sagen. Als er da war, stellte er sich direkt vor Władek, als wolle er ihm Ehre erweisen, aber mit einem Ausdruck des Ekels. Er stand so nah, daß ich seinen Schweiß riechen konnte. Mir kam das Essen hoch.

»Wenn das ein Scheißdreck ist, was machst du dann hier? Warum frißt du dann mein Fleisch und säufst meinen Wodka?«

Es war jetzt vollkommen still. Ich hörte nichts, roch nur diesen Gestank. Er stand da, wiegte sich auf den Absätzen, nahm sogar die Hände aus den Taschen und wartete. Er wartete lange, denn Władek griff langsam nach dem Wodkaglas, trank aus, schenkte sich Bier ein, wartete, bis der Schaum zurückging, goß nach und trank erst dann.

»So ist eben die Situation«, sagte er ganz ruhig. Und dann, als der andere sich bewegte, Luft holen wollte, fügte er hinzu: »Du bildest dir zuviel auf dich ein.«

Der Graue zog sich zurück, ging zum Sessel und setzte sich. Sein großes Gesicht war rot. Eine Weile saß er unbewegt da, dann legte er wieder ein Bein übers andere, um uns seine Schuhe zu zeigen. Vielleicht wollte er sie auch selbst betrachten.

»Na dann raus mit der Sprache«, sagte er gleichgültig.

»Verarsch mich nicht, du weißt genau, was los ist«, sagte Władek ebenso gleichgültig. »Du weißt genau, warum ich gekommen bin. Du weißt es genau, also verarsch mich nicht, ja?«

»Ja, ich weiß. Komm«, sagte er und stand auf. Er ging Richtung Tür, wir ihm nach. Die Klinke war weit oben, wie in einem Präsidentenpalast. Bevor er sie drückte, öffnete die Tür sich von selbst. Auf der anderen Seite standen die zwei Typen in den Trainingsanzügen. Sie mußten gewartet und auf das geringste Geräusch gelauscht haben. Wir gingen durch einen Korridor, die beiden folgten uns jetzt. Es war ziemlich dunkel und wirkte irgendwie heruntergekommen. Hier und da eine Glühbirne, schwach, aber es reichte, um zu sehen, daß dieser erste Stock wie ein Keller aussah. Die Wände blätterten, es roch feucht und unangenehm. Wir kamen an einer Tür vorbei, aus grauem Gefängnisblech, mit Plastikverzierungen, die gedrechseltes Holz imitierten. Zehn, zwanzig, dreißig Schritte – ich zählte und kam zu dem Schluß, daß wir das Hauptgebäude schon verlassen haben mußten. Der Korridor ging weiter und bog links ab, als würden wir uns auf die Rückseite dieser Residenz zubewegen. Der Fußboden war aus Zement, über die Wand liefen schwarze Kabel. Den Louvre hatten wir schon lange hinter uns. Der Graue sah sich kein einziges Mal um. Hinter mir hörte ich das gleichmäßige Scharren der Sohlen. Plötzlich war die Wand auf der linken Seite verschwunden, und wir befanden uns auf einer Art Galerie. Unten war es dunkel, aber gleich machte jemand Licht. Am Geländer stoppte der Graue und stellte den Fuß auf die waagerechte Stange. Wir sahen Menschen. In einer Art Auslauf. Im Hintergrund war eine Tür, als wäre dort ihre Wohnung, oder sie könnten zumindest dort Schutz finden. Aber einige standen oder saßen hinter einem Maschendrahtzaun, der gar nicht hoch war. Vielleicht anderthalb Meter. Fünf oder sechs Personen. Einer der Lakaien ließ einen Schrei los, und vier weitere kamen aus der Tür. Sie reckten die Köpfe und schauten uns an. Männer und Frauen. Sie waren dunkel und schmutzig. Aber wohl etwas größer als die kleingewachsenen von damals. Auch sie stanken, aber der menschliche Geruch war mit einem anderen Geruch vermischt.

»Sie gehen spazieren und ruhen sich aus«, sagte unser Hausherr. »Du nimmst die hier noch mit, und wir sind quitt, in Ordnung?«

»Wohin?« fragte Władek.

»Via Hungaria nach Österreich.«

»Damit du mich wieder verarschen kannst?«

Der Graue stützte die Ellbogen auf das Geländer und schaute nach unten. Irgendwo aus dem Dunkeln kam ein schwarzes Schwein, gleich darauf ein zweites. Sie traten an den Zaun heran, hoben die Rüssel und schnupperten. Die Menschen zogen sich zur Tür zurück.

»Was denkst du denn eigentlich? Glaubst du, du hast eine Option?«

Der Graue holte eine Packung Marlboro heraus. Er nahm ein paar und warf sie nach unten. Sie fielen in den Auslauf, dicht am Zaun. Zwei von den Dunkelhäutigen bewegten sich in die Richtung. Die Schweine warfen sich wie Hunde gegen den Maschendrahtzaun. Die Leute griffen auf allen vieren nach den Zigaretten und zogen sich wieder zurück. Man hörte ein Quieken und das Geräusch von Metall. Die Gorillas amüsierten sich. Dann sagte der Graue zu Władek, der Spielraum sei gleich Null. Wenn er wolle, könne er Władek alles versprechen, danach werde er sowieso tun, was er wolle. Sie zurückgeben, sie wieder mitnehmen, vielleicht gleich, vielleicht nach einiger Zeit, wenn alle es vergessen hätten und dächten, es würde alles so bleiben. Vielleicht werde auch gar nichts mehr geschehen, nur noch diese eine Fahrt, und alle würden bis in alle Ewigkeit glücklich leben. Vielleicht ja, vielleicht nein. Er müsse weder etwas versprechen noch Wort halten. Je früher Władek das kapiere, desto besser. So seien die Regeln, besser gesagt, ihr Fehlen. Alle würden glücklich leben oder auch nicht. Sie könnten zum Beispiel auch da unten sitzen. Und er nickte in Richtung des Auslaufs.

Władek sagte nichts. Er rauchte und betrachtete die schwarzen Rücken der Schweine, die Gestalten im Halbdunkel, das Fünkchen der Zigarette, das vom einen zum anderen kreiste.

DIE ÄLTEREN LEUTE gingen sehr vorsichtig. Bevor der Schnee geräumt wurde, traten die Fußgänger ihn fest, und jetzt glänzte er, trügerisch weiß. Sie trippelten, mit Taschen. Sie mußten sich beeilen, um vor dem Tag der Geburt des Herrn alles zu schaffen. Der Asphalt war schwarz und naß. Wahrscheinlich war am Morgen Salz gestreut worden. Die Sonne schien. Frostige, trockene Luft aus Sibirien oder der Arktis hatte sich jetzt über die Stadt gelegt. Der Schnee auf den Ästen der Bäume schmolz nicht. Für die Alten war der Winter ein Fluch. Sie holten Kohle, und zwischen die Doppelfenster stopften sie Watte oder Lappen, die sie nicht mehr brauchten. Sie hörten Weihnachtslieder im Radio und froren. Sie schalteten kleine elektrische Öfen an und starrten auf die springenden Ziffern auf dem Stromzähler. Der Herr war in einem warmen Land auf die Welt gekommen und hatte dort die frohe Botschaft verkündet. Im Evangelium stand nichts davon, daß man aufs Eis knallen und sich ein für allemal die Knochen brechen konnte, da stand nichts von Osteoporose. Sie gingen mit kleinen Schritten, um all die Dinge zu besorgen und sie dann die glatten Straßen hinunterzutragen. Hier und da streute jemand Sand, und der Weg wurde etwas sicherer. Ich ging also genauso vorsichtig wie die alten Leute. Es herrschte Frost, aber ich hatte Angst, die Hände in die Taschen zu stecken. In einem Bassin aus Zeltstoff wurden Karpfen zum Verkauf angeboten. An den Rändern sammelte sich Eis. Die Fische bewegten sich wie im Traum. Sie lebten, aber ihr Fischblut hatte nur ein, zwei Grad über Null. Wenn man sie herausnahm und liegenließ, hörten sie auf sich zu bewegen. Eine hauchdünne Eisschicht bedeckte sie. Einige Männer auf Leitern spannten Schnüre bunter Glühbirnen über die Bäume. Einer kletterte hoch, ein zweiter hielt die Leiter. Ich werde abends herkommen, um mir das anzusehen, dachte ich. Weihnachten ist immer noch Weihnachten. Als Kind stellte ich mir die Wüste, den dunkelblauen Himmel und die Sterne vor. Die Muttergottes war eine Art Beduinin, von Kopf bis Fuß in eine Burka gewickelt. Hitze und Sandsturm.

Sie konnte ein Kamel bändigen und mußte den ganzen Tag nichts trinken. Sonst hätte sie nicht überlebt. Weder sie noch ihr Kind, und es gäbe jetzt kein Weihnachten mit Karpfen, Bigos und Christbäumen aus China. Nichts gäbe es. Also muß sie stark wie eine Beduinin gewesen sein. Mit breiten Hüften und Oberschenkeln, um auf dem Kamel zu reiten und um ein gesundes Kind zu gebären. Unempfindlich gegen Hitze wie die Tuareg. Arme und Gesicht schwarz von der Sonne. Eine echte Göttin. Diese Gedanken kamen mir, weil bald Weihnachten war. In die Kirche ging ich nicht, aber ich dachte über solche Dinge nach. Immer wenn es soweit war, betrank ich mich einsam und dachte über die Muttergottes nach. Das war besser als eine Messe. Hitze, Wüste, Einsamkeit. Schlangen und Kakerlaken. Betlehem war ein Kaff am Ende der Welt. Das ärmlichste Kaff aller Käffer dort. Ein Haufen in der Sonne getrockneter Lehmziegel, ein Schilfdach und Kuhfladen für das Feuer. Und dann diese Hirten, Schäfer, Maultier- und Kameltreiber, die Nomaden, die schmutzigen, wilden, unbefriedigten Cowboys von Palästina. Ich kann mir vorstellen, wie sie diesen Slum in Betlehem finden, diesen Haufen von Lehmstücken mit dem Strohdach, und darin eine Frau sehen. Zum ersten Mal seit Monaten eine Frau. Und sie steht einfach auf und jagt sie fort, sagt ihnen auf hebräisch oder aramäisch, sie sollten sich verpissen, um das Kind nicht zu wecken. Dunkelhäutig und stark wie eine Göttin. Aber solche Geschichten erzählen sie in der Kirche nicht, also gehe ich da nicht hin, sondern ziehe es vor, allein zu trinken und mir all die Dinge vorzustellen, die am Anfang geschehen sind.

Ich bog nach rechts. Vor der Tafel mit den Todesanzeigen stand niemand. Vielleicht war niemand gestorben, und es gab nichts zu erzählen. Die Alten warteten bis zum Frühjahr, bis die Erde wieder auftaut. An der Fensterscheibe eines Ladens hing ein Zettel, es gäbe Oblaten im Sonderangebot, drei Packungen zum Preis von zweien. Ich hörte indianische Klänge. Die Musiker standen an der gleichen Ecke wie immer. Sie versuchten nicht einmal, so zu tun, als spielten sie bei diesem Frost, sie stapften nur konzentriert im Rhythmus der Lautsprecher und trugen Nikolauskostüme. Einer hatte sich einen Poncho über den roten Mantel geworfen. Als ich an ihnen vorbeiging, meldete sich mein Telefon. Es klingelte so gut wie nie. Manchmal kamen Nachrichten. Von der verführerischen Jola oder der scharfen Beata. Oder Angebote, ich solle mir ein Auto kaufen, weil sie jetzt billiger waren. Niemand außer virtuellen Huren und Geschäftspartnern hatte meine Nummer. Ich spürte, wie mein Herz pochte. Nach ein paar Minuten noch einmal. Da war ich schon unten und schaute auf den Jahrmarktplatz, auf die vierstöckigen Wohnblocks auf der Böschung. Ich hatte die Brille nicht dabei. Aber ich wußte, daß die Huren nicht eine SMS nach der anderen verschickten, also nahm ich schließlich das Handy heraus, hielt es ein Stück entfernt und las: »Ruf an wladek.«

DER GORILLA zeigte mir das schäbige Loch hinter der Blechtür. Ich robbte auf das Lager und rollte mich zusammen. Dann drehte ich mich auf den Bauch, und der Schwindel ließ etwas nach. Alles drehte sich, das Haus, der Hof, die Straße, der ungarische Staat, der slowakische und die letzten zwei Wochen. Ich hatte zwar unterwegs gekotzt, aber trotzdem drehte sich alles. Ich hatte über einen halben Liter Schnaps und einen Eimer Bier getrunken. Es war schon ganz dunkel gewesen, als ich versucht hatte, vom Stuhl aufzustehen. Ohne die Eskorte wäre ich auf den Teppich gefallen. Der Graue spielte wieder mit dem Computer, und er zeigte Władek etwas auf dem großen Flachbildschirm. Aber ich begriff nicht, was es war. Mein Blick reichte nicht mehr bis dorthin. Ich hatte gedacht, wenn ich mich besaufe, werde sich alles von selbst klären. Aber jetzt drehte sich alles. Das Bett stank. Die Decken waren rauh und steif. Ich versuchte mich zu erinnern, worum es auf diesem Fernsehbildschirm gegangen war. Er hatte mit etwas geprahlt oder gedroht, etwas bewegte sich da, und etwas war zu hören. Stöhnen, Schreien, es dröhnte aus diesen Lautsprechern tatsächlich wie im Kino. Es sah nach einem Gemetzel aus, aber es war unklar, ob echt oder gespielt. Ich verstand nichts mehr und wollte aufstehen, aber es gelang mir nicht, und der Typ im Trainingsanzug brachte mich einfach hierher, mit kurzem Halt auf dem Scheißhaus. Jetzt lauschte ich, aber es war still wie mitten in der Nacht. Ich lag da und wartete, daß es aufhören würde sich zu drehen. Verschiedene Dinge aus der Vergangenheit kamen mir in Erinnerung, aber auch sie gerieten in den Strudel, und so stand ich auf und suchte das Licht. Ich traf immer nur auf die Wand und die Tür. Also legte ich mich wieder, sprang wieder auf, und irgendwann hörte ich etwas hinter der Blechtür. Stimmen, Schritte, Echo. Als sie an der Tür vorbeikamen, öffnete ich sie einen Spalt und schaute hinaus. Sie standen zu zweit am Geländer. Der Graue nahm etwas aus einer Plastiktüte und warf es hinunter. Es sah aus wie Fleischklumpen. Er redete, warf von Zeit zu Zeit etwas und schaute hinunter. Władek stand ein paar Schritte weiter, seitlich, und sagte nichts. Es war schwer zu sagen, worauf sein Blick gerichtet war. Plötzlich hielt der Graue die Tüte in seine Richtung, damit er sich bedienen und auch etwas hinunterwerfen konnte, aber Władek rührte sich nicht. Da sagte der Graue etwas und lachte laut. Er ließ die Tüte fallen, stützte sich auf das Geländer und lachte immer lauter. Ich sah, wie Władek in die Hocke ging und den Grauen mit einer halben Umdrehung des Körpers anfiel, er packte ihn etwa auf der Höhe der Knie, richtete sich mit einer federnden Bewegung auf und warf ihn einfach über das Geländer.

Ich kam gar nicht dazu, mich zu bewegen. Von unten drangen Schreie herauf. Vielleicht diese Dunkelhäutigen, vielleicht ihr Herr. Jedenfalls hörte ich jetzt deutlich Władek, der brüllte: »Paweł, verdammt, wo bist du, wo bist du, verdammt, Paweł …!« Ich öffnete langsam die Tür, und als er mich sah, rief er: »Komm, schau!«

Der Graue stand mitten im Auslauf. Drei schwarze Schweine umgaben ihn in einem weiten Halbkreis. Sobald er eine Bewegung machte, grunzte eines von ihnen und ging einen halben Schritt auf ihn zu. Auf seinem hellen Hemd waren Spuren von Kot. Er tastete den Boden hinter sich ab und rutschte aus. Władek ging einen Moment weg und fand den Schalter für die Halogenlampe. Es wurde hell, der Graue schirmte mit der Hand die Augen ab. Das größte der Schweine, in der Mitte des Halbkreises stehend, grunzte sofort und trippelte von einem Huf auf den anderen. Sie mochten es nicht, wenn sich etwas bewegte. Er war fast erstarrt dort unten, aber gleichzeitig war zu sehen, daß er versuchte, sich Zentimeter für Zentimeter in Richtung der Umzäunung hinter seinem Rücken zu schieben. Es waren etwa drei Meter. Die Dunkelhäutigen standen reglos da, weit weg, und hielten den Atem an, denn dies war wahrscheinlich der faszinierendste Moment ihrer langen Reise. Er schien sich nicht zu bewegen, aber der Abstand nahm dennoch ab. Der Drahtzaun war nur noch eine Körperlänge von ihm entfernt. Immer noch glitt er unmerklich weiter, aber die drei Schweine kamen mit ihren kleinen Schweineschritten ebenfalls vorwärts. Władek stand neben mir und preßte die Hände auf das Geländer. Er hätte etwas tun sollen, schreien, den andern zu einer falschen Bewegung zwingen oder einfach diese schwarze Bande auf ihn hetzen. Doch auch ihn fesselte dieses

Spiel, dieses Lotteriespiel, und er wartete, wie es ausgehen würde, er wartete einfach auf eine Entscheidung des Schicksals. In einem bestimmten Moment schienen die Schweine etwas an Tempo zuzulegen und kamen dem Grauen näher. Er wurde nervös. Er sah sich um, wie weit es noch war, da kamen die Schweine noch näher. Sie witterten, quiekten einen Ton höher und schauten einander an. Der Graue drehte sich jäh um und streckte im Sprung die Arme aus. Vielleicht hätte er es sogar geschafft, aber er rutschte auf dem Kot aus und verlor eine halbe Sekunde, und als er den oberen Rand der Umzäunung erwischte, hatten die Schweine ihn schon erreicht. Das größte hatte ihn am Schenkel gepackt und zerrte. Der Zaun bog sich, das Schwein zerrte noch einmal, und die Hände des Grauen wurden vom Zaun losgerissen. Er versuchte sich auf den Beinen zu halten, aber die beiden anderen Schweine griffen ihn an. Jedes zog in seine Richtung. Sie quiekten, aber sein Schrei war lauter. Er brüllte. Ich sah die breiten schwarzen Hinterteile und die angespannten Rücken. Ich mußte etwas gesagt haben, denn Władek meinte: »Was? Willst du ihm helfen?« Bevor ich antworten konnte, war die Tür im Korridor zu hören, und einer der Gorillas kam angelaufen. Er blickte nach unten, sah uns an, auf seinem Gesicht war abzulesen, daß er erstaunt war und zu verstehen versuchte.

»Er hat sich hinausgelehnt und ist runtergefallen«, sagte Władek.

Der Hellste war er nicht, aber mit Sicherheit war er mißtrauisch. Er sah uns eine Sekunde an, dann zog er blitzschnell das Oberteil des Trainingsanzugs hoch, nahm eine kleine MP aus der Hose oder dem Gürtel und begann zu schießen. Ich sah, wie sich rotes Fleisch von den schwarzen Rücken ablöste. Er schoß wohl einfach drauflos, aber unter den Körpern der Schweine schauten nur noch die Beine und ein Arm hervor.

Er leerte das ganze Magazin, nahm das nächste, steckte es hinein, lud durch, schoß weiter, und das blutige Loch in dieser Fleischmasse wurde immer größer. Aber die Schweine bewegten sich immer noch. Zwei unendlich lange Sekunden quälte mich der Gedanke, ob er noch mehr Munition haben könnte. Doch gleich darauf war alles still, nichts regte sich mehr. Nur das linke Bein des Grauen führte eine langsame, absurde Bewegung aus: Es knickte im Knie ein, stützte sich auf die Ferse und glitt dann wieder zurück. Auf seinem Besitzer lagen fünfhundert Kilogramm erkaltendes Fleisch. Von den Dunkelhäutigen keine Spur. Der Gorilla stand mit gesenkter Pistole da und schaute wie am Anfang bald nach unten, bald auf uns.

»Na mach schon! An die Arbeit! Salvare!« sagte Władek zu ihm und stieß ihn leicht an.

Der Typ, wie aus dem Schlaf erwacht, gab Władek mechanisch die Pistole und sprang drei Meter nach unten. Er packte das am nächsten liegende Schwein an den Hinterbeinen und begann zu ziehen. Władek warf die Waffe auf den Boden und sagte leise: »Hauen wir ab.«

Und jetzt, im Frost stehend, an der Stelle, wo früher die Moldawier ihre Wassermelonen verkauften, drei Tage vor Weihnachten, las ich seine SMS. Ich glotzte auf das Display, die Fußgänger rempelten mich an. Um den Kreisel fuhr ein Pick-up mit Anhänger, auf dem eine große Werbetafel stand: »Kozelsk und Katyn – Licht und Ton«. Das Gespann fuhr ein paar Minuten im Kreis und verschwand dann Richtung Brücke. Ich wechselte die Straßenseite und ging ebenfalls in diese Richtung. Doch vor der Brücke bog ich in das Viertel mit den alten Häusern ab. Der Typ von der Altpapiersammelstelle stand an der Backsteinwand, das Gesicht in der Sonne.

Er hatte die Augen geschlossen, aber als ich vorbeiging, hob er die Hand. Ich grüßte ihn und eilte weiter. Sicher hätte er gefragt, ob ich etwas von Władek wisse, was er so mache. Ich kam am letzten zweistöckigen Haus vorbei. Dahinter gab es nur noch ein paar einstöckige. Eine Fischgroßhandlung und eine Metzgerei. In der Luft hing der Geruch von geräuchertem Speck. Mir ging der Gedanke durch den Kopf, daß ich für die Feiertage einkaufen sollte. Irgendwas, ein Stück Fleisch oder etwas Fertiges zum Aufwärmen. Und etwas für die Katze. Danach kam nur noch der Weg am Fluß entlang. Er folgte dem Hochwasserdeich. An den Rändern bildete sich schon Eis. Ich holte das Telefon aus der Tasche und wählte diese seltsame, lange Nummer. Im Hörer waren ferne Laute zu hören, ein Echo und ein fremd klingendes Piepsen. Dann sagte eine weibliche Automatenstimme etwas in einer völlig unbekannten Sprache. Ich ging langsam am Ufer entlang. Unter meinen Schuhen knirschte der Schnee. Ich konnte mir jene Nacht mühelos in Erinnerung rufen, Minute für Minute. Wir waren durch den Korridor gelaufen, dann durch diesen Salon, wo immer noch der Fernseher eingeschaltet war. Durch einen zweiten Ausgang gelangten wir ins Treppenhaus und die Treppe hinunter in den Hof. Da war es leer, still und dunkel. Es ließ mir keine Ruhe, wo der andere Typ im Trainingsanzug abgeblieben war, aber offensichtlich stellte das kein Problem dar, denn Władek verhielt sich, als wären wir im Moment außer Gefahr. Er sagte, ich solle das Auto starten. Ich zeigte auf das Tor. Er gab mir ein Zeichen, ich solle warten, und rannte zu dem Nebengebäude. Er zerrte an der großen Holztür, aber sie gab nicht nach. Da machte er kehrt, lief zu einem der schwarzen Geländewagen, stieg ein, ließ ihn einfach an, schaltete das Licht ein, wendete, stieß zurück, legte den ersten Gang ein, rammte den Wagen ins Tor und fuhr samt Tor hinein. Dann setzte er ein Stück zurück, lehnte sich aus dem Fenster und brüllte in dieses dunkle Loch hinein: »Haut ab! Freedom! Freedom! Freedom, dunkelhäutige Brüder! Macht euch vom Acker, dann in den Wald und nach Westen! Freedom!«

Dann wendete er noch einmal und stellte den Jeep gegenüber dem Tor ab. Er stieg aus, ohne den Motor abzuschalten, suchte einen Ziegelstein, lehnte sich ins Fahrerhaus und legte das Gewicht aufs Gaspedal. Der Sechszylinder heulte auf wie ein Lastwagen, ich sah, wie er den Gang einlegte, mit der linken Hand noch die Kupplung hielt und dann losließ und zur Seite sprang. Das Auto machte einen Satz nach vorn. Ich hörte, wie Kies und Steine auf die Kühlerhaube des Ducato fielen. Die schöne schwarze Kutsche für fünfzigtausend Euro zerdepperte das Tor und fuhr jaulend in die dunkle rumänische Nacht. Doch kurz danach drehten die Räder durch, und der Jeep knallte gegen das Mäuerchen vor der Einfahrt. Er blieb stehen, das Licht ging aus, aber der Motor arbeitete weiter, und die Räder drehten sich. Die Kühlerhaube gegen den Stein gedrückt, glich der Wagen einem kämpfenden Stier. Dreihundert Pferdestärken und ein Drehmoment von vierhundert reichten aus, um die Reifen bis auf die Felgen abzureiben, dachte ich, und erst der Mangel an Benzin würde ihn stoppen. Es sei denn, der Kühler wäre im Eimer. Ich konnte mich von dem Anblick nicht losreißen. Unterdessen war Władek hinten mit dem zweiten Geländewagen beschäftigt. Er warf einen großen Stein durch die Frontscheibe, und mit einer Eisenstange, die er irgendwo fand, durchstach er alle vier Reifen. Dann stieg er in den Ducato und sagte: »Fahren wir.« Auf der gegenüberliegenden Seite sahen wir Scheinwerfer auf uns zukommen. Ich passierte das eingeschlagene Tor. Es war ein kleines Auto mit slowakischem Kennzeichen. Wir fuhren langsam aneinander vorbei. Hinter dem Steuer saß Markus. Sowohl er als auch wir taten so, als würden wir uns nicht sehen. An all das erinnere ich mich ganz genau, an jede Minute. Wir fuhren schweigend. Den ganzen Weg. Im Morgengrauen erreichten wir Medziborie. Er stieg neben ihrem Wohnwagen aus. Ich fuhr sofort weiter zur Bahnstation, um die in Säcke gepackten Sachen abzuholen, die die Bahnbeamten für uns in dem nach Kreosot stinkenden Schuppen aufbewahrten. Danach fuhr ich gleich zurück nach Hause und wartete. Wartete und hatte Angst. Es gab nichts Neues. Aber es passierte auch nichts. Weder am ersten Tag noch am zweiten, noch irgendwann danach. Alles blieb ruhig. Als wäre nie etwas geschehen. Früher hätte ich wenigstens Stempel im Paß gehabt, als Beweis dafür, daß ich überhaupt dort gewesen war. Ich hatte nur diese Säcke und die Schulden bei Heniek, dem Einbeinigen. Nach einer Woche Warten und Angst fuhr ich zu ihm. Es war Abend, er saß am Schreibtisch, alles wie beim ersten Mal. Ich fragte ihn, ob ich die Ware zurückgeben und abrechnen könne.

»Gut«, sagte er. »Aber minus zwanzig Prozent.«

»Fünfzehn«, erwiderte ich. »Wir haben nicht viel verdient.«

»Wieviel denn?« fragte er.

»Nichts.«

»Das heißt minus.«

Ich nickte. Er nahm eine Zigarette und steckte sie an. Ich fragte ihn, ob er keine Angst habe, daß sie ihm auch das zweite Bein abnehmen müssen.

»Doch. Aber wozu hat man einen starken Willen?« lachte er in sich hinein.

Er erzählte mir, es würde nicht viel fehlen und er könnte den ganzen Markt in der Stadt übernehmen. Aber das bedeute viel Überlegung, Organisation, Nerven. Und in seiner Situation auch Bewegungslosigkeit. Auf dem Schreibtisch standen statt des Fernsehers ein Computer und zwei Telefone. Er sagte, ich könne den Termin um zwei, drei Monate verlängern. Als ich rausging, hielt er mich in der Tür zurück.

»Das war immer so mit ihm.«

»Woher weißt du, daß es wegen ihm ist?«

»Ich kenne ihn«, antwortete er und schickte sich an zu telefonieren.

Jetzt ging ich den Fluß entlang. Auf der anderen Seite sah ich zwischen den blattlosen Bäumen sein Lager. Obwohl es kurz vor Weihnachten war, standen einige Lieferwagen auf dem Platz. Ich nahm das Telefon und wählte noch einmal diese seltsame Nummer.

»Fast zweihundert Kilo, kannst du dir das vorstellen? Zweihundert Kilo und drei Typen. Wir hingen mit dem Arsch auf dem Asphalt. In den Schlaglöchern sprühte es Funken. Wo hatte der Shiguli denn den Tank? Ich glaube hinten, dann hätten wir mit dem Tank den Boden gestreift? Alles möglich. Es hätte uns schon auf dem Prater in die Luft jagen sollen, wenn schon Vergnügungspark, dann richtig. Von dort aus fuhren wir auf die Ausfallstraße nach Budapest. Warst du schon mal in Wien? Nein? Die reinste Leichenhalle. Lohnt sich nicht. Also fast zweihundert Kilo in Kilopäckchen. Der ganze Kofferraum. Der Deckel ging gar nicht zu. Einen Teil haben wir auf dem Rücksitz transportiert. Um sieben Uhr morgens ging es los. Wir hatten uns mit einem Juden vom Mexikoplatz verabredet, er war speziell wegen uns gekommen und hatte seinen Laden um sechs geöffnet. Um sieben waren wir schon unterwegs. Funken aus dem Heck und die ganze Zeit Zigeunermusik aus einem russischen Kassettenrecorder. Er pfiff und legte eine Kassette nach der anderen ein und drehte sie um. Überall waren sie verstreut, im Handschuhfach, auf den Sitzen, auf dem Boden, das war noch der analoge Sound, den wird es nie wieder geben. Mal saß ich hinten, mal er. Wir reichten einander die Flasche, und der Fahrer war so gut drauf, als hätte er mit uns getrunken. Er hieß Gyula. Oder vielleicht Gabor? Győr, Tatabánya, nicht ganz vier Stunden, und wir erreichten Budapest, und dann noch anderthalb, und wir waren in Szolnok.«

Jetzt, fünfundzwanzig Jahre später, lag Budapest vor uns. Die Autobahn stieg an und fiel wieder ab, und an den Auffahrten hatte sie drei Spuren. Der Boß zeigte nach vorn, auf die nebligen weißen Hügel in der Ferne, und sagte, jenseits der Donau könne man Buda sehen. Da erzählte ich ihm von der geplanten Donauflottille mit den Secondhandklamotten. Das gefiel ihm, und er sagte:

»Weißt du, ich könnte meinen Supermarkt auch auf Schiffe verladen.«

Aber ich sagte ihm, da müsse er ihn zuerst über die Karpaten bringen. Zehn, fünfzehn Lastwagen, und erst in der Gegend von Tokaj könnte man das alles auf ein größeres Schiff laden, um es dann auf der Theiß zu transportieren.

»Wohin? Nach Slankamen in Serbien? Dann schon eher auf Rädern durch die Slowakei und erst in Bratislava verschiffen.«

»Aber die Theiß bringt Gewinn«, erwiderte ich. »Sie fließt durch die ganzen Käffer, und dort ist die Nachfrage für diese Art Angebote größer.«

Wir sahen Schilder, die auf die Abfahrt zum Hungaroring hinwiesen. Die großen, aufgeblasenen Köpfe der führenden Fahrer der Weltrangliste wiegten sich im Wind. Sie mochten an die zehn Meter hoch sein.

»Jetzt müssen wir gleich auf die M 0«, sagte er, »dann auf die M 5 und immer geradeaus.«

Von der Stadt sahen wir überhaupt nichts, nur tote Felder, gelbes Gras und graue Brücken. Das Wetter wurde schlechter. Auf den Pfosten der Umzäunungen saßen Raubvögel und warteten auf Aas. Alle überholten uns. Neunzig war das Maximum. Er zeigte auf den Nebel zur Linken und sagte:

»Dort drüben ist Szolnok. Da fließt die Theiß. Da haben wir gebadet. Und sind Boot gefahren. Zur Erholung. Der Balt-Orient-Expreß fuhr abends. Wir haben je vierzig Kilo mitgenommen und sind eingestiegen.«

Jeder hatte zwei karierte Taschen. Sie zwängten sich durch den Korridor, die Ungarn verfluchten das polnische Gesindel. Sie nahmen ein halbes Abteil in Beschlag, und niemand setzte sich dazu, weil sie nach Wodka stanken, schmutzig waren und gleich die Schuhe auszogen. Das war charakteristisch. Später spielte das keine Rolle mehr, denn um eins passierten sie die Grenze. Sie zahlten einem Uniformierten Zoll und fuhren in die absolute Finsternis. Da draußen gab es Städte und Dörfer, aber es brannte kein einziges Licht. In Oradea stiegen sie in einen Personenzug um, nach Satu Mare oder Arad und Timişoara. In den rumänischen Waggons leuchtete man mit Streichhölzern und Feuerzeugen. Bei Kerzenlicht spielten sie Karten. Der Schaffner kam mit einer Taschenlampe. Sie gaben ihm ein paar Lei und machten von innen dicht, mit Kette und Schloß. Wenn Winter war, lag auf dem Boden Schnee und schmolz nicht. Also tranken sie ununterbrochen. Mit den Zigeunern spielten sie, mit drei Würfeln. Zuerst verloren sie immer, dann lernten sie die ganzen Tricks. Waschen mußten sie sich nicht, das ganze Land strotzte vor Dreck. Und es dürstete nach allem, besonders nach Kaffee, und so gelang es ihnen manchmal, die meisten Waren zu verkaufen, ohne auszusteigen. Nach einiger Zeit sahen sie aus wie Einheimische.

»Władek trug eine versiffte Ohrenmütze, einen violetten Trainingsanzug und darüber eine Kunstlederjacke mit Teddyfell. Nur die Schuhe waren noch seine eigenen, aber er putzte sie nie. Wenn wir zurückfuhren, um eine weitere Portion Waren zu holen, glotzten die Ungarn uns an wie den letzten Dreck. Gesindel aus Polen, verlaustes Pack aus Rumänien.«

Aber unter den stinkenden Klamotten hatten sie Knete versteckt. Jeder von ihnen verdiente täglich zwei durchschnittliche Monatslöhne. In der Heimat verdiente man dreißig Dollar im Monat, und sie konnten mit diesem Geschäft am Tag hundertfünfzig machen oder noch mehr. Ich sah ihn aus dem Augenwinkel an. Er lächelte jenen Zeiten zu.

»Ach, man mußte nur anfangen. Auf dem Mexikoplatz haben wir den Kaffee für drei Dollar das Kilo gekauft, und nach sechshundert Kilometern war er acht Dollar wert. Der Zoll und die Fahrt nach Wien kosteten praktisch nichts. Eigentlich konntest du damals jeden Scheiß transportieren und verkaufen. Dieses Land ächzte vor Hunger, vor Kälte, vor Unausgeschlafenheit, vor Angst und von der ganzen Sauferei. Der Conducator hatte beschlossen, alle Schulden zu bezahlen und sein Vaterland zu sanieren. Eines Tages, wo war das noch mal? In Brașov? Ich weiß nicht mehr, jedenfalls hat mich die Securitate geschnappt und aufs Präsidium gebracht. Sie haben mich in ein Kabuff von dreimal drei Metern gesperrt und gesagt, ich soll mich ausziehen. Da war nichts, nur der abschüssige Asphaltboden und ein Abwassergitter. Aber die Wände waren nicht richtig abgewaschen, da war so ein eingetrockneter, rotbrauner Schorf. Ich stand da, nackt, und dachte, ich muß vor Angst scheißen. Nach einer Stunde sind sie wiedergekommen und haben mir das ganze Geld abgenommen, das ich dabeihatte. Es war nicht viel, wir haben nie alles mit uns herumgeschleppt. Aber es wäre mir nie eingefallen aufzuhören. Das kam überhaupt nicht in Frage.«

Er redete. So hatten wir es abgemacht: Der eine fährt, der andere erzählt. Ich hatte kaum geschlafen. Die Abenddämmerung brach an. Seit hundert Kilometern hatte ich kaum den Fuß vom Gas genommen, keinen Blinker gesetzt und nicht gebremst. Draußen war es leer und grau. Die unterbrochene weiße Linie führte ins Unendliche. Ebenso die Leitplanke, die die Bahnen trennte. Er erzählte mir, wie er vor fünfundzwanzig Jahren für ein paar Dollar bereit war, sich in der Folterkammer der Securitate nackt auszuziehen, und lächelte in sich hinein. Wahrscheinlich war er für diese paar Dollar auch bereit, sich umbringen zu lassen, obwohl es ihm gar nicht ums Geld ging.

»Wir haben kaum geschlafen. Nur in den Zügen und auf den Bahnhöfen. Wir tranken, fuhren, verkauften. Rumänien ist schön, tagsüber, wenn es warm ist, und du fährst mit dem Zug. Da lagen Büffel im Schlamm. Auf den Wiesen an der Donau standen Pferde. Ich erinnere mich an alles. Für Geld habe ich das nicht gemacht. Ich hatte immer welches, es wurde immer mehr, aber ich konnte nichts damit anfangen. Vielleicht war das die reine, edle Gier?« Auf der Scheibe erschienen die ersten Tropfen. »Einmal im Monat brachte ich den Erlös nach Hause. Ich nahm nur soviel mit, wie ich für den Mexikoplatz brauchte, und fuhr wieder zurück.«

»Und Władek? Hat er es auch so gemacht?«

»Nein, ich glaube nicht. Er war immer am Nachdenken und Kombinieren, und man spürte, daß das für ihn etwas Vorübergehendes war, nur der Anfang, daß er erst in Schwung kam, vielleicht hat er damals schon an sein bescheuertes Donaugeschwader gedacht oder an die Eroberung des Schwarzen Meeres. Er quatschte ununterbrochen mit irgendwelchen Leuten, suchte Gelegenheiten und ließ sich auf irgendwelche Machenschaften ein. Alle waren ihm etwas schuldig, ständig hatte er irgend etwas zu erledigen, für diesen oder jenen. Auf unseren Strecken begegneten wir Zigeunerbanden, ganzen Familien von Dieben, Wahrsagern und Bettlern. Nach einigen Tagen handelte er schon mit ihnen, kaufte Tombak und gefälschte goldene Fünfrubelstücke, die er dann jemandem andrehte, und ich weiß noch, wie wir einmal in Sibiu oder Cluj vom Bahnhof flüchten mußten, unter den Waggons durch und dann zu Fuß zu irgendeiner Station außerhalb der Stadt, um im Morgengrauen den ersten Personenzug zu erwischen und abzuhauen.«

Ich schaltete die Scheibenwischer ein. Sie verschmierten den Dreck. Ich hatte vergessen, Reinigungsmittel nachzugießen. Ich stellte mir vor, wie sie dieses schöne und schreckliche Land durchquerten, als Einheimische verkleidet. In seinem Palast in Bukarest trank Dracula das Blut seiner Untertanen und hatte einen speziellen Ofen, wo er jeden Tag Kleider verbrannte, weil er jeden Anzug nur einmal trug. Ich steuerte das Auto und schaute meinen Beifahrer aus dem Augenwinkel an. Er war in jene Zeit vertieft und redete. Als wir am Morgen aufgebrochen waren, hatte er nur eine Kapuzenjacke mitgenommen, einen in eine Plastiktüte gequetschten Schlafsack und eine Stange Marlboro aus Moldawien oder vielleicht Transnistrien. In einer Ekke des Zimmers hatte eine Frau mit einem roten Pulli gesessen. Unter dem Rot schaute ein weißer Kragen hervor.

»Das ist Kyzia«, hatte er gesagt. »Kyzia fährt nicht auf Männer ab, weil sie im Stehen pissen und die Frauen dazu zwingen, in der Hocke das gleiche zu tun … Sie hat es mir einmal erklärt, aber ich hab's nicht so ganz verstanden, weil sie mir intellektuell überlegen ist«, erzählte er, während er den alten Schlafsack in die Tüte mit der Aufschrift *UE is future* stopfte. In seinem T-Shirt mit dem Adler, seinem schäbigen Lederjäckchen, den Cowboystiefeln und der Mütze mit der Aufschrift »Bismarck«. Er warf Kyzia einen Kuß zu, sie schüttelte sich, und wir gingen.

»Woher nimmst du diese Mädels?« fragte ich, als wir im Auto saßen.

»Ich weiß nicht. Ich weiß wirklich nicht«, erwiderte er.

Der Frost hielt immer noch an, aber er war nicht mehr so stark wie am Tag zuvor. Nach einer Stunde fuhren wir den Paß am Friedhof hinunter. Am Übergang stand ein Lastwagen. Männer luden Drahtzaun, Stahlpfosten und einen Erdbohrer aus. Ich hielt neben einem Jungen in einer schwarzen Security-Uniform.

»Verkauft. Nur die Fahrbahn bleibt, zu Verkehrszwecken«, sagte er, bevor ich fragen konnte. Aber wer die Dinge gekauft hatte, wollte er nicht sagen. »Geschäftsgeheimnis«, entgegnete er und entfernte sich, eine wichtige Miene auf dem Kindergesicht.

Das alles war vor sieben Stunden gewesen. Jetzt suchte ich nach einer Tankstelle, um Reinigungsmittel zu kaufen, denn es regnete jetzt richtig, und die Lastwagen zogen Wolken von Dreck hinter sich her. Ich sah vor mir Licht, drückte aufs Gas und begann zu überholen. Da spürte ich, wie die Räder die Bodenhaftung verloren. Ich ging vom Gas, und da hinten schon jemand blinkte, kehrte ich fügsam auf meine Spur zurück. Kurz darauf kam die Tankstelle, und ich fuhr ab. Der Boß stieg aus, streckte sich und sog tief die ungarische Luft ein.

»Die Puszta, Bruder, die Puszta, statt Brummis Pferde, Schweine und Hammel, das muß ein Leben gewesen sein, was? Ungarisch-Sibirien, hierher wurde man verbannt und hierher ist man geflohen. Und heute stinkt es nach Benzin und in den Scheißhäusern nach Duftspender. Jetzt fahre ich wieder. Vielleicht schaffen wir's bis Novi Sad und legen uns dann aufs Ohr, was?«

»Egal. Hauptsache, es hört auf zu regnen.«

Vor der Tankstelle stand ein fünf Meter hoher Nikolaus

in den Nationalfarben, das heißt Rot-Weiß-Grün. Ich hatte den Motor nicht ausgeschaltet. Wenn er warm war, rauchte er fürchterlich. Wenn er kalt war auch. Auf der Fünfliterflasche Reinigungsmittel war ein Muster von Christbaumkugeln und Kerzen. Ich nahm noch vier Energie-Drinks. Sie hießen Semtex. Wir fuhren los, in den schwarzen Regen. Zum ersten Mal seit Jahren war ich Beifahrer. Unwillkürlich trat ich abwechselnd aufs Gas und auf die Bremse, aber nach einer halben Stunde hörte das auf. Der Boß fuhr ganz ruhig, sozusagen mit links. Nur manchmal murmelte er: »Hast du den gesehen? Hast du dieses Schlitzohr gesehen?« Bei seinem zehnjährigen Mercedes war gerade der Motor ausgebaut, nur deshalb fuhren wir damals mit meinem Auto.

»Ich glaube, ich mochte diesen ganzen Siff, die totale Verzweiflung dieses schönen Landes, diese Qual, die sie sich selbst ausgesucht hatten, schließlich hatten sie diesen Schuster ja gewählt, dieser Typ war ihr eigen Fleisch und Blut, nicht wahr? In dieser Hinsicht gibt es keine Zufälle. Man wählt immer die eigenen Leute. Er war ein Bub aus einer schäbigen Hütte, dem der grüne Rotz aus der Nase lief, aber als er Wind in den Segeln spürte, stellte er sich den größten Palast der Welt hin. Genau das ist es. Das ist die geistige Größe des Südostens. Du hast kaum ein Hemd zum Anziehen, aber wenn sich eine Gelegenheit auftut, gibt's keine Gnade. Als ich das zum ersten Mal sah, blieb mir vor Angst und Bewunderung fast das Herz stehen. Im ganzen Land war es stockdunkel, achtzehntes Jahrhundert oder neunzehntes, Schafspelze, diese Hütten, das ausgemergelte Vieh, Gummilatschen an den nackten Füßen, es sah aus, als hätte eine Bombe eingeschlagen – Industrieruinen, wie nach dem Weltuntergang, Science-fiction, aus der Erde ragten verrostete Rohre, aus denen es qualmte, und dann dieses Ding aus weißem Marmor und Gold. Überall trieben sich Geheimdienstler in türkischen Jeans, Persianermützen und Schwulentäschchen herum. Es muß Herbst gewesen sein, denn ich erinnere mich hauptsächlich an den Straßendreck und die frühe Dunkelheit. Vor meinen Augen war in voller Schärfe der Volksgeist materialisiert: einerseits Gummischlappen an den nackten Füßen, andererseits das goldene Babylon. Und nichts dazwischen. Die Macht erobert man, um sie zu besitzen und dann zu tun, was man will. Mental können wir den Rumänen nicht das Wasser reichen mit unserer ewigen Halbherzigkeit, mit unserem ›ich möchte ja, aber ich habe Angst‹. Babylon mußten uns die Russen spendieren, und als es vorbei war, sind wir in Wehleidigkeit versunken, wie immer, statt diejenigen, die sich als zu schwach erwiesen haben, zu erschießen und aufzuhängen.«

Die Wegweiser kündigten die Ausfahrt nach Kecskemét an. Es regnete immer stärker. Die Scheibenwischer hinterließen Streifen. Ich hätte wenigstens den linken auswechseln können. In den Wasserresten spaltete sich das Licht. Manchmal neigte er den Kopf, um besser zu sehen. Innen dampfte es. Der Ventilator heulte, blies aber nur schwach. Ich hätte wenigstens den Filter reinigen können.

»Das ist nicht das, nicht *die* Phantasie, nicht *die* Geste, nicht *das* Drama. Das ist slawisches Gejammer und Melancholie«, schloß er und schwieg. Er schaute auf das schwarze Fenster, und man sah, daß ihm das Fahren Spaß machte. Sogar mit einer solchen Schrottkiste. Bei mir rann das Wasser über das Seitenfenster und verschwand im Innern der Tür. Nach unserem Abkommen hätte jetzt ich reden müssen. Aber ich konnte keine Geschichten erzählen. Ich rief mir gern verschiedene Dinge in Erinnerung oder stellte sie mir vor. Das genügte mir, dabei verging die Zeit. Jetzt lauschte ich der Arbeit des Motors und spürte die Vibration des ganzen Mechanismus unter den

Füßen. Ich erwartete die Katastrophe, täglich, stündlich, wenn ich mit diesem Auto fuhr. Ich zählte die Kilometer. Niemand wußte, wieviel es auf dem Buckel hatte. Es war immer lauter geworden, immer unberechenbarer, und es brauchte immer mehr Aufmerksamkeit, Sorge und Geld. Eigentlich hätte alles ausgetauscht werden müssen, nur die Papiere hätte man lassen können. Bei Regen, bei Nacht, auf der Autobahn war das sehr deutlich zu spüren. Mir wurde bewußt, daß es in all den Jahren nie ein anderer gefahren hatte.

»Und er?« fragte ich schließlich.

»Nichts. Er war wie dieser Schuster: Er hielt die Nase in die Luft und witterte Gelegenheiten. Der Ort spielte keine Rolle. Im darauffolgenden Sommer hatte er die Idee, daß wir hundert Kilo pro Kopf mitnehmen. Je zwei große Taschen, die man kaum heben konnte. Geschweige denn mit ihnen einsteigen, aussteigen, flüchten. Hast du mal gesehen, wie hundert Kilo Kaffee aussehen? Wahnsinn. Die müßte man auf einem Schubkarren transportieren. Ich nahm meine vierzig Kilo, aber er blieb stur. Das Rückgrat ist ihm fast gebrochen, aber er schleppte das Zeug in den Zug und trug es dann in Oradea auf den Bahnsteig. In diesem Polizeistaat! Das sah man auf einen Kilometer! Kilimandscharo! Kein Taxifahrer wollte Ausländer mit solchem Gepäck riskieren. Schon für ein Gespräch mit einem Fremden konnte man bei der Securitate landen. Schließlich nahm uns ein Dacia mit, eine der Taschen mußten wir auf dem Dach festmachen. Dann ging es zu einer Wohnblocksiedlung, um dort einen Teil zu deponieren, ja, ja, da hatte er schon wieder Bekannte, vom vorhergehenden Transit. Siebter Stock ohne Aufzug, stockdunkel, hundertvierzig Kilo, und das auf Zehenspitzen, weil wir Angst hatten, daß jemand uns hört und denunziert. Schließlich schleppten wir uns irgendwie hoch, jemand leuchtete mit einer Kerze. Weißt du, wie ein rumänischer Wohnblock im Juli stinkt, sieben bis acht Personen auf vierzig Quadratmetern, späte achtziger Jahre? Fürchterlich. Aber sie zündeten gleich eine zweite Kerze an und stellten sie auf den Tisch, und aus den dunklen Ecken kamen Leute hervor. Zerzaust und fast nackt, denn es hatte bestimmt an die vierzig Grad. Wie in einer Höhle sah es da aus. Sie brachten auch Wodka und gaben uns etwas zu essen, vielleicht vom Mund abgespart. Ich weiß, sie nahmen Geld für die Übernachtung, aber Essen hätten sie uns nicht geben müssen. Sie schauten uns an, zwei zwielichtige Gestalten aus Polen, als wären wir Jane Fonda und ihr Bruder. Der Älteste war um die siebzig und sprach ein bißchen Russisch und ein bißchen Deutsch. Mit ihm unterhielten wir uns. Die anderen fragten manchmal etwas, und er übersetzte. An der Tür standen zwei nackte Kinder von fünf, sechs Jahren. Sie guckten wie hypnotisiert. Neben ihnen kniete eine Frau und flüsterte ihnen etwas zu. Vielleicht etwas in der Art: Schaut hin und merkt euch – so sehen normale Menschen aus. Ja, sie haben ihm diesen Palast gebaut, und dann haben sie ihn umgebracht und es im Fernsehen gezeigt, damit alle gucken konnten. Im heuchlerischen, selbstzufriedenen Europa hat man so etwas seit Jahrhunderten nicht getan, oder? Himmelhoher Palast und öffentliche Exekution. Aber das war ihm scheißegal. Selbst wenn er mit ihnen dort saß, überlegte er schon, wie man ihnen – sagen wir – statt tausend Lei nur fünfhundert geben könnte. So war er, der Bauernsohn. Er wußte, daß man nur einmal eine Chance bekommt. Die Angst und die Gewitztheit von Generationen.«

Regen, Regen, Regen, und die Lastwagen ziehen Dreckwolken hinter sich her. Abfahrt nach Szeged. Alle überholten uns. Wie große, schmutzige Häuser. Bulgarische, bosnische, mazedonische, griechische, montenegrinische, alle. Drei, vier, fünf auf einmal. Sie schalteten ihre tiefen Schiffssirenen ein und auf den Dächern der Führerhäuser Reihen von Halogenlampen, und es war wirklich so, als würden Schiffe bei schlechtem Wetter ihren Weg auf dem Meer suchen. Hin und wieder flog aus einem Fensterspalt eine Kippe heraus und erlosch in der Nässe, bevor sie den Asphalt erreichte. Kilometer 170 hinter Budapest, verlassene Parkplätze mit nackten Bäumen und Tankstellen mit grellem Licht. Ich fragte, ob er ein Semtex wolle.

»Klar. Gleich sind wir in Serbien«, antwortete er.

Eine halbe Stunde später waren wir am Grenzübergang. Der Ungar winkte nur, wir fuhren durch den dunklen Streifen Niemandsland und hielten neben dem Häuschen. Wir waren allein. In so einer Nacht brach niemand nach Süden auf. Und niemand hatte es eilig, uns abzufertigen. Es sah aus, als wäre kein Betrieb. Wir stiegen aus, um uns die Beine zu vertreten. Im Terminal dröhnten die Fernlaster. Dieses Land begann düster und leer.

Nach ein paar Minuten kam ein Grenzer in dunkler Uniform. Unsere Begrüßung erwiderte er nicht, er nahm nur die Pässe und knurrte:

»Motor.«

Der Boß sagte, wir wollten ihn nicht abschalten, weil er dann nicht mehr anspringen würde, aber der andere knurrte wieder, diesmal lauter, und ging in das Häuschen.

»Hast du nie einen alten Diesel gehabt«, rief ihm der Boß nach, aber er sah uns gar nicht an, sondern setzte sich, legte die Pässe beiseite und vertiefte sich in ein Revolverblatt. Wir gaben auf. Ich drehte den Schlüssel um. Er ließ sich gnädig herab, in die Pässe zu schauen.

»Wohin?«

Ich sagte, wir wollten nach Sofia.

»Die Polen fahren zum Geschäftemachen, ja?«

»Ja, zum Geschäftemachen, Herr Wachtmeister«, erwiderte
der Boß. »Wir wollen Geschäfte mit den Bulgaren machen.«

Er knallte den Stempel drauf und gab uns wortlos die Pässe
zurück. Wir stiegen ein, das Auto sprang nicht an. Er drehte
den Schlüssel um, aber es furzte nicht einmal. Nur das langsame Ächzen des Anlassers war zu hören. Er ließ ihn ausru-
hen und versuchte es noch einmal. Keine Chance. Der Zöllner erschien und bedeutete uns, wir sollten zu seinem Kabuff
vorfahren, zu dieser langen Bank zum Durchsuchen. Hinter
uns standen schon andere. Der Typ am Häuschen hatte die
Arme verschränkt und sah uns wortlos an. Wir stiegen aus
und begannen zu schieben. Der Zöllner wartete mit hochge-
schlagenem Kragen, die Hände in den Taschen. Wir rutschten aus, denn der Boden war versifft, Öl und Schmiere waren mit Dreck vermischt, und es sah aus, als kämen wir nicht
von der Stelle, als würden wir dort steckenbleiben, und der
ganze Grenzübergang würde zusammenkommen, um uns zuzusehen, danach die Umgebung und schließlich ganz Serbien
– alle würden sich anschauen, wie zwei Bürger eines NATO-
Mitglied-Staates einen beschissenen italienischen Lieferwagen
nicht von der Stelle kriegen. Sie würden dastehen, spucken,
rauchen und sticheln – bombardieren, das können sie, aber ein
Auto anschieben nicht. Schließlich setzte es sich in Bewegung
und rollte zehn Meter weiter. Der Zöllner bedeutete mit einer
Kopfbewegung, wir sollten das Heck öffnen. Er leuchtete mit
der Taschenlampe und kam näher. Wir schoben das Auto weiter in den serbischen Staat hinein. Das Dach war zu Ende, und
nach kurzer Zeit waren wir naß. Nur Beton, Regen und Wind.
Ich weiß nicht, wie lange es dauerte, bis wir den Ducato an der
Stelle hatten, wo einige Autos parkten. Wasser rann mir über
den Rücken und vermischte sich mit Schweiß. Wir sprangen
ins Fahrerhaus. Die Scheiben beschlugen sofort. Wir steckten

uns eine an. Der Rauch roch ekelhaft in dieser kalten, feuchten Luft. Ich öffnete intuitiv das Handschuhfach, aber da war schon lange keine Flasche mehr.

»Wenn's sein muß, wird uns jemand ziehen«, sagte ich, weil ich dachte, es wäre gut, wir hätten einen Plan. Aber er hörte nicht zu, er drehte nur den Knopf am Radio. Sie sprachen Ungarisch und Rumänisch. Nach der zweiten Zigarette versuchten wir es, und er sprang an. Beim ersten Mal, als wäre nichts geschehen. Wir wischten die Scheiben ab und fuhren los. Binnen kurzem war es dunkel. Schwärze, wo man nur hinsah. Die Autobahn war zu Ende, aber die Landstraße war in Ordnung. Deutliche weiße Markierungen und breite Seitenstreifen. Die Lastwagen waren verschwunden. Vielleicht waren sie in Szeged Richtung Arad oder Baja gefahren oder wollten über Osijek nach Bosnien. Wir waren allein auf der Straße. Niemand war unterwegs, um die Feiertage in den katholischen oder protestantischen Ländern zu verbringen. Die Wegweiser zeigten eine Abfahrt nach Subotica an.

»Schade, daß wir keine Zeit haben. Ich könnte dir die Stadt zeigen. Sie ist schön, allerdings war ich noch nie im Winter hier. Eigentlich bin ich erst einmal dagewesen, im Sommer, als ich nach Budva in Urlaub fuhr. Ende der siebziger Jahre. Hier habe ich haltgemacht, alle haben hier haltgemacht, der ganze sonnenhungrige Norden auf dem Weg an die Adria machte hier halt und ging in Subotica auf den Basar, um seinen Krempel zu verkaufen. Blaß, in kurzen Hosen, in Sandalen standen sie demütig da und hielten in den Händen, was sie hatten, das ganze polnische Volk stand da und wartete, bis ein Jugo kam und mit dem Finger zeigte, was er wollte. Sie hatten alles. Erinnerst du dich an die Ukrainer bei uns Anfang der neunziger Jahre? So ähnlich. Sogar Fruchtgelee hatten sie, ganze Kartons voll. Herr und Frau Doktor, Herr und Frau Rechtsanwalt,

Herr und Frau Chefarzt mit Fruchtgelee, mit Pudding, mit Glasfischen für den Wohnzimmerschrank, mit Kristall, mit Töpfen aus Olkusz und Porzellan aus Pruszków, mit diesem ganzen tristen Klimbim aus der Volksrepublik, sie standen da und warteten, bis ein Jugo sich erbarmte. Bis er ihnen ein paar Dinar für den Urlaub drauflegte. Das ganze Volk stand in der Hitze von Subotica, trat von einem Fuß auf den anderen und tat so, als würde es nichts sehen, nichts verstehen, als sei das nur ein Zeitvertreib der höheren Sphären, verdammt. Samosierra, Monte Cassino, Tobruk und Narvik. Sie kamen braungebrannt zurück, aber mit angekratzter Moral. So etwas vergißt man nicht, das schlägt sich in den Genen nieder. Deshalb haßt man später die Ukrainer und Rumänen. Vielleicht schlägt es sich auch nicht nieder, ich weiß nicht. Jedenfalls waren wir etwas Besseres in unseren rumänischen Ohrenmützen und Trainingsanzügen. Unersättliche galizische Piranhas, die Haie der Vorkarpaten. Und die rumänischen Kinder schauten uns an wie James Bond. Ruhmreiche Tage waren das. Wir machten niemandem was vor. Na ja, wir taten höchstens, als wären wir Rumänen, zur Tarnung. Władek brachte es fertig, einen Frisörsalon zu betreten, wo zehn Weiber unter Trockenhauben saßen, einige Päckchen hervorzuzaubern und laut zu rufen: Dulce senioritas, una kilograma peste un mile lei! Cafea! Cafea! Cafea pentru flâmîd Romania de eroica Polonia! Ich stand an der Tür und paßte auf, ob niemand kam, und er verkaufte eine Packung nach der anderen, küßte die Hände und empfahl sich für die Zukunft, aber mehr als zehn Lei ging er nie runter. Und die Touristen dort standen in der Hitze und waren sauer. Gegenseitig aufeinander, auf die ganze Welt und vor allem auf den abartigen, horrend hohen und ungerechten Kurs des Dinar, den sie ausnützten. Samosierra und Fruchtgelee. Pudding und Tobruk. Nach ein paar Wochen konnte ich einen Zivilbullen auf hundert Meter erkennen. Am Gang. Er hatte es nicht eilig, huschte nicht durch die Gegend, hatte nichts bei sich. Im übrigen versteckten sie sich gar nicht. Im Grunde wollten sie sogar gesehen werden. Das heißt – gesehen und doch nicht gesehen. Um die entsprechende Atmosphäre zu schaffen. Einmal, es war in einem kleinen Laden, glaube ich, als er sein Sortiment auf die Theke legte und die Verkäuferin und die Kunden animierte, sah ich so einen Scheißkerl in einem türkischen Anzug. Ich schaffte es, die Tür zu schließen, das Schild auf inchis zu drehen, das heißt geschlossen, und die Jalousie herunterzulassen. Die Leute im Laden schauten mich an wie einen Verrückten, und erst in dem Moment begriff ich, was ich getan hatte. Am Fenster sah ich einen Schatten. Ich sah, daß der Typ langsamer machte, kurz stehenblieb, dann aber weiterging. Das war meine dümmste und heldenhafteste Tat in jenen Jahren.«

Vor uns brannte etwas. Wir kamen näher, es war ein Auto am Straßenrand. Eine schmutzige Flamme und schwarzer Rauch. Unweit stand ein Streifenwagen. Die Bullen guckten gleichgültig aus ihren Regenmänteln.

»Haben die keine Angst?« fragte ich.

»Vielleicht ist es schon explodiert und brennt jetzt nur aus.«

Wir fuhren vorbei, und wieder umfing uns die Dunkelheit, aber so ganz allein waren wir nicht mehr. Manchmal kam ein Auto von hinten, gab ein Zeichen mit dem Fernlicht, überholte und verschwand nach ein paar Sekunden in der Ferne. Wenn einer entgegenkam, versuchten die von hinten, uns durch Hupen auf den asphaltierten Seitenstreifen zu drängen. Aber wir gaben uns nicht geschlagen. Dort, im Dunkeln, konnte ja alles mögliche sein: ein alter Jugo ohne Lichter, leere Gurkenkisten, ein Bauer auf einem schwarzen Fahrrad, ein Panzer aus dem Krieg. Sie mußten also warten, bis wieder frei war, aber sie waren es nicht gewohnt zu warten, das war so ihre

Art, sie konnten nicht glauben, daß ein alter Lieferwagen ihnen nicht ausweicht, also hupten und blinkten sie. Er machte sich nichts daraus, wiederholte nur sein »Siehst du den Trottel, typisch Balkan, siehst du?«. Wir mußten tanken. Serbisches Geld hatten wir nicht, nur ein paar Euro und seine Karte. Und wir suchten eine schäbigere Tankstelle, damit es keine Umstände mit dem Abschalten geben würde. An den schäbigen sind die Leute menschlicher.

»Nach Novi Sad schaffen wir's, aber vor Belgrad müssen wir unbedingt tanken.«

Aus der anderen Richtung kamen sie uns mit Fernlicht entgegen. Erst wenn wir blinkten, schalteten sie es aus. Oder auch nicht. Am schlimmsten waren die Lastwagen mit ganzen Batterien von Scheinwerfern auf dem Dach des Fahrerhauses. Sie hatten sechs oder acht angeschaltet und leuchteten fünf Kilometer weit. Kein Erbarmen in diesem Regen. Manchmal gingen wir mit der Geschwindigkeit runter, völlig geblendet, fuhren hilflos und ohnmächtig auf den Seitenstreifen, um abzuwarten, und dann beschleunigten wir dieses Maultier langsam wieder, und ein dumpfes, metallenes Geräusch erfüllte das Fahrerhaus. Manchmal sah es aus, als würden sie uns tatsächlich nicht bemerken, als führen wir ohne Licht. Manchmal hörte der Regen für eine Minute auf, und die Augen konnten sich etwas erholen. Dann setzte er mit doppelter Kraft wieder ein und überschwemmte zusammen mit dem grellen Licht die Scheibe.

Ich schlief ein und erwachte, als wir anhielten. Ich öffnete die Augen und war überzeugt, daß wir wieder an einer Grenze standen und der Boß einem Polizisten am Häuschen den Paß gab, also suchte ich meinen, aber es war nur der Eingang zur Autobahn, und er bezahlte und nahm den Rest. Alles in grauem Licht, als läge über allem feuchter Staub. Es war jetzt so ein richtiger Motorway, zwei Spuren in die eine, zwei in die andere Richtung, und das Licht blendete uns nicht mehr so brutal. Er sagte, ich solle so lang wie möglich schlafen, ich könne ihn später ablösen, vielleicht könnten wir dann doch ohne Unterbrechung fahren. Ich wickelte mich in ein Stück Decke und schloß die Augen. Manchmal weckte mich etwas, aber ich ließ die Lider gesenkt. Leise pfiff und sang er vor sich hin. Mir war warm, ich fühlte mich wohl. Wir hielten an, ich roch Diesel, Benzin, hörte, wie er mit jemandem sprach, wie der Motor arbeitete, wie jemand den Tankdeckel aufdrehte, und die ganze Zeit redeten sie ruhig und freundlich miteinander, dann verabschiedeten sie sich, die Stimme einen Ton höher, ich schaute nicht einmal hin. Es gefiel mir, daß jemand alles für mich machte. Aufwachen, einschlafen, aufwachen. Einschlafen, aufwachen, wissen, daß man schläft. Ja. Er stellte leise das Radio an. Es murmelte in Sprachen, die ich gar nicht erkennen wollte. Hin und wieder griff er eine Melodie auf und versuchte, ihr zu folgen. Als ich ihn am Tag zuvor angerufen und ihm gesagt hatte, worum es gehe, war er sofort einverstanden.

»Aber ich hab kein Auto, ich hab aus dem Reich einen fast neuen V-6-Motor mitgebracht und will den einbauen. Komm morgen früh mit deinem vorbei.«

Später stieg er einfach ein mit seinem Schlafsack in der Plastiktüte, und in einer anderen hatte er Essen, Brot, Wurst, Senf und eine Zweiliterflasche Cola. Als würden wir für einen halben Tag zum Angeln gehen. Siebenhundert Kilometer von zu Hause weg suchte er im Radio etwas, was er pfeifen konnte, und ich lauschte, als wäre es ein Wiegenlied. Statt den schwarzen Kombi mit dem zweihundertdreißig PS starken Diesel mit Dreiliter-Hubraum zu fahren, der keine sieben Sekunden brauchte, um auf hundert zu kommen, tuckerte er mit dieser Schrottkutsche durch die Gegend und sang leise: »Und jetzt, meine Damen und Herren, die Donau, Mutter aller Flüsse und Vater der Gewässer von den dunklen teutonischen Wäldern bis zur walachischen Steppe, hast du den gesehen, diesen serbischen Arsch?« Als wäre er allein, ganz allein und glücklich über seine eigene Gesellschaft, über die Dunkelheit, den Regen und alle serbischen Arschlöcher auf der Autobahn. Ich hörte, wie ein weiterer Semtex-Splint knackte.

»Also, wenn jemand Belgrad sehen will, dann sollte er jetzt die Augen offenhalten, denn es dauert nicht mehr lang. Die häßlichste, versiffteste Hauptstadt Europas, unsere nicht mitgezählt. Aufstehen, nicht verpassen. Gleich kommt die Save. Sie kommt von rechts und mündet links beim Kalemegdan in die Donau. Am Tag hat man dort einen schönen Blick, das beste Panorama der Stadt. In der Festung halten sie Bären in Käfigen. Im Sommer stinkt es furchtbar, aber das ist Belgrad, früher Dar al-Dzihad, Stadt des Heiligen Krieges, also stört das niemanden. Dort auf der linken Seite, auf der Kneza Miloša, der repräsentativen Allee der Stadt, standen vor ein paar Jahren noch die Ruinen des Generalstabs. Da konnte man sehr schön sehen, wie dort die Bomben eingeschlagen hatten und durch fünf oder sechs Stockwerke gerauscht waren. Jahrelang haben sie das so gelassen, um damit zu prahlen. Dar al-Dzihad.«

Ich erhob mich, rieb mir die Augen, aber ich sah nur Lichter, die sich im Asphalt, in den Pfützen und im Glas spiegelten. Der Anblick unterschied sich in keiner Weise von anderen verlassenen Städten. Ich öffnete das Fenster. Es stank nach Abgasen aus alten Motoren. »Nach Niš. Die ganze Zeit nach Niš.« Wieder kam eine Mautstelle, die Reste der kaum sichtbaren Stadt verschwanden, und die große Ebene war zu Ende. Hier begannen schon die Hügel. Jammern, Jaulen und sechzig oben auf den Anhöhen. Wir hätten Ware mitnehmen können, dachte ich.

»Der rechte Fuß schläft mir ein«, sagte er.

»Das ist bei dem so. Er hat das Gas zu nah am Sitz, und du fährst mit angezogenem Bein. Ich kann dich ablösen.«

Er sagte, er wolle noch etwa hundert Kilometer fahren. Ja, durchs Wasser, dieses Aufblitzen in den Scheiben, bergauf, durch die längste Nacht des Jahres, als wollte das alles nie enden.

»Wenn es hell wäre, wäre es sogar ganz nett hier, trotz der Autobahn. Hügel, Täler, Weinberge, links windet sich der Fluß Morava, bei Tag, im Sommer sieht das idyllisch aus. Die Schlauberger haben das Gemetzel bei den Nachbarn und in den Randgebieten veranstaltet, hier sieht man nichts, es ist, als wäre nie was geschehen, du redest mit einem, mit einem zweiten, und du hörst nur Gejammer über das Schicksal, über die Armut, daß niemand sie mag, daß sie ohne Visum nur nach Rußland kommen, daß rundum nur Verräter sind, daß Montenegro ihnen das Meer weggenommen hat, daß sie immer Angst haben müssen, wenn sie nach Kroatien wollen, und warum das alles … So reden sie. Sie sitzen auf dem Sofa, in chinesischen Trainingsanzügen, in Plastikschlappen, und zeigen ihre Narben, von den mohammedanischen und katholischen Kugeln. So sieht es aus. Und sie kapieren nicht, wie das alles kommt, wo es doch früher viel besser war … Aber die ganze Welt hat sich gegen dieses Erzvolk verschworen, der Vatikan, Amerika, Kroatien. Zusammen mit Saudi-Arabien. Als ich zum ersten Mal nach dem Krieg durch Slawonien und dann durch Bosnien fuhr, kam ich aus dem Staunen nicht heraus. Es war das Jahr 2000, nach Brüssel anderthalb Stunden mit dem Flugzeug, nach Budapest drei Stunden mit dem Auto, und hier Ruinen, abgerissene Dächer, Aufschriften – wer weiß, ob nicht mit Blut – ›Hier ist Serbien‹, ›Hier ist Kroatien‹. Köpfen, Vierteilen, wie in alten Zeiten, wie unter Tamerlan: Alle Männer über einen

Meter vierzig an den Rand der Grube und sretan put – gute Reise … Ja, ich empfand Bewunderung, wie einem das alles am Arsch vorbeigehen kann, wonach die ganze zivilisierte Welt so verrückt ist, das heißt die seit einiger Zeit unverzichtbaren und unanfechtbaren europäischen Werte, na, daß einem die Erfüllung der einzelnen Punkte im Hinblick auf den EU-Beitritt zum Beispiel am Arsch vorbeigehen kann. Als unsere sich überschlugen und antichambrierten, haben die einfach angefangen, einander die Kehlen durchzuschneiden, weil sie dachten, das ist spannender, als ein europäischer Liberaler, Christdemokrat oder Mitglied einer offenen Gesellschaft zu sein. Respekt, Respekt, wie man früher sagte. Respekt für den ganzen Balkan. Ich dachte damals, dort hätte er sein müssen, Władek, mit seinem Instinkt. Hier vergeudete er sein Talent. Die Zeit der Freiheit und des Friedens ist nicht seine Zeit. Dort hätte er hingehen müssen und aus Albanien über den Skutarisee Benzin nach Montenegro schmuggeln. Als das Embargo war. Auf Booten, in der Nacht. Sie luden Fässer ein und fuhren. Sogar mit Ruderbooten, denn das war nicht weit. Ach, was heißt da mit Booten. Diese jungen Wölfe schwammen einfach auf Fässern. Dort hätte er sein müssen. Benzin für das geknechtete Serbien! Oder an der Grenze zum Kosovo: Drogen und Frauen für den armen Westen. Ja, Diesel für Serbien, Kaffee für Rumänien. Dort hätte er im Trüben fischen sollen, da, wo alles verboten, illegal, ungeklärt, erbarmungslos und gewinnbringend war. Nutten und Heroin. Das ist die Zukunft der Welt, und er gab sich mit gebrauchter Kleidung ab … Die westslawische Variante: auftragen. Die aus dem Süden sind vielleicht dümmer, aber sie haben mehr Power. Als sie alle die Schnauze voll hatten, haben sie sich genommen, was sie brauchten, und das Land angezündet. Und wir dachten nach zwei Monaten, wir könnten eine unbegrenzte Menge in Umlauf bringen. Wir würden nur die entsprechende Ausrüstung und Leute brauchen. Für den Vertrieb. Um Rumänien mit Kaffee zu versorgen, hätten wir Lastwagen gebraucht, am besten Züge, die zum Mexikoplatz und zurück fuhren. Wir hätten Hunderte von Arbeitern gebraucht, die um sechs hätten erscheinen müssen. Dann hätte Rumänien genug abgekriegt. Wir hätten ein verglastes Bürohaus gebraucht. Das hatte überhaupt keinen Sinn, verdammt. Genausowenig wie das Schleppen dieser Säcke. Und da sahen wir eines Tages, im nächsten Sommer, im Zug nach Burgas eine Mannschaft, die mit Dollars Lei kaufte ...«

Ich hörte ihm nicht mehr zu. Ich las die Nummernschilder der Autos, die uns überholten, versuchte zu erraten, wo sie herkamen. Er redete mit sich selbst. Das interessierte mich nicht mehr. Wenn ich dazu fähig gewesen wäre, hätte ich auch meine Geschichte erzählen können. Aber ich konnte nur Fragen beantworten. Und die Geschichten anderer gingen mich immer weniger an. Ich wartete darauf, daß es hell wurde. Ich wollte etwas sehen, um nichts hören zu müssen. Aber bis zum Morgengrauen war es noch lange.

»... von polnischen Touristen, die in Urlaub fuhren. In Rumänien war das Elend damals groß, das reine Nichts, was die Waren betraf, also fielen die Schwarzhändler in die bulgarischen Züge ein wie die Heuschrecken und kauften den Passagieren und dem Personal alles ab, was nicht niet- und nagelfest war, rissen ihnen den letzten Schrott aus den Händen und steckten ihnen ihr Geld zu. Aber wozu brauchte jemand Lei, wenn er nach Bulgarien fuhr? Und da traten die Devisenschieber in Aktion, die mit ihren Dollars diesen rumänischen Salat zu einem um dreißig, vierzig Prozent niedrigeren Preis kauften als bei normalen Straßenhändlern. Sie gingen zu viert, zu fünft durch den Zug und boten ihre Dienste an, ohne sich zu fürchten oder zu genieren, aus ihren Taschen hingen die Scheine, die

Typen machten die Finger naß und zählten so schnell wie diese Maschinen in der Bank, und sie rechneten im Kopf bis auf die dritte Stelle hinter dem Komma. Und sie sprachen Polnisch …«

Ich drückte mit aller Kraft die Füße in den Boden.

»Siehst du den?« fragte ich.

»Wen?« erwiderte er wie aus dem Schlaf gerissen.

»Da vorn.«

Dicht vor uns war das Heck eines Lastwagens ohne Lichter. Schmutzig, dunkel wie die Nacht. Zwei, drei Meter vielleicht, und wir fuhren wohl leicht bergab, denn wir waren ziemlich schnell. Er trat scharf auf die Bremse, ließ aber gleich wieder los, weil er spürte, daß die Hinterräder die Bodenhaftung verloren und wir ins Schleudern gerieten. Er ließ los, der Wagen fing sich, und wieder waren wir einen Meter von diesem versifften serbischen Hinterteil entfernt. Auf dem Nummernschild stand NŠ. Jetzt ging er mit der Geschwindigkeit runter und sagte:

»Hab ich nicht gesehen. Wirklich nicht.«

Dann schaute er in den Spiegel und begann diesen Arsch zu überholen. Das dauerte ein bißchen, weil wohl das Gefälle zu Ende war, aber schließlich waren wir auf einer Höhe, und er hupte, sagte, ich solle das Fenster öffnen, und brüllte los, in der Hoffnung, der andere würde ihn durch die Scheibe hören: »Zadnja svetla! Kein Licht, du serbischer Mörder!« Verschwommen sah ich das Gesicht. Es war das einzige Auto, das wir in dieser Nacht überholten. Er steckte sich eine Zigarette an. Ich hielt nach einer Tankstelle oder einem Parkplatz Ausschau, wo ich ihn ablösen konnte.

»Weil sie Polen waren. Echte Polen. Sie hatten sich in Bukarest niedergelassen und besetzten die Züge, die aus der Heimat kamen und in die Heimat fuhren. Im Gara de Nord sprangen sie in den ›Karpaty‹, fuhren bis Sibiu und erwischten dort den

›Karpaty‹, der aus Polen kam. Lederjacken, Hemden, offen bis zum Nabel, Jeans, goldene Uhren, Kettchen. Sie liefen durch den Zug wie die vom Zentralbahnhof, aber sie riefen nicht ›Bier, helles Bier‹, sondern ›Ich kaufe Lei, ich kaufe Lei‹. Ihm gefiel das gut. Keine Säcke, keine Angst, alles ganz locker. Man konnte sehen, daß sich sogar der Zugführer vor ihnen fürchtete. Einer ging durch den Zug, rechnete um, sammelte den walachischen Müll in einer Plastiktüte, der andere zahlte die Devisen aus. Handeln war nicht. Wenn einer handeln wollte, zuckten sie die Achseln und gingen weiter. Er kam sowieso irgendwann. Ja, das gefiel ihm sehr gut. Noch zwei Transporte, sagte er, und er macht mit bei diesem Deal. Ich fragte ihn, ob er weiß, wie das funktionieren soll, denn es war eine Geschichte von zwei Bulgaren bekannt, die das gleiche wollten, und eines Nachts ging in der engen Schlucht des Flusses Aluta die Tür auf, sie stürzten in die Dunkelheit, und man hörte nie wieder etwas von ihnen. Ja. Die Securitate duldete auf ihrem Territorium keine Konkurrenz. Wie hast du dir das vorgestellt? Daß sie mit einem Alfa Romeo durch das verhungernde Bukarest donnern und sich in den teuersten Lokalen vollaufen lassen, weil sie einfach Bock drauf haben? Nein. Nur weil die es ihnen erlaubt haben. Und sie etwas dafür bekommen haben. Ganz einfach. Aber er wollte nicht konkurrieren. Er wollte einfach angestellt werden. Zu diesem Zweck ging er in seinem Trainingsanzug und seiner Ohrenmütze eines Nachts in das Abteil, wo der Obermacker saß, trank und seine Einnahmen zählte. Das heißt der Graue. Nur daß er damals Fresse genannt wurde. Er sah schon damals aus, als hätte ihm jemand eine zu große Haut übers Gesicht gezogen.«

Es war eins oder zwei vorbei. Irgendwo unterwegs war die Zeit umgestellt worden, aber ich konnte mich nicht erinnern, in welche Richtung. Ob dadurch unser Ziel in die Ferne oder in die Nähe rückte, wußte ich nicht. Je länger wir fuhren, desto weniger glaubte ich an die ganze Sache. Mein Rücken tat weh, mein Arsch tat weh, und die Beine waren taub. Wäre dieser Schmerz nicht gewesen, ich hätte denken können, mir würde eine Halluzination zuteil, die irgendwann enden müßte.

»Aber er konnte doch nicht einmal Polnisch«, sagte ich sinnloserweise.

»Doch, er konnte Polnisch«, erwiderte der Boß, »aber er wollte nicht sprechen. So ein Spiel. Ich kann dir sogar seinen Namen sagen. Er hieß Kusy. Das ist kein ausländischer Name.«

Ich sah ein Schild, das einen Parkplatz nach einem Kilometer ankündigte. Er nickte zum Zeichen, daß er es auch gesehen hatte. Wir stiegen dort aus, jeder ging in seine Richtung, damit wir wenigstens einen Moment lang allein sein konnten. Der Regen hatte etwas nachgelassen. Ich schirmte die Zigarette mit der Hand ab. Es gab keine Lampe hier. Durch die kahle Hecke leuchteten die Scheinwerfer der Autos. Wenn sie verschwanden, wurde es völlig dunkel. Fast blind setzte ich einen Fuß vor den anderen, bis ich die Gegenwart eines Menschen spürte. Einen, vielleicht zwei Meter vor mir war jemand. Er bewegte sich. Ich blieb stehen und lauschte. Ein Lastwagen kam, da sah ich ihn, und er sah mich. Es war ein Chinese oder Vietnamese in einem dunklen Anzug. Er schaute mich an und sagte etwas in seiner Sprache. Er sprach schnell, streckte die Hände nach mir aus, als wollte er mich wegschieben, und ging gleichzeitig rückwärts. Dicht hinter ihm stand ein grauer Transporter. Er tastete sich an ihm entlang zur Tür, eine Hand immer noch nach vorn gestreckt, und quasselte weiter.

»Mach, daß du wegkommst«, sagte ich leise.

Wieder wurde es dunkel, gleich darauf hörte ich, wie das Auto ansprang und schnell losfuhr. Der Boß wartete an der Beifahrertür und fragte, mit wem ich gesprochen hätte. Ich sagte, mit einem Chinesen, und setzte mich hinters Steuer. Bald würde es hell werden. Um drei verließen wir den Übergang mit violetten Visa in Briefmarkengröße im Paß. Vorher irrten wir eine Stunde zwischen Lastwagen umher, die kreuz und quer standen und lange Straßen und Labyrinthe bildeten. Wir drängten uns durch und irrten umher. Manchmal mußten wir uns aus Sackgassen zurückziehen, in denen irgendwelche Typen mit Gaskochern hantierten. Fast alle hatten Schnurrbärte. Sie erklärten und zeigten uns etwas, aber abgesehen davon, daß sie freundlich waren, nützte uns das nichts.

»Laß uns vielleicht irgendwelche Landsleute suchen«, sagte ich, aber er fragte: »Heute? Wie viele Laster werden das gewesen sein? Bestimmt Hunderte. Lieferwagen gab's nur wenige, und die waren leer.«

Ja, alle hatten Schnurrbärte, und alle wollten helfen. Es war Nacht, aber das Leben pulsierte. Sie liefen herum, tranken Kaffee, standen zu mehreren zusammen und rauchten, besuchten sich gegenseitig in den Fahrerkabinen, und überall diese Musik: Baß, Trommeln, Klarinetten und Frauenstimmen, die seltsame, hypnotische Melodien sangen. Irgendwann gelangten wir wie durch ein Wunder auf die Landstraße und brachen ins Innere des Landes auf, das vor uns in der Dunkelheit lag. Die Landstraße ging nach wenigen hundert Metern in einen Schotterweg über. Wir kehrten um, irrten wieder auf diesem gigantischen Terminal herum, auf dem nur noch Kamele und Lagerfeuer fehlten. Es war warm. Wir hatten die Fenster offen. Vier Mädchen gingen vorbei. Sie sahen aus wie Prinzessinnen: schillernd, in Gold, Schwarz, Rot, mit hohen Frisuren und hohen Absätzen. Sie sprachen Russisch oder Ukrainisch. Vielleicht auch Bulgarisch. Sie schauten uns an, aber in ihren Augen war nur verächtliche Gleichgültigkeit. Nach einer Stunde fanden wir endlich den Weg hinaus, und jetzt spürte ich, wie vor uns die Dämmerung anbrach. Es war warm, der Himmel heiterte auf. Wir aßen die Reste unserer Wurst und tranken die Energie-Drinks, die wir vor der Grenze gekauft hatten. Sie hießen Bomba. Die Sterne waren silbern und gingen im heller werdenden Himmel allmählich unter.

Hinter Niš, in der Nacht, platzte uns die untere Kühlerleitung. Unter der Motorhaube bildete sich Dampf und ließ die Scheibe anlaufen. Im Fahrerhaus spürten wir feuchte Hitze. Blind fuhr ich an den Seitenstreifen. Blind suchte ich den Riß. Das Gummirohr war auf einer Länge von einigen Zentimetern defekt. Ich war sicher, daß ich in der Werkzeugkiste ein graues Universalband haben müßte, aber es war nicht da. Kurz davor waren wir an einer offenen Tankstelle vorbeigekommen. Ich machte mich zu Fuß auf den Weg dorthin. Ich winkte, aber niemand hielt an. Sie hupten und fuhren weiter. Der Tankwart beobachtete unwillig, wie ich in den Regalen wühlte und auf dem Boden eine Pfütze hinterließ. Wortlos nahm er fünf Euro entgegen und drehte sich um. Nach zwei Stunden war ich zurück. Im Schein des Feuerzeugs umwickelten wir den Riß in mehreren Schichten. Wir leerten Cola aus, um eine Flasche zu haben. Hinten fand ich eine zweite.

»Da unten ist der Fluß«, sagte der Boß, und wir gingen die Böschung hinunter. Auf dem Weg trafen wir auf Bahngleise. Wir hörten den Fluß, aber wir kamen nicht direkt ans Ufer heran, erst als es heller wurde, fanden wir den Weg zwischen den Felsen. Wir gingen dreimal hin und her, dann hatten wir keine Kraft mehr und waren klatschnaß.

In der Dämmerung fuhr ich auf einen Platz vor einer geschlossenen Kneipe, und wir legten uns im Laderaum schlafen. Ich warf die Matratzen hinein, mit denen wir in jenem Sommer gefahren waren. Der Regen trommelte aufs Blech, es war kalt. Aber wir schliefen ein, aneinandergeschmiegt, zugedeckt mit dem Schlafsack und Decken, und wachten erst am Vormittag auf, viel später als geplant.

Deshalb fuhren wir jetzt in die anbrechende Dämmerung hinein. Links und rechts erstreckten sich endlos nackte Felder. In der Ferne brannten weiße Neonlichter. Jetzt fuhr er, und ich versuchte ohne Erfolg, von seinem Handy eine SMS abzuschicken. Die Autos wurden zahlreicher. Alle fuhren nach Osten. Die beiden anderen Spuren waren leer. Wir hatten zwölf Stunden Verspätung, aber keine SMS kam durch. Der Himmel vor uns wurde immer heller. Bald konnten wir zwischen den nackten Feldern das erste Minarett sehen.

»Hast du noch nie eins gesehen?« fragte er.

»Nein. Vielleicht vor langer Zeit in Deutschland. Aber das zählt nicht.«

»Nein, das zählt nicht«, sagte er.

Die Ebene lag hinter uns. Die Autobahn verlief jetzt zwischen Hügeln, Häuser, Siedlungen tauchten auf, ein bißchen Leben nach diesem endlosen Brachland. Man spürte die Nähe der Stadt. Sie begann mit Schutthalden, mit Anfängen von Gebäuden, deren Fundamente man in die felsige rote Erde trieb. Keine Bäume, nichts, nur Gruben, Abhänge und herausragende Betonskelette. Oder neue Gebäude, in schwarzem Glas glänzend, verstreut über die von Bulldozern und Baggern ausgehobenen Schluchten. Alles war schon erwacht, Lastwagen transportierten Felsbrocken ab und begegneten auf dem Weg den großen Betonmischern, die langsam schaukelnd zwischen die Hügel krochen. Die Wegweiser sagten, es seien noch vierzig Kilometer, aber wir fuhren jetzt schon in einer Masse anderer Autos. Zur Rechten blitzte für einen Moment das blaue Meer auf.

»Ruf ihn einfach an und sag, wir werden in einer Stunde dasein oder in zwei, drei.«

Ich wählte die Nummer, das Signal war eigenartig, wie

durch ein Echo vervielfacht, und niemand nahm ab. Die Autos fuhren auf vier Spuren, Tür an Tür, Kotflügel an Kotflügel. Ungeduldige suchten Lücken und hüpften zwei, drei Plätze nach vorn wie Springer beim Schach. Ohne Blinker, aber mit Hupe. Ständig streckte ein Fahrer den Arm mit goldener Uhr am Handgelenk heraus und gab Zeichen, daß er zwei Spuren weiter nach links wollte. Blech an Blech, nur Millimeter dazwischen, aber fließend, als krieche nicht eine Million Autos in die Stadt, sondern eine lebendige Schlange, deren Schuppen in vielen Farben schillern.

»Er nimmt nicht ab«, sagte ich. Vor uns lag ein Geflecht von Viadukten, eine riesige Kreuzung von Abfahrten, gefüllt mit Autos, die im ersten Gang in alle Himmelsrichtungen glitten.

»Verdammt, geradeaus, glaub ich«, sagte er zu sich selbst.

Wir fuhren in den Schatten einer gigantischen Überführung, dann floß der Autostrom langsam durch ein Loch in der grauen Steinmauer, die die Stadt umgab. In diesem Moment ging die Sonne auf. Die Frontscheibe war so schmutzig, daß er die seitliche Scheibe herunterdrehen und den Kopf hinausstrecken mußte, um etwas zu sehen. Ich versuchte, die Minarette zu zählen. Beim vierundvierzigsten gab ich auf. Wir fuhren immer tiefer hinein, die Stadt wurde immer dichter. Es gab immer mehr von allem. Es war gar nicht zu erfassen. Allmählich verstand ich, daß man hier niemanden finden konnte, daß er das beste Versteck ausgesucht hatte. Ich schaute den Boß an. Er murmelte:

»Verdammt, immer noch geradeaus, glaub ich.«

»Das heißt, du weißt es nicht?« fragte ich.

»Auf den Taksim bin ich noch nicht gefahren. Wir sind auf den Basar gefahren. Wozu auch auf den Taksim … Hast du den gesehen, hast du diesen Türken gesehen …?«

Ein weißer Geländewagen kroch von der linken Spur über

den hohen Bordstein auf den Grünstreifen, drehte um und versuchte, sich in den Strom der in die Gegenrichtung fahrenden Autos zu schmuggeln.

»Auf dem Taksim gab's nichts.«

Alle hupten. Dutzende gleichzeitig. Wir kamen von der Spur ab. Ich sah, wie er hilflos das Steuer drehte, aber der Strom der Fahrzeuge riß uns ohnehin mit.

»Ich kann mich nicht erinnern. Wir werden in Asien landen.«

»Ich versuch's ständig, er nimmt nicht ab.«

»Vielleicht auch nicht, wir sind ja hinter die Mauer gefahren …«

»Wir sind zwölf Stunden zu spät.«

»Ich glaube, es stimmt, immer geradeaus und dann über eine der Brücken auf die andere Seite der Bucht. Nimm doch die Karte, verdammt, und guck rein!«

»Was soll ich mit der Karte, wenn ich keine Ahnung habe, wo wir sind. Guck doch selber.«

»Ich sehe nichts ohne Brille.«

»Dann setz sie auf.«

»Mit Brille kann ich nicht fahren. Außerdem ist es eine alte Karte. Dreißig Jahre alt.«

»Na und? Haben die vielleicht Kommunismus gehabt und die Namen der Straßen geändert?«

»Ich erkenn das, verdammt! Links kommt jetzt gleich der Basar, dann etwa einen Kilometer geradeaus, bei der Moschee nach links, und wenn wir uns nicht verfransen, kommt dann der Bahnhof, die Bucht, links die Anlegestellen und die Brücke auf die andere Seite, aber dort war ich nie.«

»Die erste Brücke?« fragte ich und starrte auf die Karte.

»Die erste, zweite, dritte, ganz egal, Hauptsache auf die andere Seite.«

Endlich kapierte ich etwas, ich fand den Bahnhof. Da waren die Gleise zu Ende.

»Die dritte ist zu weit weg. Die erste ist richtig.«

Tatsächlich, da war eine große Moschee, und kurz davor bog die Straße im rechten Winkel nach links ab.

»Halt dich auf der Hauptstraße.«

Rechts war wieder diese Mauer aus großen Steinblöcken. In Schüben von einigen Metern fuhren wir weiter. Links überholten uns Straßenbahnen. Sie klingelten, sogar die Türken fürchteten sich vor ihnen, brav verließen sie die Schienen und schafften sich durch Hupen Platz.

»Die ganze Zeit die Hauptstraße lang, direkt bis zum Bahnhof, am Bahnhof links, dann gleich rechts, und schon kommt das Wasser, die Anlegestellen, die Brücke.« Wir brauchten zehn Minuten dafür, eine Zeitlang fuhren wir offenbar gegen den Strom. Aber alle fuhren so. Sowohl wir als auch die aus der Gegenrichtung. So sah das aus. Schließlich gelangten wir zur Bucht. Nebel stieg auf, das Wasser war golden von der Sonne.

»Auf die da.«

Noch nie zuvor hatte ich so viele Menschen auf einmal gesehen.

»Hast du den Taksim?«

»Ja, schon, aber da ist ein Loch in der Karte.«

»Und?«

»Du fährst über die Brücke, die ganze Zeit die Hauptstraße lang, etwa fünfhundert Meter, und wenn links eine Moschee kommt, dann auch nach links und gleich danach nach rechts und die ganze Zeit geradeaus.«

»Bei der Moschee links.«

Wir fuhren auf die Brücke. Ich schaute gegen die Sonne nach Asien. Über die golden-blaue Meerenge glitten große weiße Schiffe. Hinter ihnen, auf der anderen Seite, schimmerten im nebligen Licht die Konturen von Hochhäusern und Moscheen. Die Fischerboote sahen aus wie kleine, schwarze Striche und gingen im Glanz des Wassers unter. Die Aussicht war großartig, ich hatte nie eine größere gesehen, aber die Brükke endete, und alles verschwand. Die Moschee von der alten Karte stand an ihrem Platz. Wir bogen links ab, dann nach rechts, ich rief noch einmal an, aber wieder hörte ich nur das Echo des Signals. Die Straße ging bergauf. Sie war voller Läden und Kneipen. Die Kellner spülten das Trottoir ab. Wir waren da. Der Platz war riesengroß, in der Mitte stand ein schwarzes Denkmal, rundherum kreisten die Autos und die Menschenmenge, eine riesige Menschenmenge.

»In einer Stunde müßte es leerer sein«, sagte einer von uns.

»Fahr rundherum.«

»Kann ich nicht. Ich muß nach rechts.«

Wir verloren das Denkmal aus den Augen, aber er fand gleich wieder eine Straße nach rechts, und wir hatten es wieder im Blick.

»Halt irgendwo an.«

»Ist überall verboten. Wir fahren besser im Kreis, und du schaust dich um.«

Nach zehn Minuten hatte er das Netz der Einbahnstraßen um den Platz geknackt. Fünf Kilometer in der Stunde, immer wieder mit Halt, das war keine schlechte Idee. Vom Auto aus sah man mehr. Tausend, zwei-, drei-, viertausend Türken, die zur Arbeit eilten, Frauen mit Einkaufstaschen, Japaner mit Fotoapparaten, aber Władek war nicht da.

»Und? Hat er ihn damals eingestellt?«

»Zuerst hat er ihn angeschaut, wie einen rumänischen Penner, aber dann ließ er ihn ins Abteil, und sie haben eine Stunde miteinander gesprochen.«

»Das heißt, er hat ihn eingestellt?«

»Sieht so aus.«

»Und dich?«

Wir standen gerade, also hatte er beide Hände aufs Lenkrad gestützt und schaute geradeaus.

»Ich hab mich nicht darum bemüht, eingestellt zu werden, weil ich Angst hatte, und wie man sieht, wußte ich schon, was ich tat.«

Drei, vier, fünf Runden. Die Busse hatten eine Schleife unweit der langen, blinden Steinmauer. Überall flogen und trippelten Tauben. Direkt an der Mauer standen Polizeiautos. Große, gepanzerte Wagen mit Wasserwerfern, Lieferwagen und Lastwagen mit vergitterten Fenstern. Die Bullen spazierten herum, unterhielten sich, warteten auf Ablösung, eine mobile Kaserne unter freiem Himmel, um sich im Falle eines Falles nicht aus großer Entfernung durch den Stau zwängen zu müssen. Ich betrachtete einige der respekteinflößenden Autos, und da entdeckte ich ihn.

Er stand in der Nähe der Polizisten und war grau wie die Mauer und die Panzerwagen. Wir fuhren in einer Entfernung von etwa dreißig Metern an ihm vorbei, er stand direkt in der Sonne. Sein Gesicht war traurig und angespannt. Er trug einen zu großen grauen Anzug. Die Hose fiel in malerischen Rüschen auf die Schuhe.

»Da ist er«, sagte ich leise, »er steht da bei den Bullen.«

»Der hat wirklich Angst«, erwiderte er und begann mit einer neuen Runde um den Platz. Ein paar Minuten später sahen wir ihn wieder. Er schaute sich um, aber eher schon resigniert. Der Boß hupte kurz und fuhr mit den rechten Rädern auf den Bürgersteig. Er sah uns, zögerte, begann langsam zu laufen und wurde immer schneller. Wir stiegen beide aus und schauten, wie er die Hosenbeine hinter sich herschleifte. Er hatte abgenommen, sein Gesicht war eingefallen und unrasiert, doch bei unserem Anblick belebte es sich. Er kam in seinen chaplinschen Adidas angehinkt, vielleicht waren es schon die nächsten, aber sie waren genauso schäbig wie die alten, genauso ausgetreten und wahrscheinlich noch eine Nummer größer.

»Scheiße, Mensch, seit sechzehn Stunden stehe ich hier, Scheiße«, schrie er uns beiden entgegen.

»Und das Telefon kannst du nicht abnehmen?« fragte der Boß ganz ruhig und nahm eine Zigarette.

»Wenn ich die Nummer nicht kenne, nehme ich nicht ab. Ein einfaches Prinzip. Mein Geld war zu Ende, und ich habe auf einen Anruf von ihm gewartet« – er nickte mir zu – »und nicht auf irgendeinen Schmu.«

»Er hat kein Roaming«, sagte der Boß.

»Woher hätte ich das wissen sollen?« brummte er und sah sich um.

»Hab ich das vielleicht jemals gehabt? Wie? Für dich hätte ich das machen sollen, für dich, Mensch, weil du kein Geld für den Bus hast, verdammt!« Ich schrie offenbar, jemand schaute sich um. Wir standen mitten auf dem Taksim, eintausenddreihundert Kilometer von zu Hause weg, und schrien uns an. Aus dem Augenwinkel sah ich, wie sich von den Streifenwagen her ein Bulle in voller Ausrüstung näherte, mit Waffe, Knüppel, kugelsicherer Weste und mit Schnurrbart, und schon von weitem merke ich, daß er sauer ist und mit der schwarz behandschuhten Hand auf unser Schrottauto zeigt. Da dreht sich Władek plötzlich um, fuchtelt mit den Armen, macht zwei Schritte auf den Polizisten zu, beginnt zu reden, sicher auf türkisch, denn der Bulle macht langsam, hört zu, schaut den gestikulierenden Idioten an, der mal auf uns, mal auf sich, mal auf den Ducato zeigt, mal auf den blauen Himmel und die Hundertmillionenstadt, und beginnt plötzlich zu lachen unter seinem Schnurrbart und winkt, wir sollen einfach machen, daß wir wegkommen. Und bevor wir zu uns kamen, zog Władek die herunterrutschende Hose hoch und sagte schnell:

»In einer halben Stunde an dieser Stelle«, und verschwand unter den Passanten.

Und wir fuhren los, um in einem fort diese schwachsinnige Route zu wiederholen, vergeblich nach einem freien Parkplatz Ausschau haltend. Wir redeten nicht, wir rauchten. Ich fischte aus der Menschenmenge verschleierte Frauen heraus und zählte sie, wie ich als Kind die Autos derselben Marken oder dieselben Modelle gezählt hatte. Wir waren eintausenddreihundert Kilometer gefahren, um festzustellen, daß er sofort wieder das Kommando übernahm. Jetzt war es etwas leerer. Ein Stück weiter, hinter dem Denkmal, erstreckte sich ein Park. Ich hatte das Gefühl, das Meer zu riechen. Ich wollte sehr gern noch einmal die Aussicht von der Brücke sehen. Bevor es soweit war, rauchten wir je zwei Zigaretten.

ER STAND am Rande des Bürgersteigs, hatte den Arm um sie gelegt und hielt den dunkelgrünen Mantel fest, den sie um die Schultern hatte. Wir hielten an. Ich erkannte sie nur mit Mühe. Sie sah älter aus. Ihre Züge waren gröber geworden und von Schatten erfüllt. An den Füßen trug sie Plastikschlappen, die gleichen wie die Typen, die damals die Schweine und Menschen beaufsichtigten. Ich öffnete die Tür und blickte ihr in die Augen. Sie lächelte und sah einen Moment lang wie früher aus. Der Mantel war zu klein. Sie versuchte ihn mit der rechten Hand unter dem Hals zusammenzuhalten, die linke lag in einer wehrlosen, kindlichen Geste auf dem hervorstehenden Bauch. Er war ihr behilflich, aber die zweite Hand hatte er nicht frei, er hielt ein paar vollgestopfte Plastiktüten. Ich nahm sie. Sie waren leicht. Langsam und sanft half er ihr, ins Fahrerhaus zu steigen. Er nahm mir das Gepäck ab, und in seinem Blick schien etwas wie Dankbarkeit zu liegen. Eine Sekunde später sagte er:

»Verdammt, das sind die letzten Augenblicke, neunter Monat, Mensch, hauen wir ab, oder?«

Ich ging zur hinteren Tür. Der Boß wartete schon. Er machte sie auf. Als ich einstieg, sah ich noch einmal diesen Polizisten. Die Hände auf dem Rücken, stand er da und sah uns von weitem zu. Ich ging in den Laderaum hinein.

»Setz dich lieber gleich hin«, hörte ich. Er hatte recht. Als er die Tür zuschlug, wurde es vollkommen dunkel.

ICH LAG auf der Matratze, glotzte in die Dunkelheit und versuchte zu raten, was hinter der Blechwand war. Ich stellte mir all die Aussichten vor: Moscheen, Meer, Minarette, die Striche der winzigen Fischerboote. Aber dann rollte ich mich auf der Seite zusammen, und die Katze fiel mir ein, ob sie nicht vielleicht Hunger hatte, ob ihr das reichte, was ich ihr in den drei Schüsseln hingestellt hatte, und ob sie die vierte mit dem Wasser nicht umgestoßen hatte. Aber wenn es ausgelaufen war, so dachte ich, dann würde sie es vom Fußboden auflecken. Und dann dachte ich noch an die niedrige Tür und das Versteck unter dem Boden und schlief ein.

Andrzej Stasiuks dritter Roman trägt im Original den Titel *Taksim*, nach dem großen Platz in Istanbul. Kenner seines Werks werden manche Schauplätze wiedererkennen – in Medziborie etwa Medzilaborce, den Wohnort der Eltern von Andy Warhol, mit dem ihm gewidmeten Museum und der Brunnenplastik (S. 101f.). Ferner findet sich eine Hommage an seinen Freund und Autor des Verlags Czarne, den slowakischen Schriftsteller Václav Pankovčín (1968-1999). Pankovčín stammte aus der Kleinstadt Humenné, die in seinem gleichnamigen Buch aus dem Jahr 1994 zu *Marrakesch* wird. Der junge Prager namens Potok trägt den Namen der Hauptfigur aus Jáchym Topols Roman *Sestra* (*Die Schwester*), 1994.

Der Autor dankt Janusz Nowakowski, Zygmunt Zawisza und Piotr Nowak für ihre Erzählungen.